31143009289324
SP FIC Wylde, J.
Wylde, Joanna, autho
Obsesin total
Primera edicin.

S0-BTQ-431

Obsesión total

Reapers MC

CHESTERTON

Joanna Wylde

Obsesión total
Reapers MC

Libros /de
seda

Obsesión total. Libro 4 de la serie *Reapers MC.*

Título original: *Reaper's Stand.*

Copyright © Joanna Wylde, 2014

© de la traducción: Eva Pérez Muñoz

© de esta edición: Libros de Seda, S.L.
Paseo de Gracia 118, principal
08008 Barcelona
www.librosdeseda.com
www.facebook.com/librosdeseda
@librosdeseda
info@librosdeseda.com

Diseño de cubierta y maquetación: Books & Chips
Imagen de la cubierta: © Tony Mauro

Primera edición: diciembre de 2015

ISBN: 978-84-15854-74-6
Depósito legal: B. 26.348-2015

Queda rigurosamente prohibida, sin la autorización escrita
de los titulares del copyright, bajo las sanciones estableci-
das por las leyes, la reproducción total o parcial de esta obra
por cualquier medio o procedimiento, comprendidos la re-
prografía y el tratamiento informático, y la distribución de
ejemplares mediante alquiler o préstamo públicos. Si necesita
fotocopiar o reproducir algún fragmento de esta obra, diríja-
se al editor o a CEDRO (www.cedro.org).

Nota de la autora

A lo largo de esta serie he intentado ofrecer a los lectores una visión de lo que son los clubes de moteros y cómo realizo la labor de documentación de mis historias. Tengo la suerte de contar con el apoyo constante de mujeres que forman parte de este tipo de clubes y, al igual que en las novelas anteriores, revisaron esta para que se ajustara lo más fielmente posible a la realidad. *Obsesión total* fue la primera novela en la que mis amigas no encontraron errores considerables en lo referente a la vida en un club. Así que puede que, por fin, esté empezando a conocer la cultura motera.

He procurado que cada uno de los libros de la serie *Reapers MC* fuera diferente, sin seguir un patrón similar. Esto me supone todo un reto como escritora, pero también me permite explorar distintos tipos de personaje, algo que me encanta. Creo que os parecerá que *Obsesión total* provoca una sensación diferente comparado con las historias anteriores. Por ejemplo, *Juego diabólico* era una novela *new adult*. *Obsesión total* es todo lo contrario; es una novela en la que los protagonistas son personajes maduros que ya están plenamente definidos como personas. Cada vez que intento algo nuevo, me preocupa que los lectores no estéis dispuestos a dar ese salto conmigo. Hasta ahora me habéis apoyado siempre. Espero que *Obsesión total* también os guste.

Prólogo

Coeur d'Alene, Idaho
Actualidad

London

«Cuando le mate, ¿qué hago? ¿Le miro a los ojos o me limito a dispararle por la espalda?»

Difícil decisión.

Me agaché en la cocina y me puse a rebuscar en el bolso como si tratara de encontrar las llaves. Por supuesto que sabía dónde estaba el arma, pero sacarla sin más me parecía tan... obsceno. El aroma de la cena que estaba cocinando llenó mis fosas nasales. Chile de pollo con pan de maíz, porque era más saludable.

Llevaba diez minutos haciéndose, lo que implicaba que me quedaban unos doce minutos más para terminar con su vida antes de que se me quemara el pan.

Reese estaba sentado en el salón, leyendo una de sus revistas de motos y bebiendo una cerveza de su marca favorita mientras esperaba a que estuviera lista la cena. Me había asegurado de comprarle una docena de ellas y le esperé en la puerta con una abierta, lista para que se la bebiera. Ahora iba por la segunda. No me hacía ilusiones; sabía que dos cervezas

 3

no eran suficientes para detenerle en caso de que viniera detrás de mí... o para aliviar su dolor en caso de que fallara.

Aun así, creo que todo hombre se merece una cerveza antes de morir, ¿no es cierto?

Mis dedos rozaron el frío metal de la pistola. Pero acabé sacando el teléfono móvil y miré una foto de Jessica, observando con detalle su preciosa y sonriente cara el día de su graduación. Tenía una expresión cargada de esperanza. Había alzado el brazo derecho para saludar a la cámara. El meñique curvado ofrecía una visión de sus nuevas uñas acrílicas. Había deseado tanto llevarlas para su graduación... Valían más de lo que nuestro presupuesto nos permitía, pero fui incapaz de negarle ese capricho.

Para que lo entendáis, nadie esperaba que Jessica consiguiera algún día graduarse.

Ni siquiera esperábamos que lograra vivir tanto tiempo. La zorra de mi prima no dejó de consumir drogas durante sus dos embarazos, pero Jessie se las apañó para salir adelante. Con secuelas, eso sí. Sufría las dificultades propias en el desarrollo y conducta de este tipo de niños: escaso autocontrol de sus impulsos, poco juicio a la hora de tomar decisiones, irritabilidad... Todo ello derivado del síndrome de abstinencia neonatal; un regalo que duraba para toda la vida. Pero al menos ella tenía una vida. Su hermana pequeña murió en la unidad de cuidados intensivos neonatal dos días después de nacer. Nunca tuvo la más mínima posibilidad de sobrevivir.

«Que te den Amber. Que te den por donde te quepa por haberle hecho esto a tus hijas.»

Miré el reloj del horno y me di cuenta de que había malgastado casi tres minutos pensando en Jess. Bueno, también podía matarle después de sacar el pan, aunque aquello solo haría las cosas más difíciles.

¿O quizá debería darle de comer primero?

No. Tenía su cerveza. Además, si tenía que sentarme frente a Reese y cenar con él no sería capaz de hacerlo. No podía mirar esos ojos azules o esa sonrisa y seguir adelante. Nunca se me había dado bien mentir. Ese último mes había vivido un auténtico infierno.

Bien. Había llegado la hora de actuar.

Saqué la pequeña pistola y la metí en el bolsillo del suéter suelto que escogí con tanto cuidado para ese momento. También me hice con las llaves, el carné de identidad y algo de dinero en efectivo que me guardé en los *jeans*, por si terminaba necesitándolo. En realidad no creía que fuera a sobrevivir a esa noche, pero tener esperanza nunca venía mal. Tenía la furgoneta llena de combustible y preparada para salir de allí cuanto antes en el hipotético y remoto caso de que consiguiera escapar.

Por supuesto que no tenía ni idea de a dónde ir. «Ya pensaré en eso cuando llegue el momento... si es que llega.»

Las cosas se torcieron desde el mismo instante en que entré en el salón. Reese no estaba sentado en la cabecera de la mesa, donde le había dejado. Maldición. En esa posición podría haberle disparado por la espalda sin que se diera cuenta. Ahora, sin embargo, estaba sentado frente a mí, reclinado cómodamente en la silla, cerveza en mano y con la revista abierta delante de él. Alzó la vista y me ofreció esa sonrisa socarrona suya que tanto me gustaba, aunque también podía llegar a ser cruel como ella sola.

—¿Hay algo de lo quieras hablar? —preguntó, ladeando la cabeza.

—No —murmuré. Me pregunté qué diría si expresara en voz alta lo que pensaba en ese momento.

«Mira, Reese, no te imaginas lo mucho que siento matarte, pero si esto te hace sentir mejor quiero que sepas que me odiaré el resto de mi vida... Ni siquiera estoy segura de que yo no acabe pegándome un tiro después de dispararte.»

Pero sabía que no lo haría. Al menos no ahora. No hasta que viera a Jessica con mis propios ojos y me asegurara de que estaba sana y salva, tal y como me prometieron. ¿Después? Ya veríamos.

Reese suspiró y bajó la mirada hacia mi bolsillo, donde mi mano temblaba sosteniendo la pistola.

La paranoia volvió a apoderarse de mí.

Lo sabía. Seguro que lo sabía, se le notaba en la cara. Mierda. Le había fallado a Jessie...

«No digas tonterías. ¿Cómo va a saberlo?»

—Pareces agotada, nena —dijo al fin—. ¿No te has planteado ir a un *spa* y que te den unos masajes?

—Es demasiado caro —repuse automáticamente para no soltar una carcajada histérica. Porque ahora lo más importante era el dinero, ¿verdad?

—No he dicho que tuvieras que pagarlo tú —señaló él con el ceño fruncido.

—No quiero tu dinero...

—Sí, ya lo sé, eres totalmente independiente y quieres que siga siendo así, blablablá... Solo me apetece hacer algo por ti una vez. Por el amor de Dios.

«Maldita sea. ¿Por qué tiene que ser tan bueno conmigo?»

Sentí cómo se me humedecían los ojos y miré hacia otro lado, en un intento por distanciarme y centrarme en lo que debía hacer. Tenía que matarlo y no podía darle ninguna pista que le pusiera sobre aviso. Estaba en el otro extremo de la habitación, lo que me suponía un problema mucho mayor de lo que a primera vista parecía. Las pistolas no eran conocidas por su precisión y yo tampoco tenía mucha experiencia.

Necesitaba acercarme más.

Si me ponía detrás de él y le masajeaba los hombros... Sí, eso serviría. Dios, me había convertido en una persona deplorable.

—Todavía faltan diez minutos para que esté lista la cena —dije—. Pareces un poco tenso. ¿Quieres que te dé un masaje en el cuello?

Reese enarcó una ceja mientras yo rodeaba la mesa.

—Creo que deberías quedarte donde estás —dijo despacio.

Yo me detuve al instante.

—¿Qué quieres decir?

—Bueno, detestaría ponértelo demasiado fácil, preciosa.

Me quedé sin respiración, pero me las apañé para esbozar una débil sonrisa. Como os acabo de decir, se me da muy mal mentir.

—No te entiendo.

—Creo que estás planeando dispararme en la nuca —comentó en voz baja. Ahí fue cuando me di cuenta de que no estaba relajado para nada. Puede que por su postura pareciera que estaba sentado tranquilamente, pero tenía todos los músculos tensos, como si estuviera a punto de atacar—. Mala idea. Si me disparas tan cerca te vas a poner perdida de sangre, lo que significa que, o te arriesgas a salir de aquí siendo una prueba andante, o pierdes el tiempo limpiándolo todo. Cualquiera de las dos opciones te complica mucho las cosas.

Bueno, por lo menos ya no tenía que disimular más. Por fin había salido todo a la luz. Casi sentía alivio. Saqué la pistola y la sostuve en alto, usando la mano izquierda como apoyo de la derecha y apuntándole. Esperaba que explotara, que se abalanzara sobre mí, que luchara... Pero permaneció sentado. Simplemente me miró y esperó.

—Adelante, hazlo —dijo, las comisuras de su boca se torcieron hacia arriba, esbozando una sonrisa triste—. Muéstrame de lo que estás hecha.

—Lo siento —susurré—. No te imaginas lo mucho que desearía que esto no estuviera pasando.

—Entonces no dejes que pase. Sea lo que sea podemos solucionarlo. Te ayudaré.

—No puedes.

Él soltó un suspiro. Entonces miró por encima de mi hombro y alzó la barbilla.

—Se ha terminado, nena. —Oí decir a un hombre detrás de mí.

Sí, supuse que tenía razón. Por suerte tuve el tiempo suficiente para apretar el gatillo antes de que me golpeara.

Capítulo 1

Dieciocho días antes.

London

La espalda me estaba matando.

Eran casi las dos de la madrugada y acababa de terminar el último turno de limpieza de la casa de empeños. Los dos últimos meses me había malacostumbrado; al dedicarme en cuerpo y alma a los asuntos administrativos de mi negocio apenas había realizado labores de limpieza, de modo que me había olvidado de lo mucho que costaba dejar un cuarto de baño decente.

Bueno, no solo eso, también fregar suelos, quitar el polvo, pasar la aspiradora. En «London, Servicios Integrales de Limpieza» hacíamos de todo y aunque seguramente no éramos los más baratos de la localidad, sí que éramos los mejores. Lo sabía porque hoy en día rechazaba más clientes de los que aceptaba. Gracias a la reputación que tanto me había costado ganar, encontrar nuevos clientes era una tarea fácil. ¿Trabajadores? No tanto. A la mayoría de la gente no le apetecía pasar noche tras noche limpiando y, aunque les ofrecía un salario mucho más alto que el de la media, a veces se arrepentían y me dejaban tirada.

Como por ejemplo esa noche.

Anna —uno de los miembros de mi personal— me había llamado para decirme que no iba a presentarse al trabajo. Y como la vida de una limpiadora está llena de *glamour*, había pasado la noche del viernes rascando restos de orina seca del suelo de un baño de caballeros.

Sí, ya lo sé, era una mujer con suerte.

Por lo menos mi destrozada espalda y yo estaríamos muy pronto en la cama.

Al llegar a casa vi un Honda Civic azul aparcado frente a la entrada. Se trataba del automóvil de Mellie, la mejor amiga de mi sobrina. Debía de haberse quedado a pasar la noche con Jessie. Contuve la irritación que aquello me produjo. La verdad es que me gustaba que Jess me avisara con tiempo de estas cosas.

Por otra parte, había situaciones mucho peores que tener a otra muchacha durmiendo en tu casa. Sí, la mayoría de las chicas a esa edad eran imposibles. Aunque adoraba a Jessie, a veces resultaba insoportable. Me recordé a mí misma que ella no tenía del todo la culpa; los orientadores me habían dicho una y otra vez que tenía que ayudarla a sobrellevar sus limitaciones.

Y la toma de decisiones en general no era precisamente el punto fuerte de Jessie.

Según los expertos, esa parte de su cerebro no se había desarrollado del modo adecuado gracias al constante idilio que su madre vivía con las sustancias químicas. No sabía muy bien cómo me sentía con todo aquello. Sabía que no era como el resto de adolescentes. Pero en este mundo nadie nacía sabiendo y todos teníamos que aprender a comportarnos en una medida u otra. Además, Jessie tampoco era una niña pequeña.

Abrí la puerta principal y me encontré a Mellie sentada en el sofá. Estaba abrazada a sus rodillas, con los ojos bien abiertos y una lata de Coca-Cola light en la mano a modo de escudo.

Mi radar materno cobró vida al instante.

—¿Qué es lo que ha hecho ahora?

—Fuimos a una fiesta —susurró Mel—. Eran alrededor de las diez. Jessie se encontró con algunas chicas que se graduaron hace un par de años, Terry Fratelli y sus amigas, y nos invitaron a ir a una fiesta que daban los Reapers en el arsenal.

Me tambaleé mientras me sujetaba a la parte trasera de mi viejo sillón de orejas verde para no perder el equilibrio.

—Joder.

Mellie abrió los ojos como platos. Yo nunca decía palabrotas. Nunca. Y ella lo sabía.

—¿Y qué más? —pregunté.

—Siento mucho haberla dejado allí —dijo, con una expresión que reflejaba a las claras que se sentía más que culpable—. Pero no conseguí sacarla de allí y no quiso escucharme. Es más...

Su voz se apagó. A Jessica le gustaba burlarse de Mel cuando esta no la seguía como un perrito faldero. Típico de Jess. ¡Qué muchacha más tonta! Teniendo en cuenta los problemas que siempre daba, no entendía cómo había conseguido tener una amiga como Melanie.

—De todos modos, me prometió que me iría mandando mensajes y le dije que no diría nada siempre que se mantuviera en contacto. Pero dejó de escribirme pasadas las doce y sus últimos mensajes no tenían sentido, se notaba que estaba borracha. Me preocupa mucho, London.

El hecho de que dijera aquello último sorbiéndose la nariz demostró que estaba asustada de veras. Me acerqué a ella y me senté a su lado para darle un abrazo. Mel pasaba tanto tiempo aquí que ya la veía como a una hija.

—Se va a enfadar muchísimo cuando se entere de que te lo he contado.

—Has hecho bien, cariño —comenté. Le acaricié el pelo—. Poner a una amiga en una tesitura como esta es de mocosas egoístas.

—Lo único bueno es que al final me perdonará —masculló Mel. Volvió a sorber por la nariz, se apartó un poco de mí y me miró con una sonrisa vacilante—. Siempre lo hace.

Yo también sonreí, aunque mis pensamientos eran mucho más sombríos. Mel era demasiado buena. A veces deseaba que diera de lado a Jessie y encontrara una nueva mejor amiga. Luego, sin embargo, me sentía fatal porque a pesar de todos sus problemas, Jess era la niña de mi corazón.

—Tengo que encontrarla —dije—. ¿Quieres quedarte aquí o prefieres ir a tu casa?

—Estaba pensando en dormir aquí esta noche, si no te importa —contestó. Asentí porque conocía perfectamente la historia. Las noches de los viernes no eran precisamente idílicas en casa de Mel, sobre todo cuando era día de cobro. A su padre le encantaba celebrar que la semana terminaba de forma demasiado efusiva.

—Por mí bien.

***

Intenté llamar a Bolt Harrison desde mi furgoneta para que Mellie no me oyera. Era el encargado de llevar Pawns, la casa de empeños que había estado limpiando esa misma noche y que daba la casualidad que también pertenecía a los Reapers. Bolt era su vicepresidente.

Había empezado a trabajar para ellos hacía seis meses y se habían convertido en uno de mis clientes más importantes. Ahora no solo tenía un contrato para encargarme de la limpieza de la casa de empeños sino que habíamos hablado de firmar otro para The Line, su club de *striptease*. Habían solicitado nuestros servicios unas cuantas veces, cuando necesitaban ayuda extra, y esperaba que nuestra relación laboral se hiciera cada vez más sólida. En un primer momento yo misma me había encargado de organizar al personal que se encargaba de la limpieza de Pawns, pero hacía dos meses que había delegado esa función en Jason, un hombre mayor que llevaba conmigo casi cinco años y que era de mi total confianza ya que trabajaba como el que más y hacía una labor excelente con las personas a su cargo.

El club de moteros pagaba bien y en efectivo, lo que nos resultaba mucho más cómodo. A cambio, nosotros manteníamos la boca cerrada sobre todo lo que pudiéramos ver, que, para ser sinceros, era mucho menos de lo que uno podía pensar. Sospechaba que en las habitaciones de The Line a veces se ejercía la prostitución pero nunca vi ninguna señal de que las mujeres fueran forzadas a ello.

Además, ¿quién era yo para decir a personas adultas lo que tenían que hacer con sus cuerpos?

Aun así, me aseguré de que ninguna de las empleadas más jóvenes que tenía fuera allí. Que me diera igual lo que sucedía en el club no implicaba que quisiera que mi personal se metiera en líos.

El caso era que pensé en Bolt como la primera persona a la que debía acudir si quería sacar a Jess de cualquier problema en el que se hubiera metido ahora. Me gustaba Bolt y me sentía relativamente a gusto con él; en realidad también era mi única opción. El otro contacto que tenía era Reese Hayes, el presidente de los Reapers; un hombre que, no me avergonzaba admitirlo, me aterrorizaba. Había algo en él que... No sé, quizá fuera la forma en que me miraba. Como si quisiera comerme... y no precisamente en medio de una cena agradable con velas y flores de por medio. Las pocas canas que lucía en las sienes decían que debía de ser un poco mayor que yo, pero tenía un cuerpo propio de un hombre de veintitantos. No sabía qué era lo que más me molestaba de él, si el peligro que exudaba por los cuatro costados, o que dicho peligro me excitara en secreto. (Sí, patético, ya lo sé.)

En resumidas cuentas, que ni loca hablaría con él si no fuera absolutamente necesario.

—¿Sí? —contestó Bolt. De fondo se oía música. Música a todo volumen.

—Hola, señor Harrison.

—¿Serviría de algo que te dijera que me llamaras Bolt?

Si no hubiera estado tan estresada me habría reído. Llevábamos con esa historia desde que nos conocimos. Ninguno de los miembros del club entendía por qué insistía en ser tan formal con ellos, pero tenía mis razones. Que los Reapers pagaran bien no significaba que tuviera que adularlos cada dos por tres. Tenía mis límites muy claros.

—No mucho —repliqué. Mi voz delataba lo preocupada que estaba.

—¿Qué sucede? —quiso saber en cuanto me oyó. Así era Bolt. Se daba cuenta de todo, quisieras o no.

—Tengo un problema personal con el que espero pueda ayudarme.

Silencio.

Seguramente le había pillado por sorpresa. Nunca antes le había pedido ayuda. De hecho, apenas nos habíamos visto en los últimos días. Los primeros meses no nos habían quitado el ojo de encima, pero últimamente parecíamos habernos mimetizado con el local. Nadie prestaba atención al personal de limpieza, algo que siempre encontré fascinante. No os podéis imaginar la de cosas que había visto ni los secretos que conocía.

Tal vez fuera esa la razón por la que encontraba tan inquietante a Reese; seis meses trabajando para él y todavía no había desaparecido.

—Tal vez no lo sepa, pero soy la tutora de la hija de mi prima —dije, yendo directa al asunto—. Una de sus amigas me dijo que ha ido a la fiesta que está dando su club esta noche y estoy preocupada por ella. Es una buena chica, pero no es precisamente la mejor a la hora de tomar decisiones acertadas. ¿Podría ayudarme a encontrarla?

Más silencio. Lo que hizo que me estremeciera. En ese momento me di cuenta de que lo más probable era que le hubiera insultado. En una sola frase acababa de dejar entrever que en sus fiestas se hacían cosas que todo el mundo sabía pero de las que nadie quería hablar —cosas que no eran seguras para una adolescente— y que no se podía confiar en su club.

—¿Es mayor de edad? —preguntó.

—Tiene dieciocho, pero acaba de graduarse hace dos semanas y es un poco inmadura para su edad.

Bolt resopló.

—Siento decirte esto, cariño, pero es lo suficientemente mayor como para decidir dónde quiere ir de fiesta.

Ahora fui yo la que se quedó callada. Podía haberle dicho que aunque tuviera suficiente edad para salir por ahí, no la tenía para beber alcohol legalmente y que podían meterse en un buen lío si en algún momento le proporcionaban ese tipo de bebidas. Por supuesto también sabía que la policía iba a ese tipo de fiestas, pero mantuve la boca cerrada porque hacía mucho que aprendí que cuando permanecías en silencio el tiempo adecuado al final la gente terminaba diciendo algo.

—Está bien —dijo al cabo de un rato—. Sé a dónde quieres llegar. Esta noche no estoy por allí, pero si Pic.

Vaya por Dios. «Pic» era la abreviatura de «Picnic», el apodo de Reese. No tenía ni idea de por qué le llamaban así y ni loca iba a preguntarlo. Eso sí, era la persona que menos me imaginaba pasando un día en el campo.

—Ve al arsenal y pregunta por él. Dile que te he enviado yo, que es un favor personal. Tal vez te ayude y la busque... o tal vez no. Como te he dicho, la muchacha es mayor de edad. ¿Sabes cómo llegar allí?

—Claro.

Se rio. Todos los que vivían en Coeur d'Alene sabían dónde estaba.

—Gracias, señor Harrison. —Colgué antes de que le diera tiempo a cambiar de opinión. Después metí las llaves en el contacto y mi furgoneta cobró vida, junto con la luz que me avisaba de que debía comprobar el motor y que llevaba dándome la lata durante la última semana. Decidí no hacerle ni caso, porque incluso aunque tuviera a alguien que pudiera hacerlo por mí, no podía permitirme el lujo de arreglarlo.

Si todavía me llevaba de un lado a otro es que no estaba roto. Al menos en teoría.

Di marcha atrás y salí a la carretera. Oh, Jessie me odiaría por aquello. ¿Tía London yendo a su rescate en una furgoneta con el logotipo de la empresa de limpieza en el lateral?

Ja. Tampoco es que fuera la primera vez.

***

La sede de los Reapers estaba a unos dieciséis kilómetros de Coeur d'Alene en dirección noreste, yendo por una carretera privada llena de curvas a través de boscosas colinas. Nunca había estado allí, aunque sí que me habían invitado a un par de fiestas cuando empecé a limpiar en el Pawns.

Por supuesto rechacé educadamente la invitación pues prefería mantener mi ámbito privado separado del profesional. Además, dejé de hacer vida social cuando mi ex marido, Joe, rompió conmigo. No le culpaba por haber puesto fin a nuestro matrimonio; me dejó muy claro desde el principio que no quería niños en casa. Así que cuando Amber estuvo a punto de morir por sobredosis seis años atrás, no me quedó más remedio que elegir entre él o Jessie, porque la situación era insostenible. Tuve clara la decisión desde el principio y nos divorciamos de manera bastante amistosa.

Aun así, necesité retirarme a lamer mis heridas y entre poner en marcha el negocio y criar a mi sobrina, no tuve tiempo para salir con nadie hasta Nate, hacía un par de meses. En noches como esta me preguntaba si todos esos años en soledad habían merecido la pena. No era que Jessie fuera mala, pero tampoco era consciente de la relación causa efecto de las decisiones que tomaba y seguramente nunca lo sería.

Cuando aparqué en el arsenal eran cerca de las tres de la mañana. No sabía qué esperar de la sede de los Reapers. Sí que me constaba que era un arsenal auténtico que había pertenecido a la Guardia Nacional, pero en mi cabeza nunca me lo imaginé como una «fortaleza», lo que realmente era. Se trataba de una estructura enorme y sólida, de al menos tres plantas de altura, con ventanas estrechas y parapetos en el techo. En una de las paredes laterales había una puerta que conducía a lo que parecía un patio en la parte trasera del edificio.

Frente a la edificación había una línea de motos vigiladas por dos hombres jóvenes que usaban los chalecos de cuero con los símbolos que llevaba viendo por la zona durante años. A la derecha había un aparcamiento de grava con un buen número de vehículos en él. Aparqué al final de una fila y apagué el motor.

En ese momento me di cuenta de que iba a meterme en una fiesta después de llevar seis horas seguidas limpiando. Qué bien. Lo más seguro era que pareciera recién salida de un manicomio. Me eché un rápido vistazo en el espejo; efectivamente, llevaba el pelo rubio completamente despeinado y apenas me quedaba maquillaje. Oh, bueno... Tampoco era la primera vez que Jess me obligaba a ir detrás de ella haciéndome falta con urgencia una ducha y una cama en la que descansar.

Aunque nunca había tenido que ir a un lugar tan intimidante como aquel.

Salí de la furgoneta y fui directa a la entrada principal. Uno de los hombres vino caminando hacia mí por la grava. Cuando le vi de cerca me sentí mayor. Debía de tener, como mucho, unos veinte años; la barba rala que llevaba con orgullo apenas alcanzada un espesor decente. No era musculoso, como el amigo que le acompañaba, sino más bien enjuto y de huesos marcados.

—¿Vienes por la fiesta? —preguntó, mirándome con escepticismo. No podía culparle; puede que mis jeans raídos no llamaran mucho la atención, pero la camiseta de tirantes había conocido tiempos mejores y el pañuelo que llevaba en el pelo estaba lleno de sudor. Seguramente también tendría manchas de suciedad en la cara. El interior del vehículo estaba tan mal iluminado que apenas había podido fijarme.

Ah, ¿he mencionado ya lo de que me sentía mayor? A mis treinta y ocho años podría haber sido la madre de aquel muchacho.

Decidí que no me caía bien.

—No, estoy aquí para hablar con el señor Hayes —dije educadamente—. El señor Harrison sugirió que viniera a verle.

Me miró sin comprender.

—No tengo ni idea de a quién te refieres —comentó al fin. Después, aquel crío que se hacía pasar por adulto se volvió hacia su compañero y le gritó—. BB, ¿tú sabes quién es el «señor Hayes»?

BB vino hacia nosotros con los mismos andares de un oso; su pelo oscuro le caía sobre la espalda en una trenza. Parecía mayor que el que tenía frente a mí, aunque no mucho más. Suspiré. Por Dios, si solo eran dos críos. Dos críos peligrosos, me recordé a mí misma mientras veía las cadenas que colgaban de sus pantalones y los gruesos anillos que decoraban sus manos.

Unos anillos que en realidad eran puños americanos.

—Es Picnic, capullo —explicó BB, mirándome con ojo crítico—. ¿Por qué le has llamado señor Hayes? ¿Vienes a entregarle algún tipo de documentación?

Negué con la cabeza. Ojalá se tratara de algo tan sencillo.

—Le llamo así porque trabajo para él —señalé, intentando que mi voz sonara lo más natural y serena posible—. Soy la dueña de «London,

Servicios Integrales de Limpieza»; nos encargamos de algunos de vuestros locales. Ha sido el señor Harrison el que me ha enviado aquí en busca del señor Hayes.

—Viene de parte de Bolt —explicó BB al más joven. Después hizo un gesto de asentimiento e indicó—: Te llevaré dentro. A ver si podemos encontrarlo.

—Gracias.

Respiré hondo y me preparé interiormente. Había oído tantas historias sobre aquel lugar que no sabía qué esperar. Si uno hacía caso de los rumores, el arsenal era una mezcla de prostíbulo y local donde se organizaban peleas clandestinas, decorado con montones de objetos robados en cada habitación. O sea cincuenta por ciento guarida pirata, otro cincuenta por ciento almacén de drogas... y peligroso al cien por cien.

BB abrió la puerta y le seguí, echando mi primer vistazo a la sede del club de moteros.

Bien.

Estaba claro que los rumores eran completamente erróneos. Quería pensar que si uno amueblaba su casa con objetos robados elegiría algo de mejor gusto que lo que tenía frente a mí.

La estancia era grande; por la posición central de la puerta parecía que abarcaba la mitad delantera del edificio. A la derecha había una especie de bar. Cerca de la pared se alineaban unas cuantas sillas viejas y sofás y en el centro varias mesas disparejas. A la izquierda había una mesa de billar, unos dardos y una máquina de discos que, o tenía unos cuarenta años, o era una réplica perfecta. En realidad el lugar no estaba sucio... solo muy, muy gastado.

Qué gracia que lo primero que pensara al mirar a mi alrededor fuera que iba demasiado vestida; y por demasiado vestida me refiero precisamente a eso, que llevaba puesta mucha ropa.

Mucha, pero que mucha ropa.

Había una gran variedad de mujeres que oscilaban entre aquellas que iban totalmente desnudas a las que llevaban *jeans* ajustadísimos y tops muy escotados. Yo parecía... Bueno, una señora de la limpieza en una fiesta de moteros. La mitad de los hombres tenían en sus regazos a mujeres medio vestidas y de otra guisa y estaba completamente segura de que en un rincón una pareja estaba manteniendo relaciones sexuales sin ningún tipo de inhibición.

Volví a mirar por el rabillo del ojo para cerciorarme.

Sí, definitivamente estaban practicando sexo. Lo que me asqueó... aunque por extraño que pareciera, también encontré fascinante... Me obligué a mirar a otro lado, esperando no haberme ruborizado como una colegiala.

«Tienes treinta ocho años y sabes cómo se hacen los niños —me dije con firmeza—. Solo porque no tengas sexo no significa que nadie más pueda tenerlo.»

La gente empezó a fijarse en mí; tipos enormes llenos de tatuajes que llevaban chalecos de cuero con los colores de los Reapers. Sus miradas iban desde la pura curiosidad a la absoluta desconfianza. Mierda. Aquello había sido un error. Que Bolt me enviara allí no significaba que fuera a estar a salvo ni tampoco lo convertía en una buena idea. Bolt no era mi amigo. Puede que me apreciara como trabajadora, sí. Pero el club también apreciaba a sus *strippers* y no por eso dejaban de despedirlas cuando sus dramas personales se les iban de las manos.

«Venga, espabila.»

Tomé otra profunda bocanada de aire y miré a BB esbozando una sonrisa de oreja a oreja. Se había quedado expectante, como si creyera que fuera a salir corriendo de allí en cualquier momento. Sin embargo, no era ninguna cobarde. Puede que no me gustara decir palabrotas, pero sabía lo que significaban.

Alcé la vista y vi a un hombre alto, con el cabello ondulado y largo hasta los hombros y que llevaba sin afeitar el tiempo suficiente como para considerar que lucía una barba en toda regla. Llevaba otro de esos chalecos con su nombre, Gage, y otro parche más pequeño en el que se podía leer «Sargento de armas». Nunca lo había visto en la tienda, aunque aquello tampoco decía mucho; por alguna razón entrábamos a limpiarla después de la hora de cierre.

—Dice que ha venido a ver a Pic —comentó BB—. Que viene de parte de Bolt.

—¿En serio? —preguntó con ojos especulativos. Después me estudió de arriba abajo.

Forcé una sonrisa.

—Estoy buscando a mi sobrina —expliqué—. Por lo visto vino a esta fiesta con algunos amigos. El señor Harrison sugirió que tal vez el señor Hayes pudiera ayudarme.

Ahora fue él el que sonrió.

—¿Sí? Quién lo hubiera dicho.

Como no sabía muy bien cómo interpretar sus palabras opté por tomármelas al pie de la letra y esperé a que continuara:

—Vuelve fuera, BB —ordenó el hombre—. Ya me ocupo yo. Eres la encargada de la limpieza, ¿verdad?

Miré mi ropa sucia.

—¿Cómo lo has adivinado? —pregunté con tono seco.

El sonido de su carcajada alivió un poco la tensión que sentía en ese momento.

—Soy Gage —dijo él—. Venga. A ver si podemos encontrar a Pic.

—Odiaría molestarle —señalé rápidamente—. Sé que ahora está ocupado. Veo que eres uno de los miembros del club con cargo. Tal vez podrías ayudarme tú mismo.

Enarcó una ceja.

—Bolt te envió para que hablaras con Picnic, ¿verdad? —Hice un gesto de asentimiento mientras me preguntaba si no acababa de cometer un error. «Buena jugada, London. Molesta al único tipo que se ha ofrecido a ayudarte.»—. Entonces es con él con quien deberías hablar.

Esbocé otra sonrisa. ¿Podría notar cómo se tensaba mi cara por el esfuerzo? Gage se volvió y yo le seguí a lo largo de la sala, intentando no llamar la atención de nadie. Algunos parecían interesados en mi persona, pero la mayoría estaban demasiado ocupados bebiendo, hablando y haciendo otras cosas mucho más íntimas como para fijarse en una mujer con un aspecto tan desaliñado como el mío. En el centro de la pared más al fondo había un pasillo que conducía a otras estancias del edificio. Gage se metió en él y yo volví a seguirle, poniéndome cada vez más nerviosa. Entrar en el arsenal ya había sido bastante malo, pero esto me parecía aún peor. Como si estuviera traspasando el punto de no retorno.

Y sobre todo el punto de no testigos.

Una puerta se abrió y de ella salieron dos muchachas tambaleándose y riéndose tontamente. ¿Jessica? No, pero sí que reconocí a una.

—Kimberly Jordan, ¿sabe tu madre dónde te encuentras en este preciso instante? —Mi voz sonó como el chasquido de un látigo.

Todo el mundo alrededor se quedó inmóvil, incluido Gage.

Kim me miró con los ojos como platos.

—N... No —dijo al fin. Después miró a su alrededor nerviosa, como si esperara que su madre se fuera a materializar de un momento a otro a su lado. Tal vez eso le haría pensar con más cordura.

—¿Quieres hablar con el presidente o no? —inquirió Gage fríamente—. Escoge bien tus batallas, nena. ¿Estás buscando a esta o a tu sobrina?

Tragué saliva. Acababa de darme cuenta de que en ese lugar quizá no se tomaban muy bien la autoridad paterna.

—Estoy aquí por Jessica —dije.

Me sonrió y sus blancos dientes brillaron bajo la escasa luz.

—Muy bien, entonces dejemos a estas en paz, ¿de acuerdo? Chicas, salid de aquí.

Las muchachas se marcharon a toda prisa, rozándonos al pasar y susurrando emocionadas con ojos entusiasmados.

—¿Siempre tenéis a menores de edad bebiendo? —pregunté, incapaz de dejar pasar el asunto por completo.

—No servimos a ningún menor de edad —repuso con rotundidad. Enarqué una ceja, en un gesto que decía a las claras que no me lo creía—. ¿Puedes mirarme a los ojos y jurarme que no probaste ni una gota de alcohol hasta que no cumpliste los veintiuno?

Suspiré. Por supuesto que lo había hecho. No solo eso, había bebido un montón y no me había convertido en una alcohólica, o quedado embarazada, ni me había pasado nada horrible.

Nancy Regan no había tenido razón; al menos en mi caso. Amber era otra cosa.

—¿Seguimos o no?

Gage sacudió la cabeza, sin molestarse en ocultar que aquello le divertía. Después dio un paso adelante y llamó a una puerta sin letrero que había a nuestra izquierda.

—¿Pic? ¿Tienes un momento?

Reese

Estaba sentado en el sofá de mi despacho, preguntándome por qué no me importaba lo más mínimo que una preciosidad como aquella me estuviera chupando la polla. Sí, me gustaba una buena mamada como al que más, pero esa noche no estaba donde tenía que estar, no podía concentrarme. Lo que era una auténtica pena, porque la mujer que tenía de rodillas entre mis piernas tenía una boca como una aspiradora y un sentido de la moral bastante ligero. Era la nueva estrella de The Line y los muchachos me la habían traído como regalo de cumpleaños.

Hoy cumplía cuarenta y tres putos años.

Deslizó los dedos hacia abajo, acariciándome ligeramente los testículos mientras hacía círculos con la lengua alrededor de mi glande. Alargué el brazo, agarré una cerveza y le di un buen trago. Cuando el frío líquido se deslizó por mi garganta me di cuenta de que me daba igual si terminaba de hacer su trabajo o no.

«Quiero verte feliz, cariño, pero puedes hacerlo mucho mejor...», pareció susurrarme Heather al oído.

Llevaba oyendo su voz desde el día en que murió. Dios, cómo la echaba de menos. Deseaba con todas mis fuerzas que aquellos susurros fueran algo más que mi propio subconsciente, pero sabía que era imposible, porque si el espíritu de Heather hubiera estado de verdad a mi lado, aconsejándome, no hubiera metido tanto la pata con nuestras hijas.

Miré a través de la estancia, hacia el archivador de metal negro. En lo alto había una foto en un deslustrado marco de plata. Mi mujer. Mi dama. Se la había hecho en una de las últimas fiestas familiares que celebramos; justo después de que se recuperara de la mastectomía, pero antes de la ronda final de quimio. Tenía los brazos alrededor de nuestras dos hermosas hijas y las tres se reían de algo que sucedía fuera del encuadre de la cámara.

Aspiradora eligió ese momento para succionar profundamente en su garganta y cerré los ojos. Joder, Bolt me había dicho que la chupaba mejor que una profesional pero no me lo había terminado de creer. Esta *stripper* tenía un don. Se había metido en la boca cada centímetro de mi miembro... y eso que no era precisamente pequeño. Solté un gruñido y eché la cabeza hacia atrás.

¿Por qué seguía teniendo la sensación de que estaba engañando a Heather?

Aspiradora se retiró un momento y soltó una risita tonta e irritante. Abrí la boca para decirle que se callara, pero volvió a meterse mi polla hasta la garganta antes de que me diera tiempo. Uf, era buena. Mi apatía se esfumó, dejando la nitidez que solo obtenía con el sexo o una buena pelea. Mi cuerpo se sentía increíble, pero mi mente se distanciaba. Desaparecía toda culpa por Heather, toda preocupación por el club, ni siquiera pensaba en mis hijas cuando me encerraba en mí mismo de esa forma.

Era como una máquina, libre y poderosa.

Justo en ese momento sonó el teléfono móvil. Como lo tenía en el sofá, a mi lado, solo tuve que bajar la vista para ver el texto del mensaje que acaba de recibir. Era de Bolt.

¿Te lo estás pasando bien en la fiesta?. Te mando otro regalo. Intenta no romperlo.

Miré a la mujer castaña que no paraba de moverse de atrás hacia delante apoyada en mi regazo y me percaté de que aunque mi vida podía no ser perfecta, mis amigos sí que sabían cómo cuidarme. Seguro que se trataba de la hermana gemela de la *stripper*. Gracias, Dios mío.

Alguien llamó a la puerta con un sonoro golpe.

—¿Pic? ¿Tienes un momento? —gritó Gage—. Te traigo compañía. Viene de parte de Bolt.

Me incliné hacia delante y agarré a la *stripper* del pelo para que fuera un poco más lenta.

—Que entre.

La puerta se abrió un poco y por ella apareció una rubia de generosas curvas vestida con una camiseta manchada y unos *jeans* descoloridos. Sus ojos captaron enseguida la escena que tenía frente a sí. Sus generosos pechos llenaban por completo la parte delantera de la camiseta donde se podía leer: «London, Servicios Integrales de Limpieza».

Mierda. MIERDA.

¡Ese asqueroso bastardo...! Bolt me las iba a pagar por aquello, porque London Armstrong era la última mujer que debería poner un pie en este edificio. Esa zorrita y su increíble par de tetas habían hecho un infierno de mi existencia los últimos seis meses. Aunque era lo que menos necesitaba en mi vida en ese momento, también era cierto que nunca había deseado tirarme a alguien con tantas ganas.

Ni siquiera a Heather.

Y eso era un problema.

No importaba lo mucho que ansiara ver ese par de pechos apretándome la polla hasta que me corriera en esa bonita cara. Ella era demasiado buena, demasiado limpia y demasiado adulta. La señora Armstrong era una ciudadana normal que iba por el buen camino y que no encajaba en mi mundo. Si supiera todas las cosas que quería hacerle saldría corriendo despavorida de aquí.

Y para empeorar aún más las cosas, también me gustaba como persona.

De pronto, Aspiradora emitió un sonido estrangulado y me di cuenta de que todavía la sujetaba por la cabeza y probablemente le estaba resultando difícil respirar. La solté sin dudarlo y ella se retiró hacia atrás un poco. Me miró con confusión mientras jadeaba. Tenía los labios enrojecidos y húmedos. Lo único que se me ocurrió fue acariciarle la cabeza para tranquilizarla.

Como si se tratara de un perro. ¡Por Dios!

¿En qué coño estaba pensado Bolt al enviarme a London? Inspiré profundamente porque la mujer —que estaba mirándome desde el otro lado del despacho como si fuera un asesino en serie— parecía estar a punto de darse la vuelta y salir de allí como alma que llevaba el diablo.

Y cuando lo hiciera, me encantaría perseguirla... abalanzarme sobre ella, desgarrarle los *jeans* y embestir contra su coño mientras me gritaba. Sí, esa no era una mala idea para nada.

Joder.

Llevaba seis meses masturbándome imaginándome sus tetas, pero había hecho lo correcto y la había dejado en paz. No tenía la culpa de que hubiera decidido venir a mi puto despacho y tampoco era mi responsabilidad salvarla ahora que estaba aquí. Volví a experimentar esa nitidez mental y supe que solo había una forma de terminar con esto.

Le ofrecí una sonrisa al más puro estilo depredador y alcé una mano, saludándola desde el sofá.

«Feliz cumpleaños, Reese Hayes.»

Capítulo 2

London

Nunca me había considerado una mojigata.

Me equivoqué. Tenía que serlo porque nada me había preparado para lo que vi al entrar por esa puerta. No entiendo por qué me impactó tanto. Acababa de ver a una pareja practicando sexo en una habitación donde todo el mundo podía verles, lo que convertía a una oficina privada como aquella en el lugar perfecto para una felación rápida... Pero cuando Reese Hayes gritó que estaba ocupado, me imaginé que estaría haciendo alguna de esas cosas tétricas relacionadas con las bandas de moteros.

Ya sabéis, blanqueo de dinero o algo por el estilo.

Entonces él me sonrió —ese tipo de sonrisa que un tiburón ofrecería a un náufrago antes de destrozarle la pierna— y me hizo un gesto para que me acercara al sofá.

Me quedé mirándole («Oh, Dios mío, ¡tiene la cabeza de una mujer a la altura de la entrepierna!»), sintiendo algo parecido al pánico y abrí la boca para decirle que podía volver más tarde. Pero entonces me di cuenta de que no, no podía regresar después. Necesitaba encontrar a Jessica y tenía que hacerlo en ese momento, antes de que hiciera una de las suyas. Y por mucho que me gustara culpar a los miembros del club de llevarla por el mal camino, sabía perfectamente que se bastaba ella sola para buscarse problemas. Sacarla de allí sería un acto de misericordia para el club.

No tenían ni idea del tipo de estragos que podía causar.

«Puedes hacerlo.»

—Hola, señor Hayes —saludé a toda prisa. Decidí que usar un tono profesional era la mejor manera de distanciarme de su otra... amiga. No. Yo era una mujer con un propósito en mente y no estaba para perder el tiempo con tonterías.

Aun así, me costó horrores no bajar la mirada hacia su regazo y ver si podía echarle un vistazo a sus atributos. Algo que hubiera sido mucho más fácil si el último par de veces que había usado mi vibrador no me hubiera imaginado una situación similar a la que estaba viviendo, pero conmigo interpretando el papel estelar femenino. «Céntrate, Armstrong.»

—Soy London Armstrong, dueña de la empresa de limpieza que trabaja para su club.

Me acerqué un poco más pero no tanto como para apretarle la mano a modo de saludo.

Una tenía sus límites.

Hayes me miró como siempre. De forma calculadora y con un toque voraz mientras sus ojos recorrían mi cuerpo de arriba abajo. Se demoró un poco en mis pechos, pero de manera casi imperceptible. No. Se le veía como todo un hombre de negocios, excepto por el incómodo detalle de que tenía a una mujer entre las piernas. Tragué saliva, sintiendo cómo se me sonrojaban las mejillas.

Nuestros ojos volvieron a encontrarse.

—¿Qué puedo hacer por ti? —preguntó con voz baja y ronca. Era tan... sensual. Me estremecí, porque en ese momento acudieron a mi mente un montón de cosas que me gustaría que hiciera. Incluso que me las hiciera a mí, por mucho que odiara admitirlo. Llevaba seis largos años sin acostarme con nadie. Aunque llevaba saliendo con Nate desde hacía dos meses, todavía no habíamos mantenido relaciones sexuales. Teníamos unas vidas tan ocupadas que no nos habíamos visto lo suficiente como para dar ese paso. Así que mi período de sequía era considerable.

Me obligué a tomarme en serio la pregunta de Hayes, a pesar de los sonidos de succión que provenían de su regazo. ¿Cómo podía aquella mujer seguir haciéndole una mamada, ajena a todo lo que pasaba a su alrededor? A mí me suponía una enorme distracción, la verdad.

—¿Necesitas algo, preciosa? —volvió a preguntar Hayes antes de beber un sorbo de cerveza—. Si has venido para unirte a la juerga, por mí estupendo, de lo contrario siéntate y dime qué es lo que quieres.

¿Unirme?

Me puse completamente roja y supe que estaba perdida. Hasta ese momento había permanecido impasible, pero como ya dije, una tenía sus límites.

«¡Termina con esto de una vez! Así podrás volver a casa y tomarte una buena copa de vino.»

Tal y como estaba yendo la noche, más que una copa iba a necesitar un camión cisterna para calmarme.

—Estoy buscando a mi sobrina. Vive conmigo.

—Siéntate —repitió. Detrás de mí, Gage soltó un resoplido parecido a una risa y cerró la puerta. Bajé la vista hacia el sofá, una monstruosidad a cuadros que debía de tener como unos veinte años. Con la suerte que tenía, si me sentaba allí terminaría pillando alguna enfermedad.

—Prefiero quedarme de pie.

—Siéntate. Ahora —ordenó con voz áspera.

Empecé a temblar por dentro. Reese Hayes era un hombre aterrador. Era cierto que llevaba comportándose mucho tiempo, pero había muchos rumores sobre él. Nate era ayudante del *sheriff* y conocía un montón de historias sobre los Reapers, especialmente de su presidente. No le había hecho mucho caso, porque los moteros eran buenos clientes y me imaginé que él debía de tener muchos prejuicios contra ellos. Al fin y al cabo, ninguna banda de delincuentes podía campar a sus anchas en una comunidad, ¿verdad? Sin embargo, ahora que tenía a Hayes tan de cerca, me di cuenta de que esas historias podían ser ciertas después de todo.

Sus ojos eran como dos témpanos de hielo azul y las ligeras canas que se atisbaban en sus sienes y la zona de la barbilla de su barba de tres días le daban un aire de autoridad que hicieron que quisiera obedecerle al instante. Sus brazos eran anchos, musculosos y sus muslos... Aparté la vista rápidamente porque aquel par de gruesos muslos enmarcaban a la perfección a la mujer que estaba chupándole el pene con tanta dedicación. De pronto tuve la sensación de estar en pleno rodaje de una película porno.

Quería morirme allí mismo.

En las mejores circunstancias, aquel hombre me hacía sentir incómoda, así que había hecho todo lo posible por evitarle. Hasta ahora no se me había dado mal; tampoco era que él estuviera todo el día metido en el Pawns cuando yo y mi equipo de limpieza íbamos allí. Bueno, a veces sí que iba, pero no salía de la oficina.

Tal vez era allí donde hacía lo del blanqueo de dinero.

Sintiéndome un tanto histérica, me pregunté cómo se haría exactamente. Entonces me imaginé a Hayes dándole a la manivela de una de esas lavadoras antiguas mientras un grupo de moteros con delantal tendía cuidadosamente billetes de cien dólares para que se secaran al sol.

—¿Nena?

Parpadeé, intentado recordar por qué narices hacer esto me había parecido una buena idea.

—¿Sí?

—¿Vas a sentarte o no? —preguntó.

—No me siento muy cómoda con... —Hice un gesto hacia la mujer—... esto.

—Bueno, no es mi problema —repuso él, dejando caer una mano en la cabeza de ella—. Pero si te supone algún inconveniente, puedes ocupar su lugar.

—No —dije de inmediato.

—Entonces siéntate de una puta vez y dime a qué has venido.

La nota tensa en su voz me dijo que estaba a punto de perder la paciencia. Lógico, estaba claro que tenía otros asuntos en... mente. Me senté con cuidado en el borde del sofá, mirando hacia la puerta. Me percaté de que así estaba mucho mejor; en esa posición no tenía que verle la cara, aunque ahora sentía los movimientos de la mujer a través de la estructura del mueble, lo que me resultó realmente espeluznante.

—Mi sobrina está en algún lugar de esta fiesta —dije con toda la rapidez que pude—. Se llama Jessica y no tiene mucho criterio a la hora de tomar decisiones. Me gustaría sacarla de aquí y llevarla a casa antes de que cometa alguna estupidez.

Como quemar el edificio hasta los cimientos.

—Has ido a escoger el peor momento para contármelo.

No respondí. ¿Qué podía decir? Por lo que sabía, no había ninguna tarjeta Hallmark que dijera: «Siento haberte interrumpido la mamada.»

¿Debería escribir a la central para sugerirles la idea?

Hayes gruñó y cesó el movimiento del sofá.

—Ve a buscar a Gage —masculló a la mujer que se separó de él emitiendo un sonido que me hubiera gustado no tener que oír. Un segundo más tarde se puso de pie, se limpió la boca y me miró. Yo me encogí de hombros y le ofrecí una tenue sonrisa a modo de disculpa. El sofá crujió cuando Hayes se acomodó mejor y durante un horrible instante creí que me agarraría por los hombros y me obligaría a ocupar el lugar que ahora había quedado libre. Entonces oí otro sonido. El de una cremallera cerrándose.

—Ya puedes mirar.

Me volví y me lo encontré mirándome, recostado sobre el sofá, con un tobillo apoyado sobre la rodilla y el brazo extendido a lo largo del respaldo. Estaba demasiado cerca para que me sintiera cómoda. Si me inclinaba unos centímetros podría tocarlo. Su expresión no dejaba ver ninguna señal que indicase que le había arruinado su final feliz. En realidad no mostraba emoción alguna.

Nada de nada. «¡Uf!»

—Háblame de ella —dijo—. ¿Por qué es un problema?

Y ahí llegaba la pregunta capciosa...

—Es un problema porque es joven y estúpida —contesté, sintiéndome una absoluta pesimista—. Es una persona autodestructiva y hace cosas sin sentido. Si dejo que se quede aquí y haga lo que le venga en gana, pasará algo malo, confíe en mí.

Hayes ladeó la cabeza.

—¿Y será culpa nuestra? —preguntó—. ¿Tienes miedo de que vayamos a pervertirla?

Solté un resoplido intentando reprimir la risa histérica que amenazaba con salir de mi garganta y sacudí la cabeza. Dios, si solo...

—No —repliqué—. Bueno, sí. Lo más seguro. Pero el peligro viene por ambas partes. Jessica es...

Me detuve. No tenía muy claro cuántas de nuestras intimidades familiares quería compartir con él. Decidí que las menos posible.

—Jessie tiene un montón de problemas. Es experta en tomar malas decisiones y en arrastrar a otras personas con ella. Como cuando arrestaron a su mejor amiga por robar en una tienda cuando la pobre muchacha ni siquiera sabía lo que estaba pasando. Sé que no tiene ningún motivo para hacer esto, pero, por favor, ¿podría ayudarme a encontrarla para que me la pueda llevar a casa?

Me miró, estudiando mi rostro con detenimiento. Me hubiera gustado que mostrara algún tipo de emoción. Cualquiera. Porque así era imposible saber lo que estaba pensando y eso me ponía los pelos de punta.

—¿Cuántos años tiene? —preguntó pensativo.

 29

—Dieciocho. Acaba de graduarse en el instituto. Pero créame, no es nada madura para su edad.

Enarcó una ceja.

—No tiene que hacer lo que tú digas —comentó—. A su edad ya hay mucha gente que se ha independizado.

—Mientras viva en mi casa sí que tiene que hacerme caso —repliqué con cuidado—. Y le aseguro que no ha dado ningún paso que indique que esté intentando empezar a ganarse la vida, así que supongo que por ahora las cosas seguirán igual. Además, preferiría no tener que hacerme cargo de un recién nacido, pero con la suerte que tengo puede que se esté quedando embarazada mientras estamos aquí discutiendo el asunto. Nadie se merece algo así.

Él negó con la cabeza lentamente y sus ojos mostraron una emoción que no logré descifrar.

—Es algo que no puedes controlar —dijo después de un rato—. Tengo dos hijas. ¿Lo sabías?

—No, no le conozco —señalé, lo que no era del todo cierto. Todavía recordaba la primera vez que le vi. Me impactó, porque era muy atractivo, y si no hubiera sido una mujer madura y sensata me hubiera enamorado como una chiquilla de él. Estaba claro que Reese Hayes me atraía físicamente... por lo menos cuando no me aterrorizaba.

Aquello no estaba bien.

Tenía novio. Nate. Un hombre muy agradable que me gustaba, al que yo le gustaba y con el que me sentía segura. Tenía una buena vida. Era la dueña de mi propio negocio, cuidaba de Jessica... y a veces de sus amigas. Encapricharme de un motero —para más inri, de uno para el que trabajaba— no era una opción.

Pero por muy fantástico que fuera Nate, durante los últimos meses no había podido evitar fijarme en Reese Hayes. Y todos los chismes que sobre él se contaban no hicieron más que alimentar mi fascinación. Hayes tenía dos hijas mayores, había sido el presidente de los Reapers durante la última década y su mujer, Heather, había muerto de cáncer de mama hacía seis años. Justo cuando obtuve la custodia de Jessica.

De hecho asistí al funeral de Heather Hayes.

Había ido al instituto con Amber, y aunque nunca nos conocimos, quise presentarle mis respetos. En toda mi vida había visto a un hombre tan devastado como Reese Hayes esa fría y oscura tarde de marzo en aquel cementerio. Ese día nevó y sus hijas no dejaron de llorar desconsoladas.

Él, sin embargo, no lo hizo. Pero a Reese Hayes se le vio como a un hombre que había perdido su misma alma. Desde entonces se ganó la reputación del tipo más golfo de todo el pueblo; una reputación que se tenía bien merecida por lo que acababa de presenciar.

«No eres quién para juzgarle», me recordé.

Cuando empecé con la empresa de limpieza, aprendí enseguida que todo el mundo tenía secretos que esconder y que no era mi trabajo desvelarlos. Entra, haz el trabajo, sal y vete a casa. Así de simple.

—Si me conocieras, sabrías que te entiendo más de lo que te imaginas. Como te he dicho, tengo dos hijas. Pero he aprendido por las malas que es imposible controlarlas. Me considero un hombre duro y he sido incapaz de mantenerlas a raya. No tienes la más mínima oportunidad de hacerlo con esa chica. ¿Por qué no te limitas a volver a casa?

Suficiente. Me puse de pie al instante.

—No me iré sin ella. ¿Va a ayudarme o tengo que empezar a buscarla yo sola?

Él no se movió ni tampoco cambió de expresión, pero de pronto tuve la sensación de que la temperatura de la habitación descendió unos cuantos grados.

—Vuelve a poner tu culo donde estaba —dijo. Sus brillantes ojos azules lanzaron chispas. La autoridad y determinación que destilaba su voz me recordaron que estaba frente a un hombre muy peligroso.

Obedecí y me senté.

Ahora fue él el que se levantó y se puso frente a mí. Después se inclinó y apoyó las manos en el sillón, una a cada lado de mi cabeza. Entonces me miró con tal intensidad que me dejó paralizada, aunque la adrenalina empezó a correr rauda por mis venas.

¿Qué narices estaba planeando hacer?

—¿Te das cuenta de dónde estás? —preguntó en voz baja. Lo que me resultó mucho más aterrador que si me hubiera gritado. A mi mente acudieron imágenes de cadáveres enterrados en tumbas improvisadas cavadas en el suelo.

—Estás en mi club —continuó—. Detrás esta puerta hay veinte hombres que harán lo que les pida sin preguntar. Cualquier cosa. Y fuera de este edificio hay bosques y montañas que llegan hasta el final de

Montana, en donde solo puedes toparte con ciervos o un par de alces como testigos. ¿Seguro que quieres cabrearme? Por tu culpa he tenido que sacar la polla de una mujer dispuesta a hacerme de todo, así que no estoy de muy buen humor que digamos.

Me quedé sin respiración. El latido de mi corazón se aceleró de tal forma que creí que estallaría en mi pecho de un momento a otro. Si algo tenía claro era que no quería hacer que se enfadara.

—Ahora pídeme ayuda con la educación debida. —Pronunció aquellas palabras de forma lenta y deliberada. Yo asentí y me tomé un minuto para recuperarme.

—Señor Hayes, ¿sería tan amable de ayudarme a encontrar a Jessica?

—No.

Mis ojos se humedecieron de repente y empecé a temblar por dentro. Parpadeé un par de veces para evitar que las lágrimas se derramaran. Ni loca le daría esa satisfacción. El silencio se instaló entre nosotros, su rostro estaba a quince centímetros del mío y la tensión se palpaba en el ambiente. Oí de fondo la música y el ruido de la fiesta y fui plenamente consciente de que estaba a su merced.

—¿Puedo irme? —pregunté en voz baja.

—No.

Al menos era directo. Me lamí los labios con nerviosismo. Un gesto que no le pasó desapercibido. Como me veía incapaz de seguir mirándole un segundo más, bajé la vista.

Enseguida comprendí que había cometido un error. Porque «debajo» estaba su cuerpo y una sola mirada me bastó para comprender que el hecho de que hubiera echado a su novia de allí no significaba que no siguiera interesado en el sexo. No. La gran protuberancia que sobresalía de sus *jeans* era buena prueba de ello.

¡Uf!

Continué bajando la mirada y me detuve en el enorme cuchillo que llevaba atado a la pierna. Un cuchillo de caza. Y en medio de lo que se suponía era una fiesta. Nada intimidante, ¿verdad?

—Convénceme para que lo haga —susurró. Su voz era cada vez más suave.

—¿Cómo? —murmuré.

Él se rio entre dientes.

—¿Tú qué crees?

Cerré los ojos, intentando pensar. Sexo. Se refería al sexo. De acuerdo. No era una completa novata en el plano sexual, ¿no? ¿Pero estaba dispuesta a acostarme con un hombre para encontrar a Jessica? ¿A renunciar a mi relación con Nate?

Se me retorcieron las entrañas porque ya había renunciado a muchas cosas por ella.

—No me parece buena idea mezclar los negocios con los asuntos personales. Ahora mismo tengo a dos equipos de limpieza trabajando para su club. Creo que involucrarme en una relación con usted sería un gran error. Además, ya estoy viendo a alguien.

Hayes se rio por lo bajo.

—No quiero que te involucres con nada y me da igual tu novio. Pero no me importaría follarme tus tetas. Eso sí que sería un buen aliciente para ayudarte. Tú decides.

Jadeé.

No era ningún secreto que tenía una talla bastante considerable de pecho, pero nadie lo había constatado con tanta... crudeza. No supe qué decir. Miré por toda la habitación, desesperada por ver algo que no fuera él, pero la cara de Hayes se cernió sobre mí. Entonces atisbé una foto encima de un archivador. Una mujer muy guapa, de pie junto a dos adolescentes. Heather Hayes y sus hijas. Unas hijas que habían crecido y se habían independizado, la última el año pasado.

Por lo tanto, Hayes vivía solo. De pronto tuve una idea.

—¿Quién le limpia la casa?

Ahora fue él el que parpadeó.

—¿Qué coño...?

—¿Quién le limpia la casa? —volví a preguntar, sin parar de darle vueltas al asunto—. Si me ayuda a encontrar a Jessica, mi gente y yo iremos a su casa y le haremos una limpieza a fondo completamente gratis. Puede acostarse con cualquiera, ¿pero en cuántas de esas mujeres confía para que le limpien la casa?

Él se balanceó sobre sus talones y ladeó la cabeza. Sus ojos me miraron con un brillo extraño.

—No lo he visto venir —comentó. Torció la boca—. Pero ninguna de las mujeres de ahí fuera va a poner un pie en mi casa para limpiarla.

—Seguro que esperan algo a cambio, ¿verdad? —pregunté. Tenía la sensación de que acababa de metérmelo en el bolsillo—. Me apuesto a que quieren ser sus novias o como quiera que lo llaméis...

—Dama.

 33

—Eso. Seguro que quieren convertirse en su dama —continué, entrando en situación. Me incliné hacia delante, deseando que estuviera de acuerdo conmigo—. Y también me apuesto a que después de un tiempo se vuelven inaguantables. Con nosotros no le pasará eso. Mi equipo y yo iremos a su casa, limpiaremos y nos marcharemos. Sin estrés, sin problemas, sin ataduras de ningún tipo. Merece la pena, ¿verdad?

—Nada de tu equipo y tú. Solo tú.

Fruncí el ceño. Hayes se sentó sobre sus talones; aunque ahora se le veía relajado todavía se podía percibir la tensión en el ambiente.

—Está bien —acordé. Pensé que, ya que había conseguido un punto a mi favor, aquel era un buen momento para detenerme. Extendí la mano. Él la agarró y la estrechó con sus fuertes dedos. Eran cálidos y sólidos, como también lo serían sus brazos.

«No te ha dicho que quiera abrazarte», me recordé a mí misma. «Solo que quiere "follarte las tetas" y esa es una situación en la que no necesitas encontrarte.»

Estaba claro que tenía que empezar a acostarme con Nate pronto, antes de que mis hormonas terminaran conmigo.

«Déjate de historias. Solo encuentra a Jessica.»

—¿Y qué aspecto tiene? —quiso saber Hayes. Metí la mano en el bolsillo y saqué el teléfono. Después busqué a toda prisa su foto de graduación.

Dios, mi sobrina era impresionante.

Jessica era alta, con largas piernas tonificadas por su afición a salir a correr. Tenía el pelo de un brillante tono castaño y unas pestañas largas y espesas. Era la típica princesa norteamericana.

Hayes soltó un silbido grave.

—Es muy guapa —dijo lentamente. Eché un rápido vistazo a su cara, rezando por no ver ninguna señal de lujuria en sus ojos. De pronto me quitó el teléfono, se volvió y salió de la oficina a toda prisa. Yo fui detrás de él cual perrito faldero. Llegamos hasta el salón principal en el que había estado nada más entrar y vi a Gage apoyado en la pared, observando atentamente todo lo que sucedía en la fiesta. Reese fue hacia él y le pasó el móvil.

—¿Al final vamos a buscarla? —preguntó Gage.

—Sí —repuso el presidente—. En cuando demos con ella se irá a casa con London. Y lo hará para siempre, ¿entendido?

—Claro —replicó Gage con indiferencia—. Pero ahora mismo está arriba con Banks y Painter. A estas alturas seguro que ya tiene las piernas bien abiertas.

Cerré los ojos y me estremecí por dentro.

«Por favor, por favor, que esté usando preservativos...»

—Por aquí —indicó Hayes. Volví a seguirle, atravesando la habitación y a todas las personas que estaban en la fiesta. La gente se apartaba a su paso, dejando claro quién era el que mandaba allí.

Al otro extremo del salón, pasado el bar, había una escalera que conducía a las plantas superiores. Hayes subió por ellas y yo continué detrás de él. En la segunda planta pasamos por una enorme sala de juegos en la que había una mesa de billar, unos cuantos sofás viejos, una pantalla de televisión gigante y varias generaciones de consolas de videojuegos. También había gente, aunque no tanta como abajo. Solo una pareja en uno de los sofás.

«Mantén la vista al frente. No eres quién para juzgar a nadie.»

Hayes me llevó a otra planta más arriba, donde accedimos a un estrecho pasillo bordeado por puertas de madera a ambos lados.

—Aquí estaban los barracones del antiguo arsenal —explicó—. No creo que llegaran a usarlos, pero así se construían antes este tipo de edificios. Ahora los usamos como habitaciones para invitados. Lo más probable es que tu sobrina esté en la del final, porque es la única libre.

Caminó por el pasillo con tranquilidad, como si no estuviéramos en una carrera contrarreloj para impedir que Jessica se quedara embarazada. Me obligué a seguirle con la misma calma y me detuve a su lado cuando se paró frente a la última puerta. Oí a alguien gemir dentro. Volví a cerrar los ojos, deseando estar en la cama de mi casa, mi hogar.

—¿Seguro que quieres hacerlo? —preguntó Hayes. Su mirada se suavizó.

Fruncí el ceño.

—Por supuesto. ¿Por qué... me... lo pregunta?

—Porque simplemente podemos regresar abajo y tomarnos una copa —dijo lentamente—. Relajarnos un poco. Porque entrar y sacarla de ahí no cambiará nada. Si la muchacha está dispuesta a meterse en líos, eso es lo que hará. No puedes hacer nada para detenerla.

Apreté los dientes. Una parte de mí sabía que tenía razón; al fin y al cabo tampoco logré que Amber cambiara. Mi prima no había empezado siendo la típica persona que se pinchaba heroína delante de su hija de doce años.

Pero quería algo más para Jessica. Mucho más.

—¿Llamo yo a la puerta o lo hace usted —pregunté con determinación.

Se encogió de hombros a modo de respuesta y después dio unos fuertes golpes en la madera.

—Soy Pic.

—¿Sí? —gritó un hombre con voz ronca. También me imaginaba por qué.

—¿Tienes a una chica dentro que se llama Jessica?

Oímos voces ahogadas y luego habló otro hombre.

—Dice que no, pero tiene toda la pinta de estar mintiendo. Danos un segundo.

Esperamos lo que no pudieron ser más de un par de minutos pero que a mí me parecieron una eternidad, mientras oíamos murmullos y golpes dentro.

Primero fueron dos voces masculinas. Después la de Jessica discutiendo. Dios, ¿por qué hacía este tipo de cosas?

Hayes estuvo todo el rato apoyado contra la pared, con sus grandes brazos cruzados y observándome como si fuera un ratoncito atrapado. Entonces la puerta se abrió, revelando a un hombre joven, alto, moreno y con el pelo revuelto. Miré detrás de él y vi una habitación muy sencilla con una vieja cama combada. Jessica estaba de pie, con cara de enfado. Detrás de ella había otro hombre —este con el pelo rubio y corto, peinado de punta— que iba sin camiseta y con un par de jeans sueltos que se abrochó antes de ponerse unas pesadas botas de cuero con gesto disgustado.

Me fijé en que tenía un sendero de marcas de pintalabios por el pecho que descendía hasta su estómago.

¡Por Dios!

—No tienes ningún derecho a estar aquí —dijo mi sobrina entre dientes. Por primera vez la miré detenidamente. Jesús, tenía un aspecto horrible, desaliñado, con las medias rotas, una minifalda cortísima y dos tops superpuestos de tal forma que aunque parecían una prenda de vestir apenas cubrían nada. Iba con los ojos pintados de negro y se le había corrido la máscara de pestañas; llevaba el pelo revuelto y la barra de labios roja hacía juego con el rastro de marcas del pecho del hombre rubio.

—Jess, ya es hora de irnos a casa. —De pronto sentí cada minuto de mis treinta y ocho años. El rubio se puso la camiseta, pasó junto a Jess y salió por la puerta, prácticamente gruñendo de frustración. Hayes se acercó a él, le dio una palmada en la espalda e intercambiaron una mirada que no fui capaz de descifrar.

—¡Te odio! —gritó Jess.

—Por el amor de Dios —comentó Hayes molesto—. Saca tu culo de aquí, pedazo de mierda. No tengo tiempo para esto, ni tampoco London.

—Que te den. Soy mayor de edad. Puedo hacer lo que quiera y quiero quedarme aquí, con Banks.

El hombre joven que sostenía la puerta —me imaginé que Banks— soltó un resoplido de asombro. Hayes no hizo nada, pero de alguna forma el ambiente se puso tenso. Peligroso. Jessica acaba de cometer un error enorme y de repente tuve miedo por ella. Sin pensarlo, extendí la mano y la agarré del brazo, cerrando los dedos en torno a su cálida piel.

—Por favor... —susurré.

Hayes bajó la mirada hasta mi mano y después me miró a los ojos, paralizándome por completo.

—Me debes una —señaló—. Porque esta zorra mocosa no puede dirigirse a mí de esa forma, ¿entendido? Nunca más.

A continuación dirigió su atención a Jess, cuyo rostro empezaba a reflejar cierta preocupación. ¿Se habría dado cuenta ya de que esto no era ningún juego?

—Vas a sacar tu culo de aquí y te disculparás con tu tía —ordenó él con una voz tan calma y baja que me llegó a las entrañas—. Después bajarás y te meterás en su furgoneta. Irás directa a casa y jamás volverás a poner un pie en este lugar. Si lo haces te enseñaré una lección que no olvidarás nunca. Y no pienses ni por un instante que por sonreír y menearme las tetas conseguirás algo. No tienes nada que no haya visto antes. ¿Está claro?

Jessica, que a estas alturas estaba con los ojos como platos, asintió. Luego salió de la habitación y se colocó detrás de mí, en un movimiento instintivo por quedarse lo más lejos posible del presidente de los Reapers sin que se notara demasiado.

—Estoy lista para marcharme, Loni —dijo con voz queda.

—De acuerdo. Salgamos de aquí.

Me di la vuelta, dispuesta a abandonar ese lugar cuanto antes, pero su voz me detuvo como el chasquido de un látigo.

—Detente.

Ambas nos volvimos despacio. Su penetrante mirada iba dirigida a mí, marcándome, despojándome de todas mis defensas. Y entonces me di cuenta de que estaba mucho más enfadado con Jessica de lo que pensaba. En algún remoto lugar de mi mente, una vocecilla chilló de miedo, absolutamente convencida de que un depredador iba a darse un festín con nosotras.

—Banks la llevará abajo —dijo—. Tú y yo todavía no hemos terminado.

El muchacho salió a toda prisa de la habitación, poniéndose el chaleco de los Reapers antes de agarrar a Jessica del brazo y tirar de ella hacia el pasillo. Viéndoles a lo lejos, cualquiera pensaría que eran una pareja de jóvenes, caminando de la mano, cuando en realidad se acercaban más a un guardia escoltando a una prisionera.

—Muchas gracias por la ayuda —dije a Hayes en cuanto desaparecieron de nuestra vista, mientras intentaba controlar mi respiración para no demostrarle lo asustada que estaba—. ¿De qué quería que hablásemos?

—Te quiero en mi casa el lunes a las tres.

—Intentaré hacerle un hueco —comenté despacio—, aunque no tengo aquí mi agenda. ¿Puedo llamarle mañana, cuando no esté tan cansada, para fijar día y hora?

Sí, aquella era una idea mucho mejor. Hasta podría encontrar una forma de salir de aquello, porque sabía perfectamente que ir sola a su casa no era seguro. No después de haber visto de primera mano cómo actuaba (desde luego era mucho más peligroso que lo que decían todos los rumores juntos). Hayes esbozó una sonrisa perversa.

—No, estarás en mi casa el lunes a las tres. Bolt te dará la dirección. Eso cubrirá nuestro primer trato. Supongo que no habrás olvidado que ahora me debes otra.

—¿Qu... Qué? —pregunté sin entender muy bien a qué se refería.

—Le he perdonado a tu sobrina una muy gorda —explicó de manera pausada, acercándose a mí poco a poco. Retrocedí con cautela—. Pero alguien tiene que pagar por lo que ha hecho.

Hayes dio otro paso en mi dirección. En ese momento sentí la pared contra mi espalda. Aquello no presagiaba nada bueno. Su expresión era fría. Sus ojos, puro hielo. Se detuvo frente a mí y apoyó las manos a ambos lados de mi cabeza.

—¿A qué se refiere exactamente con pagar? —susurré.

38

—Hoy es mi cumpleaños. —Su pecho rozó la punta de mis senos. Mis pezones se endurecieron al instante—. Y en vez de tener mi polla en la boca de una *stripper* he terminado aguándoles la fiesta a dos de mis hermanos por tu culpa.

Empecé a entrar en pánico.

—En realidad la tuvo... —Me aclaré la garganta nerviosa—. Tuvo sexo oral. Técnicamente hablando, claro está. Simplemente no terminó.

—Soy consciente de ello.

Empujó las caderas contra mí para demostrarme lo consciente que también estaba otra parte de su cuerpo. Tragué saliva, notando la dura protuberancia sobre el estómago. Una ola de calor invadió mi cuerpo, ensortijándose entre mis piernas. Porque por muchas otras cosas que fuera Reese Hayes, lo cierto era que tenía un increíble atractivo sexual. Su boca descendió hacia la mía. En el camino, nuestras narices se rozaron. Sentí su cálido aliento sobre la mejilla y cuando sus labios quedaron a escasos milímetros de los míos cerré los ojos.

—Solo quiero saborearte un momento —susurró él.

Asentí, incapaz de resistirme.

Entonces su boca rozó la mía mientras su mano se deslizaba por mi pelo y me quitaba el pañuelo. Recorrió mis labios con la lengua, en una muda petición para que le dejara entrar.

Suspiré, aceptando.

El beso fue sorprendentemente suave a pesar de su intensidad. Su lengua penetró mi boca y comenzó una persecución que envío una estela de deseo que llegó hasta los dedos de mis pies para luego volver a ascender. Sin pensarlo, presioné mis senos contra su pecho, asombrada a la par que excitada por lo bien que me sentía envuelta en sus brazos. Sus caderas volvieron a moverse, esta vez a un ritmo constante y firme, mientras entremetía una rodilla entre las mías. Sentí cómo me agarraba el trasero. Antes de darme cuenta me alzó sin apenas esfuerzo y me sujetó contra la pared. Le rodeé la cintura con las piernas en un gesto que me surgió de forma natural...

Y ahí fue cuando me di cuenta de lo que realmente estábamos haciendo.

El pene de Reese Hayes empujaba contra mi hendidura y mi cuerpo esperaba expectante lo que estaba por venir. Estábamos peligrosamente cerca del punto de no retorno.

De pronto me imaginé la cara sonriente de Nate y me obligué a terminar con aquel beso. Hayes liberó mi boca. Todavía me sujetaba con firmeza. Descansó su frente sobre la mía y respiró pesadamente. Apoyé la espalda contra la pared, con la adrenalina en plena ebullición, pero no había ningún sitio al que ir. No era porque el beso hubiera sido violento, o rudo, o apasionado... Era porque nunca había experimentado nada parecido a la intensidad contenida de aquel hombre.

Ni nunca antes había deseado tanto a alguien como deseaba a Reese Hayes en ese instante.

—Tengo que irme —susurré—. Jessie me está esperando.

—Quédate.

—No puedo. Me necesita. Tú también eres padre... tienes que entenderlo. Sé que lo haces.

—No puedes controlarla —murmuró contra mi oído. Su cálido aliento acarició mi lóbulo—. Ya es mayor y tiene que tomar sus propias decisiones. Tarde o temprano tenemos que dejarlas crecer.

—¿Eso fue lo que hiciste con tus hijas? —pregunté.

Hayes se tensó, pero inmediatamente después negó con la cabeza y rio por lo bajo.

—Joder, no —admitió—. Hice todo lo que estuvo en mis manos para protegerlas y mantenerlas a salvo. Y al final no me salió como esperaba. Kit se ha convertido en una salvaje y Em se fue a vivir con ese cabrón al que me gustaría tumbar de un puñetazo.

—Entonces seguro que comprendes por qué tengo que irme ahora.

Me bajó despacio y se quedó mirándome un buen rato. En ese instante compartimos uno de esos momentos de entendimiento mutuo que hubiera creído imposible diez minutos antes.

—Te acompaño al aparcamiento —dijo él.

—Gracias.

Bajamos las escaleras y atravesamos el salón principal con una mezcla de interés y tensión. Varias personas nos miraron de forma especulativa, pero no les hice ni caso.

Sin embargo, lo que no pude pasar por alto fue el zumbido de mi cuerpo. Había cumplido mi objetivo.

Fuera, una apagada Jessica me esperaba en el aparcamiento junto a la furgoneta. Banks estaba lo suficientemente cerca de ella como para vigilarla, pero no lo bastante como para entablar una conversación. Parecía aburrido pero alerta, dispuesto a cumplir las órdenes del presidente.

¡Pues sí que duraba poco el amor juvenil!

Abrí la furgoneta con la llave automática. Jess se deslizó en el asiento del copiloto cuando llegué a mi puerta. Entonces Hayes me agarró del hombro y me dio la vuelta para ponerme de cara a él.

—El lunes a las tres.

—Veré si puedo hacerte hueco.

—Lo harás —dijo con una lenta sonrisa socarrona. Ambos sabíamos que estaría allí a la hora en punto, lista para trabajar. Tuve la sensación de que si no cumplía saldría a cazarme cual depredador a su presa. Abrí la puerta y entré en la furgoneta. Después, metí la llave en el contacto y arranqué el motor.

Jess se negó a mirarme, lo que me vino de perlas ya que tampoco me apetecía mucho lidiar con ella. Pero a medio camino decidió poner fin a su silencio.

—Mamá nunca me hubiera avergonzado de esa forma.

¿Así que iba a usar la baza de Amber en mi contra? Dentro de mí se desató algo horrible.

—Claro, ella hubiera dejado que te follaran porque nunca mueve un dedo a cambio de nada.

Jessica jadeó indignada y me sentí fatal al instante. Puede que lo que hubiera dicho fuera cierto, pero no era quién para echar por tierra a Amber delante de su hija.

—Lo siento...

—Que te den —dijo con voz fría, sombría y tan cargada de odio que me estremecí—. Quiero irme a vivir con ella. Con mi verdadera madre. —Reduje la velocidad dispuesta a pararme. Había metido la pata y lo sabía, pero Jess se dio la vuelta y luego añadió—: Sigue conduciendo. No quiero hablar. No eres ni mi madre ni mi jefa. Soy una mujer adulta. Que te den —repitió, pero esta vez no lo dijo tan fuerte. No. Fue más bien un susurro lleno de dolor. Se me partió el corazón, porque, por muchos problemas de conducta que tuviera, no era culpa suya. Desde el mismo momento de su concepción se había visto sometida a innumerables sustancias químicas dentro del tóxico vientre de su madre y ahora tenía que vivir con las consecuencias el resto de su vida.

En la privacidad de mi mente, me permití maldecir por segunda vez aquella noche.

«Que te den, Amber.»

Capítulo 3

Lunes

London

—**T**engo que admitir que pensé que te supondría un problema...
—comenté mientras pasada un dedo por el borde de mi vaso
de agua. Se suponía que teníamos una cita esa noche, pero Nate me había llamado antes diciendo que le tocaba trabajar, así que habíamos quedado para comer.

Me robó una patata frita y yo le di un ligero manotazo. Aunque
detestara reconocerlo, había echado mucho de menos tener un hombre
a mi lado. Le miré a través de la mesa y sentí una confortable calidez
en mi interior. Me hacía feliz estar con él. Era tan fuerte y se le veía tan
atractivo con su uniforme de ayudante del *sheriff*... Parecía recién salido
de una novela romántica, incluso tenía el cabello alborotado y un par de
hoyuelos para completar el paquete.

De pronto recordé el beso de Reese Hayes y me sonrojé. No le había
dicho nada a Nate. No habíamos hecho oficial lo nuestro, ni tampoco
habíamos hablado sobre mantener una relación exclusiva.

Aunque implícitamente estaba claro.

—No me hace mucha gracia —admitió él—. Hayes es un delincuente y todos lo sabemos. Pero ahora mismo no hay abierta ninguna

 43

investigación en su contra. Lo que sí que me cuestiono son los motivos que tiene para pedirte que vayas solo tú.

Era mejor que no siguiéramos con aquello.

—Bueno, será interesante —me limité a decir.

—¿Cómo está Jess?

—Como siempre, supongo. Estoy intentando que se ponga a buscar trabajo. Tiene que plantearse qué quiere hacer en el futuro y ya ha dicho que no piensa seguir estudiando. Me siento impotente.

—Me imagino. —Usó un tono comprensivo aunque un tanto evasivo. Desde el primer momento había dejado claro que lo que sucediera entre Jess y yo era asunto nuestro, que se lavaba las manos al respecto. Lo que me pareció muy tranquilizador aunque también frustrante, pues era algo que no se me iba de la cabeza—. ¿Crees que podrías ausentarte una noche de casa sin problemas? Me encantaría llevarte a Sandpoint este fin de semana. Hay un hotel precioso que quiero enseñarte.

Volví a sonrojarme, porque ambos sabíamos lo que realmente me estaba preguntando. ¿Estaba lista para pasar la noche con él? Por alguna razón había estado retrasando el momento; algo bastante extraño teniendo en cuenta lo sexualmente frustrada que estaba. No podía pensar ni una sola razón de peso por la que no fuera aconsejable que me acostara con él. Tal vez solo debía lanzarme y dar el paso. Quitar la tirita de un tirón y no poco a poco.

Estupendo, ahora empezaba a pensar en clichés.

—No creo que pueda irme toda una noche —respondí con una sonrisa—. Si lo hago, Jess es capaz de organizar una fiesta y quemarme la casa o algo parecido. Pero eso no significa que no podamos disponer de un poco de tiempo a solas.

Su rostro se iluminó.

—¿Estás segura? —Nate nunca me presionaba; una de las cosas por las que tanto me gustaba.

—Sí.

Extendió el brazo sobre la mesa y me agarró la mano para tirar de ella y depositar un suave beso en la palma. Oí un suspiro y alcé la vista para ver de quién provenía. Era la camarera que nos miraba embelesada.

Me incliné hacia delante y susurré en su oído.

—Creo que se imagina que estás a punto de proponerme matrimonio.

—No en esta ocasión —replicó él, volviendo la cabeza lo suficiente para que sus labios rozaran mi mandíbula.

¿Le había entendido bien?

Oh... vaya... Sabía que Nate quería volver a casarse. Hacía tres años que se había divorciado y no me había ocultado que buscaba una relación seria. Aun así, me parecía un poco pronto insinuar algo tan importante.

Me separé de él y me quedé mirando fijamente mi plato.

—Eh, no te preocupes —dijo de forma casual—. Piensas mucho, Loni. Solo disfruta del momento, ¿de acuerdo?

—Está bien. Entonces... Podemos quedar. ¿Qué te parece si voy a tu casa el viernes? Podíamos cenar y tal vez ver una peli o algo...

—Me encanta eso de «algo» —dijo con ojos resplandecientes.

Revolví la salsa de tomate con una patata frita, fingiendo que estaba pensando detenidamente en su sugerencia.

—Sí, eso haremos.

Se inclinó hacia delante para darme un beso como Dios manda justo en medio del restaurante. La camarera empezó a aplaudir entusiasmada. Uf. ¿Alguna vez había sido tan joven y romántica?

No.

Amber había sido la romántica, persiguiendo siempre sus sueños, hasta el punto de que se metió en la madriguera del conejo y nunca encontró el camino de regreso. Llevaba persiguiéndola desde entonces, intentando controlar los daños que sus acciones causaban.

Tal vez ahora me tocaba ir tras algunos de mis sueños. Empezando por Nate.

Me merecía un poco de felicidad.

***

«¿Por qué narices estoy aquí?»

Esa misma tarde, un poco después, estaba de pie en el porche de Reese Hayes cuestionándome mi cordura. Jessica podía estar metiéndose en problemas de nuevo; no había resuelto nada, solo retrasado lo inevitable. La dichosa tranquilidad que me había proporcionado mi almuerzo con Nate se evaporó desde el mismo instante en que puse el pie en esa casa, reemplazada por una mezcla de horrible ansiedad y emoción por volver a ver a Hayes que me revolvió el estómago.

Claro que también podía tratarse de las patatas fritas que había comido.

Sí. Seguro.

El enorme motero me abrió la puerta con una perezosa sonrisa capaz de derretir la ropa interior de cualquier mujer. Iba vestido con unos *jeans* descoloridos de talle bajo que le colgaban de las caderas y una vieja camiseta que apenas ocultaba esa inmensa mole de músculos. Aquellos ojos azul hielo que no se perdían ni un detalle bajaron por mi figura estudiando la camiseta holgada y *jeans* rotos que me había puesto a conciencia para esa tarde. Seguramente la vestimenta menos *sexy* de la historia de la humanidad... y no por casualidad.

No quería repetir los desafortunados eventos del fin de semana en el pasillo.

Los labios de Reese se curvaron y su rostro no reflejó ni un atisbo de la fría determinación que mostró la última vez que lo vi. No, se notaba que hoy quería fingir ser un humano medianamente normal, aunque solo tuvo éxito en parte. Sabía lo que había bajo toda esa fachada; un hombre duro que no dudaría en hacer lo que fuera para conseguir sus propósitos. Por desgracia, mis partes íntimas dejaron de escuchar a partir de «hombre duro» y en vez de centrarse en todo el trabajo que tenía por delante, se dedicaron a recordar la sensación de su boca contra la mía.

—Me alegro de que hayas podido hacerme un hueco en tu agenda —dijo con tono travieso cuando entré. Me mordí la lengua. Literalmente. Había un sinfín de razones por las que no podía darme el lujo de sacarle de quicio, sin contar con el hecho de que los Reapers eran los que mejor me pagaban. Si conseguía el contrato de limpieza del club de *striptease*, además, se convertirían en mi mejor cliente. Y todo en efectivo. Soportaba bien el trabajo duro, pero había trabajos y «trabajos». Si ofrecías un buen servicio el club pagaba más que bien y no escatimaban a la hora de conseguir lo que querían. Merecía la pena cualquier molestia que tuviera que sufrir ahora con tal de obtener ese contrato.

De todos modos, dejando a un lado el tema laboral, también estaba segura de que si no contenía mi genio y llevaba a Reese al límite, las cosas empezarían a ponerse feas... con cuchillos y armas de por medio. Basé esta suposición en el impresionante arsenal que vi sobre la repisa de la chimenea nada más entrar al salón.

—Qué armas más bonitas —masculló con los ojos abiertos de par en par.

Reese rio.

—La mayoría eran de mi padre —dijo—. Aunque con los años he ido haciéndome con algunas más.

Encantador.

Me volví para mirarle a la cara, ofreciéndole mi sonrisa más profesional.

—¿Puedes enseñarme el resto de la casa? —pregunté—. Me gustaría hacerme una idea de todo lo que hay que limpiar. Tengo cinco horas antes de recoger a Jess.

—¿Qué tal le va?

Mmm... ¿Qué podía responder? Le miré a los ojos, deseando que no fueran tan vívidos y azules. No era justo que un hombre con esos músculos además tuviera esos ojos. Y esos labios, con esa barba de tres días...

—Está enfadada conmigo y con el mundo —indiqué después de unos segundos—. Y encima le dije una estupidez que hirió sus sentimientos y que puso las cosas peor de lo que estaban. Así qué no sé cómo vamos a terminar.

—¿Quieres que hablemos del asunto?

Aquello me sorprendió. Tosí y miré hacia otro lado. ¿Por qué demonios se ofrecía a hablar conmigo de Jessica? Recordé el almuerzo con Nate y me di cuenta de que era el segundo hombre que me preguntaba por mi sobrina ese día. Fíjate qué bien. Estaba rodeada de soberbios especímenes masculinos y lo único que querían era charlar sobre mis técnicas educativas.

—No. Mejor me pongo a trabajar, ¿de acuerdo?

Enarcó una ceja y alzó las manos en señal de derrota.

—Me parece perfecto. De acuerdo, vamos.

Empezamos subiendo las estrechas escaleras que llevaban a la segunda planta, que constaba de tres dormitorios y un baño. Se trataba de una casa de campo antigua que debía de tener unos cien años; no era nada sofisticada aunque sí amplia y acogedora. Alfombras de vivos colores cubrían el suelo de madera y estaba claro que dos de las habitaciones pertenecían a sus hijas. La otra era la que hacía las veces de dormitorio de invitados.

El hecho de que las habitaciones de sus hijas siguieran tal cual y que no las hubiera redecorado o guardado sus cosas en cajas, era un punto a su favor.

Supongo que nadie es malo del todo.

El ambiente hogareño continuaba en la planta baja a pesar del despliegue de armas en el salón. En el comedor había una vitrina llena de cosas que debían de haber pertenecido a Heather. Había fotos y cuadros en las paredes e incluso alguna que otra planta, aunque en ese momento no tenían un aspecto muy saludable.

Me pregunté si había sido su hija la que se encargaba de regarlas.

Las plantas no eran lo único falto de cuidados. Había polvo en todas las superficies visibles, manchas de cal en la grifería y el cubo de la basura estaba lleno de platos de papel y recipientes de comida para llevar. El fregadero tenía un par de vasos sucios y la cocina parecía no haber sido usada durante el último mes.

—Me imagino que no comes en casa muy a menudo.

—Tengo una vida muy ocupada. Mi habitación está por aquí.

Su habitación.

«No seas tonta», me dije a mí misma. «Llevas limpiando habitaciones de extraños durante años y nunca te ha supuesto ningún problema.»

—Necesito ir a por mis utensilios de limpieza —dije, acobardándome en el último momento. Ya visitaría su dormitorio más tarde, después de encargarme del resto de la casa. Por suerte tenía un arduo trabajo por delante. Sí, había mucho polvo, pero no estaba muy sucio. Por lo que vi me dio la impresión de que no pasaba mucho tiempo allí y que el mayor problema era que estaba un poco desordenado.

—¿Te ayudo a traerlo? —preguntó él mientras me llevaba hasta la puerta.

—No. De hecho prefiero que te vayas un par de horas.

Me miró de forma especulativa y yo puse los ojos en blanco.

—¿Qué crees que voy a hacer? ¿Robarte las armas? Pero si ni siquiera me gustan. Voy a ponerlo todo patas arriba y si te quedas lo único que harás será estar en medio y molestarme.

Hayes me miró sorprendido y resopló. Entonces me di cuenta de que en realidad estaba intentando reprimir una carcajada. Bueno, aquello era preferible a que me amenazara.

—Estaré en la tienda —señaló—. Ven a buscarme si tienes cualquier duda.

—Sí, claro —repliqué mientras echaba otro vistazo rápido a la casa.

Cuanto antes terminara con aquello mejor.

∗∗∗

Casi tres horas más tarde había limpiado, barrido y fregado toda la vivienda. No a fondo —por ejemplo no había tocado las ventanas— pero todas las superficies estaban inmaculadas, las alfombras libres de suciedad y había acabado con todas las motas de polvo por sus crímenes contra la humanidad.

Ahora lo único que me quedaba era la habitación de Hayes, que había pospuesto deliberadamente para el final. ¿Por qué? No tenía ni idea. Tal vez porque era una estancia demasiado íntima y no quería estar más cerca de él de lo estrictamente necesario. Lo que era una estupidez porque llevaba años limpiando habitaciones y nunca habían despertado en mí el más mínimo interés.

«¡Supéralo!»

Entrar en aquel dormitorio fue como entrar en un mundo diferente. Todo era nuevo, lo que suponía un fuerte contraste con el resto de la casa, y además también era una estancia minimalista e impersonal. Unos pocos muebles modernos, un tocador con una pantalla plana gigante y un armario doble con las puertas de espejo. En la parte trasera había una puerta corredera de la que colgaban pesadas cortinas oscuras que no eran del todo negras, pero casi.

¿Y la cama?

¡Madre mía!

Reese Hayes tenía una cama lo suficiente grande como para que se acostaran cómodamente seis personas (seguro que en más de una ocasión había tenido tantos ocupantes). Me lo imaginé desnudo y tumbado de espaldas y me quedé sin aliento. «¡Parad, hormonas!» Estaba cubierta por sábanas de seda negra; otro toque moderno que no concordaba en absoluto con el resto de la casa. Se veía como una especie de guarida oscura, lo que se suponía que era. Estaba claro que había eliminado cualquier señal que indicara que esa también había sido la habitación de su mujer.

—¡Qué triste! —murmuré para mí.

—¿Qué es triste?

Me sobresalté del mismo modo que si hubiera recibido una sobredosis de adrenalina. Me volví y me encontré con el hombre que precisamente estaba ocupando mis pensamientos mirándome con curiosidad. Se apoyó en el marco de la puerta y cruzó sus enormes brazos, marcando los músculos de tal forma que un escalofrío me recorrió toda la espalda.

—¡No vuelvas a hacer eso nunca más! —Hayes enarcó una ceja. En ese momento me di cuenta de que le había gritado—. Lo siento —dije de inmediato, pues recordé cómo reaccionó ante la explosión de Jessica.

En realidad no creía que corriera ningún peligro, al menos no en esas circunstancias, aunque tampoco significaba que me sintiera cómoda y segura en su compañía.

—No quería asustarte —reconoció en voz baja—. Pero ¿a qué te referías con ese comentario?

Me encantaba sentirme como un ciervo en medio de una carretera a punto de ser atropellado. Traté de pensar en alguna salida prudente pero, para mi horror, la verdad fluyó por mis labios como un torrente.

—Que es muy triste que hayas eliminado cualquier rastro de Heather de esta habitación. —Se quedó petrificado y por primera vez percibí verdadera emoción en su rostro. Se le veía... aturdido. Como si no creyera que acabara de decir algo así. Para ser sinceros yo tampoco me lo creía—. Lo siento —susurré.

Hayes se dio la vuelta y salió de allí con un portazo.

«Bien hecho, London. Dale al viudo donde más le duele. Qué elegancia por tu parte.» ¿Qué narices me pasaba?

Me di la vuelta y recogí mis utensilios. Más me valía ponerme a trabajar porque no había forma de que me marchara de allí pronto. Además, no me veía con fuerzas para volver a mirarle la cara en mucho tiempo. Entré en el cuarto de baño, encendí la luz y eché un vistazo. «¡Oh, Dios mío!» Estaba hecho un asco. No era que estuviera mohoso ni ninguna otra guarrería, pero se notaba que no lo habían limpiado en profundidad en semanas, incluso meses. Mucho peor que el baño de arriba, aunque también era lógico, ya que ahora nadie vivía en esa planta.

Viéndolo por el lado bueno, Hayes iba a tener mucho tiempo para perdonarme.

Mi teléfono móvil sonó. Se trataba de un mensaje de Jessica.

Terminaré una hora antes y necesito que alguien venga a por mí.

Me froté la frente frustrada. No iba a poder terminar de limpiar aquello de una sola vez y encima ahora tenía menos tiempo, salvo que dejara que Jess fuera andando a casa desde el centro social. Conociendo mi suerte, lo más probable era que terminara haciendo un grupo nuevo de amigos y se los llevaba a todos a casa para montar una fiesta...

Estupendo.

No me quedaba más remedio que fijar otro día con don Presidente Simpático para terminar, lo que implicaba pasar más tiempo con él, algo

que nunca me imaginé que sucedería cuando hicimos nuestro primer trato. Y eso fue antes de que le insultara sacando a colación a su esposa fallecida en su dormitorio.

«Lo estás haciendo por Jessie —me recordé—. Esto no es nada. Solo haz tu trabajo y mantén la boca cerrada. Piensa en Nate y en el viernes por la noche. Con un poco de suerte, volverás a ver a Reese Hayes una o dos veces al mes y guardando las distancias.»

Como debía ser.

***

Apenas había terminado parte del baño cuando volvió a sonar el teléfono, esta vez para recordarme que tenía que ir a por Jess. Recogí mis cosas y miré a mi alrededor satisfecha.

Por lo menos el baño estaba limpio.

Al pasar junto a la cama, ahora con sábanas limpias, intenté no pensar en lo suave y cómoda que sentiría esa seda contra mi piel... Me imaginé que sería algo fabuloso, sobre todo con el cuerpo de Hayes encima de mí, mientras me permitía volver a saborear sus labios. El calor ascendió por mis mejillas y no pude evitar preguntarme cómo había pasado de ser una mujer sensata y responsable a otra que podía desear a dos hombres distintos en un mismo día.

Traté de culpar a Jessica por la situación con Hayes, pero no lo conseguí. Tenía que enfrentarme a los hechos, me había vuelto una pervertida. Así que todos esos artículos que hablaban de que las mujeres alcanzábamos nuestro apogeo sexual en la treintena no habían exagerado.

Cuando entré en la cocina, oí unas voces que provenían del salón.

Se trataba de Hayes y de una mujer. También olía a comida. A *pizza* para ser más exactos. El aroma a queso fundido y tomate me hizo la boca agua. Había trabajado tanto que me moría de hambre, lo que no decía nada bueno de mi trabajo. Estaba claro que quemaba un montón de calorías a diario.

Mientras me acercaba al salón, vi la parte trasera de la cabeza de Hayes, que estaba sentando en el sofá. Sobre él, a horcajadas, había una mujer de cara a mí. Durante un instante, temí volver a ser testigo de una escena sexual como la de la ocasión anterior. La mujer me miró con curiosidad y le dijo algo que no logré entender. Entonces él la bajó de su regazo con delicadeza. Gracias a Dios estaba completamente vestida.

—Bien —dije. Entré a la estancia, sintiéndome inexplicablemente torpe. En la mesa de café había una caja abierta de *pizza* junto con un par de botellines de cerveza vacíos.

Hayes se puso de pie. Sus anchos muslos y brazos musculosos me resultaron más seductores de lo que recordaba, lo que no era nada justo. Su acompañante esbozó una sonrisa de bienvenida. Era joven, bonita y por lo visto también simpática. Ese tipo de mujeres eran las peores. Presentía que mi aspecto debía de ser de lo más desaliñado y, conociendo mi suerte, seguro que tampoco olía muy bien.

Ah, y mayor. También me sentía mayor.

—Casi he terminado con el baño —anuncié. Me di cuenta de que debía disculparme por lo que le había dicho en el dormitorio. Lo malo era que no sabía cómo hacerlo—. Pero tengo que volver a venir otro día para acabarlo del todo.

—Puedo quedarme mañana por la tarde.

—No puedo. Pero sí el miércoles.

—El miércoles no me viene bien. Mañana.

—No. Puedo el miércoles —repetí—. Mañana tengo que llevar a Jess al hospital de Spokane. Tenemos cita con un especialista y ya sabes lo difícil que es cambiar de día en esos casos.

Frunció el ceño.

—¿Para qué necesita ver a un especialista?

—No es de tu incumbencia —respondí tensa—. Agradezco mucho que me ayudaras la otra noche, pero eso no te da vía libre para invadir nuestra intimidad.

La otra mujer abrió los ojos asombrada.

—Tengo que ir a por algo a mi automóvil —dijo a toda prisa.

Seguí andando, acababa de decidir que una retirada a tiempo era lo mejor, pero Hayes se interpuso en mi camino. Ese hombre era como un muro de ladrillos. Un muro muy frustrante. Intenté rodearlo, pero me agarró del brazo y me detuvo. ¡Caramba! Se me había olvidado lo temible que podía llegar a ser.

Un error muy grave por mi parte, porque podía transformarse en alguien muy peligroso de buenas a primeras.

—¿Qué le pasa a tu sobrina? —preguntó de nuevo con suavidad—. Sé que es un poco rebelde, pero esto me suena a algo más.

Me negué a mirarle a los ojos y clavé la vista en su ancho pecho. Llevaba una vieja camiseta que había conocido tiempos mejores y que apenas ocultaba la fortaleza de sus músculos o la facilidad con la que podía mantenerme en esa postura de manera indefinida. Y no solo eso. Olía maravillosamente bien. Sí, qué injusta era la vida.

—En serio, no quiero hablar de eso.

Entornó los ojos.

—¿Necesitas ayuda, London? Ahora trabajas para nosotros. Si tienes algún problema deberías contármelo. Incluso si todavía no lo tienes, me gustaría saber si hay algo grave que está por venir. Todo lo que tiene que ver con el club es de mi incumbencia.

Solté un resoplido. Qué bien, ¿ahora iba a querer saber más de nuestras vidas?

—No es nada importante —respondí, intentando mantener un tono de voz tranquilo, porque en realidad no era «nada» y nunca lo sería—. Una simple revisión. Pero puedo venir el miércoles después de comer. ¿Te viene bien?

Me estudió durante un buen rato. Después, me acarició de arriba abajo los brazos antes de dejarme ir. Menos mal, porque estaba convencida de que se me había puesto la carne de gallina y lo último que necesitaba era averiguar cómo mi cuerpo reaccionaba a su toque.

—El miércoles no estaré por aquí —terminó por decir—. Pero puedo programar un código para ti y que puedas entrar. Te mando un mensaje por la mañana, ¿te parece bien?

—Perfecto. —Estaba prácticamente desesperada por salir de allí—. Bueno, seguro que estás muy ocupado así que no quiero entretenerte más. ¡Buenas noches!

Me apresuré a salir por la puerta antes de que pudiera responderme, pero me detuve en seco en el porche. Mierda. Por mucho que quisiera marcharme tenía que disculparme. Lo que dije en su dormitorio sobre Heather había estado mal en muchos sentidos. Me di la vuelta... y me encontré de repente con Reese. Le miré a los ojos y empecé a hablar.

—En cuanto al comentario que hice en tu dormitorio... lo siento. No tengo ningún derecho a decir nada de tu casa, ni de tu habitación... ni de tu mujer. Perdón. Fui muy desconsiderada y tal vez haya podido herirte.

Reese no respondió de inmediato, solo me miró, estudiando mi rostro durante unos segundos. A continuación asintió lentamente con la cabeza. Un gesto que me bastó y me sobró, así que me di la vuelta y me fui corriendo hacia la furgoneta. Allí me encontré con la mujer que había estado antes en la casa, que ahora se apoyaba contra su vehículo, mientras se fumaba un cigarro y me mirada con ojos preocupados.

—¿Estás bien?

—Sí. No te preocupes.

Ella se encogió de hombros, tiró la colilla al suelo y la pisoteó, aplastándola. Después regresó a la casa mientras yo metía mis utensilios en la furgoneta. Por el rabillo del ojo la vi acercarse a Reese. Él la llevó dentro, cerrando la puerta tras de sí. Cuando estaba a punto de subirme a la furgoneta vi la colilla en el suelo.

«Déjala.»

No podía. Ser una maniática del orden a veces tenía sus desventajas y ni loca iba a irme de allí dejando esa inmundicia. Eché un rápido vistazo a la casa para asegurarme de que no me veía nadie y me agaché para recogerla con mucho cuidado con los dedos. A continuación me dirigí hacia el lateral de la vivienda, donde se encontraba el cubo de basura.

Me llevó dos segundos tirarlo y otros tantos más para sacar del bolsillo un tubo de gel antiséptico para manos.

Mucho mejor.

¿Y qué si no podía controlar a Jessica y me sentía torpe e incómoda cuando Reese estaba cerca? Por lo menos ese cigarrillo no seguiría contaminando al mundo.

Me tomé ese pequeño gesto como una victoria personal.

***

—¿Sabes? Tiene un don.

Miré a Maggs, la nueva coordinadora de voluntarios del centro social.

—¿Jess?

Maggs asintió. Llevaba el cabello rubio con ese estilo desenfadado que siempre había querido conseguir cada vez que, para mi desgracia, había decidido cortarme el pelo. A ella le quedaba como a Meg Ryan en sus mejores tiempos. Yo, sin embargo, había parecido un horrible payaso al que le hubieran atacado con unas tijeras. Miré a través de la habitación hacia mi sobrina, que estaba gateando por el suelo con una niña pequeña.

—Nunca la había visto antes —dije, haciendo un gesto hacia la chiquilla.

—Es nueva, empezó a venir hace un par de semanas —explicó Maggs—. Su familia acaba de mudarse aquí. Tiene hecha una derivación, sufre de hidrocefalia congénita. Jessica le ha tomado un cariño especial.

Me quedé sin aliento. Pues claro...

—Jess es un auténtico desastre, pero es una buena voluntaria —comenté. Y era cierto. Por muy feas que se pusieran las cosas, Jess nunca faltaba a su turno en el centro—. Le encanta trabajar con niños.

—¿Ha pensado en dedicarse a la educación infantil o en algo relacionado?

Me eché a reír.

—No creo que esté pensando en nada que no sea su próxima fiesta.

Maggs ladeó la cabeza.

—Es una lástima —contempló—. Porque esto se le da muy bien.

—Lo sé. —Sonreí—. ¡Hola, Jess! ¿Estás lista?

Jess me miró y sonrió. Después se puso de pie y ofreció la mano a la niña para que chocaran los cinco. La pequeña saltó y dio una palmada, encantada de obtener tanta atención por parte de alguien mucho mayor que ella.

—Te veo el miércoles —le dijo Jess. Luego vino hacia mí—. Lo siento, me he olvidado de la hora. El miércoles por la noche van a dar una fiesta para los niños y sus familias. Te he apuntado para que te encargues de hacer pollo con bolas de masa. Quieren que lo traigas sobre las seis.

—Gracias por preguntar primero —repliqué con tono seco. Jessie me sonrió de oreja a oreja.

—¿Habrías dicho que no?

Me encogí de hombros, lo que hizo que soltara una risita que la hizo parecer joven y despreocupada.

—¡Ja! Te conozco demasiado bien. Al final siempre cumples.

Lo que era cierto...

—Creía que ibas a terminar antes, pero no te he visto muy dispuesta a marcharte.

—Sí, tenía planeado salir antes, pero al final me metí de lleno en un juego —explicó. Se encogió de hombros—. Aunque sí que quiero irme a casa. Mellie va a venir y nos vamos a ir a ver una película a Hayden. Su madre le ha dejado su automóvil. Dijiste que me darías dinero para ir al cine con ella esta semana, ¿te acuerdas?

—Sí. —Supuse que Mellie se lo merecía después de lo que tuvo que aguantar el fin de semana anterior. Jess se puso hecha una fiera con ella por contármelo, aunque para el domingo por la noche ya habían hecho las paces. Así era Jess, para bien o para mal, no era rencorosa. Cuando las cosas se resolvían por sí solas, de vez en cuando ganaban los buenos.

—¿Tienes planes para la cena? —preguntó mi sobrina de forma casual mientras atravesamos el aparcamiento. Demasiado casual. ¿Qué querría ahora?

—En realidad no. Estaba pensando en hacer sopa y unos sándwiches?

—¿Te apetece una *pizza*? —La boca se me volvió a hacer agua. Desde que había olido a *pizza* en casa de Reese no se me había quitado de la cabeza. Sí, me había sentido intimidada por aquel motero... pero también estaba muerta de hambre.

—No sé si podemos permitírnoslo —contesté. Hice un cálculo mental de cómo íbamos ese mes. Entre la hipoteca y las facturas médicas no podíamos darnos muchos lujos.

—¿Quién ha dicho que pagaras tú? —Jess sacó un billete arrugado de su bolsillo, que alisó y agitó triunfalmente frente a mi cara.

Uno de cincuenta.

Abrí los ojos.

—¿De dónde lo has sacado? —pregunté aturdida. Dios mío, ¿ahora se dedicaba a robar carteras?

—Ha sido un regalo de agradecimiento —dijo con una sonrisa de oreja a oreja—. ¿Te fijaste en la niña con la que estaba jugando? Pues su madre me comentó la semana pasada que le encantaba cómo estaba trabajando con su hija. La pequeña no está evolucionando al mismo ritmo que el resto de los niños y le está resultando muy duro. Sé cómo se siente, así que estoy pasando más tiempo con ella. Hoy su madre me ha dado las gracias junto con esto. ¡Y también me ha preguntado si quiero hacer de niñera!

—¡Qué bien, Jessie! —Le di un abrazo espontáneo, pero ella se separó de mí al instante con el ceño fruncido, aunque noté en su mirada que le había gustado el gesto. Aquello era todo un triunfo para Jessie.

Y también una oportunidad.

—La señorita Dwyer dice que tienes un don con los niños. —Sus ojos brillaron llenos de orgullo, aunque dio una patada a una piedra fingiendo que le daba igual—. Cree que deberías estudiar educación infantil. Se te dan muy bien, sobre todo los niños con necesidades especiales.

—Me gusta, eso es todo. Pero no quiero seguir estudiando. Ya te lo he dicho. No me gusta estudiar, me resulta muy difícil.

Me puse seria.

—Sé que te resulta duro. Pero cuando te lo tomas en serio consigues resultados excelentes. Te has graduado con una media de notable, lo que no está nada mal.

Soltó un gruñido.

—Porque me matriculé en las clases más fáciles. Soy una retrasada y ambas lo sabemos.

Me detuve en seco y le agarré del brazo para volverla hacia mí. Después estudié su rostro. Lo que vi me llegó al alma. Jessie se creía lo que acababa de decir. Daba igual todas las veces que había tratado de convencerla de lo contrario, no podía olvidar lo que esas pequeñas víboras habían empezado a llamarla en secundaria. Cambiar de instituto no había servido para nada.

—No quiero volver a oír esa palabra de tu boca —dije despacio y de forma contundente—. Un problema de aprendizaje no te hace tonta, lo único que implica es que tienes que trabajar más. Tienes un coeficiente intelectual normal. Estoy muy orgullosa de ti, Jess. Y cuando he sugerido que sigas estudiando es porque creo que puedes hacerlo sin ningún problema. —Al ver cómo ponía los ojos en blanco me entraron ganas de sacudirla—. Jess, escúchame. La señorita Dwyer dice que tienes un don, ¿y sabes qué? Lo tienes. ¿Llamarías retrasados a los niños con los que trabajas?

Jess entrecerró los ojos y se puso roja.

—No, nunca lo haría y lo sabes.

—¿Entonces por qué coño te lo llamas a ti misma? O sigues estudiando o no, pero no se te ocurra decirme que no lo haces porque no eres lo suficientemente inteligente, porque lo eres Jess.

Se quedó callada y prácticamente pude ver cómo los engranajes de su cerebro se ponían en marcha.

—Has dicho «coño».

—Sí —respondí, súbitamente avergonzada—. Creo que sí.

Una lenta sonrisa se dibujó en sus labios. A continuación se inclinó hacia mí y me dio un enorme abrazo.

—Gracias, Loni. Sé que te vuelvo loca, pero te quiero mucho. Gracias por estar siempre a mi lado.

Le devolví el abrazo con los ojos llenos de lágrimas. ¿Por qué no podía ser siempre así? Esa era la niña por la que había renunciado a tanto. Imperfecta y frustrante, pero por la que merecía la pena cualquier sacrificio.

—¿Vas a comprarme una *pizza* o no? —dije finalmente, separándome de ella.

—La primera en llegar a la furgoneta elige el restaurante —señaló ella mientras corría a toda prisa por el aparcamiento con sus largas piernas. Fui detrás de ella, aunque sabía que no tenía la más mínima oportunidad de ganar. Era quince centímetros más alta que yo y sus zancadas lo atestiguaban.

Adoraba a esa niña, y cada vez que empezaba a olvidarme de ello hacía algo increíble para recordármelo.

Capítulo 4

Reese

El miércoles no podía haber ido peor.

Una de las bailarinas que trabajaba en The Line había muerto por sobredosis después de comer, justo en medio del escenario. Habían llamado a una ambulancia y Gage había intentado reanimarla pero no lo consiguió. Todos sabíamos lo que Pepper consumía, pero no cuánto, y por lo visto también dejaba a un hijo. Me había acostado con ella el fin de semana anterior, pero nunca me dijo nada de un niño, aunque tampoco le di la oportunidad de hablar mucho, ni la hubiera escuchado si lo hubiera intentando.

Me odiaba un poco por eso, la verdad.

Ahora entrarían en juego los servicios sociales. Ojalá tuviera familia en alguna parte. Lo más probable era que hiciéramos una colecta para el niño; algo que no cambiaría absolutamente nada porque ese niño lo que necesitaba era una madre, no dinero.

Joder.

Después nos enteramos de que en La Grande habían interceptado un envío del cartel; un lugar mucho más al norte de lo que creíamos que habían llegado para empezar a traficar con su mercancía. Aquello también me ponía de un humor de mil demonios porque significaba que las cosas se estaban calentando antes de lo que pensábamos. Suponía que técnicamente llevábamos en guerra con ellos desde hacía seis meses, pero no de forma directa. Más bien se había tratado de un esperar y ver cómo se sucedían los acontecimientos mientras planeábamos nuestro siguiente movimiento.

Estaba claro que la espera había terminado.

Y por si fuera poco me había destrozado el pulgar en el taller arreglando la moto porque era un imbécil de campeonato. Ahora el dedo me dolía muchísimo y la moto todavía no estaba en marcha. Lo único positivo fue que verme soltar palabrotas a diestro y siniestro mientras golpeaba la pared entretuvo a los chicos.

Supongo que me alegraba de haber aliviado la tensión que se respiraba en el ambiente.

Cuando llegué a casa lo único que quería era darme una ducha caliente, tomarme después una cerveza fría y quizá ver un poco de televisión. Habíamos tenido misa es misma tarde —una reunión rápida para hablar de lo sucedido en el sur—, pero no teníamos previsto nada más para esa noche y necesitaba un poco de tiempo para mí. Normalmente me hubiera llevado a alguna zorra a casa para follármela bien después de un día nefasto, pero lo de Pepper me había quitado las ganas. No volvería a llevar a ninguna más a mi cama.

Ahora que lo pensaba, seguro que también se había colocado en mi cuarto de baño.

Entonces vi la maldita furgoneta aparcada en mi camino de entrada. Joder. La princesa de hielo había dicho que terminaría a primera hora de la tarde. En ese momento no estaba de humor para escuchar su tono remilgado mientras miraba sus enormes tetas.

—Maldita sea —masculé dando un manotazo al volante. Sentí una punzada de dolor en el pulgar y me tensé, gruñendo.

¿Es que hoy no me iba a salir nada bien?

Sin embargo, cuando entré en casa me quedé paralizado... desorientado. Olía a comida. A comida de la buena. Un exquisito aroma a pollo flotaba en el ambiente y mi estómago rugió. ¿Qué coño?

—¿London? ¿Estás aquí? —grité. Tiré mis cosas en el sofá y fui a la cocina. No obtuve respuesta alguna, pero encima del mostrador estaba la olla más grande que había visto en mi vida y olía de maravilla. Eché un vistazo por la zona, buscándola; luego me dirigí a mi habitación. La puerta del baño estaba cerrada y se oía el agua de la ducha correr.

60

Todavía seguía limpiando. Bueno, como había cocinado, la perdonaría por terminar tan tarde. Regresé a la cocina, retiré la tapa de la olla e inhalé profundamente.

¡Qué bien olía, joder!

Treinta segundos después tenía un gran tazón de pollo con bolas de masa en una mano y una cerveza en la otra. Cuando se trataba de comida, era de los que no perdía el tiempo. Volví a mi habitación y me recosté en la cama, apoyándome en unas almohadas que London había dispuesto de manera ingeniosa sobre el edredón. Ni siquiera sabía que tenía tantas almohadas.

El agua de la ducha todavía seguía corriendo. Interesante. Reemplacé la cerveza por el mando a distancia y encendí la televisión. A continuación probé un bocado y gemí de placer, literalmente. Aquello estaba delicioso.

Dios, lo necesitaba. No tenía ni idea de qué le había llevado a hacerme la cena, pero esa mujer era una diosa y me arrepentí al instante de todas las indecencias que había pensado de ella. Dentro del baño el agua dejó de correr y la oí cantar en voz baja. Mi polla cobró vida mientras me llevaba otro bocado a la boca.

En realidad no me arrepentía de las indecencias... por lo menos no de las que implicaban follarla, que eran las más pervertidas de todas. Lo único que podía mejorar su comida, era que ella me la diera de comer... desnuda.

Un minuto después se abrió la puerta del baño y London salió sin más ropa que una toalla envolviendo su cuerpo. En cuanto me vio, gritó, lo que hizo que sus tetas rebotaran de una forma espectacular.

Se había estado duchando en mi baño. Y ahora estaba en mi habitación. Desnuda.

Dejé el tazón, me puse de pie y fui hacia ella. Por lo visto London sí llevaba un negocio que ofrecía servicios de «integrales» de limpieza.

Estupendo.

London

Había tenido un día de locos.

Nada me había salido bien. No... eso no era del todo cierto. La visita al médico del día anterior había ido de fábula. Jess no tenía ningún problema, no había ninguna complicación a la vista y no teníamos que volver hasta dentro de seis meses, salvo que mostrase algún síntoma que indicara lo contrario. Impacientarme por las estupideces que solía cometer, hacía que a veces perdiera la perspectiva de lo lejos que habíamos llegado en los últimos años. Lo importante era que Jessie había sido un bebé milagro y ahora se había convertido en una adulta «milagrosamente» sana.

Necesitaba recordar eso.

Aquella mañana había planeado terminar con la casa de Hayes, pero en su lugar había recibido una llamada desde el hospital. Una de mis empleadas estaba embarazada y se había puesto de parto prematuro a las cuatro de la madrugada. Lo que no era una buena noticia para mí, aunque la chica lo estaba haciendo muy bien. Gracias a Dios esa misma semana había recibido seis solicitudes de empleo y conseguí concertar dos entrevistas. Con un poco de suerte una... o las dos... servirían, ya que su currículum tenía muy buena pinta.

Aquello, sin embargo, me puso en aprietos con Hayes. Tenía que llevar la comida al centro social a las seis y no había forma de que terminara en su casa y me diera tiempo de volver a la mía y cocinar, por no hablar de arreglarme, así que metí el pollo en la olla y los ingredientes para hacer las bolas de masa y me los llevé conmigo, imaginándome que podía limpiar, hacer la comida, ducharme y salir corriendo de allí.

¿Había sido profesional? Ni de lejos, pero no me quedaba otra opción; además, tampoco me estaba pagando. Gracias a Dios, ni siquiera estaba en casa, así que no supondría ningún problema. Terminar de limpiar la casa fue relativamente fácil y ducharme en su baño una auténtica delicia. Puede que la casa fuera antigua, pero en la habitación no se había privado de nada y el baño era todo un lujo.

Mucho más que eso. Era grande, casi tan grande como uno de los pequeños dormitorios de la planta de arriba. Tenía una bañera de hidromasaje a ras del suelo en la que cabían holgadamente dos personas y una enorme ducha acristalada con uno de esos sofisticados cabezales que podías ajustar en diferentes longitudes. Lo bajé un poco, tomando buena nota de la altura en la que él lo había puesto. Ya me aseguraría después de volver a dejarlo como estaba, pero en ese momento fue un verdadero placer usar una ducha acorde a mi estatura.

Cuando acabé de lavarme el pelo y salí estaba de muy buen humor. Estaba deseando volver a ver a Jessica en el centro social; un lugar en el que se la veía cómoda. La vida con ella estaba llena de altibajos, pero esa noche tenía muy buenas sensaciones.

Incluso podría terminar encontrando trabajo allí porque, a pesar de sus defectos, tenía mucho más que ofrecer a esos niños que lo que cualquier otra muchacha de su edad pudiera aportar. Sí, Maggs Dwyer era nueva, pero también inteligente, y cuando miraba a Jessica veía el mismo potencial que yo.

Me quité la toalla del pelo y busqué la mochila en la que había traído la ropa, pero entonces me di cuenta de que la había dejado en la habitación. Tarareando alegremente, abrí la puerta... y grité.

Reese Hayes estaba recostado en la cama, con un tazón de comida en las manos y mirándome de arriba abajo con curiosidad. Cuando se dio cuenta de lo que pasaba, esbozó una lenta y perversa sonrisa, dejó el tazón en la mesilla y se puso de pie.

«¡Corre!», chilló mi mente, pero mis pies no se movieron. En serio. Estaba paralizada, como en uno de esos sueños en los que de pronto aparece un dinosaurio gigante en el aparcamiento del supermercado y, por mucho que lo intentes, no sabes si salir de allí huyendo o lanzarle un paquete de muslos de pollo para distraer su atención.

¿Muslos de pollo? ¿Pero en qué demonios estaba pensando? «¿Por qué no te centras, London?»

Hayes se puso frente a mí y deslizó un dedo por la toalla que me cubría el cuerpo, justo en la línea que unía mis pechos. Mis pezones se endurecieron al instante, desobedeciendo las órdenes que envió mi frenético cerebro. Por suerte, cuando tiró de la toalla, mi cuerpo por fin decidió escucharme. Sujeté el trozo de felpa firmemente y retrocedí un paso.

Él me dejó marchar con una extraña sonrisa en los labios.

—No seas tímida —dijo—. Húmeda y desnuda tienes una pinta estupenda. Tengo que decirte que, entre esto y la comida, has conseguido arreglarme el día.

¿Comida?

Miré hacia el tazón y me di cuenta de que era el pollo con bolas de masa. Maldición. Me encantaba que las bolas formaran una capa perfecta e intacta en la parte superior mientras el caldo bullía en los bordes. Ahora quedaría un hueco. Claro que tampoco podía escatimarle un poco de cena teniendo en cuenta que había invadido su casa sin permiso.

Si lo pensaba bien, puede que inconscientemente me hubiera puesto adrede en esa situación. Aquel hombre me había fascinado desde el principio. Sí, también me aterrorizaba, pero se me había metido en la piel. Quizá, si no hubiera estado tan oxidada, me habría dado cuenta antes.

Sin dejar de apretar la toalla contra mi cuerpo, esbocé una tensa sonrisa.

—Lo siento. Esta mañana me retrasé bastante. Una de mis empleadas está en el hospital y cuando salga de aquí tengo una de esas cenas en la que todos los invitados llevan algo de comer. Supuse que no te importaría... como no me estás pagando por la limpieza...

Su rostro se contrajo con una breve punzada de dolor.

—También he tenido una empleada en el hospital esta mañana. Espero que la tuya haya terminado mejor que la mía. Bueno, si no vas a quitarte esa toalla, creo que deberías vestirte.

—Eso mismo iba a hacer —repuse fríamente. No quería continuar con la conversación del hospital. No parecía que fuera a tener un final demasiado feliz.

No quería ningún vínculo emocional con él de ningún tipo.

—¿Puedes acercarme la bolsa? —Hice un gesto hacia la mochila que había dejado en el suelo, cerca de la puerta.

Reese fue tranquilamente hacia allí y no pude evitar fijarme en el movimiento de sus piernas bajo aquellos *jeans*. Sus muslos eran gruesos, pero no por exceso de grasa. Tenía un trasero apretado, hombros anchos y una espalda en la que me hubiera encantado frotar la mejilla.

Cuando se volvió hacía mí, abrí los ojos. Siempre me habían atraído los hombres corpulentos y ese cuerpo despertaba en el mío sensaciones infinitas. Pecho ancho, brazos y muslos musculosos... En cuanto a su abdomen. Cielo santo, estaba convencida de que bajo la ajustada camiseta negra se escondía una tableta perfecta. Tenía una constitución ideal; no como la de un joven de veinte años. No, tenía esa consistencia que solo viene con la edad y la fortaleza que te proporciona la madurez.

Bajé la mirada unos centímetros, justo debajo del cinturón...

—¿Cómo de importante es esa cena? —preguntó en un susurro.

¿Eh? Parpadeé un par de veces y le miré a la cara. Oh, vaya. Me había pillado observándole. Y por lo visto le había gustado. Lo noté en sus ojos, en ese calor que solo podía significar una cosa. «Y esta es una de las razones por las que no debo desinhibirme en público», decidí. Simplemente no estaba segura de sí podría controlarme.

—¿Por qué? —pregunté con la garganta un poco seca.

—Porque si sigues mirándome de ese modo un segundo más voy a lanzarte sobre esa cama y follarte entera, empezando por tus tetas. A menos que eso entre en el menú, será mejor que recojas tus cosas y salgas de aquí mientras puedas. Es el único aviso que voy a darte.

Emití un jadeo ahogado, porque estaba convencida de que lo decía completamente en serio. Después, extendí la mano hacia la mochila, que él me pasó en silencio, y me metí corriendo en el cuarto de baño antes de cerrar la puerta y echarle el cerrojo. Aquel gesto le hizo reír, pero sin una pizca de humor.

—Cariño, no pensarás que un cerrojo de nada puede detenerme.

Ja. Desde luego que no me sentía segura en esa casa. Cinco minutos después estaba vestida y preparada para salir de allí cuanto antes. En un primer momento pensé en limpiar el baño después de ducharme; dejarlo tan inmaculado que nunca supiera que lo había usado. Pero a esas alturas la idea había abandonado mi mente por completo; escapar era mucho más importante que evitar la aparición de manchas de cal.

Además, ya se había dado cuenta...

Por suerte, cuando salí con cautela del baño, Hayes ya no estaba allí y tampoco le encontré en la cocina. Estupendo. Agarré la toalla todavía húmeda y envolví con ella la olla, dispuesta a salir disparada hacia la furgoneta.

—Tenemos que hablar —dijo detrás de mí.

Me quedé de piedra. ¿Acaso era una especie de *ninja*?

—Creo que ya hemos hablado bastante. He concluido mi trabajo aquí y tengo que irme.

Volví a oír un movimiento por detrás y sentí todo su calor corporal invadiendo mi espacio. Unas manos grandes se apoyaron sobre la encimera, a ambos lados de mi cuerpo y noté su respiración en mi oreja.

—Deberías venir la semana que viene. —Su voz era baja y grave. Atravesó mi columna enviando oleadas de calor por todo mi interior.

No, desde luego que no debería ir.

—No creo que sea una buena idea —espeté a toda prisa—. Lo más probable es que no te acuerdes, pero tengo novio. Y justo ahora estamos empezando a ir más en serio.

—No me refería a que volvieras para follar. Aunque también me parece perfecto. Si cambias de idea al respecto, ya sabes. Me importa una mierda tu novio. Esto es solo entre tú y yo. Pero quiero que vengas a limpiar; incluso a cocinar de vez en cuando. Tu comida está deliciosa y esta noche me he dado cuenta de lo agradable que es regresar a una casa que huele como si de verdad hubiera gente viviendo en ella.

Se me congeló el cerebro.

—No limpio casas —expliqué—. He hecho esto como algo especial. Pero dirijo un negocio con empleados a mi cargo. Mi labor es gestionar los equipos de limpieza y vigilar que todo vaya bien. No me interesa convertirme en la señora de la limpieza de nadie.

—Dos días por semana —murmuró. Sentí el roce de sus labios y tuve que usar todas mis fuerzas para no gemir—. Vienes dos días por semana y te lo compensaré con creces.

Se inclinó sobre mí. Su erección rozó mi trasero tan sutilmente que me pregunté si me lo había imaginado. Aquella no era una propuesta de negocios al uso. Tenía que decirle dónde podía metérsela; por desgracia mi boca no parecía funcionar correctamente. Estaba demasiado ocupaba pensado qué sentiría si me ponía a lamer su torso.

«¡Estás siendo una chica mala, London!»

—Uno de tus equipos se encargó de limpiar The Line después de la fiesta que dimos, ¿te acuerdas? Tus empleados hicieron un trabajo excelente.

Asentí, todavía incapaz de pronunciar palabra.

—Creo que Gage mencionó algo acerca de un contrato a largo plazo —continuó—. Algo más regular para que no tuviéramos que contar con que las camareras cerraran por la noche.

—Deberías pensártelo bien —respondí de inmediato—. Un negocio como ese necesita una buena limpieza diaria si quieres mantenerlo en orden.

—El contrato es tuyo si también te encargas de mi casa. Cocinarás un par de veces por semana y también comprarás algo de comida. Haré que merezca la pena, de verdad.

Entonces susurró una cifra que hizo que mis ojos se abrieran como platos.

—¿Por día o por semana?

Él se echó a reír y ambos supimos que me tenía en el bolsillo.

—Por día —dijo—. Pero tú serás la que se acomode a mi agenda. Puedo ser flexible, aunque no quiero que cocines las noches que no vaya a estar.

—¿Por qué no se lo encargas a alguna de tus amiguitas del club?

—Me pregunté si no acababa de perder la cabeza. ¿Tener un equipo en The Line los siete días de la semana? Le vendría fenomenal al negocio. Los Reapers pagaban muy bien y en efectivo.

—Porque son unas crías con sueños y pájaros en la cabeza —dijo con un deje de humor—. Tú eres adulta. Sabes que, pase lo que pase entre nosotros, no habrá un «y vivieron felices». Cuando no te necesite más, seguiréis teniendo el contrato con The Line siempre y cuando dejes a un lado los dramas, ¿entendido?

—Entre nosotros no va a pasar nada salvo lo relativo a limpiar y cocinar —subrayé rápidamente—. Tengo novio.

Hayes se apretó contra mí y sentí todo el calor que irradiaba a lo largo de mi espalda con tal intensidad que creí que se me derretiría la columna. Empujó su erección contra mi trasero y tuve que morderme el labio para pensar en otra cosa; de lo contrario, empezaría a frotarme contra él como una gata en celo. Entonces me besó en la nuca, su lengua trazó un húmedo sendero por mi mandíbula y me mordisqueó el lóbulo de la oreja. Solté un gemido. Una oleada de deseo ascendió entre mis piernas, hinchando mis pechos y endureciéndome los pezones.

—A menos que quieras pasar de la cena, es hora de que te vayas —susurró Hayes, haciendo un pequeño giro de caderas—. Ah, y la próxima vez que veas a tu novio, salúdale de mi parte.

Viernes por la noche

—¿Todo bien? —preguntó Nate después de finalizar con suavidad nuestro beso. Estábamos en su casa y me había tomado un par de copas de vino junto con un delicioso plato de carne que había cocinado para mí. Ahora estábamos en el porche trasero; yo recostada en una tumbona y él encima de mí, con nuestras piernas enredadas mientras disfrutábamos de la cálida brisa del verano.

Ahí estaba. Esta noche íbamos a acostarnos.

Entonces, ¿por qué no estaba todo lo entusiasmada que se suponía tenía que estar?

Porque me sentía culpable.

—Supongo que sí —respondí. Alcé una mano y la puse alrededor de su cuello. Después estudié su rostro e intenté esbozar una sonrisa, pero no tuve éxito.

—¿Qué pasa? —Se separó unos centímetros.

—Nada.

Soltó un resoplido y se tumbó de espaldas a mi lado.

—No me mientas, Loni. Solo suéltalo, ¿de acuerdo?

Suspiré, aunque sí quería construir algo sólido con este hombre, tenía que contarle la verdad.

—Me he sentido muy atraída por otra persona esta semana y ahora me siento fatal y muy culpable.

No sabía qué esperar. ¿Que se molestara tal vez? Nate ni siquiera parpadeó.

—¿Hiciste algo?

—No —repliqué—. No hice nada. Pero quería.

—¿De quién se trata?

Tragué saliva.

—De Reese Hayes —contesté muy despacio—. Y quiere que le siga limpiando la casa. También me ha ofrecido un contrato muy jugoso con el local de *striptease* del club.

Frunció el ceño, pero no se enfadó conmigo. De hecho no logré descifrar su expresión. Me volví hacia él, me apoyé en un codo y extendí la mano para acariciar las líneas de su rostro. Parecía estar sumido en sus pensamientos, así que me pregunté si no lo habría arruinado todo con aquella confesión.

Sinceramente, esperaba que no.

Nate era perfecto para mí; inteligente, atractivo, con un buen trabajo y planes de futuro. Y me atraía físicamente, no me cabía la menor duda. Habíamos estado besándonos durante diez minutos y estaba húmeda, pero mentir no era la mejor forma de empezar una relación.

—Ven aquí —señaló, sentándose. Después agarró mi mano y me puso de pie haciendo un gesto hacia otra tumbona que había en frente. Me senté y acepté la copa de vino que me entregó. A continuación suspiró y se llevó una mano al pelo.

—Lo he echado todo a perder, ¿verdad? —pregunté con voz vacilante. Me picaban los ojos por las lágrimas que amenazaban con derramarse. ¿Por qué había sido tan tonta?

—No lo sé. Has dicho que no hiciste nada.

—No. Me fui de allí. Pero no veo bien acostarme contigo sin habértelo contado antes.

—¿Quieres acostarte conmigo? ¿O prefieres a Hayes?

—Quiero hacerlo contigo —indiqué con firmeza. Y era cierto—. Creo que llevo tanto tiempo sin tener relaciones sexuales que me estoy volviendo loca. Me gustas muchísimo, Nate. Nos veo juntos en un futuro y me parece una idea estupenda. No quiero fastidiarlo antes de empezar. Pero no estoy segura de en qué punto estamos. ¿Tenemos una relación exclusiva o podemos ver a otras personas? Esta semana me he dado cuenta de que ni siquiera lo hemos hablado. Tal vez deberíamos hacerlo.

Clavó la vista en mí, evaluándome.

—No tenemos una relación exclusiva —respondió tras unos segundos. Se me encogió el corazón—. Así que no tengo ningún derecho a decirte nada. Pero me gustaría tenerla. ¿Qué te parece?

—¿Has estado viendo a alguien más?

—No en las dos últimas semanas. Pero no te voy a mentir, antes sí que he tenido alguna que otra cita. Y creo que es normal, incluso saludable, experimentar atracción hacia otras personas. Tener una relación no significa que tu cuerpo no pueda sentir nada.

Bueno, aquello no era lo más romántico del mundo. No sabía muy bien por qué me sentía tan decepcionada... Tampoco esperaba una declaración de amor eterno. De hecho, su comentario debería haberme hecho sentir mejor, ya que no había hecho nada horrible. No si él había estado quedando con otras mujeres hasta hacía dos semanas.

—¿Y a dónde nos lleva esto?

Nate rio.

—A la cama, espero —contempló—. Quiero estar contigo, Loni. Tener una relación solo contigo. Pero únicamente si tú quieres. Somos adultos y me gusta creer que hace tiempo que hemos superado los delirios románticos propios de la adolescencia. Estar contigo me hace muy feliz y también veo futuro en nuestra relación. Si también sientes lo mismo, me encantaría estar contigo.

Mi corazón volvió a encogerse, pero esta vez de alegría. Le sonreí y él me devolvió la sonrisa antes de extender la mano para tomar la mía y darme un beso en la palma.

—Por supuesto, si insistes en usarme solo para practicar sexo, lo haré lo mejor que pueda —bromeó.

Solté una carcajada. Nate me levantó y me besó apasionadamente. Ahora sí que me encontraba bien, como si hubiera estallado la burbuja en la que encerraba la culpabilidad y las extrañas sensaciones que Hayes

 69

despertaba en mí. Enterré los dedos en el hermoso pelo de Nate y dejé que su lengua explorara mi boca.

¿Qué más daba si Reese era uno de esos hombres a los que a una le gustaría lamer de la cabeza a los pies? No era real, no como Nate. Reese solo quería un revolcón rápido en la cama, sin ataduras de ningún tipo. Nate me quería como pareja.

Mi novio era perfecto. No necesitaba —ni quería— a nadie más.

***

La paternidad era un asco.

La melodía que tenía en el teléfono móvil para las llamadas de Jessica empezó a sonar treinta segundos después de que nos tumbáramos en la cama, cuando tenía la rodilla de Nate entre mis piernas mientras sus manos me desabrochaban el sujetador. No hice caso porque mi sobrina ya tenía dieciocho años y era perfectamente capaz de sobrevivir un par de horas por sí sola.

Pero el teléfono volvió a sonar y Nate soltó un gruñido.

—No me puedo creer que esté a punto de decir esto, ¿pero no deberías responder? Tal vez se trate de una emergencia.

—Más le vale que se esté muriendo —dije con el ceño fruncido. Tanteé con la mano y casi tiré la lámpara que había en la mesita de Nate al hacerlo. Cuando por fin pude hacerme con el teléfono, había saltado el buzón de voz. Me dejé caer en la cama y miré la pantalla indignada.

Pero entonces también sonó el teléfono de Nate.

—¿Qué narices? Este fin de semana no estoy de guardia. Como tenga que ir a trabajar, voy a disparar a alguien —masculló. Subió por encima de mí para hacerse con la camisa y buscar en el bolsillo.

—Supongo que eso es lo que nos merecemos por intentar tener una cita como Dios manda. —Tuve que contener la risa poco apropiada que amenazaba con salir de mi garganta. A Nate se le veía tan... frustrado. Pobre hombre.

—Me pregunto si el dolor de testículos es causa suficiente para pedir una incapacidad. —Respondió al teléfono—. Soy Evans.

Mientras se marchaba al baño me fijé en mi teléfono móvil. A ver en qué nuevo lío se había metido Jessica. Tenía dos llamadas perdidas, una de Jess y otra de Mellie. No me habían dejado ningún mensaje. Estupendo. Pulsé el botón de rellamada y Jess respondió.

—Loni, necesito que vengas a buscarme. —Sonaba desafiante. Hubiera reconocido ese tono donde fuera. Perfecto. Jessica tenía problemas y no quería reconocer que era por su culpa, así que usaba la técnica de no hay mejor defensa que un buen ataque.

—¿Dónde estás?

—En la sede de los Reapers. Estoy fuera.

Me quedé completamente paralizada.

—¿Qué estás haciendo allí?

—Solo ven y sácame de aquí —espetó y colgó.

Cerré los ojos y tomé una profunda bocanada de aire. Nate salió del baño, su rostro era una mezcla de disgusto y arrepentimiento.

—Tengo que irme —dijo—. Por lo visto esta tarde se han escapado dos presos de la cárcel. No son delincuentes violentos, pero si los medios de comunicación se enteran antes de que los devolvamos a prisión quedaremos fatal de cara al público.

—Jessica también ha vuelto a liarla —comenté con un suspiro—. Algún día de estos podremos... Está claro que no nos dejan tomarnos ni un respiro, ¿verdad?

Él hizo un gesto de negación y se puso a reír. Después me miró, esbozando una sonrisa renuente.

—Creo que los astros se han confabulado para que no echemos un polvo —dijo al final.

—Me encantaría decirte que son imaginaciones tuyas. —Broméé—. Pero puede que tengas razón. Llámame mañana, ¿de acuerdo?

—Sí —masculló él y volvió a pasarse una mano por el pelo—. Siento lo de esta noche. Ha sido una cita espantosa.

Se acercó a mí y le di un largo abrazo; un abrazo que se convirtió en un beso que no ayudó precisamente. Puede que Nate no fuera Reese Hayes, pero estaba aquí, era mío y quería acostarme con él. En su lugar, sin embargo, tuve que separarme de él y buscar mis *jeans*.

Sí, la paternidad era un asco.

***

Mientras conducía de camino al arsenal por segundo fin de semana consecutivo, estaba de un humor de perros. Nate y yo podíamos haber terminado nuestra cita con una sonrisa y en vez eso estaba pendiente de Jess y sus jueguecitos.

También estaba molesta con Reese Hayes.

Me había prometido que no la dejaría volver a entrar en la sede y yo le había limpiado la casa gratis para sellar el trato. Por lo visto sus promesas no valían nada, porque estábamos en el mismo lugar donde lo habíamos dejado la otra vez.

Mi teléfono sonó de nuevo. Respondí sin fijarme quién era.

—Tengo a tu chica aquí —arrulló Hayes en mi oído—. La llevo de camino a tu casa. Me ha dicho que tenías una cita. ¿Crees que puedes dejar un rato a tu tortolito para vernos?

—No tienes por qué hacerlo —espeté, frunciendo el ceño. Justo cuando estaba pensando mal de él, tenía que llamar y hacerse el solícito—. Estoy yendo al arsenal. La recogeré allí.

—Ya estoy en el todoterreno. Estamos manteniendo una charla muy amena mientras conduzco. Le estoy explicando el verdadero significado de «jamás volverás a poner un pie en este lugar». Te veo ahora.

Colgó y yo jadeé frustrada. Jessica me las pagaría esta vez. Se acabó. Pero ahora de verdad. No podía seguir luchando con ella. Si estaba tan decidida a autodestruirse, no podía detenerla.

Me di cuenta de aquello tan de repente, que di un volantazo y estuve a punto de salirme de la carretera.

No podía controlar a Jess y tenía que dejar de intentarlo.

Por Dios. Eso lo cambiaba todo.

Mi deber había sido criarla y me había dejado la piel en ello. Pero Jessica tenía razón en una cosa. Desde el punto de vista legal, ya era adulta. Podía aconsejarla y asegurarme de que tuviera los mejores cuidados médicos, pero no podía detenerla si quería tirar su vida por la borda.

La idea resultaba tan aterradora como liberadora.

Las implicaciones que aquello conllevaba se arremolinaron en mi cerebro mientras aparcaba frente a mi pequeña casa, en las afueras de la población, cerca de Fernan. Ahora era libre. Libre para seguir adelante. Libre para dejar de supeditar mi vida a una chica joven, a sus revolucionadas hormonas y emociones y a sus cambios de humor constantes.

Me puse a temblar y me pregunté si aquello me convertía en una persona horrible, porque alivio era lo que más sentía en ese momento.

Aparqué al lado del enorme todoterreno negro de Hayes. La luz brillaba a través de las ventanas de mi casa, un edificio de los años cincuenta con tres habitaciones diminutas, un baño y cero personalidad. Había crecido en ella con Amber, que se vino a vivir con nosotros cuando su madre ingresó en prisión. Me había vuelto a mudar allí hacía seis años, cuando mi madre falleció a consecuencia del ataque al corazón que tuvo al enterarse de la sobredosis que estuvo a punto de costarle la vida a mi prima. De repente me quedé sola, con una niña que necesitaba a unos padres de verdad, unos que supieran lo que había que hacer.

En lugar de eso me tuvo a mí.

Oí voces mientras me acercaba a la puerta que tenía una pequeña rendija abierta. (El marco se había hinchado el invierno pasado y nunca había vuelto a su estado anterior, así que tenía que hacer un enorme esfuerzo a la hora de cerrarla. Estaba en la lista de cosas pendientes, entre el arreglo del vehículo y comprar un horno nuevo.)

—Tu tía se merece mucho más que esto —oí decir a Hayes. No pude evitar esbozar una sonrisa. Me alegraba de que alguien reconociera mi esfuerzo—. Si fuera lista, te echaría de una patada.

—Ella nunca me echaría —declaró Jess con un toque petulante en la voz. También arrastraba un poco las palabras. ¿Habría estado bebiendo? Lo más seguro—. Se sentiría culpable. Siempre va a cuidar de mí porque... No sabes una mierda de nosotras.

Hayes resopló.

—¿Crees que te está cuidando por un sentimiento de culpa? —preguntó—. Ella te quiere... aunque me cuesta entender por qué. Tienes que pensar qué quieres hacer con tu vida, porque no puedes aprovecharte de ella para siempre. Tarde o temprano se dará cuenta y cerrará el grifo.

Me resultó espeluznante lo cerca que estaban aquellas palabras de lo que en ese momento estaba pensando. Aunque también me sentí culpable, porque la idea era tan fría y dura. «Por no mencionar cierta.»

—No es de tu incumbencia.

—London sí que es de mi incumbencia, mocosa —espetó. Su tono fue de todo menos amable—. Tengo planes para ella y en ninguno de ellos la quiero llorando por tus tonterías. No me cabrees.

Uf. Empujé la puerta y entré.

—Hola, Jess —saludé a mi sobrina, que se dejó caer en el sofá con un brazo cubriéndose los ojos de forma melodramática; como una heroína de cine mudo. Su vida era demasiado dura de sobrellevar.

—Haz que se vaya —masculló. Miré a Hayes, que estaba recostado sobre la pequeña encimera que separaba el salón de la cocina. Sus ojos se clavaron en mí despidiendo un intenso calor y me pregunté a qué se refería exactamente con eso de que tenía planes para mí... No, era mejor no ir por ese camino. Prefería no conocer los detalles. Solo quería que se marchara de una vez.

«Mentira, lo quieres en tu cama», insistió mi cerebro. «Deseas que te dé muchos más besos como el que te dio en el arsenal.»

De ningún modo. Ignoré a Jess y fui directa hacia él, dispuesta a tomar el control de la situación.

—Gracias por traerla a casa. —Intenté ser lo más cortés posible a pesar de que, como siempre, me excitaba y atemorizaba al mismo tiempo. Ahora también estaba molesta por el hecho de que había invadido mi espacio personal, lo que no tenía ningún sentido si teníamos en cuenta que estaba tratando de ayudarme. Eso podía deberse a que todavía estaba un poco nerviosa por mi frustrado encuentro con Nate. Hayes era tan grande y robusto... Cada vez que se movía, sus brazos se flexionaban y lo único que quería hacer era tocar sus bíceps y sentir todos esos músculos en pleno rendimiento.

«¡Deja de pensar en eso!»

—Ya me encargo yo —le dije.

Alzó la barbilla e hizo un gesto hacia mi pequeña reina del drama.

—¿Estás segura? —preguntó—. Esta chica necesita un toque de atención.

—Sí, ya me encargo —repetí—. Te acompaño a la puerta.

Volvió a resoplar y se apartó de la encimera.

—Oh, gracias, Pic, has sido muy amable al traerla a casa. ¿Quieres quedarte un rato? ¿Te apetece una cerveza? —masculló de forma sarcástica mientras le abría la puerta.

Puse los ojos en blanco.

—Ya he tenido suficiente drama por hoy —dije con una sonrisa triste.

Él no sonrió. En lugar de eso se quedó mirándome durante un buen rato mientras algo intenso y tangible crecía entre nosotros. Casi podía sentir los engranajes de su cerebro a pleno rendimiento. Entonces negó lentamente con la cabeza, como si acabara de tomar una decisión.

—Yo no hago dramas, cariño.

Comenzó a andar; solté un pequeño chillido de sorpresa mientras lo veía caminar hacia mí por mi vieja alfombra como si fuera una especie de depredador peligroso.

«Por favor, que vaya hacia la puerta. ¡A la puerta, por favor!»

Pero no fue así. Se detuvo a un palmo de mí, extendió la mano y me tomó de la nuca enterrando sus dedos en mi pelo. Después me atrajo hacia sí con firmeza, casi de forma dolorosa y bajó la cabeza hacia mí.

Me quedé sin respiración.

Cuando sus labios rozaron mi mejilla me estremecí. Lo juro por Dios. Si me hubiese tocado entre las piernas no me habría sentido mejor que con ese leve roce.

En ese momento me di cuenta de que lo deseaba más que a Nate. Bastante más.

—¿Te lo has pasado bien en tu cita? —preguntó con voz ardiente y profunda—. Jess me ha contado todos los detalles mientras veníamos hacia aqui. Cree que ese ayudante del *sheriff* que tienes por novio es un imbécil. En eso estoy de acuerdo con ella. Nate Evans es un pedazo de mierda insignificante.

—¡Sé que estáis hablando de mí! —gritó Jess, asustándome tanto que sin querer me aparté unos centímetros de él; como me tenía sujeta con tanta fuerza sufrí un doloroso tirón de pelo. Se me había olvidado que la reina del drama seguía en el sofá—. Deja de contarle mentiras sobre mí. Me voy a mi habitación.

Se levantó del sofá y desapareció por el pasillo sacudiendo la cabeza y resoplando. Estaba tan encerrada en su mundo que ni siquiera se percató de lo que realmente estaba pasando entre Hayes y yo. Mejor.

Su otra mano bajó hasta mi cintura, atrayéndome con fuerza hacía su cuerpo. Después hizo un sugerente movimiento de caderas, empujando contra mi vientre y sentí el poder que emanaba de sus brazos. Se me endurecieron los pezones (esos asquerosos traidores) y abrí los ojos como platos.

Hayes esbozó una sonrisa de complicidad.

—Tu sobrina me ha dicho que no te merece. Puede que solo sea porque arrestó a dos de sus amigas la semana pasada. A una la dejó libre, a la otra la fichó. La que se fue de rositas era muy guapa. ¿No te lo ha contado Nate?

—¿Por qué tendría que contármelo? —jadeé. Me acarició el trasero con una mano, hundiendo los dedos en él y apretando. Con la otra me ladeó la cabeza, como si fuera una muñeca, y estudió mi boca. «Nate», recordé frenéticamente. «Hace menos de una hora estabas en la cama con tu novio. Un buen hombre, no un matón como otros»—. Arresta personas todos los días.

—¿Sabías que el *sheriff* es un buen amigo del club? —Su tono era hipnotizante. Negué con la cabeza tanto como pude, preguntándome a dónde quería llegar—. A él y a mí nos gusta pasar un rato juntos una vez por semana y tomarnos una cerveza. Me cuenta muchas cosas de tu muchacho.

—Nate no es ningún muchacho.

Bajó su boca y antes de darme cuenta me estaba chupando el labio inferior. Apreté las piernas y en ese mismo instante fui consciente de que le deseaba más de lo que había deseado jamás a nadie. Más que a Nate, más que a mi ex... más que al chico del instituto que me quitó la virginidad con salvaje ímpetu cuando tenía diecisiete años en una fiesta en Hauser Lake. Quería esa poderosa arma que tenía entre las piernas dentro de mí, abriéndome y embistiendo con dureza hasta que me quedara sin voz de tanto gritar.

Necesitaba alejarme de él e ir hablar con Jessie cuanto antes.

«Llama a Nate. Sé una buena chica.»

—Dice que su puto ayudante tiene un problema a la hora de seguir las reglas —prosiguió en un murmullo después de liberar mi boca. Sus labios trazaron un húmedo sendero por mi mandíbula, lamiendo y mordisqueando. No podía moverme. En realidad no podía hacer nada porque lo único que quería era desgarrarle la ropa y abalanzarme sobre él.

«¡No, London! ¡No seas mala!»

—También me ha contado que tiene varias quejas por acoso a adolescentes. ¿No te lo ha mencionado Nate nunca? ¿Qué me dices de Jessica? ¿Ha tenido algún problema con él?

Aquellas palabras fueron como una bofetada en plena cara que me espabiló al instante.

—Cállate.

Se separó de mí unos centímetros. Su mirada era fría, calculadora... Aun así, todavía sentía su caliente protuberancia contra mi estómago. Y sus manos seguían sujetándome con firmeza, sin dejarme escapar.

Ardían.

—Tal vez deberías conocer un poco más a tu novio antes de enredarte demasiado con él.

—¿Y quién eres tú para juzgarlo? —siseé, pensando en todas las chicas que vi en el arsenal—. A Jess no le gusta Nate porque no quiere que me centre en nadie más que en ella. Se trata de un claro ejemplo de egoísmo adolescente, nada más.

—Yo solo follo con quien también quiere hacerlo conmigo —replicó. Movió lentamente la cabeza—. ¿Seguro que el pequeño Natie puede decir lo mismo? Crees que soy el enemigo, pero siempre he sido sincero contigo. Siempre lo soy con cualquier mujer a la que le meto la polla.

—Tú no estás metiéndome la... —Apreté los dientes porque me negaba a usar un vocabulario como aquel. Tampoco le dejaría ganar tentándome.

—«Polla» —dijo, deleitándose con la palabra—. Quiero enterrar mi polla en tu coño. No te preocupes, antes te haré cosas muy agradables para dejarte bien dispuesta. Jugaré con mis dedos y me aseguraré de que estés húmeda y anhelando tenerme dentro de ti. Para mí será como follarme a una diosa porque eres jodidamente perfecta, London. Estoy deseando tener ese coño tuyo apretándome. Lamer tu clítoris, saborearte... Lo vamos a pasar muy bien. Lo sabes.

Se me doblaron las rodillas; pero literalmente, no lo digo por decir. Deseaba que Reese Hayes estuviera dentro de mí con tanta intensidad que apenas pude sostener mi propio peso, lo que me supuso un enorme problema. Entonces su mano me apretó el trasero casi por reflejo y me di cuenta de que una gota de sudor le caía por la frente.

Si Reese Hayes me deseaba solo la mitad de lo que yo lo hacía... «¡Para, London!» Tenía que conseguir que se marchara. Ahora. Antes de que cometiéramos una locura, como arrastrarlo hasta el dormitorio y montarlo hasta olvidarme por completo de Nate.

El hombre con el que había estado a punto de acostarme hacía menos de una hora.

«Oh, Dios mío.» ¿Cuándo me había convertido en una arpía infiel?

Alcé las manos y lo empujé a la altura del pecho —con fuerza— hasta que conseguí que me dejara ir. Reese dio un paso atrás y levantó las manos con una sonrisa burlona en los labios. Estaba claro que había adivinado lo que estaba pensando. Bajé la vista; un gran error por mi parte ya que mis ojos se clavaron en sus *jeans* y el bulto gigante que tenía entre las piernas, lo que me puso aún más nerviosa, transformando mi interior en una mezcla de confusión y revuelo.

¿Por qué? ¿Cómo era posible que un hombre que ni siquiera me gustaba despertara en mí todo tipo de sensaciones? ¿Que me hiciera dudar de Nate, que nunca había hecho nada malo?

«Tienes novio.»

Me froté la cara con una mano y me recosté en la pared en busca de apoyo.

—Vete —dije, negándome a mirarle a los ojos. En su lugar señalé la puerta—. Gracias por traer a Jess a casa.

Hayes soltó una áspera carcajada que reverberó en toda mi columna.

—Que duermas bien. —A continuación me tocó la punta de la nariz con un dedo y se dirigió hacia la puerta del todoterreno como si fuera el dueño del lugar. Me quedé mirándole, incapaz de apartar la vista de su atractivo trasero. ¿Por qué era tan solícito y odioso al mismo tiempo? ¿Y quién era él para insinuar cosas tan desagradables sobre Nate? No me había creído ni una sola palabra, por supuesto. Nate era todo un caballero y si el *sheriff* no estaba contento con él, que lo despidiera. Hayes no era trigo limpio. A nadie le cabía la menor duda de que los Reapers no eran precisamente honestos y respetables. ¿Por qué pensaba que podría salirse con la suya haciendo ese tipo de acusaciones?

Empujé la puerta principal con tal dureza que la madera raspó el ya deformado marco. La música a todo volumen que salía de la habitación de Jessica fue la gota que colmó el vaso. Fui directa al pasillo y agarré el picaporte de su puerta decidida.

Estaba cerrada.

Golpeé con los nudillos y grité.

—¡Abre, Jess! Tenemos que hablar.

Tras unos cuantos segundos el volumen de la música aumentó considerablemente. ¿De verdad estaba haciendo aquello? Con tantas emociones bullendo en mi interior, creí que me terminaría estallando la cabeza. Suficiente. Entré en la cocina y me dirigí hacia la puerta lateral. El cuadro eléctrico estaba en la pared que había justo al lado. Arranqué la pequeña puerta de metal y desconecté los interruptores.

Todo se volvió oscuro al instante. Y también silencioso.

«¡Ja!»

No debería haberme alegrado tanto, pero era la primera cosa que me salía bien esa noche. Después me di la vuelta y me golpeé en la cadera con la zona de los fogones. «Ay.» Me froté la parte dañada mientras abría el cajón donde guardábamos distintos utensilios. Había cometido un error de cálculo importante. Antes de apagar la luz tenía que haber pillado el destornillador de punta plana que necesitaría para abrir la puerta de Jessica. Saqué el teléfono móvil del bolsillo y puse en marcha la aplicación de la linterna. Perfecto.

Tomé la herramienta y regresé al dormitorio de mi sobrina.

—¿Me vas a dejar entrar? —pregunté.

—¡No! —chilló ella—. ¡Vete al infierno! ¡No tienes derecho a decirme lo que puedo o no puedo hacer! ¡Soy una persona adulta!

Me hirvió la sangre.

—Mi casa. Mis normas. Abre la maldita puerta.

—¡Que te den!

Solté un gruñido. Metí el destornillador en la ranura que había en el pomo y lo moví para abrirla. No me resultó difícil ya que no era la primera vez que tenía que acceder de ese modo a su habitación.

Cuando entré me encontré a Jessica mirándome a través de la luz de una vela.

—Te he pedido mil veces que no enciendas nada aquí dentro —dije, mucho más frustrada de lo que estaba antes. Casi había incendiado la casa hacía un par de meses—. No quiero morirme mientras duermo solo porque a ti te gustan las velas.

—Que. Te. Den.

—No, que te den a ti —repliqué yo. Aquello pilló a Jess completamente desprevenida porque yo nunca usaba un lenguaje tan vulgar. No porque no pudiera, sino porque cuando obtuve su custodia me hice la promesa de no ser un mal ejemplo para ella. Pero hasta ahí habíamos llegado—. Estoy harta, Jessica. ¿Te consideras una adulta? Muy bien. A partir de este mes empezarás a pagarme una renta. O sigues las normas o te vas. ¿Qué se siente al ser tratada como una adulta?

Me miró boquiabierta, aunque el asombro le duró poco porque inmediatamente después agarró un marco de fotos del tocador y me lo tiró. Me agaché cuando empezó a gritar como una histérica y conseguí salir a toda prisa de la habitación, cerrando la puerta tras de mí.

¿Qué diantres había pasado?

Otro golpe sonó en la puerta, seguido por un segundo más. Debía de estar destrozando su dormitorio. Unos cuantos gritos más tarde la puerta se abrió. Allí estaba Jess, con una bolsa de ropa en la mano y el teléfono en la otra.

—Vete a la mierda —espetó, empujándome para hacerme a un lado—. No te necesito.

Fui detrás de ella. La parte más tranquila de mi cerebro me dijo que necesitaba ampliar su vocabulario con urgencia.

—¿Y cómo crees que te las vas arreglar tú sola? —inquirí, cruzándome de brazos con determinación.

Jess no me hizo ni caso, abrió la puerta principal y salió al porche. Luego bajó por el camino de entrada, tecleando frenéticamente mientras daba una patada a alguna que otra piedra que se interponía en su camino.

En ese momento me di cuenta de que estaba haciendo lo mismo que su madre. «Tengo que detenerla. Impedir que se vaya.»

No.

Lo que tenía que hacer era asegurarme de que había apagado la vela e irme a la cama. ¿Por qué seguir discutiendo? Ya volvería a casa. «¿No quiere ser una adulta? Pues que lo averigüe por sí misma. Que vaya sola al médico, que se mantenga segura...»

Así que en vez de seguir a la joven que había criado durante los últimos seis años, me serví una copa de vino y me lo bebí mientras reflexionaba acerca de cómo había perdido las riendas de mi vida.

Nate. Reese. Jessica y Amber.

En ese momento no quería ver ni hablar con ninguno de ellos.

Presa de un ataque de rebeldía, volví a servirme una segunda copa... y una tercera. Y cuando me sentí un poco mareada y lo suficientemente relajada por primera vez en mucho tiempo, llamé a Dawn, mi compañera de habitación de la universidad, y hablamos durante dos horas, riéndonos como si todavía tuviéramos veinte años. A las tres de la mañana seguía sin saber nada de Jess, pero por una vez no me importó. Simplemente me tiré en la cama y disfruté de la paz y tranquilidad que se respiraba en la casa.

Fue algo increíble.

¿Sabéis? Hay un juego en el que la gente tiene que decidir a dónde irían o qué harían si pudieran viajar al pasado. Algunas personas dicen que irían a conocer a Jesús, o matarían a Hitler o hablarían con Albert Einstein. Si yo pudiera retroceder en el tiempo y cambiar algo sería el hecho de haberme ido a dormir aquella noche sin encontrar a mi niña primero.

Usaría mi máquina del tiempo para romper esa maldita botella de vino e ir detrás de Jessica. Detenerla. Encontrar la forma de convencerla de que se merecía algo mejor que lo que había conseguido su madre.

¿Pero lo hice?

No, me fui a dormir y no me desperté hasta prácticamente el mediodía del sábado. Luego fui al gimnasio, me hice la pedicura y seguí con mi vida, cargada de razón, porque sabía que volvería.

Pero Jessica no volvió.

Capítulo 5

Reese

Pasé todo el fin de semana cachondo y cabreado.

La boca de London, su olor, esas increíbles tetas... Quería sus labios envolviendo mi pene, quería esas manos enterradas en mi pelo y quería mi polla en su coño. Tal vez en su trasero. Joder, sí. Y después me follaría sus tetas porque no permitiría que se sintieran excluidas, ¿verdad?

En vez de eso me masturbé e intenté recordar todas las razones por las que empezar una relación con ella solo sería un tremendo error.

Entonces me la imaginé tocando a Nate Evans y me puse furioso porque estaba convencido de que el viernes por la noche le había olido en ella. Como una gangrena.

En ese momento me planteé seriamente matarlo por tocar lo que era mío.

El problema era que London no era mía. Algo que me estaba volviendo loco, porque no tenía el más mínimo deseo de reclamar a esa mujer, por lo menos no más de una noche. Sin embargo, mi instinto no dejaba de decirme que me pertenecía, lo que me ponía los pelos de punta. Querer a alguien de ese modo te llevaba a necesitarlo y el amor solo conducía al... infierno.

Heather tuvo una muerta lenta.

Recordaba aquel día a la perfección, todas las putas horas del peor momento de mi vida. Cómo su frágil cuerpo, apenas piel sobre huesos, se fue apagando poco a poco. Nuestras hijas no hacían más que salir y entrar de la habitación, llorando y suplicando mientras el brillo de los ojos de mi mujer se desvanecía. Hasta que la hermosa muchacha de la que me enamoré en el último año de instituto me dejó.

Para siempre.

Solo había amado a una mujer en mi vida y tuve que enterrarla en la fría tierra... sola. Aquel día me juré que nunca volvería a preocuparme por nadie más de ese modo.

No podía correr el riesgo.

Pero ahora London llenaba mi mente de una forma que me impedía pensar con claridad. Y por lo visto tampoco era muy buena compañía, pues el domingo por la tarde los chicos me echaron del arsenal y me dijeron que volviera cuando dejara de comportarme como un capullo. No, las perspectivas no eran muy alentadoras.

Salí maldiciendo por el patio hasta que Bolt se apiadó de mí y me llevó hasta el bosque nacional que había en la parte trasera del club para recoger un poco de leña. Ya nos encargaríamos de cortar los troncos y apilarlos cuando volviéramos, pero en ese momento me dejé llevar por la primitiva y satisfactoria sensación de talar un árbol con una motosierra. Me encantaba manejar ese tipo de herramientas y la emoción de la destrucción. No tanto como follar, pero mucho mejor que perder la cabeza imaginándome un coño bien dispuesto alrededor de la polla de otro hombre.

Nunca me había preocupado por el gilipollas del ayudante del *sheriff*, aunque terminar con él sería todo un servicio público. Sin embargo, una mujer no era motivo suficiente para cargarse a un representante de la ley. Tal vez debería limitarme a robársela frente a sus narices y luego restregárselo en la cara. Sí, aquello también me valía. La idea me atrajo desde el primer momento y cuanto más lo pensaba más me convencía.

Ahora que Bolt y yo estábamos en medio de la nada parecía que tenía la mente más despejada. Me sentía sudoroso, cansado, gracias a la oportuna intervención de mi hermano, bastante más cuerdo de lo que había estado desde que dejé la casa de London. Nadie me entendía como Bolt; le había echado mucho de menos los últimos tres años. Para mí era mucho más que un excelente vicepresidente, era el hombre en el que más confiaba de todo el planeta.

No obstante, estar en prisión le había cambiado. Le había vuelto más duro, más cínico que antes. Aunque también era cierto que estar encerrado en una celda por un delito que no has cometido cambia a cualquiera.

Tampoco ayudaba mucho que su dama, Maggs, le hubiera dado la patada.

Aquel era un asunto delicado del que no le gustaba hablar. La mujer tenía sus razones y supuse que, desde su punto de vista, dejarle era lo más lógico. Pero un hombre hacía lo que fuera para salir adelante. Y durante ese último tramo Bolt no tuvo a nadie que le protegiera, así que hizo lo que tuvo que hacer. Maggs nunca lo entendió.

Ese tipo de cosas pasaban.

—¿Qué planes tienes para esta noche? —le pregunté mientras arrojaba la motosierra a la parte trasera del todoterreno. Gracias a la herramienta y al remolque habíamos obtenido dos buenas pilas de madera. Una cantidad considerable para toda una tarde de trabajo.

—Pues no tenía pensado nada —respondió. Abrió la puerta de la parte delantera, rebuscó en la nevera y sacó una cerveza que abrió para ofrecérmela. Yo preferí agua—. Aunque tal vez me pase por The Line.

—Estás pasando un montón de tiempo por allí —comenté como si tal cosa.

—No hay nada como un buen coño —replicó él mientras se quitaba la camiseta para enjugarse el sudor de la frente. Ahora tenía más tatuajes, de diversa calidad—. He pasado mucho tiempo sin uno, tengo que compensarlo.

Asentí, aunque no era del todo cierto. Puede que no hubiera tenido el que quería, pero tampoco se había quedado sin ellos. Me puse a pensar.

—¿Cómo va el bebé?

Bolt soltó un resoplido.

—¿Qué bebé? Estoy empezando a pensar que no era verdad.

Maldición.

—¿Entonces Maggs te dejó por nada?

—No, me dejó porque la engañé. Y ahora esa zorra de Gwen dice que ha perdido al niño... si es que llegó a quedarse embarazada. Ya no sé qué pensar.

Me quedé quieto.

—¿Crees que no estaba embarazada?

—¿Acaso importa? —inquirió antes de dar otro sorbo a la cerveza—. Por lo menos me he librado de esa puta, así que supongo que algo es algo. Y esta noche voy a follar. La vida es bella.

Volví a asentir despacio. Sabía que la vida era de todo menos «bella» para mi hermano motero. Echaba muchísimo de menos a su dama. Todos lo hacíamos. Había llevado su ausencia de forma muy entera, apoyándole desde el momento en que le encerraron y trabajando día y noche para traerlo de vuelta. Mujeres así no abundaban.

—¿Quieres venir conmigo? —preguntó—. Echa un polvo. Despeja tu mente.

—Sí. —Bolt tenía razón. The Line era el lugar perfecto para pasar el rato sin ataduras de ningún tipo; justo lo que necesitaba. Otra noche más masturbándome mientras pensaba en London y me pegaría un tiro. No podía dejar de pensar en esas tetas y lo bien que se adaptaron a mis palmas.

¿Tendría los pezones rosados o marrones?

Tal vez Evans se los estaba chupando en este preciso instante. El cabrón no trabajaba ese fin de semana. Me había mantenido informado; incluso intenté que Bud lo llamara, pero ese capullo se había tomado un par de días libres y ni siquiera el *sheriff* podía anularlo. A menos que se produjera una emergencia.

Lo más probable era que estuviera con London. Consolándola. Incluso follándola ahora mismo.

Me imaginé estrangulándole, contemplando cómo su rostro se ponía morado y los ojos se le salían de las órbitas mientras pateaba y luchaba desesperadamente en busca de aire. Tampoco pasaba nada si lo hacía, ¿verdad?

Dios, quería estar dentro de esa mujer a toda costa.

Desde el primer momento en que la vi, hacía ya seis meses, supe que London sería mi perdición. La puse en la zona roja esa misma noche y me empeciné en mantenerme alejado de ella a toda costa. Las mujeres como ella solo traían problemas; no eran material apto para un «club de tetas», como llamaban al The Line, lo que significaba que se ponían echas una furia cuando solo las querías para una aventura de una noche, ni tampoco servían como dama de un motero. No, ese tipo de mujeres solo querían vivir en casas con vallas blancas y maridos calzonazos que al final se olvidaban hasta de sus nombres.

Si a eso le añadías que era la primera limpiadora de fiar que habíamos encontrado en los últimos tres años, tirármela solo me habría conducido al desastre.

Ahora, sin embargo, estaba pisando una zona desconocida, porque la había probado y no conseguía quitarme su sabor de la cabeza. Sí, ya era hora de enfrentarme a la realidad. London terminaría siendo mía y no permitiría que el imbécil que tenía como novio se interpusiera en mi camino. Joder, si supiera como se las gastaba el tipo, me suplicaría de rodillas que interviniera.

Pensar en ella de rodillas... esa imagen me gustaba más que la otra.

Quizá debería desistir de ir a The Line y localizarla. Evans era el mayor inconveniente; para ella seguía siendo el príncipe azul. Era cierto que había plantado la semilla de la desconfianza en ella, pero ahora tenía que dar un paso atrás y esperar a que el estúpido la cagara.

Algo que sin duda haría.

Los hombres como él terminaban mostrando su verdadera cara más pronto que tarde. Pero London tenía que descubrirlo por sí misma. De no ser así siempre le quedaría la duda y aquello sí que me supondría un problema.

¡Por Dios!... ¿Por qué estaba dándole tanta importancia a lo que pensara o no ella?

Definitivamente estaba perdiendo la puta cabeza.

—Iré contigo al club —repetí a Bolt—. Voy a ver si los chicos quieren acompañarnos. Hace mucho que no vamos todos juntos.

Bolt asintió con un gruñido, subimos al todoterreno y el potente motor diesel cobró vida. Mientras conducía con cuidado por la montaña sentí todo el peso que cargaba el remolque. Para cuando llevábamos recorrido la mitad del camino mi teléfono empezó a sonar, anunciando todos los mensajes de texto y llamadas perdidas que no me habían llegado al estar en una zona fuera de cobertura.

—Joder, pareces la centralita de telefonía —apuntó Bolt, enarcando una ceja—. ¿Habrá pasado algo?

Detuve el vehículo en medio de un estrecho sendero y saqué el teléfono para echarle un vistazo. Lo primero que me encontré fue un mensaje de Horse diciendo que teníamos que hablar. Seguro que se trataba de algo relacionado con el sur, últimamente recibíamos noticias a diario del cartel. Se estaban abriendo camino a través del territorio de los Devil's Jacks demasiado rápido, lo que no era nada bueno para los Reapers. Los Jacks eran nuestro parachoques, la primera línea de defensa contra las bandas del sur.

Pero el mensaje de Horse no fue el que consiguió captar mi atención.

Ni mucho menos.

Lo que me frenó en seco fue el hecho de que London Armstrong me había llamado tres veces y dejado dos mensajes de voz. Pulsé el botón.

«Hola, señor Hayes», dijo con tono tenso pero cargado con esa extraña formalidad que usaba para mantener las distancias. Qué tontería. Le había metido la lengua hasta la garganta y clavado los dedos en el trasero. Motivo suficiente para empezar a usar nuestros nombres de pila. Sin embargo, en vez de molestarme, aquello me puso cachondo. En realidad todo lo que hacía esa mujer me excitaba. «Soy London y necesito pedirte un favor. ¿Te importaría preguntar por Jessica por ahí? ¿Averiguar si ha quedado con alguien de tu club? Después de que te fueras el viernes se puso echa una fiera. De hecho se fue de casa. Creía que a estas alturas ya habría vuelto, pero no lo ha hecho.»

Vaciló durante un instante y volvió a hablar, esta vez con voz temblorosa.

«Estoy empezando a preocuparme.»

De puta madre. Ahora aquella mocosa no solo se metía en un lío detrás de otro sino que también se iba de casa. Dudaba que hubiera estado en contacto con alguien del club. Todos sabían que debían mantener las manos alejadas de ella, así que a nadie le importaría una mierda lo que hiciera o dejara de hacer. Las chicas como ella iban y venían y no se les prestaba mucha atención. Si una desaparecía, siempre había otra que rápidamente ocupaba su lugar.

London era de un tipo diferente y no me hacía mucha gracia que se preocupara. Ya tenía bastante con lo que lidiar. Me puse a escuchar el siguiente mensaje, de apenas hacía media hora. En esta ocasión no perdió el tiempo con formalidades.

«Reese, estoy muy preocupada por Jess. ¿Puedes llamarme o enviarme un mensaje? Sé que las cosas entre nosotros son un poco... incómodas... pero me gustaría descartar que esté con alguien del club. Nadie sabe nada de ella.»

—Joder —mascullé. Miré a Bolt—. ¿Me das un segundo?

Hizo un gesto de asentimiento. Bajé del todoterreno y pulsé el botón de devolver la llamada. London respondió al cuarto tono.

—¿Reese?

Su voz volvía a ser tensa, a pesar de lo cual me encantó cómo sonaba mi nombre en sus labios. Por supuesto lo ideal sería que lo gritara contra una almohada mientras la penetraba desde atrás. Sí, aquello estaría bien.

—He escuchado tus mensajes, nena —dije—. Hablaré con los hermanos, pero si hubiera estado en el arsenal me lo habrían dicho. Saben que no puede entrar allí.

—¿Y no se habrá ido a la casa de alguno de ellos? —tanteó—. ¿Tal vez con alguno de los hombres con los que la encontramos la otra noche?

—Ni hablar. Ni Painter ni Banks se atreverían a tocarla. No después de lo que les dije. Odio ser tan crudo, pero no es nadie especial. No merece la pena meterse en líos con el club por ella.

—Entiendo.

Aunque seguramente no lo hacía. Las personas ajenas al club nunca lo entendían.

—¿Y qué te ha dicho el capullo del ayudante? Imagino que te estará echando una mano con esto.

Hizo un extraño sonido estrangulado que intentó disimular con una tos.

—Nate me ha comentado que las chicas de su edad suelen hacer cosas así a menudo y que no debo preocuparme. Y no, no me está ayudando. Solo he podido hablar con él una vez y no me ha devuelto las llamadas desde ayer. Además, esta mañana está de servicio. Supongo que tendrá mucho trabajo este fin de semana. Le ha tocado hacer horas extra.

Pero qué puto mentiroso. ¿A qué coño estaba jugando con ella? Mi neandertal interior decidió que no le importaba lo más mínimo. A la mierda la seguridad y a la mierda las jodidas vallas. Estaba claro que London Armstrong no podía cuidar de sí misma y que necesitaba a alguien que diera un paso al frente y se ocupara de sus problemas. Si aquello significaba reclamarla para mí, pues que así fuera. En cuanto a Evans, le daría una patada que enviaría a ese desgraciado a cientos de kilómetros del pueblo más cercano la próxima vez que decidiera jugar con ella.

«Qué orgullosa estoy de ti, cariño», murmuró Heather.

Gruñí. No me interesaba la opinión de mi mujer. Si de verdad se hubiera preocupado por mí no se habría muerto. En cuanto a London. También estaba harto de sus idioteces. Esa mujer sería mía y yo no era de los que compartían.

«Te das cuenta de que estás loco, ¿verdad?»

Bueno, al menos con la locura me sentía cómodo. Desde siempre.

—¿Reese? ¿Te encuentras bien?

Mierda. La pobre mujer estaba asustada y sola y ahora yo la gruñía porque por lo visto había perdido completamente la cabeza. Me froté la barbilla mientras pensaba a toda prisa. Necesitaba jugar mis cartas de forma inteligente. Si quería hacer las cosas bien, tenía que llevarla por la dirección correcta. A Evans lo único que le hacía falta era cuerda suficiente para que él solo se pusiera la soga al cuello. El resto sería pan comido.

—En parte tiene razón —dije, intentando parecer lo más sensato y cordial posible—. Aunque eso no te sirva de mucho consuelo. ¿Hay algo que pueda hacer para ayudarte?

—No mucho. He hablado con todas sus amigas. La verdad, no me imagino dónde puede haber ido.

—Seguro que estará con algún chico en alguna parte. Jess es una muchacha muy guapa... no le habrá resultado difícil encontrar a alguien que la llevara a donde sea...

—Pero en ese caso se lo habría dicho a alguna de sus amigas. Nadie sabe nada de ella.

Suspiré y me froté el puente de la nariz con dos dedos. No sabía si echarme a reír o gritar por la frustración. Por no hablar del pequeño toque de exaltación que sentía. Por Dios, London era una ingenua. No entendía cómo, con la edad que tenía, seguía siendo así, pero estaba claro que no tenía ni idea de cómo funcionaba el mundo. Me pregunté si aquella inocencia también se extendía al plano sexual. De ser así, me lo pasaría en grande enseñándole cosas nuevas en la cama. Aunque si escondía algún as en la manga también sería divertido.

—No te lo dirían, preciosa. Se encubren las unas a las otras porque eso es lo que se supone que hacen las adolescentes.

—La mayoría sí, pero no Melanie —replicó ella—. Ella es la persona en la que más confía Jessie y también está muy preocupada. Dice que le mandó un mensaje muy raro sobre que se iba al sur.

—¿Y qué hay en el sur?

—Nada que yo sepa. La última vez que supe de su madre estaba viviendo cerca de San Diego, pero no me la imagino moviendo un solo dedo por Jess y mucho menos invitándola a quedarse en su casa. Amber es una perra egoísta que no quiere que ninguno de los hombres con los que está se entere de que es lo suficientemente mayor como para tener una hija de esa edad. Además, Jess tampoco tiene dinero para llegar allí.

—¿Quieres que vaya a tu casa? —pregunté. En ese momento mis intenciones eran totalmente decentes. No me gustaba que estuviera asustada y no era tan rastrero como para aprovecharme de la huida de su sobrina para follármela, ¿verdad?

¿Pero a quién quería engañar? Por supuesto que lo era.

—¿Por qué?

—Para que no te sientas sola. Te recuerdo que tengo dos hijas. Son buenas chicas pero a veces vivir con ellas era un auténtico infierno... y eso cuando las cosas iban bien. Llevaré algo de comer y podemos pasar un rato juntos. Así se te hará menos larga la espera. A menos que tengas otros planes, claro.

—Sí, mi plan era quedarme aquí y caminar de un lado a otro, pendiente del teléfono —susurró—. Creo que no es muy buena idea.

—Puedes estar pendiente del teléfono mientas comemos. Estaré allí sobre las siete. Primero tengo que dejar el todoterreno y darme una ducha. ¿Te parece bien?

—No lo sé... No quiero que pase nada entre nosotros, Reese. Hablo en serio.

—Me portaré bien. —«No lo haré»—. Intenta llamar a tu prima y ver si sabe algo. No pierdes nada.

—Está bien. —Sonaba derrotada.

Colgué y volví a meterme en el todoterreno. Me quedé un rato pensando. No tenía ni idea de dónde podía estar la chica, pero Nate Evans me lo estaba poniendo muy fácil.

Ese imbécil me estaba ofreciendo a su mujer en bandeja de plata.

London en ese momento necesitaba comprensión, a alguien que la cuidara. El gilipollas debería de haberse dado cuenta de eso, pero no era conocido por ser el tipo más sensible del mundo. Había presionado en más de una ocasión a nuestras bailarinas durante los controles de tráfico nocturnos antes de que llegáramos a un «acuerdo» sobre su comportamiento.

Ahora también llegaríamos a un acuerdo con respecto a London. Y muy pronto.

—¿Todo bien? —quiso saber Bolt.

—Sí —respondí—. Aunque esta noche no iré contigo. Me ha surgido otro plan.

—¿Negocios o placer?

—Ambos. Iré a casa de London Armstrong.

Bolt sonrió de oreja a oreja.

—Sabía que te ponía.

—No es precisamente un secreto que quiero follármela.

—¿Y eso es lo que harás esta noche? ¿Follártela?

Me eché a reír porque, sinceramente, no tenía ni idea. La última vez que me había sentido de esa manera tenía dieciocho años y estaba loco por Heather.

—Depende. Ha tenido un fin de semana jodido y no sé qué estrategia seguir al respecto.

—Normalmente tus estrategias implican desnudarlas y librarte de ellas en cuanto terminas.

—La situación es un poco más complicada que eso —admití.

—¿Es aquí cuando tengo que empezar a canturrear «Pic y London son novios»?

—Solo si quieres que te meta por el culo uno de los troncos que llevamos en el remolque.

—Tal vez merezca la pena —dijo Bolt con tono socarrón.

Le saqué el dedo corazón a modo de respuesta. De pronto me sentía de muy buen humor, como si volviera a tener dieciocho años.

A la vejez, viruelas.

London

—Soy su madre, Jess me pertenece —declaró Amber llena de regocijo. La había llamado, convencida de que Reese estaría equivocado. Jessica nunca se iría con Amber, ni aunque estuviera tan enfadada conmigo. No era tan estúpida como para hacerlo...

Por lo visto sí que lo era.

No entendía nada.

—Creí que no querías que tu novio supiera que eras lo suficientemente mayor como para tener una hija de esa edad.

—Sabe que me quedé embarazada muy joven.

—Te quedaste embarazada con veintidós años, no con doce. —Mi prima resopló—. Por lo menos dime si se ha llevado su tarjeta sanitaria con ella. Tienes que vigilarla, no sabes lo rápido que pueden volverse las tornas con ella. Creo que deberías llevarla a...

—Que te den, Loni —espetó como si siguiéramos en el instituto. Casi podía verla poniendo los ojos en blanco—. Estoy harta de tus sermones y tonterías. Vuelve a esa vida tan aburrida que llevas, limpiando la mierda de los demás. ¿Sabes? Ahora tengo una criada. Mi novio ha contratado a una. ¿Ves lo equivocada que estabas cuando decías lo mal que terminaría?

—Déjame al menos hablar con ella.

En vez de pasarme con ella, me colgó. Suspiré y me quedé mirando el teléfono con una mezcla de emociones en mi interior. Al menos sabía que Jess estaba a salvo. Se las había apañado para conseguir un vuelo a San Diego, algo que creía imposible. La última vez que había hablado con mi prima me dejó claro que no tenía ningún interés en ver a su hija. Ninguno.

No tenía sentido.

Decidí volver a llamar a Nate porque cuanto más lo pensaba más sospechoso me parecía todo. Sabía que estaba trabajando así que supuse que tendría que dejarle un mensaje de voz. Cuando contestó me pilló totalmente desprevenida.

—Hola, Loni, ¿qué pasa?

—He encontrado a Jessica.

—Qué bien. ¿Dónde estaba?

—En San Diego, con su madre. De hecho acabo de hablar con mi prima ahora mismo. Jess sigue sin responder al teléfono.

—Bueno, te habrá supuesto un gran alivio.

Suspiré y me froté la frente. Me frustraba que a Nate no pareciera importarle en absoluto todo aquello.

—No creas. No tiene sentido. Amber está viviendo con un novio millonario y no quería que supiera que tenía una hija de la edad de Jessica. El verano pasado intenté llevarla para que la viera y no quiso. Creo que mi prima está tramando algo.

—Cariño... —empezó, con una voz que destilaba una paciencia y condescendencia que me puso de los nervios—. Por tu forma de hablar parece que hubieras perdido la cabeza.

—No estoy loca —espeté enfadada.

—Ya lo sé —replicó con tono calmo—. Por eso he dicho que «parece», porque tú no eres así. Sé que lo has dado todo por Jessica, pero los adolescentes cometen locuras todo el tiempo. Está con un familiar. Sabes que se encuentra sana y salva, así que quizá deberías disfrutar del hecho de que por fin se ha despegado de tus faldas.

—Jessica no es una chica de dieciocho años normal —insistí mientras me dirigía a la cocina. Busqué la botella de vino que había comprado en una tienda antes de ir a casa y agarré el sacacorchos—. Sabes que su cerebro no funciona como debería y que tiene muchos problemas de salud. Allí no hay ningún médico que conozca su historial.

—A nadie con dieciocho años le funciona el cerebro como debería —señaló él—. Lo sabes, todo el mundo lo sabe. Los chicos son maravillosos pero cometen estupideces todos los días. Tarde o temprano te llamará y te pedirá perdón. Hasta que llegue ese momento no tiene sentido seguir discutiendo con ella.

Bebí un buen sorbo directamente de la botella; en ese momento ir a por un vaso me parecía demasiado esfuerzo.

—¿Puedes hacer algo para saber cómo está? —pregunté, de nuevo frustrada por su falta de empatía.

—¿A qué te refieres?

—Bueno, los policías tenéis vuestros trucos para vigilar a la gente, ¿no? Como pedir favores a viejos amigos y cosas así. Yo qué sé.

—Creo que has visto muchas series de televisión —dijo con rotundidad. Su tono había pasado de condescendiente a molesto—. Podríamos llamar a los servicios sociales, pero como ya sabes que está bien, solo sería una pérdida de tiempo. Tienes que olvidarte de todo este asunto y yo tengo que volver al trabajo. Mira, sé que entre nosotros hay algo muy bonito pero no me interesan los dramas. Es hora de que lo superes.

Seguramente tenía razón pero no hacía falta que se comportara como un imbécil.

—De acuerdo —dije con el ceño fruncido—. Siento haberte molestado en el trabajo.

Se quedó callado unos instantes.

—No pasa nada. Pero no lo vuelvas a hacer, ¿entendido? A menos que se trate de una emergencia de verdad. Sé que es un fastidio que las cosas no vayan como esperabas, pero no se trata de algo urgente y tengo un montón de cosas que hacer. Ahora voy a colgar.

—¿Todavía te apetece que pasemos un rato juntos esta semana? —pregunté vacilante.

—No lo sé... ¿Vamos a continuar donde lo dejamos el viernes?

La pregunta me sorprendió.

—Tal vez...

Suspiró.

—Loni, me gustas mucho y he sido un hombre decente contigo, pero estoy cansado de esto. Estás tan ocupada cuidando de Jessica que no te quedan energías para mí. Ahora mismo estoy agotado, cabreado y no estoy de humor. Hablamos luego, ¿de acuerdo?

—Vaya, siento mucho que mis obligaciones familiares te pongan de ese modo —me quejé—. Pero Jessica es muy importante para mí. Me responsabilicé de ella y no voy a dejar de cuidarla porque haya cumplido dieciocho años.

—No me puedo creer que sigamos hablando de Jessica —masculló.

Y entonces me colgó.

¿Pero qué...?

Nate no había sido el mismo desde hacía dos días; ni remotamente el mismo. Siempre se había preocupado por mis problemas, me apoyaba, incluso en las cosas más simples... y nunca me había presionado para que mantuviéramos relaciones sexuales. Y ahora, cuando más le necesitaba, ¿me daba la espalda?

«¿Seguro que lo conoces?»

Me acordé de las inquietantes insinuaciones de Reese. No debería sacar conclusiones antes de tiempo. Por lo menos no en el estado en el que me encontraba. Ahora estaba enfadada y bastante desorientada. Debía pensar con claridad.

Aun así, había esperado un poco más de comprensión por parte de Nate. Al fin y al cabo eso era lo que hacían los novios, ¿no?

Tomé otro sorbo de vino y repasé mentalmente la desagradable conversación mantenida con Amber. Por lo visto Jessica llevaba allí desde el día anterior, aunque a ninguna de las dos se les ocurrió que ese dato pudiera interesarme. Tampoco tenía ni idea de dónde podía haber sacado el dinero para el billete de avión.

Ambas eran unas egoístas. Igual que Nate... aunque tuviera su parte de razón. Para bien o para mal, Jessica era una adulta y había tomado una decisión. Debería aceptarla y pasar página, porque toda la tensión y preocupación que me estaba generando no me conducía a ninguna parte.

Por lo menos tenía el consuelo del vino.

Una hora después me había terminado la botella y las cosas parecían ir mejorando. Por ejemplo, sin Jess allí no tenía que quedarme en casa todos los fines de semana. Podía salir por ahí, hacer planes... Dormir con Nate siempre que quisiera.

Suponiendo que todavía quisiera acostarme con él.

Aunque cuanto más meditaba sobre el asunto, menos interesada estaba en seguir con él. Era cierto que no estábamos comprometidos ni nada por el estilo, ¿pero qué sentido tenía tener un novio si te dejaba en la estacada la primera vez que lo necesitabas?

Por otro lado, volver a tener sexo estaría muy bien...

Justo después de que dieran las siete de la tarde sonó el timbre. ¡Reese! Me había olvidado por completo de él. Para entonces ya iba por la mitad de una segunda botella de vino, lo que también era media botella más de lo que podía soportar. Abrí la puerta y me lo encontré parado en el porche con dos bolsas de comida china en una mano y un paquete de media docena de cervezas en la otra. Le miré de arriba abajo y pensé que estaba estupendo.

Quería morderle.

Sí, definitivamente me había pasado con el vino. Había bebido más en un fin de semana que en los dos últimos meses juntos. Lástima que no me importara.

«Si rompes con tu novio, tendrás vía libre para morder a Reese Hayes», me susurró maliciosamente mi cerebro. Y tenía razón. Si a Nate le hubiera importado lo más mínimo nuestra relación, no hubiera sido tan gilipollas.

Vaya, ahora mi cerebro también soltaba palabrotas. ¡Qué divertido!

—Entra —le dije a Reese. De pronto me sentía famélica. La comida china olía fenomenal y no veía la hora de hincarle el diente.

Hayes abrió los ojos sorprendido.

—Te veo de muy buen humor —murmuró.

Alcé la botella de vino y se la mostré.

—Necesitaba distraerme un rato —comenté sin rodeos—. Llamé a mi prima Amber. Es una zorra y la odio... Ah, Jessica está con ella. Está bien, sana y salva. Voló hasta San Diego ayer y ninguna se molestó en avisarme. No quiero saber nada de ninguna de ellas.

Intenté simular a Pilatos, haciendo el gesto de lavarme las manos, pero me olvidé de que sostenía la botella y esta se cayó. Reese se lanzó a por ella a toda prisa y la agarró al vuelo. Yo perdí el equilibrio y me caí de culo, riendo. Él me miró; una lenta sonrisa se abrió paso en sus labios.

—Estás borracha.

—¿No me digas? Me siento maravillosamente bien.

—¿Tienes que trabajar mañana?

—Soy la jefa —informé henchida de orgullo—. Puedo ponerme el horario que me dé la gana.

—Ya veo —murmuró. Después extendió una mano y me ayudó a levantarme. Me tambaleé hacia él frotando la mejilla contra los potentes músculos de su pecho.

—Hueles muy bien —le dije—. Pero que muy bien.

—¿Tienes cafetera?

Parpadeé un par de veces y deslicé mis manos hacia arriba hasta llegar a sus hombros. Sus brazos eran duros, su piel como seda estirándose sobre algo... duro. Solté una risita tonta porque era incapaz de pensar en otra palabra.

—¿La cafetera? —insistió.

—¿Para qué?

—Para que te despejes un poco. ¿A qué coño huele?

Esbocé una sonrisa, sintiéndome muy satisfecha conmigo misma.

—Al ciclo de autolimpieza del horno. Me encanta limpiar cuando estoy frustrada y no hay nada como un horno brillante. Solo tienes que encenderlo a tope, dejarlo actuar y después limpiar las cenizas que quedan. El gas se encarga de todo el trabajo sucio. Muy purificante.

—Vas a matarme —murmuró. Me acarició la mejilla con un dedo—. Vamos a hacerte algo de café y a comer un poco. Y no más vino.

Hice un puchero; me gustaba mucho el vino. Pero enseguida se me fue de la cabeza porque olía muy bien y quería comprobar si sabía tan bien como olía.

Si pudiera mordisquearle el labio y descubrirlo...

Reese

Era oficial. Estaba teniendo la cita más jodida de toda mi vida.

London («Todo el mundo me llama Loni, Reese, pero lo odio. Me gusta cuando me llamas por mi verdadero nombre... ¿Me dejas tocarte el estómago?»), estaba completamente ebria y tenía el mal presentimiento de que si me la tiraba en ese momento las cosas no terminarían bien. No era algo que soliera importarme, la verdad. En lo que a mujeres respectaba, prefería que el asunto no funcionara. Básicamente ese era el objetivo.

Por desgracia, el karma podía ser un auténtico hijo de puta y se estaba vengando de mí.

Estaba mirando la televisión, fingiendo ver la película más aburrida del mundo, con una London inconsciente encima. Sus tetas se aplastaban contra mi pecho, sus piernas estaban sobre mi muslo y su mano yacía sobre mi estómago justo a quince centímetros de mi glande. Lo sabía porque, exactamente cada sesenta segundos, dejaba de mirar la pantalla para cerciorarme de que mi polla no había hecho un agujero en mis pantalones. Después volvía a contar porque era la única forma que tenía de evitar tumbarla de espaldas y hundirme en ella tan profundo que mi pene le llegara hasta la garganta. «Oh, sí, eso sí que la despertaría.»

¿Por qué estaba haciendo todo aquello? Buena pregunta.

No porque fuera un buen tipo, ni porque ella estuviera borracha ni nada parecido. Nunca fui un hombre decente y no cambiaría a esas alturas del partido.

La decencia no era lo mío. Aquello obedecía más a la estrategia.

London suspiró en sueños y se acurrucó más contra mí mientras deslizaba la mano hacia abajo. Gemí y mi polla se puso aún más dura, a pesar de que hubiera apostado cien dólares a que era físicamente imposible. En realidad me dolía horrores y el olor de su pelo no me puso las cosas más fáciles.

Olía a galletas de vainilla.

Volví a preguntarme por qué no me la estaba follando. La tenía a mi merced, encima de mí. Debería limitarme a tomar lo que me ofrecía y disfrutarlo. La estrategia estaba sobrevalorada.

«Con ella podrías ser feliz —dijo Heather con tono duro—. No lo eches todo a perder, imbécil.»

Putos fantasmas de mi cabeza.

Heather tenía que dejarme en paz porque no podía lidiar con esa mierda. Yo no me había muerto con ella, aunque a veces me sintiera así. Además, me había dejado con dos hijas a las que criar solo y en ocasiones la odiaba por eso.

Por suerte, pensar en mis hijas me trajo una sonrisa a los labios.

No había palabras suficientes para describir lo importantes que eran para mí. En cierto sentido, fueron el motivo por el que continúe viviendo; no lo hice por mí, sino por ellas. En toda mi vida, nada me había resultado tan duro como no ir detrás de mi mujer a la tumba. Y a su modo, London también se había estado enfrentando a una batalla similar. Cuando el ventilador empezó a esparcir la mierda, aceptó con entereza las cartas que le había tocado jugar y se encargó de su sobrina, a pesar de que podía haber tomado la vía fácil. Nadie la hubiera culpado por poner una excusa y dejar que los servicios sociales se encargaran de la niña. Ver cómo había luchado por Jessica, a pesar de que técnicamente no era suya, me infundía muchísimo respeto. Era una mujer que entendía lo que era la lealtad y que la familia no solo era una cuestión de sangre.

Por mucho que odiara admitirlo, ese era el tipo de material del que estaba hecho una buena dama... Un momento. Hice un gesto de negación con la cabeza. No, ni de broma iría por esos derroteros. ¿Reclamarla para mí? De acuerdo. Pero nadie ocuparía nunca el lugar de Heather... y mucho menos llevaría su parche.

Tal vez pudiera encontrar un punto intermedio. Y ahí estaba la respuesta a la pregunta que me había hecho innumerables veces en las últimas horas. Si esa noche me follaba a London en el estado en el que se encontraba, las cosas se complicarían bastante y solo conseguiría que terminara odiándome. Si algo soy es decidido y cuando me propongo algo me dejo de tonterías y voy a por ello. Quería a London y tenía planeado estar con ella durante un tiempo.

Lo que significaba que tenía que actuar correctamente.

Lo primero de todo era quitar de en medio al gilipollas del ayudante sin aterrorizarla. Y si para ello tenía que esperar un poco más de tiempo lo haría. No me cabía duda de que, a la larga, London terminaría cayendo en mis brazos. Por eso estaba sentado en un sofá viendo la película más absurda de la historia, con la polla más dura que una roca y sin expectativas de que la noche terminara con un final feliz.

London volvió a retorcerse sobre mí y dejó escapar un suave ronquido.

Dios, ahora tenía su boca justo al lado de mi pezón. Sentía su cálido aliento a través de la camiseta y algo parecido al pánico se instaló en mi garganta. Tenía que salir de ahí cuanto antes, porque no podría mantener las manos alejadas de ella por mucho más tiempo. Uno tenía su aguante.

Seguro que mis hermanos se partirían de risa si me vieran en esa situación.

—De acuerdo, preciosa —murmuré, sosteniéndola mientras luchaba por incorporarme—. Hora de meterte en la cama.

London se acurrucó aún más y soltó unos gemidos de protesta. En realidad no era muy grande a pesar de sus fabulosas tetas. La alcé en brazos con relativa facilidad y la llevé en dirección a los dormitorios. La puerta de su habitación estaba abierta, mostrando una cama de matrimonio pulcramente hecha. La estancia estaba decorada con lo que seguramente eran muebles de segunda mano, pero estaban relucientes y dispuestos de forma que encajaban a la perfección.

Nada que ver con mi habitación.

—Todavía estoy enfadada contigo —murmuró cuando eché hacia atrás el cobertor y la metí dentro.

Vaya. Ebria Durmiente se estaba despertando... y sin necesidad de darle un beso primero.

—¿Puedo saber por qué? —pregunté.

A pesar de que seguía con los ojos cerrados, London frunció el ceño.

—Ya sabes por qué, Nate. Pero de todos modos puedes quedarte conmigo esta noche...

¿Nate? ¿Creía que yo era Nate Evans?

¡Ese puto gallina de mierda no iba a llevarse los méritos por mi buena obra del día!

Todas las buenas intenciones que tenía desaparecieron al instante y mi instinto dio una patada a cualquier lógica. Me daba igual que hubiera decidido no tocarla, de ningún modo permitiría que soñara con ese capullo estando en mis brazos. Mi polla y yo lo teníamos muy claro.

—No soy Nate —gruñí. Enterré mis dedos en su pelo y le agarré la cabeza con fuerza. Se despertó de inmediato, con los ojos abiertos y totalmente confundida.

—¿Qué?

—Que no soy Nate —volví a gruñir.

Me miró parpadeando.

—¿Reese? ¿Qué estás haciendo aquí.

Joder. Le había traído comida, la había escuchado llorar, había estado encima de mí la mitad de la noche... ¡y no se acordaba! El karma me estaba dando por el culo a base de bien. Me incliné sobre la cama, metí una rodilla entre sus piernas y la cubrí con mi cuerpo. Cuando mi polla encontró su pubis roté las caderas.

Por fin.

¡Qué alivio! Aunque no fuera a eyacular.

—Oh, Dios mío... —susurró con los ojos abiertos como platos—. Reese, ¿qué estás haciendo?

Jadeé y seguí moviendo las caderas contra ella con tanta dureza que me dolió. Ella se retorció y gimió y se me olvidó por completo aquello de hacer las cosas fáciles. Necesitaba estar dentro de ella. Ahora. El resto podía esperar. Capturé sus labios con los míos, mordisqueándolos antes de enterrar profundamente mi lengua en su boca. Volvió a retorcerse, clavando las manos en mi pecho.

Entonces me mordió la lengua.

—¿Qué cojones? —Me separé unos centímetros de ella. La miré. Tenía los ojos abiertos y llenos de consternación, lo que hizo que me diera cuenta de que sus manos no estaban en mi pecho precisamente para arrancarme la camiseta.

No.

Estaba empujándome para que me quitara de encima.

—No puedo hacerlo —susurró negando con la cabeza—. Nate y yo acordamos no salir con nadie más. Todavía estamos juntos.

—Si sigues con él, ¿por qué narices no ha venido corriendo cuando lo necesitabas?

Cerró los ojos y tomó una profunda bocanada de aire. Por desgracia el gesto hizo que sus pechos se apretaran más contra mí. En ese instante creí que me explotaría la polla y no porque estuviera a punto de correrme sino por el volumen de sangre que tenía acumulado en esa zona de mi cuerpo.

—Nate y yo tenemos que hablar.

Gruñí de nuevo. «¿Hablar?» Se la veía casi tan frustrada como yo. Decidí volver a mover las caderas. Ambos jadeamos de necesidad.

—Que le den. Tu coño me quiere dentro tanto como mi polla.

—No me gusta esa palabra.

—Y a mí no me gusta el gilipollas del ayudante —siseé—, y no por eso le meto una bala entre ceja y ceja, ¿verdad? Así que termina con tanta queja y deja que te folle.

Entrecerró los ojos y me dio un fuerte empujón en los hombros. Salí de encima de ella y me tumbé de espaldas, respirando con dificultad mientras intentaba que mi cerebro volviera a funcionar. Lo que era prácticamente imposible ante la falta de sangre disponible. El pene empezó a palpitarme. Literalmente. Podía sentir cada latido golpeando como si de una maza se tratara.

En ese instante quería matarla. Follarla primero y luego matarla. Y después matar a Nate Evans por ponerme en esa tesitura. Ya enseñaría a ese cabrón lo que significaba involucrarse con una mujer de los Reapers.

—Siento mucho haberme emborrachado y comportarme como una idiota —dijo London después de un buen rato—. No te lo mereces.

—Ahí le has dado.

—¿Hay algo que pueda hacer para redimirme?

—Una mamada no estaría mal. —Y si le añadía una botella de vodka y una barra de baile tal vez reconsideraría eso de matarla... pero no sería feliz del todo hasta que no tuviera su coño bien abierto y dispuesto. Le di un puñetazo al colchón. ¡Mierda!

London chilló como un ratoncillo, lo que me resultó de lo más simpático. Aquello me cabreó aún más.

—¿Alguna otra cosa?

—No, creo que ya has hecho bastante —señalé. Cerré los ojos e intenté pensar en algo, cualquier cosa, que me distrajera del dolor que sentía entre las piernas.

—Ha sido muy amable venir esta noche y traerme la cena.

«Amable.»

La muy bruja pensaba que era «amable». Si ahora iba y me daba las gracias por ser su amigo, se acabó. Cometería una ola de asesinatos.

«Tengo que largarme de aquí como sea.»

Salí de la cama y me fui directo al salón, en busca de las llaves. Estaban en la encimera de la cocina, justo al lado de los recipientes vacíos de comida. La próxima vez, que llorara sola y se hiciera ella misma la cena.

Oí sus pies descalzos acercarse detrás de mí.

—Supongo que esto quiere decir que nuestro acuerdo ha terminado, ¿no?

Sonaba un poco insegura, casi asustada. Y todavía bajo los efectos del alcohol. Me volví para mirarla, fijándome en su pelo rubio revuelto, en sus generosas caderas dentro de esos *jeans* ajustados y como la camiseta que llevaba le caía por el escote mostrando un montón de piel.

—No si quieres mantener los contratos con el club. —No entendía por qué coño no la despedía ahora mismo, pero mi polla me recordó que todavía no había terminado con ella—. Te quiero en mi casa el martes. Si haces comida de sobra puede que hablemos de llevar uno de tus equipos de limpieza a The Line.

—Gracias —susurró.

—Vete a la mierda —dije antes de abandonar la casa de un portazo.

«Pero qué exagerado que eres», se regodeó Heather mientras subía al todoterreno.

Ella también se podía ir a la mierda. Putas mujeres. No le dejaban en paz a uno ni aunque estuvieran muertas.

Capítulo 6

London

—Entonces, ¿a dónde nos conduce esto? —preguntó Nate el lunes por la noche. Estábamos en una mesa de la parte trasera de un restaurante a la que apenas llegaba luz y que tenía unas velas encendidas que se suponía tenían que ofrecer un aspecto romántico pero que, en conjunto, lo hacían parecer claustrofóbico.

—¿Sinceramente? No lo sé.

—Sé que me necesitabas y que no di la talla. ¿Crees que podrás perdonarme?

Sí, no me había apoyado. Todavía estaba resentida por aquello pero tenía que trabajar y en su defensa había que tener en cuenta que estaba acostumbrado a lidiar con casos de chicos que se escapaban de casa todos los días. Para él lo de Jessica había terminado bien. Estaba con un familiar, no la habían secuestrado ni había caído en manos de un asesino en serie.

Sin embargo, ese no era el verdadero problema. Me gustara admitirlo o no, me había excitado muchísimo con Reese Hayes. Nate y yo habíamos decidido no tener otras citas. Entonces, ¿por qué me ponía tan caliente en cuanto otro hombre me tocaba?

¿Qué clase de persona hacía eso?

Una mujer enamorada desde luego que no. Ni siquiera una mínimamente ilusionada. Y si ya me sentía así tras apenas dos meses de empezar nuestra relación eso decía mucho de lo mío con Nate. Ambos nos merecíamos algo mejor, aunque todavía no había decidido qué era lo que quería exactamente. Llevaba catorce años viviendo por mi cuenta. ¿Por eso había estado tan desesperada por liarme con Nate? ¿Por temor a quedarme sola?

¿Por qué había caído en esa trampa?

Ahora mismo me atraía la idea de hacer lo que quisiera y cuando quisiera. Tal vez tomarme un helado para desayunar de tanto en tanto o teñirme el pelo de rojo. Podría comprarme un vehículo nuevo que no llevara un logo de una empresa de limpieza.

Un Miata rojo descapotable. Siempre había querido uno.

Pero en ese momento tenía que hacer la parte más difícil.

—No creo que lo nuestro vaya a funcionar —dije despacio.

Nate frunció el ceño y me cubrió la mano con la suya, dándome un apretón.

—Nena, creo que estás reaccionando de forma exagerada.

—No, no es por... —empecé a decir, pero me detuve en seco. El «no es por ti, es por mi» me parecía todo un cliché, aunque en mi caso fuera verdad. Puede que Nate no fuera perfecto, pero era una gran persona. Simplemente no era el hombre que quería. Últimamente en lo único que podía pensar era en Reese y en lo que bien que me sentí teniéndole entre mis piernas.

Qué locura.

Quería volver a sentirme así. Viva.

¿Terminaría acostándome con él? Aún no lo tenía claro. Me apetecía mucho, la verdad. El presidente de los Reapers no estaba hecho para una relación duradera, pero quizá no necesitaba una relación en este momento.

Tal vez solo necesitara acostarme con alguien.

Sí. Helado para desayunar, teñirme el pelo, sexo, comprar el Miata. Y después más helado.

Tenía un plan.

—¿London?

Parpadeé rápidamente y volví a prestar atención a Nate. Estaba serio y lucía una expresión de preocupación en el rostro.

—Creo que deberíamos dejar de vernos —dije convencida.

Sí, aquellas eran las palabras correctas. Un poco dolorosas pero en cierto modo me sentí liberada.

Volvió a fruncir el ceño.

—¿Estás rompiendo conmigo? —preguntó lentamente, como si no se creyera lo que acababa de decir—. Jesús, Loni. Entiendo que metí la pata, pero esto me parece demasiado.

—No se trata de eso —señalé—. Me he dado cuenta de que lo que siento por ti no es lo suficientemente intenso. Lo siento. Me gustaría que las cosas fueran de otra forma...

—Es por Reese Hayes, ¿verdad?

Negué con la cabeza, aunque una parte de mí sabía que estaba mintiendo.

—Es por nosotros. No está funcionando, así que es mejor dejarlo en este momento.

—Te he pedido que te acuestes conmigo, no matrimonio —dijo entre dientes—. Dios, ¿qué narices te pasa?

Buena pregunta. Tragué saliva porque se notaba que estaba empezando a enfadarse y no podía culparle por ello. Pero tampoco podía salir con alguien por lástima. No. Una ruptura limpia era lo más decente.

—Da igual —comenté con cuidado—. Lo nuestro no tiene futuro y te respeto demasiado como para darte falsas esperanzas.

Nate arrojó de malos modos la servilleta sobre la mesa, se inclinó hacia delante y entrecerró los ojos. Tenía la cara roja y me di cuenta de que nunca le había visto tan molesto antes. Recordé lo que me dijo Reese de él, pero lo rechacé al instante. El hombre que tenía frente a mí era Nate. El dulce Nate. Estaba dolido; no me extrañaba. Aquello no era justo para él.

—¿Qué dices Loni? ¿Que no quieres darme falsas esperanzas? ¿Qué cojones crees que has estado haciendo las últimas ocho semanas? ¿Acaso tienes el coño de oro? Porque te juro por Dios que ninguna mujer me suelta una mierda como esa y se larga sin más.

Abrí la boca y jadeé. Nate no hablaba así. ¿Qué demonios estaba pasando?

—Nate, yo...

—Hemos terminado. —Se puso de pie y me taladró con la mirada—. No me puedo creer que haya desperdiciado tanto tiempo contigo.

Dicho esto se dio la vuelta y se marchó todo tenso, exudando ira por cada poro de su cuerpo.

Bueno. Aquello sí que había sido toda una sorpresa.

Eché un vistazo a mi alrededor, esperando que nadie se hubiera percatado de la escena que acababa de montar. Por increíble que pareciera nadie se había fijado, a pesar de que para mí había sido todo un espectáculo. Acaban de dejarme en público y me sentía un poco dolida. ¿Por qué? Pues no lo sabía ya que Nate había hecho lo que yo tenía planeado hacer con él, ¿qué derecho tenía a sentir nada que no fuera alivio?

«Alégrate de que haya terminado.»

El camarero se acercó con dos platos enormes de comida mexicana y fui consciente de que Nate no solo había acabado conmigo sino que también me había dejado la cuenta. Bueno, si miraba el lado bueno a todo aquello, sin Jess en casa, me ahorraría cocinar la próxima semana. Simplemente subsistiría con el inmenso plato de carne asada de Nate.

—¿Puede meterlo en un recipiente para llevar? —pregunté.

El camarero enarcó una ceja pero mantuvo la boca debidamente cerrada, así que decidí dejarle un treinta por ciento de propina. Alguien tenía que sacar algo de provecho de esta cita.

Tomé la bolsa de comida excesivamente cara para llevar y me pasé por el supermercado. Tenía que comprar un helado.

Eso era, helado y cambio de pelo.

***

Dos horas después tenía frente al espejo de mi cuarto de baño a una mujer nueva.

Fusión rubí.

Me parecía a Christina Hendricks (está bien, no tan imponente como ella y mis pechos eran más pequeños... ¡pero seguía teniendo curvas!). El tono de pelo que había escogido era espectacular. Muy loco y divertido. Me pregunté si le gustaría a Reese, aunque luego decidí que me daba igual. Lo importante era que me gustaba a mí.

Y ahí me di cuenta de que por primera vez en mucho tiempo estaba haciendo algo para mí.

Me sentía de maravilla.

Pero aquel subidón solo me duró hasta el mediodía del día siguiente, cuando hice un cálculo de cómo estaban mis finanzas. Contando todos mis ahorros, incluidos los fondos de emergencia para la empresa y una pequeña cantidad que había reservado para las vacaciones, seguía

arruinada. De acuerdo. Por ahora nada de Miatas. Pero si conseguía el contrato con The Line tal vez pudiera reconsiderarlo en uno o dos años. Siempre que Reese no me despidiera.

Una motivación poderosa.

Tenía que conseguir ese contrato a toda costa. ¿Y qué si tenía que acostarme con él para lograrlo? Lo consideraría una bonificación extra y punto.

***

Jessica se puso en contacto conmigo nada más irme a la cama el martes por la noche.

—Hola, Loni.

—Hola —respondí, tragándome el «veo que tu teléfono aún funciona» que tenía en la punta de la lengua. Nos quedamos unos segundos en un extraño e incómodo silencio—. ¿Cómo te va con tu madre? —pregunté por fin.

—Supongo que bien. No está mucho por aquí. Está muy ocupada con sus amigas y toda esa mierda y no quiere que me quede cerca cuando su novio está en casa. Como no tengo ningún vehículo para moverme por ahí, no me queda más remedio que matar las horas en la piscina. Estoy viviendo en la casa de invitados. Hay otras personas aquí conmigo, pero tengo mi propio dormitorio.

—Bueno, me alegro de que todo te vaya bien —le dije—. Quiero que seas feliz.

—Me preguntaba...

—¿Sí?

—¿Te importaría meter alguna de mis cosas en una bolsa y enviármelas? Me dejé toda la ropa allí y aunque mamá me ha estado dejando la suya no me siento bien gorroneándola todo el rato.

Miré hacia la puerta de su habitación, preguntándome si sería una persona horrible si le decía que había quemado todas sus pertenencias. Sí, aquello estaría mal. Una pena porque una pequeña y dolida parte de mi mente quería hacerla sufrir.

Pero a pesar de mi nuevo tono «Fusión rubí» seguía siendo la adulta.

—Sí, claro, puedo enviarte algo, pero no todo. Eso me costaría una fortuna. Si quieres más, consigue un trabajo y gana el dinero para pagarlo. No obstante te mandaré un poco de ropa.

—¿Y alguno de mis libros y fotos? —tanteó—. ¿Como por ejemplo el álbum de recortes que hice para los niños del centro social? Los echo de menos, sobre todo porque no tuve tiempo de despedirme de ellos. Quería hacer algún voluntariado similar por aquí, pero a mamá no le pareció buena idea.

Mi corazón se suavizó una pizca. Amber era una zorra de primera, así que vivir con ella ya era castigo suficiente. Mi pequeña Jessie tenía por delante unas cuantas lecciones duras que aprender.

—Guardaré algunas cosas y te las enviaré pronto —dije con firmeza—. Pero ahora es muy tarde y tengo que irme a la cama. Mañana trabajo.

—Está bien —susurró—. ¿Loni?

—¿Sí?

—Gracias.

***

El miércoles por la mañana abrí la puerta de la habitación de Jessie con una caja de cartón de tamaño medio en la mano. Había estado allí justo después de que se escapara, recogiendo la peor parte del desorden que ocasionó con su rabieta, más que nada para que ninguna de las dos nos cortásemos los pies con algún trozo de cristal. Pero más allá de eso lo dejé todo tal y como estaba. Jess era muy perezosa y años atrás habíamos llegado a un acuerdo. Ella haría las tareas que le correspondían para mantener el resto de la casa limpia y yo dejaría que tuviera su dormitorio como le diera la gana.

Hasta ese momento, el sistema había funcionado a la perfección.

Ahora, sin embargo, eché un vistazo a mi alrededor, preguntándome por dónde empezar. La mayoría de sus prendas favoritas estaban esparcidas en el suelo, en pilas de ropa sucia. De modo que tenía dos opciones: mirar en los armarios y enviarle la ropa limpia que allí había, o recoger la que realmente le gustaba y lavársela.

Bueno, me había dado las gracias, lo que era un gran paso para Doña Privilegios.

Metí todas las prendas del suelo en el cesto de la ropa sucia y lo llevé hasta la cocina; tenía la secadora y la lavadora en un rincón. Después, me puse a revisar los bolsillos antes de meterlas en el tambor.

Y ahí fue cuando encontré el dinero.

Un billete de cien dólares envuelto alrededor de una nota en la que ponía:

Siete de la noche. En el centro. Ven sin bragas y sujetador.

¿Pero qué narices...?

Las manos comenzaron a temblarme en cuanto me di cuenta de lo que aquello implicaba. Jessica tenía una especie de novio secreto que le daba dinero. Dinero suficiente como para que se permitiera el lujo de olvidarse cien dólares en los *jeans*.

Amber también había tenido novios así.

Me puse tan enferma que tuve que apoyar una mano en la encimera para no perder el equilibrio. A continuación, fui tambaleándome hasta el salón y me desplomé en un sofá para tratar de asimilarlo.

Mellie. Ella tenía que saber algo.

Solo tuve que esperar un tono antes de que respondiera al teléfono.

—Hola, Loni. —Al percibir lo desesperaba que sonaba por hablar conmigo me sentí un poco culpable. En el último par de días no había pensado nada en ella, a pesar de que, durante ese año, había dormido dos o tres noches por semana en mi casa.

—Hola, Mel. ¿Cómo estás?

—Bien, aunque echo mucho de menos a Jessica. He intentado hablar con ella pero no ha respondido a mis llamadas. Supongo que está muy ocupada haciendo cosas fascinantes con su madre.

«No tanto», pensé, pero decidí no decirlo en voz alta.

—Puede. Oye, estaba a punto de ponerme a hacer la colada y he encontrado algo muy extraño sobre lo que quería preguntarte.

—¿El qué? —preguntó Mellie con cautela. Vaya, eso olía a secreto. Perfecto. Ahora solo me quedaba indagar; algo no muy difícil ya que Mellie nunca mentía, salvo por omisión.

—Una nota, con un billete de cien dólares. De un hombre, que por lo visto quería encontrarse con Jess en algún lugar del centro. ¿Sabes si se estaba viendo con alguien? ¿Alguien con el suficiente dinero como para darle cien dólares.

Mellie no respondió de inmediato, así que esperé mientras el silencio se hacía cada vez más incómodo.

—No sé cómo se llama —dijo finalmente—. Sé que es mayor, pero nada más. Ella se refería a él como «el viejo que está forrado» y decía que cuidaría de ella.

Suspiré.

107

—¿Y no consideraste importante contármelo cuando desapareció?

—No quería meterla en ningún lío —respondió la muchacha abatida—. Sabía lo enfadada que estabas con ella y no pensé que tuviera nada que ver con su marcha. No es peligroso, como esos moteros con los que últimamente salía. Me contaba que se portaba muy bien con ella y que no empezaron a acostarse hasta que no cumplió los dieciocho años, al menos que yo sepa. Decía que la respetaba mucho.

—Está bien —contemplé con suavidad. Sentía que tenía que seguir presionándola para obtener más información, ¿pero para qué? Dios, todo aquello era un asco—. Gracias por contármelo ahora.

—Lo siento —susurró Mellie—. Oye, Loni...

—¿Sí?

—¿Puedo ir a tu casa de vez en cuando? Echo mucho de menos hablar contigo.

—Claro que sí, cariño. —Se me humedecieron los ojos—. Siempre eres bienvenida, ¿de acuerdo?

—Gracias —murmuró—. Ya sabes cómo...

—Sí, cielo, lo sé. Aquí estás a salvo. Siempre. Solo porque Jessica no esté no significa que no puedas venir cuando te apetezca.

—Gracias, Loni.

Colgué el teléfono y volví a dejarme caer sobre el sofá. Entonces me puse a pensar cómo había llegado a ese punto tan extraño en mi vida. Había dejado a mi marido por Jess, y ahora Jess me dejaba por Amber. Después dejé a Nate. Pero no dejaría tirada a Mellie.

Pasara lo que pasase era una buena chica y necesitaba todo el apoyo que pudieran darle. A ella no le fallaría como había hecho con Amber y Jessica.

Sí, sé que era una tontería pensar que les había fallado —uno no puede salvar a quien no quiere ser salvado—, pero no podía evitarlo.

La alarma de la lavadora sonó, recordándome que había más ropa que lavar. También tenía que ir al supermercado para hacerle la compra a Reese. En ese momento decidí que intentaría irme de su casa lo más temprano posible, así no tendría que verle.

Y es que, a pesar de las audaces decisiones que había tomado, todavía no estaba preparada para enfrentarme a él.

Ya había tenido suficiente en las últimas veinticuatro horas.

***

108

Cuando llegué, la moto de Reese estaba aparcada frente a su casa, junto con el todoterreno y un deportivo descapotable rojo.

Un Miata. «Mi Miata.» Consideré seriamente rallarlo con una llave por pura envidia.

Y a la envidia había que añadirle frustración y unos cuantos celos, porque no solo fracasé a la hora de evitar a Reese, sino porque estaba claro que tenía compañía. Mejor no pensar en quien quiera que condujera ese precioso vehículo; me jugaba mi helado del desayuno a que no era ninguno de sus hermanos moteros.

Me quedé esperando en el camino de entrada, considerando la idea de dar la vuelta con la furgoneta e irme por donde había venido, pero al final decidí que eso sería de cobardes. Tarde o temprano tendría que volver a verle, así que era mejor terminar de una vez. Además, seguro que también me venía bien verle con otra mujer. La otra noche casi me había acostado con él y que rompiera con Nate no convertía irme a la cama con Reese en una buena idea.

Para él nunca sería más que otro polvo. Y nada mejor que verle con otra para entender ese hecho.

«Has venido aquí para trabajar. Lo que él haga no es de tu incumbencia.»

Apagué el motor de la furgoneta, saqué la compra y fui hacia la puerta. Sosteniendo precariamente las bolsas, tecleé el código y empujé la puerta con el hombro para encontrarme frente al trasero de la propietaria del Miata.

Estaba en el sofá, sentada a horcajadas sobre Reese, con la minifalda subida a la altura de la cintura sin dejar absolutamente nada a la imaginación; porno en vivo y en directo. Por Dios. Otra vez no. Me quedé sin respiración. La mirada de él se encontró con la mía por encima de la cabeza de la señorita Miata y yo me aclaré la garganta como pude. La mujer se detuvo al instante y se dio la vuelta para ver quién les estaba interrumpiendo.

¡Qué situación más embarazosa!

—Creía que vendrías más tarde —comentó él lentamente, envolviendo con sus enormes manos la cintura de su acompañante para mantenerla quieta. Su mirada era fría y hostil, aunque tenía una sonrisa socarrona en los labios. Se notaba que todavía estaba enfadado. Lógico. No se podía decir que nos hubiéramos despedido de forma amistosa en mi casa. La señorita Miata enterró la cabeza en el hombro de él e intentó contener el ataque de risa que estaba empezando a darle. Dios, ¿le habría hablado de mí? ¿Se habrían reído juntos de lo estúpida que había sido al emborracharme y lanzarme prácticamente a sus brazos?

«No te dejes llevar por el pánico.»

En realidad ya lo había hecho. Las bolsas empezaron a deslizarse entre mis manos. Las sujeté con más fuerza y me obligué a inhalar y exhalar lentamente.

«Piensa en cosas que te calmen. Océanos. Hornos limpios. No dejes que se dé cuenta de lo mucho que esto te está doliendo.»

Espera. ¿Por qué me dolía? Reese Hayes me excitaba muchísimo, sí, pero eso no significaba que me preocupara por él. ¿Llevaba tanto tiempo célibe que me había olvidado de lo atontada que podía volverle a una la lujuria? Era «yo» la que lo había echado de mi cama, no al revés.

—Siento interrumpir. —Me pregunté si mi voz sonaba tan temblorosa como lo estaba por dentro—. ¿Quieres que venga otro día o preferís ir al dormitorio? No me gusta trabajar alrededor de gente que está manteniendo relaciones sexuales. Contraviene la normativa sobre Seguridad y Salud Laboral.

Hayes abrió los ojos y su anterior sonrisa se transformó en una de verdad. Negó despacio con la cabeza.

—¿Sabes? Me gustaría seguir mosqueado contigo, pero eres demasiado graciosa —dijo tras unos segundos—. No creo que jamás haya conocido a alguien como tú, London.

Yo tampoco había conocido a nadie como él, pensé con un deje de histeria. Quizá hubiera llevado una vida demasiado protegida, pero a la mayoría de mis amigos les gustaba practicar el sexo en privado. De todos modos, ese no era el momento para discutir nuestras «diferencias culturales». Lo único que quería era apañármelas para seguir de pie y centrarme en respirar, porque sentía como si me hubieran clavado un cuchillo de carnicero en el estómago, lo que no me pareció nada justo.

—Mmm... sigo aquí —murmuró la señorita Miata, agitando una mano delante de la cara de él—. A menos que quiera unirse a nosotros, creo que deberíamos irnos. Solo hago actuaciones estelares delante de un público que sepa apreciar mi arte. Y creo que a esta la estamos asustando.

—No voy a unirme a vosotros —tartamudeé.

La mujer me recorrió con la mirada de arriba abajo.

—Una pena.

Esa fue la señal que necesité para retirarme cuanto antes.

—Voy a colocar la comida —informé pasando a toda prisa por delante de ellos en dirección a la cocina. Cuando llegué allí dejé las bolsas en la encimera, me incliné hacia delante y volví a inhalar y exhalar, contando hasta en diez entre cada respiración. ¿Qué demonios me pasaba? De acuerdo, era raro estar delante de personas mientras mantenían una relación sexual. Sí. Muy, pero que muy raro. Pero tampoco era el fin del mundo.

Mierda.

La culpa la tenía el estúpido encaprichamiento que sufría por Reese, que por lo visto era más fuerte de lo que pensaba. No tenía derecho a sentirme herida o posesiva con él, y sin embargo ahí estaba, intentando no hiperventilar en su cocina. Esa no era yo.

Situaciones desesperadas...

Abrí un armario y saqué una taza. Después abrí el frigorífico y me hice con una botella de vodka, me serví una buena cantidad y me la bebí antes de eliminar toda evidencia. En cuanto ese fuego helado bajó por mi garganta empecé a pensar con claridad.

Tenía un problema. Reese era un hombre muy guapo, me sentía muy atraída por él y ahora mismo se estaba tirando a una mujer en el salón. «Su» salón. Un lugar donde podía tener sexo o hacer cualquier otra cosa que quisiera. Lástima que hubiera entrado allí, aunque también era cierto que había ido a su casa antes de lo previsto. Era hora de enfrentarme a algunos hechos:

1) Reese se acostaba con montones de mujeres.
2) No me estaba traicionando. Y hasta donde él sabía, yo estaba saliendo con otro hombre.
3) En ese momento lo único que me apetecía era hacerme un ovillo y morir.

Bueno, tal vez lo último era un poco exagerado. En realidad lo que tenía que hacer era dejar de comportarme como una adolescente enamorada y enfrentarme a la realidad. En primer lugar, tenía comida congelada en la furgoneta y debía meterla en el frigorífico. Y como solo era una simple humana, salí por la puerta de atrás para recoger el resto de bolsas, evitando el espectáculo del salón. Cuando volví, se habían marchado de allí. No obstante, cuando oí risitas y jadeos provenientes de la habitación me estremecí. Mejor me iba escaleras arriba. Sí, pasar la aspiradora un rato ayudaría a mis oídos.

Cuarenta minutos después no se podía encontrar una mota de polvo en la primera planta. Lo que tampoco era algo espectacular, teniendo en cuenta cómo la limpié la última vez que estuve allí y que ahora nadie usaba los dormitorios de esa planta. Tenía que bajar.

Pero mis pies no se movieron.

No podía hacerlo, así de simple. Me senté en el escalón más alto y me apoyé en las rodillas para pensar. Nuestro acuerdo de limpieza no funcionaría. Era incapaz de soportar verlo con otra mujer porque, por mucho que me tiñera el pelo, no era una mujer moderna y sofisticada a la que le gustara ser un polvo de una sola noche. Debería decirle a Reese que no podía seguir limpiando su casa e irme. Preferiblemente a través de un mensaje de texto. No necesitaba un vehículo nuevo y ese jugoso contrato con The Line.

Sin embargo...

Ahora que Jess se había ido era el momento perfecto para comenzar a expandir el negocio. El contrato con el club de *striptease* nos daría un impulso enorme. No podía dejarlo pasar así como así, ¿verdad?

Sí. No perdería la oportunidad de conseguir todo aquel dinero.

¿Parecía una mercenaria? Me daba igual.

¿Y qué si Reese Hayes estaba como un tren y quería acostarme con él? También quería un millón de dólares y una casita en el lago y no los tenía. Reese tenía una innumerable fila de mujeres dispuestas a mantener relaciones sexuales con él, diez al día si quería. A esas alturas seguro que ya había perdido todo interés en mí; lo que debería alegrarme. Pero eso no significada que no fuera a hacer todo lo posible para conseguir ese contrato.

«Si quieres un Miata tienes que separar los negocios del placer.»

Exacto. Eso sería lo que haría. Recomponerme y enviar a Jessica sus cosas con una sonrisa. Sería un apoyo para Mellie y seguiría con mi vida yo sola. No necesitaba a ningún hombre a mi lado, pero si en algún momento me apetecía estar con uno, echaría una cana al aire y me desharía de él en cuanto terminase, porque iba a convertirme en una mujer moderna y sofisticada, sí o sí. Seguro.

También perdería cinco kilos y me quitaría unos cuantos años.

Y justo después aprendería a pilotar mi avión privado invisible.

***

Treinta minutos más tarde, el asado estaba en el horno y yo estaba sacando algunos panecillos congelados para calentarlos. Me serví un segundo vaso de vodka (solo por sus efectos terapéuticos) y aunque no se me subió a la cabeza, sí que empecé sentirme un poco mejor. Para ser sincera, también ayudó el verter colorante amarillo en la cisterna del baño de abajo, echar un poco de vinagre en la leche... y aflojar la tapa del salero.

¿Por qué hice esas tonterías?

Mejor no pensarlo.

Reese llegó desde la parte trasera y se apoyó en el marco de la puerta. Solo llevaba puestos unos *jeans* desteñidos. Cruzó los enormes y fornidos brazos con indolencia y yo me negué a dejar que mis ojos se deleitaran con la visión de sus músculos, así que bajé la mirada a sus pies.

Ahí fue cuando confirmé mi idea de que no había nada más *sexy* en este mundo que un hombre andando descalzo.

—Siento mucho lo de antes —comentó, aunque su tono decía que no se arrepentía lo más mínimo—. No sabía que vendrías tan temprano. Creí que tendría un par de horas más.

¡Vaya!, casi sonaba sincero.

—Tenía pensado irme antes de que volvieras del trabajo. —Me volví para seguir con los panecillos—. ¿Qué horario tienes?

—No tengo un horario fijo. Soy el jefe, ¿recuerdas? Trabajo cuando tengo que hacerlo o cuando me apetece hacerlo.

Noté cómo se acercaba a mí, de modo que me alejé de los panecillos y fui hacia el frigorífico para poner cierta distancia entre nosotros. Abrí la puerta y me quedé mirando el interior, meditando qué hacer a continuación. Por desgracia la cerveza, la salsa de tomate y un tarro de pepinillos no daban mucho juego.

Darme la vuelta y enfrentarme a él no era una opción viable.

No sabía si quería despellejarle por tirarse a otra mujer o abalanzarme sobre él como si estuviera en celo. En cualquier caso antes tendría que frotarle todo el cuerpo con lejía, porque seguro que estaba cubierto con los microbios de esa mujer de la cabeza a los pies.

—Podemos organizarnos y fijar unas horas —sugerí mientras observaba la fecha de caducidad de un yogur como si me fuera la vida en ello—. Así no te aguaré la fiesta cuando estés en casa.

—¿Asustada? —preguntó.

Oh, Dios, lo tenía justo detrás de mí. Estiró el brazo y cerró la puerta del refrigerador. Después puso ambas manos al lado de mi cuerpo, arrinconándome. Mi instinto me gritó que dijera algo que le distrajera y saliera corriendo como alma que llevaba el diablo, pero en vez de eso me volví y le miré.

No quería que pensara que tenía razón, por muy difícil que me resultara.

«Profesional. Eres toda una profesional que no se dedica a los jueguecitos tontos.»

Le ofrecí una sonrisa neutral y me centré en el tirador de un mueble que podía verse exactamente cinco centímetros por encima de su ancho hombro.

Perfecto.

—No, simplemente no quiero molestarte —terminé diciendo—. Sé que las cosas entre nosotros están un poco tensas desde la otra noche, pero quiero que sepas lo mucho que aprecio tu apoyo. Tuve un fin de semana duro, ya estoy mejor.

Ladeó la cabeza y sus labios se curvaron en una mueca de desprecio.

—¿Los besos del gilipollas del ayudante te han venido bien?

—Mis relaciones personales no tienen nada que ver con el trabajo que estoy haciendo aquí.

—No, supongo que solo son relevantes cuando te arrastras encima de mí, frotas las tetas contra mi pecho y luego me das la patada después de haber estado pendiente toda la noche de ti y de tu borrachera. Tú empezaste esto, cariño. Yo solo he seguido el juego.

Cerré los ojos, rezando para no ponerme roja como la grana.

—Olvidemos lo que pasó, ¿de acuerdo? Estaba demasiado sensible y había bebido demasiado vino. Casi cometí un error horrible y siento si te utilicé. Pero eso no significa que acostarnos hubiera sido una buena idea.

—Pues a mí me parece una idea estupenda —susurró. Se inclinó y me olisqueó el cuello—. Me encantaría darte mucho placer.

Respiré hondo y percibí un atisbo de perfume de mujer en él.

—La señorita Miata sigue en tu habitación —repuse con firmeza—, será mejor que regreses o te verá y te meterás en un lío.

Se echó a reír, pero no retrocedió ni un centímetro.

—¿La señorita Miata? —preguntó—. ¿Ahora tiene un nuevo nombre? En el club la llamamos...

—Como se te ocurra decir alguna obscenidad sí que te daré una patada —espeté—. ¿De verdad es necesario?

—Define «obscenidad».

—Cualquier cosa que no suponga un halago hacia la mujer con la que acabas de mantener relaciones sexuales —dije—. Porque me ha parecido que ibas a insultarla. Recuerda que tú también has sido partícipe de lo que hayáis hecho ahí dentro. Los dos sois igual de culpables.

Soltó una risa ronca.

—En el club la llamamos Sharon —informó con suavidad—. Lo que nunca me pareció un insulto, teniendo en cuenta que le pusieron ese nombre por su abuela. Pero interprétalo como quieras.

Volví a cerrar los ojos y conté hasta cinco.

—Vete.

—Pic, ¿sabes dónde he dejado mis zapatos? —oí preguntar a Sharon.

Cuando entró en la cocina esperé que Reese se apartara de mí y se acercara a ella para darle una explicación, pero se quedó donde estaba.

—Creo que en el salón, nena. —Enredó los dedos en mi pelo, tirando de mi cabeza lo suficiente para que le mirara a los ojos.

—Gracias —declaró Sharon. Después pasó delante de nosotros en busca de su calzado.

—¿No le molesta que estés hablando conmigo en vez de con ella?

—Por lo visto no. —Se encogió de hombros—. Ya ha conseguido lo que quería.

—Déjame adivinar. ¿Ahora es cuando me explicas todas las veces que las ha llevado al orgasmo?

Sonrió de nuevo.

—No, aunque si te interesa, supongo que podría contarte algún que otro detalle —repuso—. Me gusta cómo discurren tus pensamientos. Eres sucia. Pero lo único que quería era dinero. Es una buena chica y ahora tiene un montón de problemas. Yo la estoy ayudando y ha decidido echarme una mano también.

Aquello me pilló por sorpresa.

—¿Es... es prostituta?

Reese negó con la cabeza.

—Es una persona. Intenta no mostrarte tan crítica. No está bien deshumanizar a las mujeres de ese modo, London. Deberías saberlo.

Su tono me dijo a las claras que se estaba burlando de mí, así que resoplé.

—Suéltame.

—Dame un beso.

—Ya hemos hablado de esto antes —apunté. Sentí un nudo en el estómago porque realmente quería que me tocara. ¿Cómo lo lograba? Ahí estaba, tratando de que lo besara justo después de haber tenido relaciones sexuales con otra mujer y yo, inexplicablemente, todavía no le había dado una patada en los testículos. ¿Pero qué me pasaba? Seguro que era el vodka. Sí, por supuesto que era el vodka—. No creo que sea una buena idea.

—Ah, es verdad, todavía sigues viendo al bueno del ayudante —gruñó él—. ¿Ya te has acostado con él?

—No. Solo nos hemos visto una vez. De hecho ayer rompí con él.

Aquello le pilló totalmente desprevenido. Se echó hacia atrás y se quedó mirándome unos segundos.

—¿En serio?

—Sí. —Aproveché su sorpresa para deslizarme por debajo de sus brazos e ir hacia el horno—. Aquí dentro tienes un asado. Cuando suene la alarma, apágalo y mete los panecillos quince minutos. También tienes una ensalada esperándote en la nevera. Ya te pasaré la factura del supermercado. Adiós.

—¿De verdad crees que vas a dejar caer una bomba como esa e irte de aquí sin más?

Ahora fui yo la que se encogió de hombros. Había merecido la pena intentarlo.

—Tengo trabajo pendiente, Reese. Rompí con Nate porque lo nuestro no estaba funcionando. Eso no significa que esté bien contigo.... En todo caso, lo que significa es que necesito estar sola durante una temporada. No hace ni una semana que Jessica se ha ido; lo que ha supuesto un cambio enorme en mi vida y no me apetece ponerme a hablar de esto ni contigo ni con ninguna otra persona.

—No hemos terminado.

Me reí.

—Porque nunca hemos empezado —señalé sin contemplaciones—. No soy como tú. No me va el sexo esporádico.

«Claro que te va —susurró la parte más lasciva de mi cerebro—. ¡Solo tienes que probarlo!»

«La señorita Miata todavía no se ha ido de la casa —recordé a mi cerebro con firmeza—. No seas tan golfa.»

—¿Y cómo lo sabes? —inquirió él—. Puede ser divertido. ¿Cuándo fue la última vez que lo intentaste?

Le miré impávida.

—En serio, ¿cuándo? —insistió.

—No es de tu incumbencia —dije con brusquedad.

—Bueno, si cambias de opinión, ya sabes dónde encontrarme.

En ese momento Sharon volvió a entrar en la cocina, me sonrió y envolvió la cintura de Hayes con un brazo. Después le susurró algo al oído y le dio un prolongado beso antes de mirarme.

—Encantada de conocerte —dijo con una sonrisa sincera—. Espero volver a verte en la sede del club.

Me encogí de hombros, porque replicar «antes prefiero masticar un vaso de cristal roto» no me pareció adecuado. ¿Por qué se mostraba tan simpática dadas las circunstancias en las que estábamos? No lo entendía.

«Deja de ser tan crítica». Las palabras de Reese resonaron en mi mente.

—Bueno, me voy —se despidió ella—. Ah, Pic, creo que le pasa algo al inodoro. El asado huele de maravilla, London. Estoy intentando no ingerir muchos hidratos de carbono, ¡menos mal que los panecillos todavía no están hechos!

Dicho aquello, hizo un alegre gesto con la mano y se marchó tarareando.

Por supuesto que no ingería muchos hidratos de carbono. Las chicas como ella nunca lo hacían.

—Esto ha sido bastante raro —masculló.

—¿El qué? ¿Que se sienta cómoda con su sexualidad y no se coma la cabeza por tonterías? Deberías intentarlo, es más divertido que estar de morros. Y también cuesta menos.

—Tengo que irme.

—Nos vemos el jueves. Dime sobre qué hora vendrás e intentaré tener los pantalones puestos... A menos que cambies de opinión.

No me molesté en responder. Aunque su risa me siguió mientras me iba de la cocina y salía por la puerta de su casa.

Algún día me gustaría ser yo la que le hiciera sentir incómodo. No sabía cuándo ni cómo, pero tenía muchas ganas. Sí, eso sería lo justo.

Capítulo 7

Mi teléfono sonó cuando vacié el cubo del agua de fregar. Eran las nueve de la mañana del día siguiente y a mi equipo de limpieza y a mí todavía nos quedaba una hora más para terminar de limpiar el club de striptease. Hayes había mantenido su palabra y, según Gage, el enorme *Reaper* encargado de llevar el lugar, conseguiríamos un contrato a largo plazo si le gustaba lo que veía.

Y yo estaba allí precisamente para asegurarme de que le gustara lo que viera.

Lo que implicaba limpiar cada milímetro del club. No íbamos a limpiar tan al detalle cada vez que fuéramos, pero quería empezar las cosas bien. Saqué el teléfono y me sorprendió comprobar que era Jess. Madre mía, despierta antes del mediodía. Solo podía tratarse de un milagro.

Jessica: *Hola, Loni. ¿Qué tal?*
Yo: *Bien. Trabajando. ¿Qué pasa?*
Jessica: *¿Tienes tiempo para una llamada? Me gustaría hablar contigo. No me está yendo muy bien por aquí.*

Fruncí el ceño. Se me secó la boca al instante.

Yo: *Dame un segundo.*

Dejé el cubo, salí del cuarto de los útiles de limpieza y atravesé la planta principal del club. A lo lejos oí la aspiradora, tenía a varios miembros del equipo trabajando en las salas VIP de la parte trasera. Gage, que estaba sentado en una de las mesas, alzó la cabeza cuando pasé a su lado y me miró con curiosidad.

—Tengo que hacer una llamada. No tardaré —expliqué.

Empujé la puerta principal y salí al aparcamiento.

Jessica respondió al tercer tono.

—¿Loni?

—Sí, cariño, ¿qué pasa? ¿Necesitas ir al médico? Te dejaste la cartilla sanitaria, pero si lo necesitas puedo mandarte toda la información ahora mismo.

—No, no se trata de eso —dijo a toda prisa. Me relajé un poco—. Tuve un poco de fiebre anoche, pero creo que es por un simple resfriado. He estado tosiendo.

—Ten cuidado —le advertí, como si necesitara que se lo recordaran. Jess sabía perfectamente que no podía tomarse a broma las infecciones. La última vez que lo hizo se pasó tres días en la UCI, con antibiótico en vena seguido de una intervención quirúrgica.

—Lo tengo —repuso con vacilación.

—Entonces, ¿de qué se trata? —quise saber. Tuve mucho cuidado de mantener un tono de voz neutral—. Puedes contarme lo que sea.

—Creo que tenías razón con respecto a mamá —dijo en voz baja—. Anoche dieron una fiesta por todo lo alto. Vinieron unos tipos y no fueron muy agradables que digamos.

—¿En qué sentido?

—Dos de ellos me arrinconaron en la casa de invitados —susurró—. No soy precisamente virgen, pero esto fue diferente Loni. Nunca me habían tratado de ese modo. No llegaron muy lejos, pero solo porque conseguí escapar y me escondí en un armario. Fue horrible.

Se quedó callada. Yo estaba como loca por pedirle que me contara más pero tuve la sensación de que estaba a punto de desmoronarse.

Por lo menos me había llamado.

—¿Quieres volver a casa? —Intenté mantener la calma con todas mis fuerzas—. Sé que tenemos nuestras diferencias, pero aquí estarás a salvo. Hasta podemos buscar la forma de que vivas por tu cuenta, que te independices y estés segura al mismo tiempo.

Sollozó y entonces me di cuenta de que estaba llorando.

—Lo siento mucho, Loni —murmuró—. No quise creerte. ¡Qué estúpida he sido!

—No te preocupes por eso ahora. Puedo tomar un vuelo y estar allí esta misma tarde para recogerte y traerte de vuelta.

—No hace falta que vengas, pero si me compras un billete de regreso encontraré la forma de devolverte el dinero. Encontraré un taxi que me lleve hasta el aeropuerto, todavía me queda algo de efectivo. Pero no hasta mañana. Mamá ha dicho que quiere que vaya con ella de compras hoy. Creo que se va de viaje. Prefiero marcharme cuando no esté por aquí. No creo que pueda soportar una pelea con ella, sé que no le va a gustar. Ha estado actuando de forma muy rara.

Quería ir a rescatarla ya mismo, pero me obligué a quedarme donde estaba. Que me hubiera llamado en busca de ayuda era un paso muy importante; lo que menos necesitaba Jessica en ese instante era más presión. Dios, cómo odiaba todo aquello.

—De acuerdo. Te conseguiré un billete para mañana. ¿Te parece bien a primera hora?

—Mejor después del mediodía —continuó en voz baja—. Para entonces mamá ya se habrá ido. La casa está llena de tipos de esos... Algunos tienen armas, Loni. Creo que su novio es un traficante de drogas o algo por el estilo. Es muy rico, pero no me imagino cómo puede ganar tanto dinero.

Cerré los ojos y tomé una profunda bocanada de aire.

—Puede ser. Tu madre siempre ha tenido un gusto pésimo con los hombres. No hagas preguntas, ¿de acuerdo? No hagas nada que llame la atención de esas personas.

—¿Estás enfadada conmigo?

¿Cómo responder a esa pregunta?

—Estoy más preocupada que otra cosa. Quiero que estés sana y salva y feliz. No escogiste el mejor camino para conseguirlo, pero estoy infinitamente agradecida de que no te haya pasado nada. Dejemos las cosas así, ¿entendido?

—Te quiero, Loni.

—Yo también, pequeña. Ten mucho cuidado hoy y envíame un mensaje cada dos horas, ¿entendido? Quiero que te mantengas en contacto conmigo para saber que estás bien. Y vigila también lo de la fiebre. Si notas algo raro, llama al 911 y pide una ambulancia. No te preocupes por lo que cueste. Solo cuídate.

—Está bien —susurró.

Cuando colgué me froté la nuca.

—Mierda —mascullé. Luché contra la necesidad de estrellar el teléfono contra el suelo del aparcamiento. Quería sacudirle a algo, destrozar alguno de los vehículos. En lugar de eso me apoyé contra la pared, golpeándome la cabeza un par de veces para centrarme.

—¿Todo bien? —preguntó Gage desde la puerta. Tenía una pose relajada, pero me lanzó una mirada penetrante.

Me encogí de hombros.

—Sí, lo de siempre. Dramas familiares y esas cosas. No se preocupe, no tiene nada que ver con la empresa y no afectará a nuestra capacidad de trabajo.

Asintió lentamente con la cabeza y me sostuvo la puerta. Le ofrecí una sonrisa y entré preparada para meterme de lleno con las habitaciones traseras. Puede que no fuera capaz de controlar nada de lo que estaba pasando en mi vida personal, pero sí que podía dirigir la limpieza del club de *striptease*.

Lástima que ya hubiera limpiado mi horno.

¿Quizá el horno de Reese necesitara un repaso? Decidí pasarme por su casa más tarde y comprobarlo. También tendría que mandarle un mensaje para cambiar el horario, porque al día siguiente tendría que ir al aeropuerto a recoger a Jessica. Si quería que fuera dos veces a su casa esa semana tendría que mostrarse un poco flexible.

La familia era lo primero... Eso lo entendería hasta un motero enorme y con la cabeza hueca, ¿no?

Reese

«Tu chica lo ha hecho muy bien hoy.»

Me acordé de las palabras de Gage mientras conducía de camino a casa. No estaba seguro de si se podía calificar a London como de «mi chica» o no, pero sí que la quería y no para un polvo rápido. El día anterior se había mostrado muy molesta y no la culpaba por ello.

Haberme follado a Sharon delante de sus narices había sido una estupidez.

Pero la idea de ella con Evans, rodando desnudos por la cama, había estado taladrándome la cabeza como un virus. Cada vez que lo imaginaba me veía invadido por una furia asesina y no podía dejar de pensar en

ello. En ese momento, como era un imbécil, me pareció justo tomarme una pequeña venganza. Entonces ella me soltó que había roto con su novio. Algo que me impactó; por lo visto no era la clase de mujer a la que le gustaba enfrentar a dos hombres. Ahora la respetaba todavía más y me sentía un memo. Follarme a Sharon había sido una estupidez; una pataleta de crío pequeño.

London estaba haciendo que volviera a ser un niñato, y no en el buen sentido. Bueno, en ese aspecto ambos habíamos caído en la trampa, porque lo del inodoro tampoco fue muy maduro por su parte. Cuando me di cuenta de lo que había hecho no paré de reír. Heather también solía recurrir a tretas como aquella.

Tenía que llamar a London. Tal vez ir a su casa, porque lo más probable era que no respondiera a mi llamada. Qué mal. Estaba cansado de todo aquello. Quería una noche tranquila, normal y corriente, no comportarnos como dos adolescentes en el instituto, mareando la perdiz en vez de ir al grano. Tampoco ayudaba mucho el que no dejara de pensar en otras posibles complicaciones. ¿Sería capaz de manejarme en la cama... a mi verdadero yo? No estaba acostumbrado a contenerme y si las mujeres no podían con ello las despedía sin más.

A la mierda.

Si ponía las manos encima de London, no pensaba dejarla marchar solo porque las cosas se pusieran intensas.

Al tomar la última esquina vi la furgoneta con el logo de limpieza aparcado en mi camino de entrada. «¿Pero qué coño hacía ahí?» Tuve una breve aunque potente fantasía en la que ella había decidido que no podía continuar un día más sin mi polla en su interior y que me la encontraría desnuda y esperándome en mi habitación.

Sí, claro.

Lo más seguro era que estuviera inyectando pesticida en mi pasta de dientes. Aparqué la Harley junto a la furgoneta y me quedé contemplándola un rato. London solo tenía esa chatarra y tenía que ser un asco conducirla, como pilotar una barcaza pesada. Me pregunté si alguna vez habría montado en moto... o si le gustaría hacerlo. Había algo en ella —su control, el sentido del deber que siempre tenía...— que me decía que no se tomaba mucho tiempo para sí misma y me jugaba el cuello a que tampoco se desinhibía a menudo.

Seguro que si conseguía subirla a mi moto se corría del gusto.

Eso o también podía empezar a gritar como una loca. Cualquiera de las dos me servía.

Sí, definitivamente tenía que llevarla a dar una vuelta. Y ese era un buen momento para hacerlo. Esa misma mañana me había dado un paseo después de tirarme unas cuantas horas encerrado en la tienda. Lo que me supuso un alivio enorme, porque para mí montar en moto era como respirar. Algunos años los inviernos duraban una eternidad y al llegar la primavera todos estábamos un poco desquiciados.

No había nada como el primer paseo en moto del año.

Saqué el teléfono móvil. Seguro que me había llamado y no me había dado cuenta por estar en misa. Últimamente de lo único que se hablaba en las reuniones era del cartel que había entrado en nuestro territorio hacía cerca de un año. Habían atacado varias de nuestras sedes y asesinado al presidente de los Devil's Jacks seis meses atrás. Durante un tiempo estuvimos al borde de la guerra, pero después todo pareció calmarse, al menos a simple vista.

Me constaba que los Jacks habían ido al sur y eliminado los objetivos que nos propusimos.

Los Reapers también habíamos hecho nuestra parte, porque nadie nos jodía y se iba de rositas. Ahora, todas nuestras sedes tenían sistemas de seguridad y habíamos seleccionado a más aspirantes para los clubes de apoyo.

Al final, tarde o temprano, se desencadenaría esa guerra. Y nosotros estaríamos preparados.

Precisamente ese fin de semana trataríamos acerca de parte de esos preparativos. Miembros de los Jacks, los Silver Bastards y Reapers de toda la región nos reuniríamos para hablar de estrategias y, con un poco de suerte, urdir una ofensiva conjunta. No podíamos estar todo el tiempo con maquinaciones o esperar a que ellos fueran los que dieran el primer golpe.

Me fijé en el teléfono y encontré el mensaje de texto que me había dejado cuando no respondí a su llamada.

Cambio de planes. Voy a tu casa esta tarde. Me ha surgido un asunto para mañana.

Sí, y también le había surgido otro asunto para hoy. Mi polla.

Jesús, ya estaba otra vez con los chistes fáciles.

Lo dicho, un niñato.

Cuando llegué a la puerta de entrada percibí de nuevo ese horrible hedor acre que recordaba de su casa la última vez que estuve. Giré el pomo y entré para encontrar a London en el salón, subida a un taburete, limpiando con furia el polvo de la colección de armas que tenía encima de la chimenea. Llevaba unos *jeans* cortos y una camiseta de tirantes negra con los que parecía recién salida de uno de mis sueños eróticos... salvo por el asqueroso olor que impregnaba el ambiente.

Se puso de puntillas y apoyó una mano sobre la repisa para llegar más alto. Un movimiento le alzó la camiseta, revelando una porción de piel. Contuve un gemido.

Joder. Tenía que follarla o despedirla, porque ese puto término medio, en mi caso, no estaba funcionando. Pero Gage quería que su empresa se encargara de la limpieza de The Line, así que lo de despedirla quedaba descartado.

Muy bien, entonces me sacrificaría y me la follaría.

—Estoy limpiándote el horno —anunció en voz alta. Después se volvió hacia mí con las manos en las caderas. La postura era de puro desafío. Se notaba que buscaba pelea. ¿Por qué? Ni idea, pero le sentaba de muerte, con esas llamas brillando en sus ojos y toda esa mierda.

Yo me encargaría de apagar las llamas. Mi polla había tomado buena nota y se había puesto lo suficientemente dura como para empezar a sentirme incómodo. ¿Qué cojones? Decidí que no había mejor momento que el aquí y el ahora.

—¿A qué viene ese humor? —pregunté.

London frunció el ceño.

—Solo estoy intentando hacer mi trabajo. En teoría tenía que venir mañana, pero tengo que ir al aeropuerto. Jessie regresa a casa.

Interesante.

—Pues no se te ve muy feliz. —Me acerqué tranquilamente hacia ella y me detuve a un metro de distancia, de forma que su pecho quedó al mismo nivel que mis ojos. London resopló y se volvió para llegar hasta uno de los cuchillos más altos con el plumero. Sus tetas se agitaron bajo la camiseta; un espectáculo que mi polla apreció encantada.

—Por lo visto el novio de mi prima es una especie de delincuente —explicó tensa—. Me imagino que la casa tiene que estar llena de matones de los que te ponen los pelos de punta. Un par de ellos la acorralaron anoche, dándole un susto de muerte. Yo quería que viniera esta misma noche, pero me ha dicho que estará a salvo hasta mañana. Quedamos en que me mandaría un mensaje de texto, pero todavía no he recibido nada.

Me quedé inmóvil.

—¿Sabes algo de esos tipos?

Me miró y negó con la cabeza. Tenía una mancha de suciedad en la frente y el pelo le caía alrededor como si acabara de salir de la cama.

Le sentaba la mar de bien ese aspecto.

—Nada, pero me encantaría causarles todo tipo de dolor. Me dijo que no volara hasta allí. Una buena idea, lo más seguro, porque no quiero pasar el resto de mi vida en la cárcel y allí es donde voy a terminar si le pongo las manos encima a esos desgraciados.

—¿Y entonces decidiste venir aquí? Cariño, no sé muy bien cómo tomarme esto.

Volvió a poner los brazos en jarras.

—No iba a venir mañana y no quería que me acusaras de romper nuestro acuerdo.

«Sí, claro.»

—¿De modo que piensas que soy tan gilipollas como para no entender que quisieras ir a recoger a tu sobrina al aeropuerto? —pregunté. Intenté no sonreír porque el que estuviera allí decía mucho. Cuando las cosas se habían puesto feas había venido a mi casa... porque quería tenerme cerca. Puede que no estuviera dispuesta a admitirlo, pero aquello no cambiaba lo que de verdad había pasado.

—Eres lo bastante imbécil como para tener sexo delante de mis narices.

—Sí, soy un capullo integral. Un hombre soltero follándose a una mujer bien dispuesta, en la privacidad de su propia casa. Sí, a veces lloro desconsolado por mi actitud tan vergonzosa.

—¿Me estás diciendo que fue por pura coincidencia?

Reí.

—Fuiste tú la que llegó antes —le recordé—. Pero en eso te voy a dar la razón. Tenía pensado que Sharon pasara aquí toda la tarde y apuntarme un tanto a mi favor. No planeé tirármela delante de ti, pero tampoco me molestó que entraras y nos pillaras. Estaba muy cabreado, London. Estuve allí cuando me necesitaste, me ocupé de ti y me llamaste por el nombre de otro hombre. Un hombre a quien no cuento precisamente entre mis amigos.

Me miró con los ojos y la boca abierta, aunque luego la cerró.

—Eres un sinvergüenza.

—No, soy un gilipollas. Si vas a empezar a jugar en el campo de los adultos, entonces usa palabras de mayores.

—Que te den —siseó.

En ese momento me pareció que su pelo empezaba a levitar como el de Medusa. Bueno tal vez solo negó con la cabeza, pero verla así me estaba poniendo muy cachondo. Esa pequeña pelea había sido muy divertida pero estábamos perdiendo demasiado tiempo. Había llegado el momento de probar ese coño suyo y comprobar si se sentía tan bien alrededor de mi polla como me lo había imaginado en mis fantasías.

Envolví su cintura con un brazo y la levanté del taburete, colocándome horizontalmente a un lado mientras la llevaba hacia el dormitorio.

—¿Qué haces?

—Ya hemos tenido suficiente precalentamiento, nena. Hora de ponerse a sudar.

—No soy tu nena. ¡Bájame ahora mismo!

—Ni de broma.

Empezó a darme patadas, lo que hubiera sido mucho más efectivo si sus pies hubieran podido conectar con alguna parte importante de mi anatomía, pero en esa posición era prácticamente imposible. No era mi primer rodeo. Entonces me dio un palmetazo e intentó tirar de mi brazo para que la soltara.

—Ten cuidado, no vaya a ser que te caigas.

—¡Dios! ¿Cómo puedes estar haciendo algo así? No es justo. Eres mucho más fuerte que yo. ¡Te odio!

La respuesta a esa pregunta era más que obvia, así que no contesté. Aunque ella también me clavó las uñas en el brazo con tanta saña que creo que me salió un poco de sangre.

—Déjate de jueguecitos, London. —Pasamos por delante de la cocina. La puerta de mi habitación estaba abierta. En cuanto entramos le di una patada para cerrarla, pero luego me di la vuelta para echar el cerrojo. Llegados a ese punto no quería ninguna interrupción.

La tiré encima de la cama.

London se arrastró hacia atrás como un cangrejo y se quedó apoyada contra el cabecero, mirándome con los ojos como platos.

—¿Qué narices te pasa? —inquirió sin aliento.

—Que estoy muy cachondo —señalé con total naturalidad. Me senté en el borde de la cama y me quité las botas. Después, agarré mi camiseta, la pasé por encima de mi cabeza y la lancé hacia el tocador. Me levanté y me puse con los pantalones.

London soltó un chillido.

—Ahí tienes la puerta —dije—. Está bloqueada desde dentro, así que no estás encerrada. Si quieres marcharte, hazlo. De lo contrario, quítate la ropa.

Terminé de bajarme los pantalones, liberando mi polla que salió disparada hasta golpearme en el estómago. London jadeó y yo sonreí; sabía que era una imagen que casi siempre consideraban digna de ver.

—La ropa —le recordé.

Ella se sentó y sacó su dignidad a pasear, desplegándola alrededor como si se tratara de una espesa capa que pudiera protegerla.

No podía.

—Hablemos, primero —dijo en voz baja—. Tenemos que poner unas normas... ver a dónde nos lleva esto.

—Vamos a follar. Seguramente más de una vez. Y después compraré algo para cenar, pero solo si te portas bien.

—Ya he traído yo la cena —masculló.

—Dios, serías perfecta si no fueras con ese palo metido en el culo.

Ahora fui yo el que se arrastró por la cama. La agarré de los tobillos y tire de ella hacia mí sin darle tiempo a pensar. Soltó otro chillido pero no se resistió cuando sujeté sus manos y se las puse sobre el colchón, por encima de la cabeza. Me incliné para atrapar su boca; necesitaba saber si sabía tan bien como recordaba.

Y sí, así era.

Le di un profundo beso con lengua, cerrando los ojos para disfrutar del hecho de que por fin tenía algo de mí dentro de ella. Al principio no hizo nada, pero a los pocos segundos su lengua empezó a danzar con la mía, en un juego de persecución y caza con el que me hubiera tirado horas de no ser porque tenía la polla en llamas. Metí una rodilla entre sus piernas para separarlas, me coloqué entre ellas... y me di cuenta de que estaba en serio peligro de sufrir un caso de combustión espontánea del miembro viril al toparme con la barrera de los *jeans*.

Me eché hacia atrás y la miré con una sonrisa. Tenías las mejillas enrojecidas, los ojos encendidos y el brillante pelo rojo caía sobre la almohada como ríos de lava.

—Me gusta el nuevo color. —Me ladeé un poco para deslizar la mano por su estómago. Abrí el botón de sus *jeans* con una facilidad increíble y ella arqueó hacia arriba las caderas para que mis dedos se encontraran con su clítoris.

Estaba jodidamente húmeda. ¡Qué delicia!

—Gracias —musitó—. Pensaba que no te habías dado cuenta. No me dijiste nada el otro día.

—Oh, sí que me di cuenta.

—Dios mío, qué bien me siento... —susurró.

—Me estoy esforzando.

Empezó a respirar entrecortadamente. Sus pechos subían y bajaban agitados. Deslicé los dedos de arriba abajo, penetrando su coño mientras mi pulgar continuaba con la acción en la parte exterior. Cuando me aparté de ella, soltó un gemido de protesta.

A la mierda con los juegos previos.

—Llevas demasiada ropa —declaré—. Quítate algo o voy a empezar a desgarrar cosas.

London

«Quítate algo o voy a empezar a desgarrar cosas.»

Casi me da un infarto.

No me cabía la menor duda de que, si se lo pedía, Reese me dejaría salir por esa puerta. Pero si me iba puede que nunca volviera y en los últimos cinco minutos me había dado cuenta de que quería estar allí... en todos los sentidos.

Empujó mi camiseta hacia arriba, dejando a la vista el sujetador de satén rojo que había decidido llevar mientras limpiaba su casa por ninguna razón en particular que quisiera reconocer. Cuando su boca atrapó mi pezón se me olvidó todo lo relacionado con quitarme la ropa.

Una lástima, porque no estaba bromeando con lo de desgarrar.

Por lo visto no tenía bastante con lamerme el pezón por encima de la tela, porque segundos después agarró mi sujetador por el centro y lo rompió por la mitad, liberando mis pechos. A continuación, sentí el calor de su boca succionando de nuevo. Sus dedos volvieron a explorar dentro de mis *jeans*; en cuanto encontraron mi clítoris lo frotaron con tanto ímpetu que debería haberme dolido, pero yo me sentía de maravilla.

Una acuciante necesidad fue creciendo en el centro de mi feminidad consiguiendo que todo mi cuerpo se estremeciera. No podía pensar, pero podía sentir todo lo que me estaba haciendo. Y qué bien lo hacía. Mucho mejor de lo que recordaba de mis anteriores relaciones sexuales, y eso que siempre me resultaron muy placenteras.

Reese cambió su atención al otro pecho y yo, sin saber muy bien cómo, me las apañé para recuperar la consciencia y bajé mi mano para acariciarle el miembro.

Su «polla».

Me gustaba la palabra, en serio. Me gustaba un montón, pero lo que más me gustaba era que podría usarla para mi disfrute todo lo que quisiera. Y ahora quería verla un poco más.

—Quiero tu polla —susurré entre jadeos.

Reese se quedó inmóvil.

Y todo cambió.

Hasta ese momento Reese, aunque sin contenerse, se había mostrado suave. Pero antes de que me diera cuenta me giró sobre mi estómago y tiró de mis *jeans* hacia abajo. No tenía ni idea de lo que le pasó a mi ropa interior, pero un segundo después noté su mano bajo mi vientre, alzándome para que me pusiera de rodillas.

Apenas me dio tiempo a respirar antes de sentir su glande sobre mi entrada. Aunque eso tampoco duró mucho tiempo, porque de una potente embestida, se clavó profundamente en mi interior. Aquello me pilló completamente desprevenida, pues llevaba años sin mantener relaciones sexuales.

—Oh, Dios mío —gruñí. Él volvió a quedarse quieto, dejando que me acostumbrara a la sensación de tenerlo dentro. No podía moverme. Sentía como si me hubieran empalado... vulnerable—. Jesús, no puedo creer que hayas hecho eso.

—Pues créetelo —masculló mientras sus dedos iban de nuevo a mi clítoris.

Jugueteó con él, retorciéndolo y apretando cada vez que encontraba el punto perfecto.

—Oh, joder... —gruñó él.

Echó hacia atrás las caderas y empezó a moverse dentro de mí. No estaba siendo nada delicado y cada vez que embestía yo jadeaba porque era un hombre grande y me dolía un poco, pero de una forma placentera.

¿He mencionado ya que hacía mucho tiempo que no tenía sexo?

Por suerte, Reese «Picnic» Hayes tenía unos dedos mágicos, porque al tercer envite perdí toda noción del tiempo y el espacio y lo único que pude sentir fue la presión que crecía en mi interior, centrada en mi clítoris, y la deliciosa fricción de su pene contra mis paredes vaginales.

Mi vibrador no le llegaba ni a la suela de los zapatos.

De pronto me vino a la cabeza un pensamiento horrible. Muy, muy horrible.

—No estoy tomando la píldora.

—Llevo condón —gruñó él—. Y tengo hecha la vasectomía.

¿Cómo no me había enterado de que se había puesto un preservativo? Tampoco lo sentía, seguramente porque estaba muy lubricada. Dos dedos de Reese tomaron con fuerza mi clítoris, casi pellizcándomelo, lo que tenía que haberme dolido muchísimo, pero resultó ser lo más increíble que nadie me había hecho jamás.

Y me llevó al clímax al instante.

Jadeé. Mis músculos internos se apretaron contra su longitud mientras tenía el orgasmo. Él gimió y me sujetó las caderas con ambas manos; una buena idea teniendo en cuenta que mi cuerpo dejó de responder y me derrumbé.

Pero Reese hizo caso omiso del colapso mental y físico que estaba sufriendo y me levantó el trasero para que la penetración fuera más profunda, empujando cada vez más rápido en busca de su propia liberación. Entonces volví a sentir un renovado cosquilleo interno y me di cuenta de que quizá podría alcanzar el Santo Grial al que toda mujer aspira: el *multiorgasmo*.

—Apóyate en las manos —ordenó Reese con voz ronca. No sé cómo, pero de algún modo encontré las fuerzas necesarias para incorporarme un poco. Me agarró del pelo con una mano y tiró de él. Grité y me eché hacia atrás, aferrándome al armazón de la cama.

—Oh, Dios mío —jadeé. Me pregunté si era posible que los ojos de una persona pudieran rodar hacia atrás literalmente ante una experiencia tan intensa. Esta vez llegué al orgasmo de golpe, no con ninguna sensación creciendo poco a poco. No. Fue una explosión de lujuria y satisfacción primitivas en la casa de un hombre con el que ni siquiera estaba saliendo.

Absolutamente glorioso.

Reese dio una última y profunda estocada y se quedó inmóvil mientras se corría, mi vagina se contrajo contra su pene y me clavó los dedos en las caderas con tanta fuerza que supuse que terminaría saliéndome algún hematoma.

Solté una risita tonta. ¡Iba a tener una lesión sexual!

A continuación me soltó y se quitó el preservativo. Yo me desplomé sobre mi estómago, todavía jadeando y preguntándome si podría dormir un rato. Era mejor pretender que el mundo real no existía y que Jessica no volvía a estar en problemas.

—Ha sido muy agradable —murmuré con los ojos cerrados.

—¿Agradable? Creo que me siento insultado —replicó él, aunque por el tono de voz se le notaba muy pagado de sí mismo. Me acarició un pezón y se puso a juguetear con él mientras nos quedábamos allí, tumbados en silencio.

—Mañana me va a doler todo el cuerpo. —Bostecé—. Pero ha merecido la pena.

—¿Doler? No he sido tan bruto.

—No. Es más bien por el tiempo que llevaba sin hacerlo.

—¿Cuánto?

—Bueno, mi ex marido me dejó hace seis años, cuando conseguí la custodia de Jess, así que... sí, hace seis años.

La mano de Reese dejó de moverse.

—¿No te has acostado con nadie en seis años? —preguntó con voz incrédula.

Fruncí el ceño.

—No hace falta que lo digas de ese modo.

—¿Cómo?

—Como si fuera una friki.

—No eres ninguna friki, cariño, pero tengo que admitir que me has dejado sorprendido. Eres una mujer muy guapa.

Suspiré.

—Las madres solteras con su propio negocio no tienen mucha vida social, Reese.

—Bueno, me alegro de que me hayas escogido para terminar con ese período de sequía —señaló—. No se te ha dado mal para estar tan desentrenada. Te daría un seis sobre diez.

Le di un palmetazo en el brazo en plan de broma y Reese me apretó contra él.

—Está bien, hay que ir a por el nueve —susurró, dándome un beso en la coronilla—. Me reservo el último punto con la esperanza de que la próxima vez me hagas una mamada.

—Sigue soñando.

Se rio en voz baja. Momentos después su respiración se volvió acompasada y se quedó dormido. Yo también dejé de darle vueltas a la cabeza y allí, en la penumbra, acurrucada contra él y sintiéndome totalmente protegida por la fuerza y calidez de ese hombre, me entregué a los brazos de Morfeo.

Perfecto.

Capítulo 8

El teléfono sonó al atardecer. Al principio, no sabía dónde estaba ni por qué tenía un pesado brazo encima. Cuando intenté contestar al teléfono, Reese me apretó con fuerza y gruñó.

—Podría tratarse de Jessica —dije. Le empujé un poco hasta que me dejó responder a la llamada.

No era ella.

Por supuesto que no era ella. Solo porque se hubiera dado cuenta de que las cosas no eran tan bonitas como se había esperado en San Diego no significaba que se hubiera transformado en alguien responsable por arte de magia. Me las arreglé para quitarme de encima a Reese y me apoyé en un codo para responder a la llamada porque en la pantalla ponía que se trataba de Melanie y me había prometido no ignorarla.

—Hola, Loni —saludó de forma vacilante, un poco temblorosa incluso.

—¿Todo bien?

Reese extendió la mano y volvió a tirar de mí hasta que me tuvo colocaba de nuevo bajo el hueco de su brazo. Después empezó a juguetear con mi pelo. No podía creer que acabáramos de tener sexo. ¡SEXO de verdad! Y no sabía muy bien cómo procesarlo. Por un lado, me sentía de fábula… caliente y llena de endorfinas que todavía me daban esa sensación de bienestar absoluto. Por otro, sabía que necesitaba protegerme, porque Reese se tiraba a toda mujer que se le pusiera por delante y no podía permitirme el lujo de sentir nada por él.

Sí, me lo había pasado muy bien con él, pero no era apto para una relación a largo plazo.

No obstante, los hombres «aptos» no tenían lugar en mi nuevo y mejorado plan de convertirme en una mujer libre e independiente. Por desgracia, tampoco entraban los corazones rotos ni tener que recoger a Jessica en el aeropuerto mañana por la tarde. El plan no había tenido un buen comienzo.

—¿Loni? —preguntó Mel.

Parpadeé, saliendo de mis ensoñaciones.

—¿Sí?

—¿No vas a contestarme?

Oh, Dios mío. Había vuelto a hacerlo. Me había olvidado de Mel y nada menos que cuanto estaba al teléfono con ella. Era una persona horrible. ¡Qué asco me daba!

—Perdona, ¿qué me has preguntado?

—Si puedo dormir en tu casa esta noche. —Su voz estaba llena de esperanza—. Mi padre está de un humor de perros. Tengo algo que contarte...

Me temía lo peor.

—¿Qué pasa?

—Creo que mi madre se ha ido —susurró—. Eso es lo que me ha dicho mi padre y llevo dos días sin verla. Papá ha estado faltando al trabajo y ahora está muy bebido... Estoy un poco asustada. ¿Podría quedarme contigo un par de días?

Cerré los ojos sintiendo cómo empezaba a hervirme la sangre por la indignación. ¿Cómo osaba ese pedazo de desgraciado hacerle eso a Melanie? Era una muchacha dulce, muy buena y aplicada que merecía ser feliz.

—Oh, pequeña... Por supuesto que puedes. Vete yendo a casa. Puedes tomar todo lo que te apetezca de la cocina, solo ponte cómoda. Puedes quedarte en la habitación de Jess, ¿de acuerdo?

—¿Sobre qué hora llegarás? —preguntó con un hilo de voz.

Me acurruqué en el costado de Reese. Su mano se deslizó por mi trasero. Después agarró mi rodilla con la otra mano y me alzó sobre su pierna, colocándome a horcajadas en una extraña postura.

Su erección cobró vida al instante. Lo sé porque lo comprobé con mis propios ojos a través de la tenue iluminación. Todavía no me creía

que esa cosa no solo hubiera entrado por completo en mi interior, sino que me hubiera provocado dos orgasmos seguidos.

En ese momento me dio pena ser yo, porque Mellie me necesitaba más que la polla de Reese.

—Estaré en casa en veinte o treinta minutos.

Hayes resopló y yo le di un manotazo en el pecho para que se callara.

—Gracias, Loni. ¿Sabes...? A veces desearía que fueras mi madre.

Se me hizo un nudo en la garganta.

—Bueno, yo te considero parte de la familia —confesé—. No te preocupes. Ya pensaremos qué podemos hacer.

—Gracias...

Colgué y dejé el teléfono entre los músculos de su fornido pecho.

—¿Va todo bien?

—Define bien —repuse. Sentí cómo una amarga sonrisa empezaba a formarse en mis labios—. Jess tiene una amiga llamada Melanie. La situación en su casa no es nada buena, así que pasa mucho tiempo con nosotras. Creo que acabo de ofrecerle que se venga a vivir conmigo.

—Muy amable de tu parte.

—Es una buena chica —expliqué con un suspiro—. Y casi tiene diecinueve, es mayor que Jess. Se graduaron en el mismo curso, pero el cumpleaños de Mel es a finales de año y el de Jess al principio. Debieron de hacerle repetir algún curso.

—Por tu forma de hablar me da la sensación de que esa chica lo está haciendo bien y tú le estás dando una oportunidad de salir adelante. Pero quiero que te quedes un poco más. Aún no he terminado contigo.

Me agarró de las caderas y me arrastró hacia arriba, frotándome contra su cuerpo. Nuestras piernas se enredaron y mi pecho quedó aplastado contra el suyo. En ese instante deseé fervientemente que el padre de Mellie hubiera escogido otra noche para emborracharse. Aunque también era cierto que no solía estar sobrio ninguna noche, de ahí la decisión de su madre de marcharse. Nicole tenía que haberle dejado hacía años, pero debería haberse llevado a su hija consigo.

Perra egoísta.

Mellie estaba tan deseosa de complacer a los demás y era una chica tan fácil de tratar que no podía imaginarme por qué su madre la había puesto en esa situación. Pensar en eso me puso enferma. Por eso, cuando Reese clavó los dedos en mis glúteos y me atrajo hacia sí, le empujé para apartarme de él.

—Tengo que irme.

—Estoy empezando a ver un patrón de conducta aquí que no me gusta —masculló con el ceño fruncido—. Cada vez que te tengo en posición horizontal sales huyendo. No es muy alentador, cariño.

—Si una de tus hijas te necesitara, saldrías tan rápido que me vería en el suelo.

Al oírle soltar un suspiro supe que le tenía en el bolsillo. Entonces una de sus manos se deslizó lentamente por mi cuerpo hasta atraparme por la nuca. Dejé que me besara, sorprendida por lo tierno que podía ser un hombre tan intenso como él. Su lengua jugueteó con la mía y sus dedos me apretaron aún más. Su pene... no... su polla, se puso cada vez más dura y yo empecé a sentir un agónico deseo entre mis piernas.

Me di cuenta de que, o salía de allí ya mismo, o nunca lo haría.

Terminé el beso y me eché hacia tras, mirándole a la cara. Era muy apuesto, no había otra manera de describirlo. En ese momento llevaba el pelo castaño corto y despeinado. Sus ojos, de un intenso azul, brillaban como dos gemas de aguamarina y la barba de tres días con algunas canas no le hacía parecer mayor. Solo más... maduro.

En cuanto a esos brazos que ahora me sostenían...

Nunca había conocido a nadie con unos brazos tan fuertes que me hicieran sentir tan protegida y segura.

«¡No estás segura! —siseó mi cerebro—. Es un hombre peligroso. No tienes ni idea de en qué tipo de asuntos sórdidos puede estar metido.»

Mi cerebro tenía razón. Sabía perfectamente que el club tenía intereses comerciales que no eran completamente legales. Todo el mundo lo sabía. Por eso pagaban tan bien. No solo compraban los servicios que podías ofrecerles, sino también tu silencio.

—Tengo que irme a casa —susurré. Le di un suave beso en la mejilla e intenté separarme de él y salir de la cama, pero Reese me retuvo durante un segundo más.

—¿Estás segura? Si estás preocupada por el padre de Melanie puedo enviar a un par de mis hombres para que le echen un vistazo.

Negué con la cabeza.

—No solo es por su integridad física. Es una chica cuya madre acaba de abandonarla y que está aterrorizada. Necesita abrazos, no un guardaespaldas.

Reese se puso tenso y sus dedos se clavaron más aún si cabía en mi carne.

—No has mencionado nada de una madre —contempló con voz engañosamente calma, aunque en el fondo se percibía una fuerte emoción que no logré identificar. ¿De qué podía tratarse?

Entonces se me iluminó una bombilla. Heather. Ella también tuvo que dejar a sus hijas. En circunstancias completamente diferentes, por supuesto, pero con el mismo resultado: dos chicas jóvenes sin una madre, obligadas a madurar demasiado pronto.

—Su padre es alcohólico —dije. Total, que más daban cinco minutos más o menos. Apoyé la cabeza contra su pecho y sus dedos aflojaron su agarre, volviendo a mi pelo—. Creo que maltrataba a Nicole, la madre de Mellie. Intenté hablar con ella en un par de ocasiones pero no quería saber nada del asunto.

—¿Y ahora se larga dejando a su hija atrás? Zorra de mierda. Si ese hombre la trataba así de mal, hará lo mismo con la chica.

Sí, aunque parecía un poco duro, tenía razón. Nicole era una zorra. Había abandonado a su hija, dejándola en manos de un hombre al que le gustaba pegar a las mujeres. Si eso no era ser una zorra no sé qué otra cosa podía serlo.

—No te preocupes. Yo me ocuparé de ella. La considero como si fuera mi hija.

Me miró pensativo y después asintió.

—Muy bien, aclaremos algo y así podrás marcharte.

Perfecto. Ahí estaba. La charla. Por suerte, en esa ocasión le llevaba la delantera.

—No te preocupes, Reese. Sé que esto solo ha sido cosa de una noche y que no quieres mantener ninguna relación seria. Yo tampoco la necesito en este momento, así que me parece bien. No hay daño, no hay castigo. Finjamos que no ha sucedido y punto.

Volvió a fruncir el ceño.

—¿De qué coño estás hablando?

—De lo nuestro. O mejor dicho, de que no hay un lo «nuestro». Lo entiendo, te gusta el sexo. Me lo he pasado muy bien, pero no espero que me pongas un anillo ni nada por el estilo.

Abrió los ojos sorprendido y yo sonreí.

—No obstante, si quieres que echemos otro polvo ya sabes dónde encontrarme —agregué con picardía.

«¡Un hurra por mí! Soy una mujer sofisticada que conoce la diferencia entre el amor y el sexo.»

El ceño de Reese se volvió más profundo. De pronto se movió y me puso debajo de él, inmovilizándome en el colchón. Me agarró las manos y me las puso encima de la cabeza, sin soltármelas.

—¿Es que has perdido la puta cabeza? —preguntó con voz áspera—. Acabas de tener sexo después de muchos años, ha sido impresionante...

—No eres muy modesto, ¿verdad?

—Ha sido «impresionante» —repitió, enfatizando la palabra—. ¿Y ahora vas a no hacerme ni caso? Ni de broma.

Ahora fui yo la que se sorprendió.

—Te he visto con mujeres a todas horas —comenté confundida—. Sé cómo actúas. Solo sexo, nada más. No quiero cambiar eso.

—¿Solo sexo? —masculló negando con la cabeza. Era como si estuviéramos manteniendo dos conversaciones distintas porque no tenía ni idea de por qué estaba comportándose de esa forma—. Eres tan tonta que te estrangularía. Todavía no sé a dónde nos llevará esto, pero desde luego que no es solo sexo. Y por cierto, no quiero que veas a nadie más, sobre todo al gilipollas del ayudante.

—Claro y me imagino que tú también tienes intención de serme fiel, ¿verdad? No me lo creo. ¡Pero si todo el mundo sabe que eres un putero! Ah, y vuelve a llamarme tonta y tiraré un bote de pintura en tu moto. No es una amenaza, es una promesa.

Me miró directamente a los ojos con expresión sombría.

—No tengo intención de follarme a nadie más que a ti, al menos por ahora.

—No te creo —dije. Empecé a sentirme un poco nostálgica—. Y no hace falta que me digas estas cosas porque no estoy interesada en salir contigo.

—Escúchame. —Su semblante cada vez era más frío, lo que no hubiera creído posible segundos antes—. Lo reconozco, desde que murió Heather me he acostado con otras. Con muchas. Pero me daban igual. Contigo, London, es distinto. Existe «algo» entre nosotros que ni siquiera sé cómo definirlo. Pero me gusta y lo quiero. Además, has dejado a tu novio y cuando las cosas se han puesto mal has venido a mí. Así que, hasta donde yo sé, eso te hace mía.

—No lo entiendo —murmuré—. Si apenas nos conocemos.

—Y no lo vamos a hacer si seguimos follando con otras personas, así que creo que debemos dejar de hacerlo. Teniendo en cuenta las circunstancias, tú deberías tenerlo más fácil.

—¿Me estás diciendo que quieres una relación exclusiva conmigo? Creía que no te iban esas cosas. ¿Qué pasa con Heather?

—Heather está muerta. Yo no. Ahora voy a besarte y tú me vas a devolver el beso. Después dejaré que te vayas a casa porque es por una razón importante y lo respeto. Mañana irás a por tu chica al aeropuerto y os dejaré toda la tarde solas, pero el viernes por la noche te quedas conmigo. Tenemos una fiesta en el arsenal y te quiero allí. ¿Algún problema con todo lo que te he dicho?

Negué con la cabeza rápidamente, porque llegados a ese punto tener «algún problema» con eso no era una opción.

—Estupendo. Pongámonos manos a la obra.

Entonces me besó y no en plan tranquilo. Inclinó la cabeza y sus labios y lengua tomaron posesión de mi boca. No fue un beso seductor, ni siquiera relajante. No, era su cuerpo diciéndole al mío que no habíamos terminado. No me di cuenta de que había abierto las piernas hasta que se separó lo suficiente como para ponerse un preservativo nuevo. Después volví a tenerlo en mi interior, invadiéndome y reclamándome por completo.

Al final resultó que se podía mejorar eso de «impresionante». Quién lo hubiera dicho.

Media hora más tarde, cuando Reese volvió a besarme, fue un pico rápido a través de la ventana de mi furgoneta.

—¿Seguro que no quieres que mande a alguien a vigilar tu casa? Si el padre es alcohólico no sería mala idea.

Hice un gesto de negación que tuvo como efecto secundario que se me tambalearan los pechos. Por desgracia, Reese me había destrozado el sujetador y mi delantera era lo suficientemente grande como para que la falta de sostén no fuera la mejor de las opciones.

—Mel lleva pasando un par de noches por semana en casa desde hace tres años. No sé cómo funcionará esto a largo plazo pero la convenceré para que se quede conmigo. A diferencia de Jessica, tiene un trabajo y quiere matricularse en la universidad del norte de Idaho en agosto. Allí tienen residencias para estudiantes.

Reese me sonrió y extendió una mano para colocarme un mechón rojo detrás de la oreja.

—¿Sabes? Estás jodidamente *sexy* con ese color —dijo—. Pero rubia también estabas de muerte.

—Gracias —susurré.

Me aparté y metí la llave en el contacto. La giré pero el motor no dio señales de vida.

Fruncí el ceño y lo intenté de nuevo.

—No arranca.

—Tienes encendida la luz que te indica que tienes problemas con el motor.

—Ya lo sé —dije distraídamente. Pisé el acelerador y volví a intentarlo. El motor emitió un extraño sonido en señal de protesta—. Se enciende y apaga todo el tiempo.

—Cariño, sabes que cuando la luz del motor se enciende se supone que tienes que revisar el motor, ¿verdad?

Le lancé una mirada asesina y él se echó a reír.

—¿Quieres que te lleve a casa? —preguntó—. Puedo echarle un vistazo y arreglártelo pero si quieres llegar pronto para consolar a esa chica no creo que sea el momento adecuado para ponerme a desbaratar esta chatarra.

Cerré los ojos y suspiré.

—Gracias. Me vendría fenomenal que me acercaras a casa. No me puedo creer que haya dejado de funcionar. ¿Cómo voy a recoger mañana a Jess en el aeropuerto? Mierda, ahora tendré que alquilar algún vehículo y eso cuesta una fortuna...

—London, cálmate, preciosa. Una de las ventajas de salir con un hombre que es dueño de un taller mecánico es que pequeñeces como estas ya no te van a suponer ningún problema. Encontraré algo para prestarte mientras lo reparamos, ¿de acuerdo? Ahora saca tu trasero de ahí y ponlo en mi moto. Te llevo a casa.

Abrió la puerta y salí. Después extendió la mano.

—¿Qué? —pregunté.

—Las llaves, nena. Si quieres que te arregle la furgoneta voy a necesitarlas.

—No hagas nada sin consultarme primero —señalé en tono serio—. Si es algo muy importante, quizá lo mejor sea que me compre una furgoneta nueva. Esta tiene casi doce años y no sé cuánto tiempo de vida le queda.

—Las llaves —insistió.

Saqué la llave de una pequeña argolla que llevaba en el llavero principal por si me surgía una situación como aquella.

—Excelente. Ahora mueve tu trasero a la moto.

Me acerqué a la enorme Harley, negra y plateada, con el símbolo de los Reapers pintado en el depósito. Los asientos eran de cuero negro, el cromo reluciente y ahora que estaba justo al lado, me parecía una máquina descomunal. Hayes me entregó un casco. Lo observé desconcertada.

Aquel había sido un día raro y ahora se volvía todavía más extraño pues el presidente de un club de moteros estaba a punto de llevarme a casa en su moto.

Después de follarme. Y quería follarme más veces. Madre mía.

Hice acopio de todas mis fueras para no ponerme a dar grititos como una loca, porque no existía mujer en la tierra que no tuviera la secreta fantasía de dar un paseo en moto al atardecer con un «chico malo»... Sobre todo después de haber mantenido relaciones sexuales con el susodicho.

Alcé la vista hacia el cielo. Estaba teñido de tonos rosas y azules y hermosas nubes que brillaban por los últimos rayos de sol que bañaban las montañas de Idaho.

—Se pone en la cabeza. —Parpadeé confusa—. El casco —dijo Reese, pronunciando cada palabra muy despacio—. Es para la cabeza.

Entonces esbozó una amplia sonrisa y tuve la sensación de sonrojarme de la cabeza a los pies, lo que era una locura teniendo en cuenta que tenía treinta y ocho años y hacía tiempo que había pasado la fase de rubores adolescentes.

—¿A dónde vas cuando te abstraes de ese modo? —preguntó.

Ahora fui yo la que me reí mientras me encogía de hombros.

—A todas partes, supongo. Siempre lo he hecho. Solía meterme en muchos líos en el colegio porque los profesores se creían que no les hacía caso a propósito. Pero mi imaginación se pone a volar y me quedó ensimismada.... No estaba siendo maleducada.

—No me molesta —dijo él—. Solo sentía curiosidad. Veamos, asegurémonos de que tu Mellie está bien. Ven mañana, intentaré que uno de los chicos te consiga un vehículo.

—Gracias —dije, preguntándome si algo de aquello era real.

—Y recuerda, la noche del viernes es mía.

—Sí, la noche del viernes es tuya —repetí.

A continuación me subí a la moto de Reese Hayes, me abracé a su cintura y cabalgamos hacia el horizonte.

***

Cuando llegamos a mi casa, ya había oscurecido completamente.

No quería bajarme de la moto y volver a la realidad. Montar con Reese en moto era muy emocionante, una sensación intensa, y quería disfrutarla todo lo que pudiera. A pesar de lo que me hubiera dicho antes, no tenía muchas expectativas de que lo nuestro se convirtiera en una relación de verdad. Las probabilidades no jugaban a nuestro favor. Pero saborearía el momento mientras durara... y ceder el control y confiar en él para que me mantuviera a salvo era lo más liberador que había hecho en seis años.

Así que no era de extrañar que, cuando apagó el motor de la Harley, mis brazos no quisieran soltarle. Algo que no pareció molestarle. Todo lo contrario, tiró de ellos y me apretó más contra su espalda. Inhalé el aroma cuero y sentí toda su fuerza entre mis piernas. Sí, bastante surrealista.

Entonces me soltó. Así que no que quedó más remedio que bajarme de la moto y regresar a la realidad. Vi la luz del porche y a Mellie en la puerta de entrada, esperándome. Cuando vio a Reese se quedó inmóvil y la mandíbula casi se le cayó al suelo.

Lógico.

La última vez que me había visto todavía salía con el ayudante del *sheriff*. Ahora volvía a casa con un motero peligroso y me apostaba todo el dinero que tenía a que cualquiera que nos viera sabría que estábamos juntos. En ese instante teníamos una intimidad que no había existido antes. Lo sentí en la forma en la que puso la mano sobre mi espalda en un gesto protector y en cómo me incliné hacia él.

Seguramente tampoco ayudaba el que no llevara sujetador; el aire que corría aquella noche era frío y el estado de mis pezones lo atestiguaba.

Mellie siempre había sido un poco tímida así que me sorprendió que bajara del porche y se acercara en mi dirección desde la hierba. Debía de estar más alterada de lo que me pareció por teléfono. Cuando empecé a ir hacia ella una potente ráfaga de luz, calor y sonido emergió de la casa. Antes de darme cuenta Reese me tiró al suelo y me cubrió con su cuerpo.

Después todo se quedó en completo silencio.

¿Qué narices había pasado?

Reese se mantuvo encima de mí durante unos segundos, no podía oír su voz pero sí que sentí las vibraciones de sus gritos a través de mi cuerpo. ¿Por qué no le oía? Tras lo que me pareció una eternidad se quitó de encima. Alcé la vista y observé horrorizada cómo el lugar en el que

vivía había sido sustituido por un infierno en el que las llamas ascendían ávidas hacia el cielo.

Ahí fue cuando me di cuenta de que mi casa había explotado.

¡Joder, mi casa había explotado!

Un microsegundo después me acordé de lo cerca que había estado Melanie de la puerta y se me paró el corazón.

—¡Mellie! —chillé. Agarré a Reese del brazo y le obligué a mirarme—. ¡Tenemos que encontrar a Mellie!

Él me estaba gritando algo, pero no le entendí. Se puso de pie y se marchó corriendo por el jardín. Me incorporé a duras penas, tratando de averiguar qué demonios estaba pasando. Los vecinos habían salido a la calle y se arremolinaban a nuestro alrededor. Poco a poco los sonidos fueron tomando forma; sobre todo un pitido muy desagradable. La explosión había debido de afectar a mi capacidad de audición de forma temporal.

Me fijé en la oscura silueta de Reese, buscando entre el fuego y los escombros. De repente se paró y le vi levantar el cuerpo de Mel y venir hacia mí. Al segundo siguiente la depositó sobre la hierba y recuperé el oído totalmente. Caí de rodillas al lado cuerpo de aquella maravillosa muchacha.

Oh, Dios. Mellie...

Parecía muerta.

—¡He llamado al 911! —gritó alguien a nuestra espalda, sobresaltándome. Todavía estaba demasiado aturdida, no podía pensar con claridad. Tenía que comprobarle el pulso, asegurarme de que estaba respirando. Los recuerdos acudieron a mi cabeza de golpe y casi me puse a llorar, agradeciendo las clases de reanimación cardiopulmonar que recibí durante años. Le tomé el pulso. Débil, pero sin lugar a dudas ahí estaba. Incliné la cabeza sobre su boca y nariz, rezando por sentir su respiración contra mi piel.

El aire me hizo cosquillas en la mejilla.

—Está viva —susurré con el rostro surcado de lágrimas.

—Gracias, joder —masculló Reese. Me acercó a él y me abrazó con fuerza mientras uno de mis vecinos se arrodillaba al lado de Melanie y la cubría con una manta. El muro de seguridad que había erigido contra mí empezó a desmoronarse y me puse a temblar.

Mi casa había desaparecido. Casi había perdido a Melanie... ¿Alguien podía explicarme qué había pasado?

Las sirenas de las ambulancias y vehículos de emergencia llenaron el ambiente. Oí a un automóvil detenerse con un derrape y por el rabillo del ojo atisbé a un hombre vestido con el uniforme del *sheriff* saliendo de él y hablando por la radio que llevaba al hombro con tono alterado.

A continuación el camión de bomberos se acercó por la calle. Los bomberos corrieron delante de mí, arrastrando sus mangueras y los técnicos de emergencias se acercaron inmediatamente a Mellie.

Para mi alivio ninguno de ellos hizo ninguna de esas cosas que se hacían en la televisión y que a uno le ponían los pelos de punta, como comprensiones torácicas, intravenosas o reanimación con palas. En vez de eso, monitorearon sus constantes vitales y con voz calma le pusieron un collarín en el cuello antes de darle la vuelta para tumbarla sobre un tablero espinal. Instantes después la alzaron en vilo —con toda la parafernalia incluida— y emprendieron el camino de regreso a la ambulancia.

—Ese tablero no le va a servir de mucho si al moverla la has dejado paralítica. Tenías que haberla dejado donde estaba —oí decir a una voz familiar. Alcé la vista y me encontré a Nate, de pie junto a nosotros. Su voz destilaba veneno puro. Me aparté de Reese y me puse de pie despacio. Nate me ofreció una mano para ayudarme, pero Reese me agarró del brazo.

—Mantente alejado de mi mujer —gruñó.

Nate abrió los ojos sorprendido.

—Me imagino que, después de todo, no tenías el coño de oro —comentó.

Reese se abalanzó hacia él y sin pensármelo dos veces me interpuse entre ambos.

—No tengo tiempo para esto —grité, mirándoles como si fueran dos críos que necesitaban un tiempo muerto—. Tengo que ver cómo está Mel. Reese tenía que alejarla del fuego, Nate. Si hubieras estado aquí, habrías hecho lo mismo. Las llamas estaban prácticamente encima de ella. Y Reese, lo que pase entre Nate y yo es cosa nuestra. Ya soy mayorcita y puedo librar mis propias batallas. Voy a ir con Mel al hospital, será mejor que os comportéis porque no estoy de humor.

Ambos me miraron boquiabiertos. Me daba igual. No estábamos en circunstancias normales y me importaba una mierda su pelea de «a ver quién la tiene más grande». Decidí no hacerles ni caso e ir hacia la ambulancia.

—¿Se encuentra bien? —le pregunté a una técnica de emergencia que estaba asegurando el tablero al interior del vehículo. Me miró, pero continuó con lo suyo.

—No lo sé. Van a ver cómo está su cabeza en cuanto llegue al hospital. Parece haber sufrido un traumatismo al golpearse con algo duro. ¿Tiene alguna idea de lo que ha podido pasar?

—No lo sé —señalé con voz sombría—. Pero estamos vivos de milagro. Ella salió de la casa justo en el momento de la explosión.

—Entonces sí que ha sido un milagro.

Nada de aquello tenía sentido.

—Las casas no explotan así como así, ¿verdad? —No me di cuenta de que había hecho la pregunta en voz alta hasta que la mujer me respondió.

—He visto cosas más extrañas. ¿Es usted familiar? Nos la llevamos al hospital de Kootenai. Otra ambulancia viene de camino para echarle un vistazo. Ahora mismo ella es nuestra principal prioridad y tenemos que sacarla de aquí cuanto antes. Voy a cerrar las puertas. Échese atrás, por favor.

—Nos vemos allí —dije con ansiedad.

Me di la vuelta y me encontré a Reese y a Nate mirándose el uno al otro como si quisieran estrangularse. Danica, mi vecina, se acercó a mí y, sin decir palabra, me echó una manta por los hombros.

—¿Estás bien? —preguntó—. ¿Puedo ayudarte en algo?

—¿Puedes llevarme al hospital? —Me entró un ataque de tos—. Necesito asegurarme de que Melanie está fuera de peligro.

—Por supuesto. ¿No prefieres hablar antes con la policía? Estoy segura de querrán hablar contigo. Tendrán un montón de preguntas que hacerte.

—Las respuestas seguirán siendo las mismas después de que me asegure de que Mellie está bien —respondí tensa—. Solo sácame de aquí.

—Muy bien. Mi automóvil está aparcado detrás de casa, en el callejón. Supongo que fue una buena idea dejarlo allí porque toda la calle principal está bloqueada. Mmm... No he podido dejar de darme cuenta de que ese tipo enorme parece estar contigo. Y ese otro era con el que solías salir antes. ¿Quieres decirles algo antes de irnos?

—No. —Negué con la cabeza frustrada—. Pueden seguir jugando al neandertal sin mí. Ahora lo único que me importa es ir al hospital.

Capítulo 9

Reese

—**E**sto es lo que tienes que saber —dije a Evans. Apreté los puños porque jamás en mi vida había tenido tantas ganas de golpear a un hombre y no se me conocía por ser precisamente una persona contenida—. Ahora London está conmigo. No hablarás con ella, no la tocarás y no pensarás en ella. De lo contrario, tú y yo mantendremos otra conversación y no delante de cientos de policías que puedan protegerte el trasero. ¿Estamos?

Evans me observó durante unos segundos y después negó lentamente con la cabeza. Las luces procedentes de las llamas del incendio proyectaron sombras en su cara.

—No la quiero. London Armstrong me importa una mierda.

Claro. Y mi próxima moto sería una Vespa.

—Entonces no te importará mantenerte alejado de ella. Las cosas pueden ponerse bastante feas y no me apetece tener que cavar un agujero en las montañas.

Abrió los ojos de inmediato.

«Exacto, gilipollas. Has oído bien.»

—A ver si lo he entendido, ¿estás amenazando de muerte a un agente de la ley? No es muy inteligente por tu parte.

Me reí.

—Tienes demasiada imaginación. Hemos terminado.

Su expresión se tornó sombría y creí ver un atisbo de algo muy parecido al odio. Perfecto; el sentimiento era mutuo.

Ese fue el momento que escogió el *sheriff* para interponerse entre nosotros. Me saludó con un golpe en la espalda antes de sujetarme el hombro de manera significativa.

—¿Te encuentras bien, Pic?

—Todavía sigo aquí, Bud, aunque estoy un poco preocupado por lo que le ha pasado a la casa de mi mujer. Las viviendas no explotan así como así —comenté, sin dejar de mirar a Evans—. Tampoco estoy muy impresionado con tu chico. Dijo algo del coño de London; la propietaria de la casa, por si no lo sabías.

—Evans, vuelve al vehículo —masculló Bud. El gilipollas del ayudante hizo un saludo militar a modo de mofa y se marchó—. Cómo odio a este hombre. Creo que también se va a presentar a las próximas elecciones a *sheriff*.

—Que se presente —dije con tono frío—, pero no va a ganar.

—No estés tan seguro —replicó Bud—. La semana pasada, mi mujer, Lavonne, se encontró con Jennifer Burley en el casino y le dijo que el padre de Nate ha empezado a montar la campaña al crío. Ya sabes, recaudación de fondos y toda esa historia.

—Si tuvieras huevos, le despedirías ya mismo.

—Si le despidiera, los comisionados pedirían mi cabeza —reconoció el *sheriff* sin rodeos—. Y lo sabes. No creo que haya un solo político en este condado que no tenga algún tipo de interés relacionado con su padre.

—Entonces deberías haber tenido más cuidado —espeté, perdiendo la paciencia—. ¿No has pensando en asestar el primer golpe? Ese tipo hará más mal que bien antes de que termine.

Bud entrecerró los ojos y yo me deshice de su mano. Puto cobarde. Estaba harto de toda esa mierda.

—¿Así que esta es la casa de tu mujer? —Hizo un gesto hacia las llamas con la barbilla—. No está dentro de mi jurisdicción. Esta fuera de los límites del condado. ¿Hay algo que deba saber?

—Sí, que es la casa de mi mujer —contemplé despacio. Me sentí raro pronunciando aquellas palabras—. Pero estamos empezando. Esto no tiene nada que ver con el club, incluso aunque no fuera un accidente. ¿Qué te dice tu instinto?

—Que seguramente se deba a una fuga o acumulación de gas. Eso es lo que los bomberos creen y saben más de esto que nosotros. Como es lógico, no se dirá nada oficial hasta que la investigación termine, pero todos los indicios apuntan a eso. Hemos tenido mucha suerte de que no haya habido ningún muerto. ¿Sabes si tenía una cocina de gas?

—Sí. —Me encogí de hombros—. La última vez que estuve la olí. Dijo que estaba limpiando el horno. No le di mucha importancia.

—Pues a mí sí que me parece importante.

—No jodas.

—Por cierto, los técnicos de emergencia creen que la muchacha se pondrá bien. Quieren examinarla para ver si tiene heridas internas, algún traumatismo y todo eso. Pero solo porque es lo que suele hacerse en estos casos. Eso sí, tendremos que hablar con las dos.

—Por supuesto. —Ahí fue cuando me percaté por primera vez de que se habían llevado a Mellie. ¿Dónde coño estaba London?

—Se ha ido al hospital —explicó con sequedad Bud al notar mi expresión—. La vi marcharse mientras estabas discutiendo con Evans por ella. Tendrás que tenerlo en cuenta la próxima vez que te pongas a pelear por tu mujer en vez de cuidar de ella.

Me volví hacia él con expresión adusta. ¿Cómo no me había dado cuenta? ¿Y desde cuando Bud tenía las pelotas suficientes para darme lecciones de ninguna clase? Pero no me quedaba más remedio que reconocer que el cabrón tenía razón.

Joder.

Estaba completamente oxidado en lo que a relaciones se refería; todo lo contrario a lo que me sucedía con las peleas por ver quién la tiene más grande, cortesía de tantos años en el club.

—Me voy al hospital —dije—. Estará enfadada y confundida. Quiero que me mantengas al tanto de todo lo que averigüéis, pero no la interroguéis hasta mañana, ¿entendido?

—Sí —respondió Bud con un asentimiento de cabeza—. Que yo sepa, no hay prisa. Nada que no pueda esperar. Distinto sería si encontrásemos alguna prueba que demostrase que no se ha tratado de un accidente.

—Si encontráis alguna prueba, me llamas —indiqué muy serio—. A mí antes que a nadie. ¿Te asusta que el papaíto de Nate Evans te quite el puesto de trabajo? Pues yo iré a por tu familia. ¿Está claro?

Bud esbozó una sonrisa tensa.

Sí, estaba más que claro.

Eran las diez de la noche cuando Reese se sentó a mi lado en la sala de espera del hospital. Sin decir una palabra, me pasó una taza de café. No estaba segura de cómo me sentía por tenerlo allí conmigo. Sí, el sexo con él había sido espectacular. Pero lo del enfrentamiento con mi ex... Era una mujer adulta. No necesitaba ninguna complicación de ese estilo, por muy bueno que fuera en la cama.

También era cierto que cuando la casa explotó, se había lanzado sobre mí, cubriéndome con su cuerpo y eso le daba un montón de puntos.

—¿Ya has terminado de pelearte con Nate? —pregunté mientras me frotaba la nuca.

—Creo que le he dejado las cosas bastante claras, sí. ¿Sabes algo de Mellie?

—Creen que está bien —respondí cansada. El subidón de adrenalina que todo aquel incidente me había provocado empezaba a pasarme factura—. Van a hacerle algunas pruebas para asegurarse, pero todo apunta a una conmoción cerebral leve. Quizá la dejen en observación esta noche.

—¿Ha dado su padre señales de vida?

Resoplé.

—Le llamé pero estaba demasiado borracho como para entender una palabra —admití—. Creo que dijo que ya no era bienvenida en su casa aunque tampoco te lo puedo asegurar ya que balbuceaba incoherencias. No puedo dejar que vuelva a su casa. Se quedará en la m...

Mierda.

Ahí fue cuando me di cuenta de lo que realmente había pasado. No tenía ninguna casa que ofrecer a Mellie... ni a mí misma. Tenía que encontrar algún sitio donde vivir. Y rápido. Recordé vagamente que alguien me comentó algo sobre la Cruz Roja o una habitación de un motel, pero no los detalles exactos. Miré a Reese con los ojos muy abiertos.

—Me he quedado sin casa —susurré—. Oh, Dios mío, no tengo ningún sitio a donde ir. Mañana llegará Jessie y no tenemos casa.

Él extendió el brazo, me quitó el café que acababa de ofrecerme y lo dejó encima de una pequeña mesa que teníamos delante. Luego me colocó en su regazo y me abrazó. Tiró de mi cabeza para que la apoyara en su hombro y me acarició con dulzura.

Al principio me resistí —no me gustaba la idea de depender de él o que pensara que le necesitaba para algo—, pero luego me convencí de que, por una vez, tampoco pasaba nada.

—Solo déjame ser fuerte por ti un minuto, ¿de acuerdo? —musitó—. Llevas años aguantando mucho, cariño. Nadie puede decir que no has sido lo suficientemente fuerte. Pero esta noche ha sido un auténtico infierno. ¿Por qué no dejas que te abrace y te ayude un poco?

Tardé un buen rato en responder, pero al final asentí porque tenía razón. Llevaba años siendo fuerte y ahora tendría que ser todavía más fuerte. Oh, Dios. ¿Qué le diría a Jess?

—Esta noche vas a venir a mi casa —dijo—. Y si a Mellie la dejan salir, puede dormir en la primera planta, en la habitación de Kit. Mañana irás a recoger a Jessica y también se quedará con nosotros. Qué demonios, estoy acostumbrado a tener la casa llena de chicas. Así tendrás tiempo para pensar tranquilamente qué es lo que vas a hacer. Me imagino que tienes seguro, ¿no?

Seguro. Me había olvidado del seguro. «¡Viva!»

—Por supuesto. —Me incorporé tan rápido que estuve a punto de caerme de su regazo—. Tengo un seguro. Tengo que llamar a mi agente... creo que tengo derecho a que me paguen un apartamento de forma temporal o algo similar.

—Bien, eso es un comienzo —señaló. Y entonces me sonrió.

En cuanto vi las arrugas que se formaron en las esquinas de esos brillantes ojos azules sentí una tremenda oleada de lujuria de lo más inoportuno. Aunque la casa hubiera volado por los aires, no cambiaba el hecho de que por fin había mantenido relaciones sexuales después de todos esos años.

Noté una protuberancia pujando contra mi trasero y supuse que no era la única que se había excitado.

Me incliné hacia delante y le susurré:

—Me siento como una auténtica pervertida.

Él se rio y frotó su nariz contra mi mejilla.

—¿Señorita Armstrong?

Alcé la mirada al ser interpelada y tuve la misma sensación que cuando el profesor de física del instituto me pilló in fraganti besándome con Troy Jones detrás de las gradas cuando se suponía que debíamos estar en la pista corriendo.

¿Lo veis? No siempre fui una buena chica.

—Sí, soy London Armstrong —me apresuré a decir. Me puse de pie y me alisé la ropa intentando tener un aspecto más decente; lo que no conseguí pues estaba sucia y llena de barro de cuando Reese me arrojó al suelo para protegerme. Mi pelo no había salido mejor parado, aunque me las arreglé para lavarme la cara en los aseos del hospital.

—Hemos terminado de hacerle un escáner a Melanie —informó la enfermera de urgencias con una pizca de humor en la mirada. Me alegré de que por lo menos entendiera la situación—. A la muchacha le gustaría que fuera con ella y esperaran juntas los resultados.

Me dispuse a acompañarla seguida de Reese, pero la enfermera se detuvo y frunció el ceño.

—No ha dicho nada de él. ¿Es usted familia?

Reese negó con la cabeza.

—He venido con London —explicó—. Si Mel no me quiere dentro, me iré sin causar ningún alboroto. No es mi intención incomodarla en lo más mínimo, pero me gustaría hablar con ella para ver si está de acuerdo en que me quede.

La enfermera nos miró escéptica pero asintió.

—Si no le quiere dentro, se va.

—No se preocupe.

Cuando la enfermera usó su tarjeta para abrir las dos grandes puertas que separaban las urgencias de la sala de espera, Reese me agarró de la mano y me dio un ligero apretón. Después pasamos por una habitación tras otra hasta que se detuvo frente a una puerta que había al final del pasillo y llamó con decisión con los nudillos.

—¿Sí? —gritó Mellie al otro lado.

Solté un suspiro de alivio. No sonaba eufórica pero su voz era firme y tranquila.

Los ojos de Mel volvieron a abrirse como platos cuando vio a mi nuevo... lo que diantres fuera. ¿Novio? Eso me parecía un poco cursi, la verdad.

—¿Quieres que se marche? —preguntó la enfermera sin tapujos.

Me pareció muy valiente por su parte, teniendo en cuenta que Reese la doblaba en tamaño y que infundía mucho respeto incluso sin estar cubierto de barro y hollín como era el caso.

Mellie me miró y yo hice un gesto de asentimiento para alentarla.

—Es un amigo mío —dije—. Un buen amigo. Pero si prefieres que se marche se irá. Reese fue el que te rescató de las llamas.

—Puede quedarse —respondió vacilante.

—Si necesitas algo no dudes en pulsar ese botón —señaló la enfermera—. En cuanto estén los resultados de las pruebas vendrá un médico a informarles —dijo antes de marcharse.

Nos quedamos allí parados. Se notaba que Mellie estaba luchando con todas sus fuerzas por no mostrase aterrorizada ante la presencia de Reese, pero estaba fallando estrepitosamente.

—Soy Reese Hayes —se presentó él con voz suave; más suave de lo que nunca hubiera creído posible—. Ahora London y yo estamos juntos y me ha hablado de ti. Tengo dos hijas, un poco mayores que tú. Le he dicho a London que puede quedarse en mi casa hasta que todo vuelva a la normalidad. Tú también eres bienvenida. He oído que en tu casa las cosas no van muy bien.

El rostro de Mellie se contrajo y soltó un sollozo.

—Gracias —susurró—. Lo siento, London. No quería quemar tu casa. No me puedo creer que todavía quieras hablar conmigo.

Mierda. Mel no necesitaba más traumas y sentimientos de culpa. Fui corriendo al lado de la cama y la tomé de las manos.

—No has hecho nada malo, pequeña.

Ella negó con la cabeza y se echó a llorar como si de un dique roto se tratara.

—Estaba usando la cocina —explicó entre sollozos—. Me aseguré de que no quedara ningún fogón encendido, pero debí de dejarme uno. Ha sido por mi culpa.

Fruncí el ceño.

—No sé lo que ha pasado exactamente —dije con cuidado—. Pero no me cabe la menor duda de que un fogón encendido durante un rato no es suficiente como para que una casa vuele por los aires. Y si lo fuera, no pasa nada. Solo era una casa.

Sí, le estaba diciendo aquello para que se sintiera mejor, pero también porque era cierto. Solo era una casa. La tristeza y conmoción que había experimentado antes se desvanecieron de golpe y fueron sustituidas por el alivio. No era que me alegrara de haber perdido mi casa, pero estaba inmensamente agradecida de que no le hubiera pasado nada a Mellie. Ni a mí.

—Puedo comprarme otra casa. O construir una nueva... No lo sé. No se ha perdido nada que sea verdaderamente importante.

La puerta de la habitación se abrió y por ella entró una mujer que parecía demasiado joven para ser médico, aunque llevaba todos los accesorios adecuados: bata blanca, estetoscopio, pelo recogido en un moño...

—Hola, soy la doctora Logan —anunció—. Tengo los resultados de tus pruebas, Melanie. ¿Quieres que hablemos en privado?

—No. Pueden quedarse —respondió Mellie al tiempo que me apretaba las manos con fuerza.

—Bueno, creo que te vas poner bien enseguida —dijo la doctora con una sonrisa en los labios—. Tienes una ligera conmoción cerebral, así que vamos a dejarte en observación esta noche, pero no hay nada de lo que preocuparse. No hay ningún signo que indique sangrado interno ni tienes ningún trauma grave en la cabeza o columna. Has tenido mucha suerte.

Mellie me miró aliviada.

—¿Entonces tengo que quedarme en el hospital? —preguntó en un susurro.

—Creo que es lo mejor. Mañana, si no hay complicaciones, podrás irte a casa a primera hora.

—Vendré a recogerte. —De pronto me sentía exhausta—. Pero la doctora tiene razón, es mejor que te quedes para estar seguros. Estuviste inconsciente unos cuantos minutos.

—Está bien —aceptó Melanie.

Sonreí y me incliné para colocarle un mechón de pelo detrás de la oreja. Qué chica más dulce. Por muchos errores que hubiera cometido Jessica, le tocó la lotería el día que trajo a Mellie a casa.

Una hora después, ya con Mel prácticamente dormida e ingresada en una habitación de una de las plantas del hospital, Reese me acompañó abajo, donde me quedé sorprendida al encontrarnos con varios de los miembros de su club que lo estaban esperando, incluyendo a Gage y a los dos aspirantes que conocí la noche que conduje hasta el arsenal.

También estaban los dos hombres que vi con Jessica esa misma noche. ¿Painter y Banks? Aunque me costaba acordarme de sus nombres, jamás olvidaría la imagen de ambos en esa estrecha habitación con ella. Qué noche más horrible.

Les sonreí pero opté por no decir nada. No tenía la energía suficiente.

—Voy a llevar a London a mi casa —anunció Reese—. Painter, vienes conmigo.

—Yo también —dijo Gage—. Tenemos que hablar.

—¿Va todo bien? —quise saber. ¿Qué podía haber más importante en ese momento que dormir? Un hombre inmensamente alto, moreno y con el pelo largo hasta los hombros me ofreció una rápida y encantadora

sonrisa. En el parche de su chaleco ponía que se llamaba Horse. Caballo en inglés. Me hizo gracia el nombre.

—Todo va perfectamente, nena —dijo él—. No te preocupes. Solo hablaremos un rato con el presidente y luego nos perderás de vista.

Me encogí de hombros porque estaba tan cansada que no tenía fuerzas ni para sentir curiosidad. Nos dirigimos todos juntos hacia el aparcamiento, donde Reese me ayudó con cuidado a subirme a su moto. Me abracé a su cintura y apoyé la cabeza contra su espalda, agotada.

Cuando salimos a la carretera, los primeros rayos de sol asomaban entre las montañas proyectando vetas rosadas en el cielo en mi segundo viaje con Reese. Los mismos colores que por la noche, pero ahora estaba amaneciendo. El comienzo de un nuevo día.

Mi vida estaba cambiando a una velocidad a la que apenas podía seguir el ritmo y aquello me asustaba un poco. Me abracé a él con más fuerza, agradeciendo que en medio de todo ese lío por lo menos tuviera a alguien que me sirviera de ancla.

¿Me estaba haciendo ilusiones?

Lo más seguro, pero no me importaba. Lo único que quería era sentir sus brazos alrededor de mí mientras dormía. Sentir su calor... su fortaleza.

Sentirme a salvo.

Reese

Me senté a la cabecera de mi mesa de comedor y me pregunté cuántas reuniones como aquella habíamos celebrado en ese mismo lugar a lo largo de los años.

Demasiadas para llevar la cuenta.

En el pasado, Heather siempre tenía el frigorífico lleno de cervezas y aperitivos por si los chicos venían. Mi hija, Em, hizo lo mismo cuando creció, aunque no de forma tan eficiente como su madre.

Tomé un buen sorbo de la cerveza fría que London trajo del supermercado. No le había pedido que lo hiciera, simplemente se había dado cuenta de lo que me gustaba y trajo más cuando vio que no había suficiente. Me gustaba tener a una mujer en casa, aunque solo se ocupara de mí porque la había contratado para hacer precisamente eso.

Si bien no la pagaba por acostarse conmigo.

Pensar que en ese preciso instante estaba en mi habitación, envuelta con mis sábanas y esperándome, me produjo una satisfacción y una sensación de bienestar que estaba perdiendo. Y hasta ahora no me había dado cuenta.

Eso, sin duda, era peligroso.

—¿Y bien? ¿Qué es lo que dice el informe? —pregunté a Gage. Ruger, Horse, Bolt y Painter tomaron asiento y esperaron pacientemente. Tuve la impresión de que ya habían hablado de aquello por lo menos una vez; seguramente en el aparcamiento del hospital.

—Van a estar pendientes y nos han asegurado que seremos los primeros en enterarnos de lo que conste en el informe final —indicó Gage—. ¿Extraoficialmente? El encargado de investigar el incendio me ha dicho que puede que no haya sido un accidente. Es cierto que hay casas que explotan de vez en cuando. Hay válvulas defectuosas en las que se acumula el gas y cuando algo las toca lo más mínimo, ¡boom! Pero no cree que lo que ha pasado aquí se ajuste al patrón de una de esas explosiones accidentales.

—Interesante... —murmuré—. Bud me dijo que creía que se trataba de un accidente y que eso fue lo que le comentaron los bomberos. ¿Estará de mierda hasta el cuello?

Gage se encogió de hombros.

—Podría ser. La familia de Evans le está presionando mucho. Están sedientos de sangre y que London le haya dado la patada al «príncipe» para estar contigo nos ha puesto en el punto de mira. Aunque lo que de verdad creo que está pasando es que están actuando al margen de Bud. Le queda poco tiempo y cada uno está seleccionado el equipo en el que quiere jugar. El departamento de bomberos está con nosotros, siempre lo ha estado. Nos informarán primero y luego le dirán a Bud lo que quiere oír.

Painter soltó un gruñido de asentimiento con expresión sombría. Durante un tiempo pensé que terminaría siendo mi yerno. Todavía no sabía cómo sentirme al respecto. No quería a Em; por lo menos no de la forma en que la que yo quería que la amara su hombre, lo que significaba que no era el adecuado para ella. Pero ahora estaba viviendo con Hunter Blake, un nómada de los Devil's Jacks. Odiaba a ese hijo de puta. Había llegado a respetarlo, pero nada más. Había demasiado resentimiento entre nosotros.

—He hablado con Jeff Bradley —dijo Painter—. Fuimos juntos al instituto; es uno de los bomberos que acudió a la casa de London

anoche. Es nuevo, sin embargo, uno de los compañeros con más experiencia le ha dicho que cree que se trata de algo premeditado.

—¿Pero por qué London? —pregunté—. No me la he tirado hasta hoy. No es como si fuera una de nuestras damas.

—No, pero forma parte del club —intervino Ruger pensativo—. Trabaja para nosotros, viene a tu casa... Desde fuera, lo más probable es que parezca que llevas liado con ella desde hace semanas.

Tenía razón.

—Entonces, hasta que no tengamos indicios de lo contrario, vamos a asumir que ha sido un ataque al club. ¿Alguna idea?

—Estar atentos y esperar —dijo Horse—. A mí esto me huele al cartel. Les encantan las explosiones. Veamos si hacen algo que revele cuáles son sus verdaderas intenciones. Dejemos que la policía se encargue de ellos por ahora y a ver a dónde nos lleva.

—Sí. London se quedará conmigo hasta que sepamos a ciencia cierta qué ha pasado —dije yo—. La quiero a salvo.

—¿De modo que esas tenemos? —preguntó Ruger.

Ahora fui yo el que se encogió de hombros.

—Sé lo que parece. Pero si esto ha sido algo contra el club no quiero que la pille en medio de este fuego cruzado. Lo de esta noche me da muy mala espina. Demasiada coincidencia. No quiero que le pase nada solo porque ha llamado mi atención.

—¿Y desde cuándo te preocupa eso? —preguntó Painter con ojos curiosos—. ¿Estás buscando nueva compañera?

La tensión impregnó el ambiente, porque los hermanos mayores sabían que no era buena idea sugerir nada que implicara reemplazar a Heather. Muchos habían mordido el polvo por menos que eso. Pero sin saber muy bien por qué, aquella pregunta no me sacó de mis casillas tanto como en otras ocasiones. Seguramente porque ahora tenía sentido. Nunca había llevado a una mujer a mi casa; Painter tenía una buena razón para hacerme aquella pregunta. Me di cuenta de que todos se habían quedado quietos, esperando una respuesta. Tal vez debería aclararlo.

—Nunca tendré otra dama —admití con cuidado—. Me gusta London. Es buena en la cama, es guapa y me está ayudando con la casa. Pero eso no significa que vayamos a estar juntos a largo plazo.

—Pues no la cagues tanto como para que se lleve con ella su empresa de limpieza —dijo Gage con expresión seria—. Tengo grandes expectativas con su trabajo en The Line.

—Ni me lo recuerdes —intervino Bolt—. Es lo mejor que le ha pasado a la casa de empeños.

—¿Desde cuándo los negocios están antes que el placer? —pregunté enarcando una ceja.

—Desde que tuve que limpiar los putos baños porque los anteriores empleados de la limpieza nos estaban robando y tuve que despedirles —espetó Gage—. No es broma, Pic. Cualquiera puede chuparte la polla, pero una mujer que sabe cómo dejar un baño impoluto es un tesoro. Solo por eso, la protegeré de cualquiera que haya volado su casa.

Resoplé y sacudí la cabeza porque tenía razón. Que alguien me hiciera una mamada cada tanto no era precisamente un reto, pero London era mucho más que eso.

Y no solo porque limpiara bien.

Me gustaba tenerla bajo mi techo. Tarde o temprano llamaría a su agente de seguros o alquilaría o compraría algún apartamento. Para mi sorpresa, no me preocupé mucho por aquello.

—Está bien. Permaneceremos atentos —dije— y London se quedará conmigo el tiempo que haga falta. Ahora está a cargo de un par de chicas. La que estaba esta noche en su casa y su sobrina. Supongo que dormirán arriba hasta que todo esto termine.

—Admítelo. Detestas vivir en una casa que no esté llena de chicas gritando y peleándose por el baño. Eres un puto masoquista —bromeó Horse con un brillo travieso en los ojos—. Em y Kit se han ido, así que estás haciendo todo esto porque necesitas encontrar unas hijas de reemplazo. Busca ayuda psicológica, hermano. O por lo menos un hijo. Un hombre al que le gusta que le dominen de ese modo no puede estar bien de la cabeza.

Puse los ojos en blanco y me levanté de la silla.

—Está bien. Ya hemos terminado —indiqué. Hice un gesto en dirección a la puerta. London me estaba esperando, así que pelearme con Horse no era una prioridad.

—Painter se queda aquí esta noche —dijo Gage—. No queremos tocarte las narices, presidente, pero necesitas refuerzos. Si de verdad se trata del cartel tenemos que cubrirte las espaldas.

Suspiré porque sabía que estaba en lo cierto. Como sargento en armas, el trabajo de Gage consistía precisamente en preocuparse.

—Está bien, muchacho —le dije a Painter—. Dormirás en la habitación de invitados. Mañana pásate por casa y trae algunas de tus cosas.

Puede que tengas que quedarte aquí un tiempo. Ah, si Jessica viene de California, las manos quietas. Me da igual lo mucho que te apetezca. ¿Estamos?

Painter hizo un gesto seco de asentimiento y dimos por finalizada la reunión.

La noche había sido una soberana mierda, pero al menos ahora me iría a la cama con London. No me alegraba de que su casa hubiera explotado, pero supongo que todo lo malo tiene su lado bueno, ¿no? Aunque, teniendo en cuenta las circunstancias, mejor no compartir esa teoría con ella.

Las mujeres a veces podían ser demasiado susceptibles.

London

Me desperté en los brazos de un hombre por segunda vez en veinticuatro horas. Reese. Su cuerpo rodeaba el mío y yo llevaba una camiseta demasiado grande que no me pertenecía. ¿Qué hacía allí?

Entonces lo recordé.

Mi casa había volado por los aires.

Mi ropa, mis fotos, mis libros... Todo. No quedaba nada. Y sin razón aparente. Permanecí tumbada, esperando quieta bajo la luz de la mañana, preguntándome qué hacer a continuación. Lo que en realidad me apetecía era ponerme a llorar y compadecerme por mi mala suerte, pero siempre he sido una mujer práctica —con mi vida no me ha quedado más remedio— y no tenía sentido lloriquear cuando tenía tanto trabajo por delante.

Antes que nada, tenía que llamar a Jessica.

Me volví para alargar el brazo y hacerme con mi teléfono, pero el brazo de Reese no me dejó. Me apretó más fuerte contra sus caderas y la presión de su erección matutina envió un hormigueo a mi entrepierna y pezones.

—Tengo que hacer algunas llamadas —susurré.

Me acarició la nuca con la nariz y yo me retorcí, intentando liberarme. No podía seguir ahí tumbada, fingiendo que lo de la noche anterior no había pasado.

Reese suspiró y aflojó su agarre.

—Estoy aquí, nena —murmuró y me besó el hombro. Solo tres palabras, pero que me hicieron sentir de maravilla. Estaba ahí, conmigo.

Por una vez no tenía que lidiar con todo yo sola y aunque no era tan tonta como para pensar que su mera presencia cambiaría el panorama general que me aguardaba, despertarme entre sus brazos significaba más de lo que jamás me habría imaginado.

—Gracias —repuse en voz baja. Después levanté el teléfono y llamé a mi sobrina. Para mi sorpresa, respondió al primer tono.

Su voz sonó alerta, casi tensa. ¿Habría hablado ya con Melanie?

—Hola, Jess —la saludé en un susurro—. Tengo malas noticias.

—¿Qué? —preguntó.

—No sé por dónde empezar...

—Solo suéltalo —dijo con brusquedad.

Oí un chasquido, después se puso a toser de repente y soltó un jadeo.

—¿Te encuentras bien? —pregunté a toda prisa.

—Sí —respondió en voz más baja—. Lo siento, se me acaba de caer una cosa. ¿Qué ha pasado?

—Ha habido una explosión en nuestra casa.

Silencio.

—¿Perdona?

—Que nuestra casa ha explotado —repetí aquellas palabras que todavía me costaba creer—. No sé cómo ni por qué. Seguramente por una fuga de gas. Hoy hablaré con la policía, pero se ha quemado todo. No queda nada.

—¿Melanie está bien? —inquirió asustada.

Me quedé callada un segundo, preguntándome cómo sabía lo de Mellie.

—Cuando todo pasó acababa de salir de la casa. Se la llevaron al hospital porque se dio un golpe en la cabeza, pero me quedé con ella hasta que nos aseguraron que estaba bien. No tiene nada grave. Deberías saber que su madre...

—Sí, ya sé lo de su madre —admitió Jess en un murmullo—. Me llamó anoche, justo cuando llegó a casa. No he podido dejar de pensar en ella.

—Estoy tan contenta de que no le haya pasado nada... Ah, ya tenemos un sitio para quedarnos, por lo menos hasta que hable con el seguro.

—¿Con Nate? —preguntó rápidamente.

Vaya. Qué pregunta más incómoda. Me di cuenta de que no le había comentado nada de nuestra ruptura. Uf.

—Sí... bueno... también tengo que contarte algo sobre Nate... —Detrás de mí, sentí cómo Reese se ponía tenso. Decidí no preocuparme

por él en ese momento—. Ya no estoy con él. Estoy saliendo con Reese Hayes.

—¡Qué bien! —exclamó Jess. Tanto entusiasmo me pilló por sorpresa. Nunca le había gustado que saliera con nadie—. Con los Reapers estarás a salvo.

—¿Y no lo estaría con Nate? —pregunté, reprimiendo una carcajada. Jess no respondió—. Da igual, el caso es que ahora estoy con Reese. En su casa. De hecho estaba conmigo cuando la casa voló por los aires. Anoche cuidó de mí y me ha dicho que podemos quedarnos con él hasta que todo se solucione. Tiene una habitación para ti.

—No tienes que preocuparte por eso —se apresuró a decir—. Tenía pensado llamarte. He cambiado de opinión. Mamá y yo nos peleamos... nada importante... y exageré un poco las cosas. Ya sabes cómo me pongo a veces. Nada de lo que preocuparse.

Me quedé inmóvil. Reese empezó a frotarme la espalda.

—Sí hay que preocuparse —señalé despacio—. Esos hombres te aterrorizaron. Lo noté en tu voz.

—Solo fueron suposiciones tuyas —repuso con voz alegre—. Todo va bien, en serio. Deberías colgar. Ahora tienes que preocuparte más por ti que por mí. Solucionar el asunto de la casa. Tengo que dejarte.

—Cariño... —empecé, pero no me dejó continuar.

—En serio, London. Tienes que olvidarte de lo del otro día. Solo tuve una mala noche, ¿de acuerdo? Me entró un poco de nostalgia pero eso no cambia el hecho de que aquí soy feliz. Mamá tiene un montón de dinero y no tiene que trabajar en todo el día. Debes vivir tu propia vida en vez de hacerte cargo de mí.

Tras decir aquello colgó.

Me quedé mirando el teléfono, completamente confundida, hasta que volví a tumbarme y me acurruqué en el hueco del brazo de Reese.

—Jamás entenderé a las adolescentes —reconocí.

Él soltó un resoplido.

—No me digas. Están todas como cabras. Y no te creas que mejora cuando llegan a los veinte. ¿Qué ha pasado?

—Ahora dice que todo va bien y que no quiere regresar al norte de Idaho. No lo entiendo. Estaba aterrorizada, Reese. No tiene sentido.

—Alzó la mano y me acarició el pelo. Me pegué más a él, preguntándome cómo y por qué mi mundo había cambiado tanto y tan deprisa—. Eres un buen hombre —susurré.

Reese gruñó.

—No me digas ese tipo de tonterías. No soy bueno, preciosa. Confía en mí. Lo sabría si lo fuera.

—Conmigo lo estás siendo.

—Porque tengo mis motivos. Me gusta follarte.

Me reí.

—Pues sean los que sean, gracias por lo de anoche. Ahora supongo que tendré que ir al hospital a ver cómo sigue Melanie y recogerla. Nos iremos de aquí en un par de días. También tengo que hablar con la policía y con al agente de seguros. No recuerdo exactamente lo que cubría la póliza.

—No te preocupes por eso ahora. Lo único importante es Melanie. Después te llevaré a comprar algo de ropa y toda esas cosas que usáis las mujeres. Os quedaréis conmigo hasta que sepamos lo que ha pasado con tu casa. Aquí estaréis bien y a salvo. Y no es negociable, London.

Eso último captó mi atención. Me volví, me apoyé sobre un codo y le miré con el ceño fruncido.

—¿Acaso no crees que estaría a salvo en cualquier otro lugar? ¿Es que tal vez piensas que lo de mi casa no fue un accidente?

Se encogió de hombros.

—No tengo ni idea de lo que le ha pasado a tu casa. Lo más probable es que se trate de una fuga de gas, sí. Lo que quiero decir es que me gustaría que te quedaras aquí hasta que todo se aclare. Todavía no te has hecho a la idea de lo que ha pasado, tienes que asimilarlo. Y este es un buen sitio para hacerlo, nada más.

Me relajé.

—Lo siento, supongo que estoy un poco nerviosa.

—Y yo supongo que no estás de humor para un poco de sexo matutino, ¿no?

Cerré los ojos y negué con la cabeza.

—No creo que esté de humor para nada —musité—. Me duelen las cervicales. Me han pasado demasiadas cosas en muy poco tiempo.

—Está bien. Vamos al hospital a por la chica número dos. A ver si nos dejan sacarla de allí.

***

Una hora después estábamos en la salida del hospital, con Mellie agarrada a mi brazo mientras contemplaba la moto de Painter.

—Creí que te referías a un automóvil cuando me dijiste que me llevaríais a casa —susurró con los ojos abiertos por la impresión.

Hice un gesto de asentimiento. También estaba bastante sorprendida por el asunto del transporte. Reese había insistido en ir en moto aquella mañana, alegando que Painter también iría al hospital para traerse a Mellie en caso de que lo necesitáramos.

Supuse que «traerse a Mellie» implicaba un automóvil. No aquello.

—Tiene una conmoción en la cabeza —señalé.

Painter estaba de pie, al lado de su moto, con el pelo rubio peinado de punta. Miró a Mel y frunció el ceño.

—Entonces llamad a un taxi —espetó desafiante—. He venido en moto.

Reese puso los ojos en blanco.

—Creía que la necesidad de un automóvil en este caso se sobreentendía —masculló.

Painter se encogió de hombros.

—No me lo dijiste y tampoco se ve que tenga ninguna herida ni nada por el estilo. ¿Te duele la cabeza?

Ahora fue Mel la que frunció el ceño. Se la veía nerviosa pero también un poco entusiasmada.

—No. Aunque me dijeron que no podía hacer movimientos bruscos.

—Entonces tendrás que agarrarte fuerte —replicó Painter con una sonrisa de complicidad en los labios—. A mí no me importa.

—Oh, por el amor de Dios. —Reese metió la mano en el bolsillo y sacó su teléfono—. Llamaré a otro.

—No, está bien —se apresuró a decir Mel—. Intentaré ir en la moto. —Entonces miró a Painter y esbozó una sonrisa trémula.

Mi radar materno cobró vida al instante. Ese era uno de los hombres a los que pillé con Jessica. Era alto, estaba lleno de tatuajes y era musculoso, además de atractivo como solo los «chicos malos» podían serlo... Mi Mellie era una buena niña, no la típica chica que se iría con alguien como este Painter. Mierda. ¿De verdad se había sonrojado?

Me volví hacia Painter y puse mi voz de «madre autoritaria», cual látigo chasqueando.

—Ojo con ella —dije entre dientes—. No quiero que le pase nada malo. Te estoy vigilando, hombrecito.

Reese, Melanie y Painter se quedaron petrificados y con una expresión de sorpresa en el rostro... hasta que Painter se echó a reír.

—Vaya, tiene carácter, presidente. —Me miró y sonrió. Después se dirigió a Mel—. ¿Vienes o no?

La muchacha asintió y fue corriendo hacia la moto mientras yo me quedaba mirándolos. Painter puso el motor en marcha y salieron del aparcamiento dejándome sola con Reese.

—¿Sabías que el chico sobrevivió a la cárcel? —preguntó despacio, sacudiendo la cabeza—. Además es bastante más grande que tú; a su lado pareces muy poca cosa. ¿Consideras que ha sido buena idea hablarle de ese modo?

Puse los brazos en jarras y me enfrenté a él.

—¿Entonces por qué has dejado que se la lleve en moto?

—Porque hará lo que le ordene. Y lo que le he dicho es que la lleve a mi casa y la mantenga a salvo. Painter moriría antes de permitir que a Mellie le pase nada malo. Es mi hermano y confío plenamente en él.

—Por mí como si es un rabino ortodoxo —repuse con voz helada—. Mantendrá las manos alejadas de Melanie o responderá ante mí.

—Solo porque se follara a Jess....

—No quiero seguir hablando de esto —indiqué tensa—. Soy muy protectora con ella. A diferencia de Jessica, Melanie hace todo lo posible por no meterse en líos. He oído que tú también eras muy protector con tus hijas, así que seguro que me entiendes perfectamente.

Se rio.

—Sí, nena, te entiendo. Pero recuerda, Painter es un hombre adulto que no tiene por qué aguantar tus impertinencias. Estar conmigo no te da derecho a darle órdenes de ningún tipo. Así que alégrate porque se lo tomara a broma en vez de enfadarse.

Me acerqué a él y le rodeé el cuello con los brazos. Luego esbocé mi sonrisa más melosa y clavé la mirada en sus ojos azules.

—No he hecho esto porque esté contigo —expliqué en voz baja, pero con un tono más letal que el arsénico—. Lo he hecho porque la madre de esa muchacha la ha abandonado y ahora mismo yo soy su madre de repuesto. Una responsabilidad que me tomo muy en serio. No le toques las narices a una mamá osa, Reese. Nunca termina muy bien... ni siquiera para los moteros malos como vosotros.

Se echó a reír y negó con la cabeza.

—No. Supongo que no. —Se inclinó y me dio un rápido beso en la nariz—. Intentaré no cabrearte a partir de ahora.

—Soy pequeña, Reese, pero muy persistente. Y puedo ser muy pendenciera, como un hurón rabioso. No hagas que te muerda, porque tengo los dientes muy afilados.

—No sabía que te iban ese tipo de cosas —susurró—. Siempre consigues sorprenderme, London.

Ahora fui yo la que se rio, pero como una colegiala de quince años. Reese me hacía sentir así. Joven, animada, llena de vida... Me había olvidado de lo divertido que era enamorarse...

Un momento.

Sentía una intensa lujuria por ese hombre. Hasta podríamos decir que me había encaprichado de él. Pero eso de enamorada era algo bien distinto. Necesitaba dejar de pensar con el clítoris si no quería acabar con el corazón roto.

—¿Todo bien?

Asentí.

—Sí. Venga, vámonos. Hoy tengo que hacer un montón de cosas. Oh, mierda... No tengo la furgoneta.

—Vamos al taller a ver si podemos conseguir que te dejen algún vehículo.

—No puedo...

—Si empiezas con esas tonterías de que no puedes aceptarlo voy a estrangularte.

Lo miré sorprendida. Reese se encogió de hombros y alzó las manos.

—Es una cosa de hombres —dijo—. Nos gusta cuidar de nuestras mujeres. Si no me dejas ayudarte los chicos se reirán de mí y terminaré llorando. ¿Quieres hacerme llorar, London?

Me miró y empezó a parpadear con cara de cachorrito inocente. No lo pude evitar, me puse a reír y quedó claro que esta vez había ganado él.

—Eres insufrible.

—Pero te gusta.

Tenía razón. Me encantaba.

Capítulo 10

London

El jueves se me pasó volando. Empezamos por una visita rápida al Target para que pudiera vestirme con algo limpio. Ya conseguiría un guardarropa nuevo más adelante, pero por ahora tener bragas nuevas y *jeans* que no estuvieran cubiertos de barro y hollín era una gran mejora, por no hablar de un sujetador. A Reese eso último le decepcionó un poco, pero lo superaría. A las mujeres nos gusta llevarlo.

Después mantuve una reunión con los policías y los encargados de investigar el incendio. Reese hizo algunas llamadas y a mi lado se sentó un abogado que no conocía de nada, lo que me pareció un poco excesivo. De todos modos, ¿qué sabía yo sobre incendios y la forma de proceder en esos casos? Ni que fuera importante. El elegante asesino (en serio, aquel abogado llevaba un traje negro y parecía un asesino a sueldo) se limitó a escuchar con expresión neutral e hizo una serie de preguntas de vez en cuando; no me preguntéis por qué. Los agentes no parecían preocupados por el asunto así que decidí que yo tampoco tenía que preocuparme.

En realidad mi mayor preocupación en esa reunión fue tratar de averiguar cómo iba a pagar a ese hombre, pero resultó que eso no suponía ningún problema. Según Reese «el club lo tiene en nómina, nena. Es parte de su trabajo. Olvídate de eso».

El *sheriff* —Bud Tyrell— y los investigadores quisieron saber un poco más de mi historia con la casa: años (muchos), si en alguna ocasión había tenido problemas con el horno (alguna que otra) y si solía tener deudas pendientes (siempre).

Aquello último fue lo que más llamó su atención porque, a pesar de dirigir un negocio próspero, mis finanzas siempre iban muy justas. No era que derrochara el dinero. Desde luego que no. Pero seis años de facturas médicas acumuladas por cirugías y tratamientos de Jessie hacían mella en cualquier economía familiar, incluso con seguro médico.

Cuando me preguntaron por detalles concretos no fui de mucha ayuda. Todos mis papeles se habían quemado en el incendio. Aunque podían saber más si pedían mi historial crediticio. Quizá podía usar lo que me diera el seguro para pagar mis deudas. Qué tentador...

Ahí fue cuando me di cuenta de que tener un abogado a mi lado no había sido tan mala idea.

Todo era cuestión de motivación, ¿verdad?

***

La reunión con el agente de seguros fue mucho mejor. Nunca había estado muy pendiente de lo que cubría la póliza, la verdad, pero el hombre había sido el agente de mi madre durante años y sabía lo que hacía cuando lo dispuso todo. No solo tenía una fantástica cobertura para reconstruir la casa, sino una importante suma para los gastos de manutención hasta que todo se solucionara.

Podía irme de casa de Reese en cuanto quisiera.

La idea resultó menos atractiva de lo que debería. Cuando le mencioné que iba a ponerme a buscar un apartamento hizo oídos sordos, así que supuse que sería mejor abordar el asunto al día siguiente. En circunstancias normales, pasar otra noche con Reese en su cama no me desagradaba en absoluto y tal y como estaban las cosas ahora estaba más que feliz por poder quedarme otro par de días.

El jueves por la noche Reese nos llevó a cenar fuera a Melanie y a mí, con la perpetua presencia de Painter, cómo no. Clavé la vista en él cada vez que hablaba con Mellie, lo que parecía producirle un placer perverso, y cuando me quejé de él a Reese después de que nos metiéramos en su dormitorio, me dio la vuelta y me hizo callar con su boca.

Una razón de peso para mantenerme en silencio, todo sea dicho.

El viernes me llamaron para decirme que mi furgoneta estaba lista. Conduje el vehículo que me habían dejado hasta el taller; allí un hombre rudo y con sobrepeso me entregó las llaves, pero cuando le pregunté por la factura no me hizo ni caso. Ni siquiera me dijo qué era lo que le había pasado exactamente a la furgoneta, lo que me pareció excesivo. Si no hubiera estado tan agradecida por encontrarme de nuevo motorizada y no haberme gastado ni un dólar de mis ahorros, me hubiera enfadado con él. Sí, en teoría tenía que llegarme el dinero del seguro. Pero lo necesitaba para reconstruir mi casa y también tenía que pagar las facturas médicas.

Y como quien no quiere la cosa, llegó la tarde del viernes. Esa noche iba a participar en mi primera fiesta de moteros de verdad en el arsenal. No sabía muy bien cómo sentirme; antes de la explosión había prometido a Reese que esa noche sería suya y quería mantener mi palabra, pero al haber perdido toda mi ropa no tenía nada que ponerme.

Cuando se lo comenté se rio y me sugirió que fuera desnuda.

En lugar de eso me fui de compras y adquirí no solo ropa sino varios envases de alubias con salsa de tomate y ensalada de frutas, porque aunque acabara de perder mi casa, ni loca acudiría a una reunión de ese tipo con las manos vacías.

Cuando llegué al arsenal, el aparcamiento de grava estaba medio lleno. Me fijé en que los encargados de indicar dónde aparcar eran los dos mismos aspirantes que había conocido en la anterior ocasión.

¿Es que nadie daba un respiro a esos chicos?

Esta vez no me preguntaron nada mientras caminaba hacia el edificio, tan solo me hicieron una señal para que entrara por una puerta lateral. Continué por un estrecho pasillo que había entre el muro y la inmensa mole que era aquel edificio y llegué hasta un enorme patio trasero que debía de ocupar al menos un acre o dos y que era mitad pavimento mitad pradera.

Me dio la sensación de estar en medio del patio de armas de un castillo, pero en vez de damas y caballeros medievales, había tipos grandes con barbas que daban un miedo tremendo y mujeres con más escotes de los que había visto en mi vida; salvo en los vestuarios femeninos. Había gente por todas partes que parecía conocerse entre sí o que compartía alguna tarea. Sintiéndome un poco incómoda, eché un vistazo a mi alrededor en busca de Reese. Tal vez había cometido un error al acudir allí... Pero entonces una mujer alta y de curvas generosas que llevaba unos *jeans* ajustados se acercó a mí con una sonrisa en los labios. Debía de tener más o menos mi edad y parecía muy simpática.

—Hola, soy Darcy —se presentó ayudándome con el recipiente de alubias—. Soy la dama de Boonie, el presidente de los Silver Bastards. Creo que no nos conocemos.

—London Armstrong —me presenté, poniendo cara de póquer—. Soy amiga de Reese Hayes.

—¿De Picnic? —preguntó con cara de asombro—. Mmm... No te lo tomes a mal... pero no eres el tipo de chica con el que suele estar. ¿Estáis saliendo?

Un pesado brazo cayó sobre mis hombros, sobresaltándome de tal modo que solté un chillido. Alcé la mirada y me encontré con Painter sonriendo a Darcy de oreja a oreja y con un brillo travieso en sus ojos azul claro. Llevaba el pelo rubio peinado de punta, como era habitual en él, y ninguna camiseta debajo del chaleco de cuero. Me sentí un poco pervertida al fijarme en que, además de todos esos músculos y tatuajes, era muy atractivo. Y olía muy bien.

Definitivamente tenía que mantener alejado a ese «guaperas» de Melanie. Los chicos como él eran peligrosos... y no solo por el asunto de la prisión.

—London está jugando a las casitas con Pic —dijo en voz baja.

Darcy volvió a abrir los ojos por la sorpresa.

—¿En serio?

Painter asintió.

—Sí, están viviendo juntos. Estamos esperando a que el presidente se ponga de rodillas y le proponga matrimonio. Es tan bonito que estamos todos con unas ganas inmensas de llorar.

Cuando Darcy abrió tanto la boca que estuvo a punto de desencajársele la mandíbula Painter se echó a reír.

—Me descojono —se burló, negando con la cabeza mientras dejaba caer el brazo—. Es el nuevo culito de Pic. Está durando más de lo normal, pero todos sabemos cómo es él. Parece que a ella no le gusto por más de una razón, ¿verdad, nena?

Le miré fijamente, sopesando si sería buena idea darle una patada en los testículos en plena propiedad de los Reapers.

Seguramente no.

—Reese y yo estamos saliendo —expliqué a Darcy tan digna como si fuera una reina—. He tenido un problema con mi casa y él, muy

amablemente, me ha invitado a quedarme en su casa hasta que todo se solucione. Todo lo demás son «conjeturas sin fundamento».

Al pronunciar esas tres últimas palabras fruncí el ceño a Painter para darle mayor énfasis. Él se limitó al alzar las manos en señal de derrota y fingió poner cara de arrepentimiento.

—Vaya, supongo que no soy bien recibido por aquí. Me voy. ¿Has venido con Melanie? Me encantaría enseñarle la sede.

Solté un gruñido. Él volvió a reírse antes de marcharse con aire arrogante.

—Entiendo... —comentó Darcy—. Bueno, debes de ser especial porque Pic no sale con ninguna mujer. Solo se las folla y se deshace de ellas. Lo sé de buena tinta. Llevo años aguantando en mi casa los llantos de muchos de sus ligues.

—Qué interesante —repliqué. ¿Qué otra cosa podía decir?

Darcy sacudió la cabeza. Ahora fue ella la que frunció el ceño.

—Lo siento. No me he dado cuenta de lo grosero que ha sonado lo que acabo de decir y esa no era mi intención para nada. Debemos de parecerte las personas más raras que has conocido en tu vida.

Esta vez me mantuve en silencio. Darcy se encogió ligeramente de hombros y continuó:

—No te preocupes. Painter... —Hizo una pausa para mirarle al otro lado del patio—... tiene un sentido del humor peculiar y estoy convencida de que no quería ofenderte. Las demás damas estarán encantadas de conocerte. La fiesta de hoy es especial porque viene gente de diferentes estados. Montana, Idaho, Oregón, California y Washington. Tres clubes diferentes. Vas a pasártelo muy bien, ya lo verás, aunque teniendo en cuenta que no llevas ningún parche de propiedad será mejor que te mantengas cerca de Pic o de alguna de nosotras.

—¿Qué es un parche de propiedad?

—Guauuu, sí que eres nueva en todo esto —señaló, otra vez con los ojos abiertos por la sorpresa—. Es cuando un hombre te marca como suya, así los otros saben que tienen que mantener las manos alejadas de ti. Mira el mío.

Se dio la vuelta y por primera vez me percaté de que también llevaba un chaleco de cuero, como el de los hombres. En la espalda podía leerse: «Propiedad de los Silver Bastards. Boonie».

De nuevo no supe qué decir. Parecía orgullosa y encantada de llevar algo así, aunque no me imaginaba refiriéndome a mí misma como «propiedad» de nadie. Claro que tampoco imaginé que mi casa explotaría. A veces la vida sabía cómo ponerte a prueba. Darcy se volvió hacia mí y estudió mi expresión con cuidado.

—Es cultura de moteros. Ser la propiedad de un hombre es como estar casada con él. Significa que mi hombre y yo tenemos un vínculo especial y todos lo respetan.

—Entiendo...

—No, no lo entiendes, pero estás siendo educada y eso me gusta. Mucho más educada de lo que lo fui yo en su momento. Ven, vamos a conocer a las chicas. Te gustarán y aunque no seas la mujer de Pic, sí que eres alguien especial para él, de lo contrario no estarías durmiendo en su casa. No hagas caso a Painter, solo estaba tomándote el pelo, ¿de acuerdo?

Hice un gesto de indiferencia. De todos modos tampoco tenía pensado hacerle caso. Darcy me caía bien. Era un poco distinta a lo que estaba acostumbrada, pero se la veía amable y auténtica. Con eso, para mí, ya ganaba muchos puntos.

Darcy se dirigió hacia el área pavimentada y yo la seguí, observando lo que allí había. Un grupo bastante considerable de mujeres estaba distribuyendo platos de comida en las mesas colocadas contra el edificio. Se las veía muy cómodas juntas y me fijé en que trabajaban muy sincronizadas, señal de que debían de haber hecho aquello muchas veces.

Sin saber muy bien por qué, me sorprendió. Supongo que me había imaginado que esas fiestas eran una especie de orgías salvajes, pero incluso en esos casos la gente tenía que comer. Por lo menos las alubias y la ensalada de frutas que había traído no estaban fuera de lugar allí. Al contemplar esa zona del patio cualquiera habría creído que lo que se organizaba era una fiesta parroquial. Por lo visto había cosas que eran universales y las alubias eran una de ellas.

A la derecha había un espacio para hacer fuego construido con bloques de hormigón curvos. Las vetas ennegrecidas y el enorme montón de leña apilada detrás dejaron claro que el club lo utilizaba a menudo. Detrás había una gran extensión de hierba, no muy exuberante pero sí con el espesor suficiente, sobre la que había un parque infantil de madera, con columpios, tobogán y un puente de cuerdas que llevaba hacia una pequeña casa en un árbol inmenso. Esta se apoyaba sobre las ramas. El tronco debía de medir, al menos, dos metros de ancho. Vaya, sí que tenía que llevar años allí. Desde antes incluso de que se construyera el edificio.

—Señoras, esta es London Armstrong —anunció Darcy cuando llegamos a las mesas rodeadas por bulliciosas mujeres con parches similares al que acababa de enseñarme—. Está con Picnic.

Varias de ellas se quedaron inmóviles y me estudiaron con súbito interés. Miré a mi alrededor, preguntándome qué podía haber hecho para captar tanta atención. Una mujer menuda de cabello castaño y rizado se acercó a mí con una sonrisa deslumbrante en los labios. La conocía... ¿Cómo se llamaba? Marie. Sí, eso era. Fue la que nos enseñó la casa de empeños la primera noche que mi equipo y yo fuimos a limpiar.

—Hola, London —saludó alegre—. ¡Qué bien volver a verte! Perdona que estemos actuando un poco raro, pero es que Picnic no suele traer mujeres a estas fiestas. Por lo menos no de las que vienen con ensalada de frutas.

Puse los ojos en blanco porque sabía exactamente con qué tipo de mujeres solía liarse Reese; muchas de ellas seguro que no tenían la edad suficiente como para saber cocinar un plato de alubias con salsa de tomate.

«Bueno, tú tampoco has hecho estas alubias —puntualizó mi cerebro mordaz—. Estás un pelín celosa, ¿no?»

«Podría haberlas hecho si hubiera querido», me dije a mí misma.

—Esto... London... ¿Te encuentras bien?

Mierda. Había vuelto a dejar volar mi imaginación en medio de una conversación. Necesitaba dejar de hacer aquello. Urgentemente. Sonreí de oreja a oreja e intenté no parecer una absoluta imbécil.

—Reese y yo estamos saliendo y él quería que viniera esta noche —expliqué mientras sostenía el recipiente de plástico como si de una ofrenda se tratara—. No me gusta ir a ninguna fiesta con las manos vacías. ¿Os echo una mano?

Marie parecía impresionada y me di cuenta de que acaba de superar una especie de prueba. No sabía de qué tipo ni tampoco me importaba, pero empecé a sentirme mejor al ver tantos rostros amistosos a mi alrededor. A pesar de que los hombres de aquel club siempre me habían tratado muy bien —la mayor parte—, había que reconocer que tenían un aspecto bastante intimidante.

—Soy Dancer —dijo una mujer alta, con el pelo largo y liso y la piel bronceada. Tenía una sonrisa muy *sexy*—. Soy la dama de Bam Bam. Horse es mi hermano y ambos nos hemos criado prácticamente en el club.

—Conozco a Horse —señalé, devolviéndole la sonrisa—. Pero creo que a Bam Bam no.

—Esta noche estará por aquí —dijo. Su voz se suavizó de una forma que no logré descifrar.

—Horse es mi hombre —intervino Marie—. Es un poco difícil, pero muy buena persona. La mayor parte de las veces, por lo menos. ¿Ya te ha dado Pic un arma?

—¿Perdona?

—Que si ya te ha dado Pic un arma —repitió como si fuera una pregunta de lo más normal. Negué con la cabeza, preguntándome si se me había pasado por alto algo de aquella conversación.

—Te lo he preguntado como una forma de averiguar en qué punto estáis —explicó con una sonrisa en los labios.

Aquello no tenía ningún sentido, así que decidí hacer caso omiso.

—Hola, yo soy Em —dijo una chica joven con el pelo castaño y los mismos ojos de Reese. La reconocí inmediatamente por las fotos que había en la casa y me puse nerviosa al instante. Era su hija. La que se había mudado a Portland el año anterior, dejándole solo en la casa.

¿Por qué de pronto tenía la sensación de estar en una entrevista de trabajo?

—Hola. He oído hablar mucho de ti. No sabía que vivieras tan cerca como para poder venir a una fiesta. Creía que vivías en Portland con tu... —Intenté buscar la palabra correcta, porque la veía demasiado joven como para usar el término «hombre» con ella, pero también estaba segura de que era mucho más que un novio, aunque no estuvieran casados. Qué delicado era eso de tener que pensar la expresión adecuada.

—Mi hombre es Hunter. —Sus ojos brillaron cuando pronunció aquel nombre—. Ha venido aquí por el asunto de la reunión. En realidad han venido miembros de muchos clubes, pero eso no tiene nada que ver con nosotras. Nuestro objetivo esta noche es pasarlo lo mejor posible, ¿de acuerdo? Vamos a buscarte algo de beber y así podremos hablar tranquilamente. Quiero conocer a la mujer que se ha ido a vivir con mi padre.

—En realidad no estamos viviendo juntos...

—¿Has dormido allí más de una noche? —preguntó con tono desafiante. Yo asentí—. Bien, pues eso es más de lo que ha hecho con ninguna otra mujer desde que mi madre murió.

«Sin presiones, di que sí.»

Em me agarró del brazo y me alejó unos metros de las mesas hasta una zona donde había varios contenedores llenos de barriles de cerveza y bloques de hielo. A continuación tomó un vaso de plástico y me preguntó:

—¿Cerveza?

—Sí. —No era una gran admiradora de la cerveza, la verdad. Normalmente bebía vino, pero aquella me pareció la respuesta más educada. Además, podía bebérmela despacio y que me durara toda la noche. Mientras Em me llenaba el vaso, saqué el teléfono. ¿Por qué no había respondido Reese a mi mensaje? Me dijo que le enviara uno en cuanto llegara. Pero nada.

—¿Estás esperando noticias de mi padre? —quiso saber Em, ofreciéndome el vaso. Me metí el teléfono en el bolsillo y asentí con la cabeza—. Seguramente está saludando al resto de oficiales que han venido. Es algo importante. De lo contrario estoy segura de que ya estaría aquí contigo. Como presidente, tiene que cumplir con ciertos protocolos en eventos como este, pero está claro que confía en que sabrás manejarte tú sola por aquí. ¿Quieres que nos sentemos?

—Sí claro. —Me di cuenta de que no se había servido ninguna bebida. Mmm... ¿Debería haber rechazado su oferta? Tal vez no estaba bien visto empezar a beber tan pronto. Eché un rápido vistazo para confirmar aquella teoría y vi que había gente con cervezas en la mano.

Estaba dándole demasiadas vueltas a la cabeza. A veces a uno no le apetecía beber, así de simple. Si seguía preocupándome por hacer algo mal me volvería loca. Encontramos un hueco en una mesa de picnic cerca de la zona del parque infantil y Em se sentó a horcajadas en el banco para poder mirarme.

—Esto es algo nuevo —empezó. Aunque su tono de voz era amable sus ojos estaban serios—. Desde que mi madre murió, papá no se ha molestado en salir «precisamente» con mujeres. La mitad de las zorras que se ha follado eran más jóvenes que yo y ninguna tenía neuronas suficientes en el cerebro. He oído que tienes tu propio negocio y aunque no te considero mayor, sí que tienes una edad mucho más adecuada para él. ¿Y ahora qué?

Esbocé una tenue sonrisa.

—No sé muy bien qué responder a esa pregunta. —¿Por qué narices había dejado que me convenciera para que fuera a esa fiesta? Si Reese quería que conociera a su familia y amigos, debería habérmelos presentado él

mismo, no dejarme sola en la guarida del león sin avisarme. ¿Pero qué tipo de comportamiento inmaduro era aquel?—. Supongo que tu padre y yo estamos saliendo. Oficialmente, solo desde hace dos días, aunque parece que llevemos más tiempo. Es complicado. Llevo trabajando para el club desde febrero y hace poco me contrató para limpiar su casa. Nos liamos y entonces mi vivienda voló por los aires y... No tenemos una relación muy normal que digamos.

Abrió los ojos asombrada.

—No, supongo que no —repuso pensativa—. ¿Por qué motivo explotó tu casa?

—Buena pregunta. —Me encogí de hombros—. Hasta donde sé, por una acumulación de gas. Tal vez fue el horno... desde hace un año tenía pequeñas fugas de gas si no sabías cómo manipular los mandos. Las personas encargadas de investigar el incendio están en ello. En realidad me da igual por qué explotó, lo que de verdad me importa es que me he quedado sin casa... Eso es lo que más me preocupa ahora.

—Por eso te mudaste a la nuestra —meditó ella—. Y lo hiciste con tu hija, ¿no? O eso es lo que tengo entendido.

Bebí un sorbo de cerveza intentando encontrar una respuesta adecuada a aquella pregunta.

—Melanie no es mi hija. De hecho, no tengo ninguna hija, aunque sí que he criado a la hija de mi prima. Melanie es su mejor amiga. Ahora mismo Jessica está en California y no sé si volverá pronto o no, pero Mellie necesita un lugar para vivir. Tuvimos mucha suerte de que no resultara herida en el momento de la explosión, acababa de salir de la casa unos segundos antes.

Em volvió a abrir los ojos.

—Interesante... —comentó. En ese instante deseé poder leerle la mente—. ¿Entiendes que esto no es nada normal para mi padre? ¿Ha venido Melanie contigo esta noche?

—No. —Negué rotundamente con la cabeza—. Está colada por ese imbécil de Painter y lo último que quiero es que pase más tiempo cerca de él.

Em resopló.

—Mejor no hablemos de Painter, ¿de acuerdo? Lo más seguro es que Hunter y yo durmamos en casa de mi padre esta noche, así que quizá la conozca mañana. No tuvimos muy claro sin vendríamos hasta el último momento. Las cosas todavía están un poco en el aire, pero normalmente nos quedamos con él...

Percibí un atisbo de duda en su voz; me di cuenta de que debía de estar preguntándose si mi presencia cambiaría la forma de proceder en la casa de su padre. Tomé otro buen sorbo de cerveza porque, cuanto más hablábamos, más delicada se volvía la conversación. ¿Dónde demonios se había metido Reese?

—Estoy segura de que tu padre quiere que hagáis lo que soléis hacer siempre. Por favor no cambiéis ninguna costumbre por nosotras. Ya verás lo bien que te cae Melanie. Es una chica encantadora. Y se merece una vida mucho mejor que la que ha llevado en su casa. Estoy muy agradecida a tu padre por lo amable que ha sido al acogernos en su casa.

Sus ojos adquirieron un brillo divertido mientras negaba con la cabeza.

—«Amable» no es una palabra que las mujeres suelan usar para referirse a mi padre.

Me encogí de hombros. Conmigo sí que lo había sido.

Y también dominante, aterrador y prepotente... Pero supuse que cuando un hombre se abalanzaba sobre ti para protegerte con su propio cuerpo de una explosión, se podían pasar por alto esos pequeños detalles.

Mi plan para beberme despacio la cerveza se vino abajo con relativa rapidez. Por un lado estaba muy nerviosa y el alcohol me tranquilizaba cada vez que empezaba a sentir un ataque de pánico. Lo idóneo hubiera sido que Reese se hubiera encontrado conmigo en la puerta y me hubiera ido presentado a la gente. Pero también entendía que hoy tenía que atender a muchos invitados y la idea de que confiara en mí lo suficiente como para dejarme sola entre sus amigos me hizo sentir orgullosa.

Pero mi plan también falló porque las mujeres Reapers sabían beber y no se mostraron nada tímidas a la hora de animarme a que me uniera a ellas. Antes de darme cuenta de lo que estaba pasando, Dancer alineó una fila de chupitos de tequila frente a nosotros, repartió la sal y las rodajas de limón y gritó:

—¡A beber se ha dicho, zorras! Si Dios nos quisiera sobrias no hubiera hecho los vasos de chupito tan cucos.

Todas nos lamimos las manos, echamos la sal y bebimos los chupitos como soldados obedientes.

Todas menos Em.

—¿Qué te pasa? —inquirió Dancer a voz en grito para hacerse oír por encima de la música y el creciente bullicio de la fiesta. Después hizo

un gesto hacia la botella de agua que tenía la muchacha—. Te encantan los chupitos. Solías escabullirte en mi cuarto de baño con tu hermana para beber a hurtadillas. No me digas que te has vuelto una gallina.

Em se encogió de hombros.

—No me apetece. ¿Acaso existe una ley que diga que tengo que beber obligatoriamente?

Todas se quedaron quietas. Dancer se inclinó, miró a Em con ojos inquisitivos, levantó un dedo, lo movió en el aire como si de una varita mágica se tratara, se mordió la lengua fingiendo concentración y terminó deteniendo el dedo en dirección al estómago de la chica.

—¿Tienes algo ahí dentro que quieras contarnos?

Ahora fui yo la que abrió los ojos por la sorpresa. Miré el vientre de Em, cubierto por una camiseta suelta. La hija de Reese se sonrojó y apartó la mirada. Dancer y Marie se pusieron a gritar como locas dando saltitos... De pronto nos vimos rodeadas por un grupo de hombres enormes con chalecos de cuero y expresión de preocupación en el rostro.

En el fondo me alegré de verlos porque, por lo que pude observar, aquellas mujeres estaban como cabras.

—¿Qué cojones pasa, nena? —preguntó Horse, agarrando a Marie y colocándola a su lado de forma protectora.

Otro hombre más joven, alto y musculoso, vestido de cuero negro con detalles en rojo, se acercó por detrás de Em y la abrazó. Después bajó las manos hasta su vientre y sonrió abiertamente.

—Te dije que te pillarían —comentó. No se le veía molesto. Me fijé en sus parches y pensé que debía de tratarse de Hunter. Con las manos en el vientre de Em.

«Oh, Dios bendito. ¡Em está embarazada!»

Guau. ¿Cómo se tomaría Reese la noticia?

El abuelo Hayes.

—No me jodas —masculló otro hombre. También era alto y corpulento y llevaba un *piercing* en la ceja y el labio. En su chaleco ponía que se llamaba Ruger. Supe quién era aunque nunca le había visto en persona. Era el hombre de Sophie; la había conocido antes, junto con el resto de las mujeres, pero hacía unos minutos que se había ido a la cocina a por más vasos.

—¿Lo sabe Pic? —preguntó alguien.

Em negó con la cabeza.

—¿Cuándo sales de cuentas?

—A principios del año que viene —dijo Hunter—. Está de poco más de tres meses, pero queríamos mantenerlo en secreto durante un tiempo.

Alguien soltó un resoplido. Me di cuenta de que se trataba de Darcy.

—Como si aquí fuera tan fácil —declaró.

—Felicidades —dijo una voz familiar.

Alcé la vista y vi a Painter mirando fijamente a Em con el rostro ceniciento. Todos se quedaron inmóviles.

Interesante.

—Gracias —replicó ella, pero no le miró. En su lugar, volvió la cabeza hacia Hunter, que aprovechó la ocasión para darle un beso prolongado e íntimo.

Me puse roja porque, si no lo estuviera ya, se habría quedado embarazada después de aquel beso.

Nadie pareció percatarse de aquello. Nadie menos Painter, que se dio media vuelta y se marchó.

Estaba claro que allí pasaba algo. No es que quisiera entrometerme pero... la curiosidad me mataba.

Entonces algo cambió en el ambiente y tuve esa sensación de tensión y anticipación que solo percibía cuando Reese estaba cerca. Le busqué con la mirada y lo vi entrando por la puerta trasera del arsenal. Sus ojos se encontraron con los míos y sonrió. Me derretí literalmente y todo el enfado que sentía hacía unos segundos porque me hubiera dejado a mi suerte desapareció al instante. En cuanto le vi me hizo sentir especial y maravillosa.

Oh, oh.

No podía enamorarme de él tan rápido.

Se acercó caminando hacia nuestro grupo y me rodeó el cuello como si lleváramos juntos toda la vida, acercándome a su enorme cuerpo con un aire de posesión primitiva que hizo que me estremeciera de la emoción.

—Emmy Lou —saludó. En su voz percibí el profundo amor que sentía por su hija—. Hunter.

Ahí ya no había tanto amor.

Eran tantas las historias de las que tenía que enterarme...

—Pic —dijo Hunter, asintiendo ligeramente con la cabeza y abrazando con más fuerza el vientre de Em.

A Reese aquel gesto no le pasó desapercibido. En cuanto se dio cuenta se puso tenso.

—¿Qué está pasando aquí? —preguntó con voz relajada. Demasiado relajada—. He oído gritos, lo que suele significar que nos están atacando... o que Marie y Dancer han encontrado un nuevo color de esmalte de uñas que les encanta.

Em esbozó una sonrisa tímida y tragó saliva.

—Papá, vas a ser abuelo.

Reese la miró sin comprender.

—Estoy embarazada.

—¡Madre mía! —masculló Reese. No fui capaz de interpretar el tono con el que lo dijo. Aunque tampoco los demás, pues todos parecieron quedarse congelados en el sitio—. Felicidades, cariño. Espero que estés preparada para lo que se te viene encima. Me gusta la idea de un pequeñajo haciéndotelas pasar canutas para variar.

—Ahora ya no te podrás librar de mí, Pic —contempló Hunter lleno de satisfacción.

Em se liberó de su abrazo y le dio un golpe en el brazo. Después se acercó a Reese, que me soltó para poder dar a su hija un abrazo de los grandes. Me separé un poco porque ese era su momento y no quería interferir en él.

Los moteros y sus mujeres empezaron a dispersarse concediéndoles un poco de privacidad y yo intenté hacer algo que me mantuviera ocupada. Miré a mi alrededor y me percaté de que las mesas estaban llenas de vasos de plástico usados. Reese y Em seguían susurrándose cosas, así que supuse que era mejor que me pusiera a limpiar un poco mientras ambos charlaban sobre la gran noticia. Un hombre no se enteraba todos los días de que tenía un nieto en camino.

En mi tercer viaje de regreso del contenedor de basura vi a Painter bajo el viejo árbol del rincón trasero del recinto. Aunque conmigo se había comportado como un cretino, noté algo en su lenguaje corporal que captó mi atención. Por primera vez desde que lo conocí no se le veía tan arrogante.

Fui hacia él y le puse una mano en el hombro.

—¿Estás bien? —pregunté con suavidad—. No sé de qué va todo esto, pero tengo la impresión de que no ha sido fácil para ti oír esa noticia. ¿Puedo ayudarte en algo?

Me miró. Si no le conociera, habría jurado que tenía los ojos sospechosamente húmedos. A continuación negó con la cabeza y volvió a rodearme los hombros con el brazo del mismo modo que cuando llegué a la fiesta para darme un abrazo. Pero esta vez no estaba bromeando.

—La dejaré en paz —dijo en un susurro.

Le miré confundida.

—A Melanie —me aclaró—. No voy a molestarla, así que deja de preocuparte por eso.

Asentí. ¿Estaría diciéndome la verdad? Entonces recordé las palabras de Reese. Estos hombres tenían a tantas mujeres disponibles que una más no importaba.

—Gracias —murmuré—. Lo ha pasado muy mal.

—Sí. Lo entiendo.

—Muy bien entonces —dije, dándole una palmadita torpe en la espalda—. ¿Quieres beber algo? —Negó con la cabeza y me soltó.

—No, creo que voy a dar una vuelta en moto, para despejarme un poco. Ve con Pic, haz que se divierta esta noche. Por aquí las cosas suelen irse a la mierda muy rápido. Suele ser así.

Volví la cabeza y miré en dirección a la fiesta. Divisé varios vasos vacíos en el parque infantil que me indignaron; lo que no era de extrañar, teniendo en cuenta mi sentido del orden y la limpieza.

Entonces me di cuenta de un detalle maravilloso.

Tenía algo que ofrecer a aquellas personas.

Desde que llegué al arsenal me había sentido fuera de lugar. Y aunque las mujeres habían sido muy amables conmigo y me había divertido mucho bebiendo, no había sabido muy bien qué hacer allí. Pero recoger y echar un ojo a los que se distanciaban de la fiesta, como Painter, se me daba bien. Podía hacer eso y ayudar a Reese mientras, porque a pesar de tratarse de una celebración sería de idiotas no darse cuenta de que el presidente del club soportaba una gran presión.

Y lo que era aún mejor, podía hacerlo y seguir divirtiéndome.

Todo el estrés desapareció al instante. Estuve a punto de soltar una carcajada porque tenía un trabajo por delante: ayudar al hombre que se había desviado de su camino para echarme una mano.

«La vida es bella.»

Capítulo 11

Todavía estaba deleitándome con mi descubrimiento cuando sentí cómo unos brazos me rodeaban desde atrás y me quitaban los vasos que llevaba en las manos para dejarlos sobre la mesa. Después, Reese me dio la vuelta para tenerme frente a sí y me miró satisfecho.

—Sabes desenvolverte perfectamente, ¿verdad? —preguntó. Sonreí perpleja—. Estás recogiendo, ayudando a las chicas. Incluso te he visto hablar con Painter a pesar de que ha sido un poco gilipollas contigo. Se te da bien cuidar de la gente, ¿no?

Puse los ojos en blanco muy pagada de mí misma.

—Solo estaba siendo educada. ¿Quién se queda de manos cruzadas en una fiesta viendo todo este desastre? También me lo he pasado muy bien con las otras mujeres. Se las ve buena gente. Son muy simpáticas y me han contado un montón de cosas sobre ti.

—¿En serio? —Esbozó una amplia sonrisa—. A ver, ilústrame.

Y con eso me agarró de la mano y me alejó de la mesa, arrastrándome hasta el mismo rincón donde había estado con Painter hacía un rato. El gigantesco árbol ofrecía un buen escondite y detrás de su inmenso tronco no se veía nada de lo que sucedía en la fiesta. Entre eso y el muro del patio, era como si estuviéramos en nuestra propia sala privada, al aire libre eso sí.

Reese volvió a sonreír, se sentó y se apoyó contra el tronco. Intenté sentarme a su lado, pero asió mi pierna y tiró de ella por encima de su

cintura, colocándome a horcajadas sobre él, con las manos en sus hombros. Sus manos bajaron a mi cintura y acomodaron mi pelvis bajo la suya.

Oh, qué bien... Como siempre, estar tan cerca de él me producía una mezcla de tensión y deseo, un sentimiento que supe era mutuo, porque el pene se le puso cada vez más duro. Empezó a empujar hacia arriba, a través de nuestros *jeans*. Sin poder evitarlo, moví las caderas en círculos.

Reese gruñó y clavó los dedos con fuerza en mi trasero, frotándome de arriba abajo a lo largo de todo su miembro.

—Por Dios, me parece que ha pasado una eternidad desde que te toqué. He tenido que estar cotorreando en vez de pasar un buen rato con mi chica.

—La verdad es que estaba un poco enfadada contigo —admití. Se inclinó hacia delante y empezó a darme pequeños chupetones en el cuello. No tan fuertes como para dejarme marca pero sí lo suficiente para excitarme y volverme loca. El calor se apoderó de mi entrepierna y me puse húmeda. Lo quería dentro de mí, llenándome, expandiéndome por dentro... Había estado con él el tiempo justo para saber que sería muy placentero, pero no tanto como para que desapareciera el misterio. Como con esa posición, por ejemplo. Me di cuenta de que nunca había estado encima de él.

Tenía todo un mundo de posibilidades por delante.

Enredé los dedos en su pelo y tiré de su cabeza hacia atrás para besarle a conciencia, invirtiendo nuestros roles habituales, hundiendo profundamente la lengua en su boca. Reese bajó la mano al lugar donde se frotaban nuestros cuerpos y me desabrochó el botón de los *jeans*. Después metió ambas manos por debajo de mi ropa interior y volvió a agarrarme del trasero mientras nuestras bocas luchaban entre sí.

Después de un rato me aparté sin aliento, jadeante, y anhelando tenerlo en mi interior. Tenía la polla dura como una piedra —y no, no era una exageración—. Como un pilar de granito. Quería saborearla. Sí, ahora que por fin tenía a Reese solo para mí, tenía que probarla. Quién sabía lo que tardarían en encontrarle y llevárselo porque necesitaban que hiciera o dijera algo. Conociendo mi suerte, en cualquier momento se darían cuenta de dónde estábamos.

Bueno, si lo hacían presenciarían un buen espectáculo porque me había cansado de esperar.

«¿Qué? ¿Pero cuánto he bebido? Esta no soy yo.»

¿Por qué no iba a ser yo? Me había pasado toda la vida haciendo lo correcto, siendo una buena chica...

Se acabó.

—¿Sigues enfadada? —preguntó.

—¿Qué?

—¿Que si sigues enfadada conmigo? —repitió—. Antes de besarme has dicho que te habías enfadado. ¿Por qué?

Hice un gesto de negación y le sonreí, todavía aturdida por el beso.

—Porque me dijiste que viniera a la fiesta y no estabas. Al principio me molestó, porque tuve la sensación de que me habías dejado tirada. Pero creo que funcionó. Tuve que dar el paso e interactuar con la gente. Si hubieras estado conmigo no creo que hubiera conocido a tantas personas. Me gustan tus amigos; las mujeres por lo menos. Las que llevan los parches de propiedad. Con las otras no he hablado.

Sonrió.

—Mejor. Seguro que no te hace mucha gracia las cosas que te cuenten. Las fanáticas de los moteros y las zorras del club son buenas chicas en su mayoría, pero no forman parte de nuestra comunidad de la misma forma que las damas.

Fruncí el ceño.

—Pues el otro día parecías muy cómodo con Sharon. Creí que ella era parte de vuestra comunidad. ¿Ahora vas a decirme que no?

—Es complicado. Sharon es buena gente —explicó mientras sus manos me masajeaban el trasero a un ritmo lento que casi me detuvo el corazón. Luché contra la lujuria que me estaba provocando e intenté centrarme y escucharle—. Pero sigue siendo una zorra del club.

—Me dijiste que no era una prostituta.

—Es solo una forma de llamarlas. —Se encogió de hombros—. No le damos dinero a cambio ni nada parecido. Simplemente le gusta estar con nosotros y a cambio se acuesta con cualquiera que la quiera en ese momento. Está bajo nuestra protección.

Deslizó una mano hacia la parte frontal de mi cuerpo y encontró mi clítoris con la yema de un dedo.

—¿De verdad quieres hablar de Sharon ahora?

Me estremecí y negué con la cabeza. Enterré la cara en su hombro mientras empezaba a ocuparse de mi clítoris a conciencia. Hice un giro de caderas contra las suyas, deleitándome en la sensación de su protuberancia mientras una placentera tensión crecía en mi interior.

—Las damas primero —susurró. Usó una mano para alzar mi trasero lo suficiente como para penetrarme con tres dedos. «Dios bendito.» No sabía cómo se le daba tan bien ese tipo de logística y me daba igual. Lo único que me importaba era cómo me llenaba y seguía frotando mi clítoris al mismo tiempo. El corazón empezó a latirme desaforado y una sensación de vértigo se apoderó de mí por la necesidad y el deseo que presionaban en mi interior con tanta intensidad que creí que explotaría.

«¡Oh, sí, quiero explotar... por favor!»

Entonces sucedió. Mientras el éxtasis sacudía mi cuerpo le mordí el hombro para no gritar. Cuando me derrumbé sobre él sacó de mi interior la mano que hasta hacía unos segundos me estaba torturando y la llevó a mi boca, metiéndome los dedos para que probara mi propia esencia en él. Después, me sujetó la mandíbula con suavidad pero con firmeza y susurró:

—¿Lista para probar mi polla?

Asentí tan rápido que me mareé. Reese me soltó y yo me deslicé por su cuerpo, desabrochándole el cinturón y abriéndole los *jeans*. Alzó las caderas para ayudarme y su erección salió disparada, golpeándole en el estómago. La había visto antes, sí, pero no tan cerca como ahora. No podía decirse que nuestro «período de cortejo» hubiera sido normal. Me di cuenta, un tanto perpleja, de que solo habíamos tenido sexo en tres ocasiones. Vaya. Me parecían muchas más.

Un ligero escalofrío de anticipación recorrió mi columna, me quedaban tantas cosas por aprender de él... y estaba deseando empezar. Me reí aturdida y él me devolvió la sonrisa enredando los dedos en mi pelo.

—Me siento como un adolescente cuando estoy contigo.

—Yo también —susurré—. Es tan divertido.

—Sí. ¿Por qué no me la chupas como si estuviéramos en el asiento trasero de un automóvil y nos quedaran diez minutos para el toque de queda? —bromeó, guiñándome un ojo.

Me incliné y lamí toda la longitud de su pene en respuesta, desde la base hasta la punta. Reese gimió y apoyó la cabeza contra el tronco del árbol. Hice círculos con la lengua sobre el glande, lamiendo la suave cresta que dividía la cabeza del eje. Después encontré la pequeña muesca en la punta y la lamí.

Reese volvió a gruñir. Empezó a mover las caderas y se aferró a mi pelo con fuerza, tirando de mi cabeza. Sí, sabía lo que quería...

Pero todavía no iba a dárselo. Aún no había terminado de jugar con él.

Succioné el glande dejando que mis dientes ejercieran la suficiente presión para que se percatara de su presencia y se diera cuenta de que era mejor que se comportase. Siempre me había gustado el sexo oral. No sabía por qué. Quizá por la sensación de poder, por la forma en que un hombre era capaz de hacer todo lo que le pidieras con tal de que te metieras su miembro en la boca. Encontré sus testículos y los acuné suavemente con una mano antes de meterme uno en la boca.

Oh, aquello sí que le gustó. Me aparté unos centímetros y le miré seductora mientras me lamía el labio inferior.

—¿Preparado?

Reese asintió con un brillo parecido a la desesperación en los ojos. Bajo mis manos percibí los potentes músculos de sus muslos; aunque intentaba parecer relajado apoyado contra él árbol supe que le sucedía todo lo contrario. Si en ese instante me levantaba y le dejaba en ese estado, lo más seguro era que le diese un ataque. Por suerte para él, era una mujer benevolente, así que abrí la boca y empecé a lamerle la polla como si de un helado se tratara.

Subí y bajé, tomando más centímetros de él cada vez. Volvió a agarrarme de la cabeza, tirando de mi pelo con fuerza contenida. En ese momento podía obligarme si quería. Solo tenía que empujar su erección y hacer que me la tragara entera.

La idea me resultó tan excitante que volví a humedecerme.

Al llegar a la cuarta o quinta succión había tomado de él todo lo que podía sin que me dieran arcadas, lo que gracias a Dios pareció bastarle. Gruñó y gimió mientras mantenía un ritmo constante e intenso. Mi mano apretaba, echando hacía atrás la piel de la base de su polla, cada vez que salía de mis labios.

Noté cómo se hinchaba dentro de mi boca y supe que estaba a punto de correrse. Me dio un golpecito en la cabeza a modo de advertencia para que me retirara. Sí, era todo un caballero. Pero yo no me sentía una dama en absoluto, así que se la chupé con más ímpetu y cuando su pene palpitó y empezó a manar semen de él me lo tragué todo. Él volvió a gruñir y se estremeció.

Cuando terminó me separé de él y usé el borde de su camiseta para limpiarme la boca. Notaba los labios inflamados, casi doloridos, y cuando hablé mi voz sonó áspera.

—No soy una de esas experimentadas zorras del club, pero espero que te haya gustado.

Reese me miró parpadeando. Un segundo después esbozó esa sonrisa suya tan *sexy*.

—Unas aficionadas comparadas contigo, nena. Tienes un talento extraordinario —murmuró—. ¿Cuánto tiempo dices que hacía que no te acostabas con nadie? ¿Seis años? ¿Eso vale también para las mamadas?

Puse los ojos en blanco.

—Seis largos años, sí. Pero creo que mi período de sequía ha terminado. Eso sí, me gustaría lavarme los dientes. ¿Tienes algún cepillo por aquí? ¿O es mucho pedir?

Se echó a reír. Después tiró de mí y volvió a colocarme encima de él, rodeándome con los brazos.

—Si no hay ninguno mandaré a algún aspirante a comprártelo —masculló—. Joder, nena. Puedes pedir lo que quieras.

Le abracé con fuerza porque ya tenía todo lo que quería.

A él.

Esto.

A nosotros.

Por desgracia las fantasías son solo para los niños y yo era una mujer adulta. Debería haber sabido que era imposible que durara.

Reese

Estaba tumbado en el sofá de mi oficina, con los ojos cerrados y divagando.

London se había quedado dormida encima de mí, sus suaves curvas se ajustaban a la perfección a mi cuerpo. Le oí soltar un pequeño ronquido como solo una mujer podía hacer. Adorable. Deslicé la mano hasta su trasero y se lo ahuequé mientras pensaba en todos los asuntos de los que tenía que ocuparme en las próximas doce horas.

Hoy teníamos una reunión importante en la que tomaríamos decisiones transcendentales; tenía la impresión de que durante el siguiente par de semanas los cadáveres empezarían a apilarse. En el sur las cosas estaban cada vez peor por culpa del cartel. Mi yerno lo sabía de primera mano, ya que les seguía de cerca.

Aquello me producía sentimientos contradictorios.

Por un lado, quería a Hunter muerto por todo lo que le había hecho a Em, sobre todo por separarla de mi lado y dejarla embarazada. Por otro, lo último que me apetecía era que el puto cartel le metiera una bala entre ceja y ceja. Si alguien tenía que acabar con aquel cabrón era yo.

Claro que sí.

Como si fuera a hacerle eso a mi pequeña. O a su bebé. «Mierda.» No podía quitármelo de la cabeza. Mi niña iba a ser madre. No era lo suficiente mayor, aunque yo era unos cuantos años más joven cuando planté la semilla de Em en Heather.

Que Dios ayudara a Hunter si la trataba mal. Estaría de rodillas suplicando por su muerte antes de que le diera tiempo a pestañear.

London se retorció sobre mí. La distracción perfecta. Tampoco podía quitármela de la cabeza. Todavía no me creía lo divertida que era. La explosión de su casa se había convertido en una especie de bonificación, por lo menos en cuanto a tenerla en mi cama se refería. No me alegraba de que lo hubiera perdido todo, pero dadas las circunstancias, aprovecharía la oportunidad.

Había hablado con su agente de seguros el jueves y me mencionó algo sobre buscar un apartamento y mudarse. Eso no pasaría, de ninguna manera, o al menos no muy pronto. Me gustaba demasiado. Que Mellie estuviera con nosotros era un coñazo, como siempre pasa con todos los chicos a esa edad, pero se iría al terminar el verano. Tenía pensado empezar la universidad y había reservado plaza en una residencia. Así que ningún problema por ese lado.

En cuanto a mis hermanos... No se les veía muy convencidos de lo mío con London. Ella les gustaba muchísimo, pero sabían que yo era un mujeriego y no querían que les fastidiara los contratos de limpieza que teníamos con su empresa.

Que les dieran. ¿Cuál era la gracia de ser presidente si no podías hacer valer tu rango de vez en cuando?

En ese momento llamaron a la puerta. Miré el reloj. Casi las nueve de la mañana, aunque nunca lo hubiera adivinado ya que la oficina no tenía ventanas.

—¿Estás ahí, presidente? —preguntó Bolt.

—Sí —respondí en voz baja. London volvió a retorcerse y continuó durmiendo.

—Las chicas ya tienen el desayuno listo. Shade quiere empezar la misa antes de las diez. Hay mucho que tratar.

—Está bien —masculté. Zarandeé un poco a London, que farfulló algo sobre que la dejara en paz. Contuve la risa. Cambié de posición y la dejé tumbada bocabajo en el sofá. Se acurrucó con el trasero hacia arriba y el pelo cubriéndole toda la cara. Después volvió a emitir otro ligero ronquido.

Me puse de pie y me estiré. Alargué la mano hacia el pequeño flexo que había en la mesa de escritorio y lo encendí. El suave resplandor verde iluminó de forma tenue la estancia.

«¿Te lo pasaste bien anoche?», preguntó Heather.

Clavé la vista en la foto que había encima del archivador.

«Sí. ¿Algún problema?»

Se echó a reír y me la imaginé negando con la cabeza.

«Te dije que fueras feliz, cariño —pareció susurrarme—. Esta me gusta. Te hace reír y se la ve con ganas de ayudar. A las chicas también les ha gustado. Sé que no quieres otra dama, pero tal vez deberías dejarte de historias y replanteártelo.»

Y una mierda. Todo estaba yendo demasiado deprisa. London gruñó y rodó sobre su espalda, haciendo un extraño ruido de succión con la boca. No era precisamente lo más *sexy* que hubiera visto en la vida, pero la imagen de esas tetas esparcidas a lo ancho de su pecho lo compensó. La primera vez que la vi me pareció tan dulce, tan suave... que tuve claro que nunca sobreviviría a la vida en el club.

Pero la noche anterior me había chupado la polla en el patio como toda una profesional y el hecho de que cualquiera de las cientos de personas que allí había nos descubriera pareció no importarle. Además, cuando estuve hablando con nuestro presidente nacional la dejé a su suerte con una multitud de extraños durante horas y se desenvolvió a la perfección. No era ninguna cobarde.

Y no solo eso, también trajo comida a la fiesta y no se amilanó a la hora de enfrentarse a Painter. Se encargó de recoger, se aseguró de que todo el mundo estuviera servido. Joder, si ni siquiera se puso histérica cuando su casa voló por los aires, lo que cualquiera hubiera entendido, incluido yo.

Tenía madera de dama.

«Si no la quieres, podrías dejársela a otro que sí que sepa apreciar su potencial, ¿no crees? —sugirió Heather con tono ladino—. No malgastes a una dama, métela en el club. No tienes por qué ser tú el que la reclame. Necesitamos mujeres como ella... Bolt se siente muy solo últimamente...»

—Si Bolt la toca lo mato.

London se desperezó y abrió los ojos.

—¿Has dicho algo? —murmuró.

Negué con la cabeza.

190

—Ha debido de ser alguien del pasillo —gruñí.

—¿Te importa si me quedo durmiendo otro rato?

—Sin problema. Descansa. Creo que después las chicas van a salir a hacerse la manicura o alguna de esas tonterías. Deberías acompañarlas.

London ya había cerrado los ojos.

Le saqué a Heather el dedo corazón y salí por la puerta.

***

—Ha llegado la hora —declaró Hunter, mirando alrededor de toda la sala de juegos de la segunda planta del arsenal. Allí había miembros de tres clubes distintos; no hubiéramos tenido espacio suficiente en la capilla—. Llevamos mucho tiempo defendiéndonos del cartel. Hasta ahora, los Jacks hemos mantenido el tipo, pero no tenemos los recursos suficientes como para resistir mucho más. Estamos perdiendo territorio. Ellos se hacen más fuertes cada día que pasa y muy pronto lo único que les dejará satisfechos será entrar en guerra. Creemos que es mejor atacarles antes de que vengan a por nosotros, pero no podemos hacerlo solos. Necesitamos que los Reapers y los Silver Bastards os unáis a nosotros, junto con vuestros clubes de apoyo. Puede ser la última oportunidad que tengamos para detenerlos.

Me recosté en la silla, deseando que Hunter no me gustara tanto. Escucharle soltar ese discurso tan sensato hacía que me resultara tremendamente difícil reconciliar el respeto que sentía por sus opiniones con el hecho de que se estuviera tirando a mi hija y la hubiera dejado embarazada. Shade, nuestro presidente nacional, hizo un gesto de asentimiento y se apoyó contra la silla para que Boonie, el presidente de los Silver Bastards, hablara.

—Estoy de acuerdo —comentó Boonie. Aquello me sorprendió. En ese momento los Bastards eran los que más tenían que perder si entrábamos en guerra. Eran mucho más pequeños que nosotros y, hasta donde sabía, el cartel no estaba entrometiéndose en su territorio, Silver Valley, lo que significaba que solo habían acudido a aquella reunión por su lealtad hacia los Reapers. Sabía que Boonie daría su vida por cualquiera de nosotros, pero una cosa era apoyar a un hermano y otra muy distinta seguirle a una guerra—. Los Jacks, y espero que nadie se ofenda porque es solo por una cuestión numérica, no pueden hacerles frente. Y cuando caigan también lo harán los Reapers y para nosotros será demasiado tarde. Si vamos a caer, prefiero hacerlo con un arma en la mano y mientras todavía tengamos una posibilidad de salir victoriosos.

—Entonces, ¿estamos todos de acuerdo? —preguntó Shade mirándonos a todos—. Sé que todavía tenemos que pulir los detalles, pero si he oído bien, ¿vamos a lanzar una ofensiva conjunta los tres clubes?

Alcé la mano. Shade me hizo un gesto y me puse de pie.

—Con esto no quiero decir que no vayamos a por el cartel —empecé—. Pero creo que tenemos que planificarlo todo muy bien. Ni siquiera contando con nuestros clubes de apoyo tenemos su poder armamentístico. Un ataque frontal no funcionará. Debemos ser astutos, destruir la cúpula y luego ir a por las bases antes de que alguien asuma el mando. Eso hará que nos dejen tranquilos, por lo menos unos cuantos años. No creo que ninguno de los aquí presentes sea tan ingenuo como para pensar que podemos acabar con ellos.

—Pues tampoco me importaría hacerlo —dijo Duck, el hombre de más edad de los presentes. Era veterano de Vietnam y había presenciado el ascenso y caída de más de un presidente de los Reapers. En este tipo de reuniones solo solían hablar los oficiales, pero Duck se había ganado con creces el derecho a hacer lo que le diera la gana—. Te cargas a uno y llega otro nuevo. Pero podemos defender nuestro territorio y marcar la diferencia si lo hacemos bien. Lo más seguro es que tengan a la CIA detrás. No tengo ninguna prueba, pero sí un montón de indicios que apuntan a que los federales están metidos en el tráfico de drogas. Todo se remonta a la época de Vietnam. Pero estos «agentuchos» de la secreta no suelen ser muy leales, así que si conseguimos debilitar al cartel lo suficiente les retirarán el apoyo y caerán. Puede darnos muchos años de paz. Todavía más si llegamos a una tregua con quien quiera que venga después.

Los hombres gruñeron a modo de asentimiento. Volví a recostarme en mi asiento. Duck llevaba décadas dando la tabarra sobre la CIA y muchas veces no le habíamos hecho ni caso. Los últimos años, sin embargo, se habían encargado de darle la razón. Les habían pillado una y otra vez haciendo negocios con los carteles hasta el punto en que ya apenas te dabas cuenta cuando las noticias informaban de otro incidente. Supongo que se regían por la teoría de escoge a un compañero y ponlo en contra del resto, porque tener algo de influencia en el tráfico de drogas era mejor que no tener ninguna, ¿no?

—¿Quedamos en eso entonces? —inquirió Shade—. Estamos juntos en esto, escogeremos nuestros objetivos entre la cúpula del cártel y

lanzaremos un ataque coordinado. ¿Alguien tiene algún problema con este plan?

Silencio.

—Bien. Pues ahora nos queda otro asunto que discutir —anunció Hunter, captando mi atención. Teniendo en cuenta que llevábamos las últimas cuatro horas hablando no creía que quedara mucho que «discutir».

—¿Cuál? —quiso saber Shade.

—London Armstrong.

Me puse en guardia al instante y le miré apretando los dientes.

—Jesús, ¿es que no te basta con follarte a mi hija? ¿Ahora también tienes que meterte en mi cama? Lo que haga con ella no es asunto del club, así que cierra la puta boca.

Hunter negó lentamente con la cabeza sin dejar de mirarme. No cedería, ni un ápice, y se veía. Joder, debería haberle matado cuando tuve la oportunidad. Ahora, con un bebé en camino, seguramente era demasiado tarde.

—No cuando forma parte de esta guerra —repuso él—. Y London está justo en medio.

—Esa es una acusación muy seria —espetó Duck. Detrás de mí, noté cómo Gage dejaba de apoyarse en la pared y se acercaba, quedándose de pie al lado de mi silla.

—No estoy diciendo que sea una espía —continuó Hunter—. Pero la he estado investigando un poco. Hay cosas que no sabes de ella; cosas muy gordas. Puede que solo se trate de una mujer inocente en el lugar y momento equivocados. O también que estés acostándote con el mismo cartel. Pero tenemos que hablarlo.

Gage puso una mano en mi hombro y me dio un fuerte apretón.

—¿Desde cuándo te interesa con quién me acuesto o dejo de acostarme? —pregunté—. ¿Creí que éramos aliados? ¿Has estado espiándome?

Hunter volvió a negar con la cabeza.

—Tu hija te quiere por razones que a veces me confunden, así que voy a intentar ser lo más respetuoso posible —dijo lentamente—. Sé que lo tuyo con London es reciente, pero se han estado rumoreando cosas desde hace un tiempo. Me enteré de que consentiste que entrara en el arsenal y se llevara a una chica consigo. Aquello no me pareció muy normal y me puse a investigarla un poco. ¿Sabías que su prima está viviendo con el número dos del cartel de la zona norte de la frontera?

Me quedé paralizado.

—Explícate —ordenó Shade.

—Está con él desde hace más de un año —informó Hunter—. Supongo que estará casado con alguna pobre mexicana pero no quiere que venga al norte a disfrutar de la buena vida. No mientras tenga una novia en casa con la que divertirse. ¿Y adivinad quién se ha ido a vivir con ellos también? La hija. Sí, esa tal Jessica, la chica con la que London se mostró tan protectora, está en su casa, comiendo su comida y probablemente contándole todo sobre tu tía London y cómo el presidente de los Reapers pierde el culo cuando le llama. Y de pronto, justo cuando te lías con ella, su casa vuela por los aires y necesita un héroe que acuda en su rescate. Ahora está viviendo en tu casa y tiene vía libre para todo lo que quiera que escondas allí. ¿Sigues creyendo que es inocente?

Sacudí la cabeza.

—Sin ninguna duda —dije—. London no tiene ni idea.

—¿Sabes que Nate Evans trabaja para el cartel?

—No me lo creo —exclamó Ruger en voz baja—. Nate Evans solo trabaja para su padre, para nadie más.

—Siento disentir —intervino Boonie, dejándome aún más desconcertado—, pero a Silver Valley nos han llegado otras noticias. La familia Evans vive de la mina White Baker y, según el sindicato, está a punto de cerrar. Están intentando que no salga a luz, pero es muy difícil engañar a los mineros. El mineral que obtienen ya no es de calidad, lo que significa que el pequeño Evans necesita un nuevo patrocinador si quiere dirigir el cotarro por estos lares.

—Eso lo cambia todo —dije pensativo—. No es que crea que London tenga algo que ver con todo esto, pero no tenía ni idea de que la familia Evans andaba mal de dinero.

—Piénsalo —repuso Hunter en voz baja—. Tenéis un puerto de montaña poco conocido; uno al que los federales no le hacen demasiado caso. El cartel quiere Montana, Dakota del Norte y del Sur y... joder, cualquier territorio de aquí a Chicago. Quieren atravesar las montañas y no hay muchos lugares mejores que este, que ofrezcan una ruta directa al este y al norte. Desde el punto de vista estratégico tiene sentido. Y si además controlan a las fuerzas de seguridad local lo único que les queda es deshacerse de vosotros. Todo empieza contigo, Pic. Como te he dicho antes, puede que London solo sea una víctima en el lugar y momento

equivocados, o puede que sea uno de ellos. Pero en ambos casos es muy peligrosa. Tienes que deshacerte de ella.

Me puse de pie tan rápido que mi silla cayó hacia atrás.

—De ninguna manera.

Todo el mundo se quedó en silencio. Shade soltó un suspiro.

—Está bien, ya nos hemos enterado —dijo—. La pelota está en tu tejado, Pic. Y en el de los hermanos de Coeur d'Alene. Ahora que lo sabes usa esa información de la mejor manera posible. Joder, quizá hasta nos venga bien. Puedes tenderle una trampa y pasarle información falsa, ver si termina llegando al cartel. De ser así, tal vez podamos joderles el juego. En realidad al final no cambia nada siempre que lo tengas todo controlado. Tampoco sería mala idea que pusieras a London algo de protección. Y al resto de las mujeres, pues esto en breve puede convertirse en punto caliente. Todos tenemos que cuidar nuestras espaldas.

Hice un gesto seco de asentimiento.

—¿Alguien más quiere hablar? —preguntó Shade. Nadie dijo nada—. Muy bien. Hunter, sé que vienes en nombre de Burke, así que tómate el tiempo que necesites para consultarle lo que sea, si tienes que hacerlo.

Hunter negó con la cabeza.

—Burke está de acuerdo en todo. Al igual que el resto del club. Nosotros ya estamos en plena guerra y no podremos aguantar mucho más. Queremos ir a por ellos ya mismo.

—De acuerdo. Entonces hemos terminado —declaró Shade.

Aquel anuncio fue seguido de un murmullo generalizado entre los asistentes. Noté cómo varios de mis hermanos se acercaban. Miré a Ruger.

—Investiga a la prima —le dije—. No quiero creerme lo que ha contado Hunter pero tenemos que saber si se está cocinando algo.

—London no está metida en esta mierda —señaló Bolt en voz baja—. Si hasta hace dos meses ni siquiera conocía a Evans. Le hice un seguimiento exhaustivo antes de que empezara a trabajar con nosotros en la casa de empeños.

—Te olvidaste de la prima —repliqué.

—Era un familiar lejano que vivía a miles de kilómetros. No hemos hecho una revisión de antecedentes tan completa desde hace por lo menos diez años. Pero sí que me aseguré de que no se me escapará ningún novio, marido o incluso rollo de una noche. Conoció a Evans hace dos meses en uno de esos eventos de recaudación de fondos; se lo contó a una de sus empleadas cuando estaban limpiando. La escuché hablando de él una noche a través de las cámaras de seguridad. Ni siquiera sabía que yo estaba allí.

—Está bien. —Me froté la nuca—. Pero si tienen a Jess, tienen un rehén con el que extorsionar a London. Averigüemos dónde está la chica, ¿de acuerdo?

—No te preocupes —dijo Ruger—. No tardaré mucho en saberlo. Haré unas cuantas llamadas a ver qué puedo sacar en claro.

—¿Y Evans? —preguntó Gage—. ¿Qué hacemos con él? ¿Crees que está confabulado con el cartel?

—Ni idea —repuse pensativo—. Es posible. Es un tipo sin principios que no siente ninguna lealtad hacia su comunidad o al cuerpo al que representa. Tenemos que empezar a pensar en algo para quitárnoslo de en medio, incluso algo que solucione de forma permanente los problemas que tenemos con él.

Ruger apretó los labios en una fina línea pero asintió.

—Sí, esas cosas pasan. Pero cargarse a un poli no es tan fácil.

—Sí —reconocí—. Ya hablaremos de esto en la próxima misa. Tengo que admitir que si termina con una bala en la cabeza no derramaré ni una sola lágrima por él. Gage, pon seguridad extra a las chicas, al menos hasta que sepamos quién o qué provocó la explosión.

—Pic, ¿tienes un minuto?

Alcé la vista y me encontré con Boonie mirándome pensativo. A su lado había un hombre joven, un aspirante. Tenía facciones duras, aunque no le echaba mucho más de diecinueve o veinte años. Eso sí, sus ojos decían que había visto demasiadas cosas para su edad.

—Sí, claro. ¿De qué se trata?

—Me gustaría presentarte a Puck. —Señaló al chico—. Era aspirante en una de nuestras secciones de Montana, pero las cosas se pusieron un poco feas y, de momento, se ha venido a vivir a Silver Valley. He pensado que tal vez podría serte útil.

Le estudié detenidamente. Era alto, de pelo oscuro y corto. Tenía la complexión de un puto marine pero sus tatuajes, que le cubrían ambos brazos al completo, eran de auténtico motero. Una cicatriz le surcaba la cara, haciendo que pareciera un asesino en serie.

—¿Cuál es tu historia? —pregunté.

—Crecí en el club —respondió sosteniéndome la mirada—. Mi padre era miembro. No sé si llegaste a conocerle. Le llamaban Kroger.

Asentí lentamente; claro que conocí a Kroger. Le habían matado hacía ya tres años de camino a California. En su momento asumimos que se trataba del cartel, pero no hubo ninguna prueba fehaciente que lo demostrara.

—Estamos motivados, ¿no?

—Algo así.

—Ya encontraremos algo para ti —dije—. Si lo haces bien hasta podrías salir con un parche.

Asintió. Sus ojos adquirieron un brillo especial que no supe identificar. Boonie y yo intercambiamos unas palmadas en la espalda y empecé a bajar las escaleras. Muchos de los chicos regresarían a sus casas esa tarde, pero otros tantos pasarían una noche más aquí, así que tenía que asegurarme de que hubiera comida suficiente y no les faltara de nada.

Hunter me agarró del brazo en mitad de las escaleras. Me detuve en seco y bajé la mirada hacia su mano porque no tenía derecho a tocarme.

—Creo que Em y yo nos iremos a casa esta tarde.

—¿Qué? ¿No te basta con habértela llevado a cientos de kilómetros de aquí sino que ni siquiera vas a dejar que esté con ella el fin de semana?

Frunció el ceño y negó con la cabeza.

—No es por eso... Está teniendo calambres y se encuentra un poco indispuesta. Hasta ahora todo ha ido bien, pero la quiero en casa y en la cama.

Sentí una opresión en el pecho.

—Vamos a llevarla a urgencias —dije—. Es mejor no arriesgarnos.

Hunter soltó un bufido.

—Sí, pero no quiere. Eso mismo le dije yo y se rio de mí. Dice que está perfectamente y se ha ido a hacer la pedicura con las demás chicas, pero creo que necesita descansar. A ver si consigo que el lunes la vea la comadrona. Si nos quedamos aquí no va a querer perderse ni una.

—Entiendo. —Aunque le odiaba por eso—. Es mejor así. Mantenme al tanto, ¿de acuerdo?

—No te preocupes.

—Gracias.

Cuando se marchó, mientras bajaba las escaleras, tuve la sensación de que los colores de los Devil's Jacks en su espalda se burlaban de mí. Gilipollas.

«Un gilipollas que está cuidando de nuestra pequeña», me recordó Heather.

En eso tenía que darle la razón.

Pero seguía sin gustarme.

Capítulo 12

London

—**A**dmítelo —dijo Em, mirándome con ojos entrecerrados—. Tenía razón con el color.

Bajé la vista a mis pies y moví los dedos que ahora llevaba pintados de un vivo tono rosa. No me gustaba mucho ese color y eso de llevar brillos en las uñas de los pies escapaba a mi comprensión... pero era cierto.

—Sí, tenías razón —admití—. Ha quedado fenomenal. Siempre opto por los tonos más tradicionales. Nunca hubiera escogido este si no hubieras sido tan vehemente a la hora de convencerme.

Em sonrió y bebió un sorbo de café con hielo. Darcy, Em, Dancer, Marie, Sophie y yo vinimos disparadas al centro comercial después de desayunar para hacernos la pedicura. Para mi sorpresa, Maggs Dwyer se reunió con nosotras en cuanto llegamos. Por lo visto había sido la dama de Bolt durante años, pero lo había dejado hacía poco. Tuve la impresión de que debía de haberle hecho algo horrible porque todas estaban furiosas con él, pero ninguna entró en detalles y yo tampoco pregunté. En ocasiones era mejor vivir en la ignorancia, y más teniendo en cuenta que trabajaba para él en la casa de empeños.

Aunque todavía no estaba del todo convencida con el color de uñas, sí que tenía que reconocer que tenían un aspecto de lo más divertido.

Parecía que había metido los pies en un tanque de flamencos. Flamencos en llamas con intensas vetas rojas y purpurina.

Sí, todo muy brillante.

—Señoras, me lo he pasado de muerte con vosotras pero será mejor que me vaya. Tengo que trabajar esta tarde —dije con pesar mientras me levantaba de la mesa de la zona de restaurante en la que habíamos comido—. Espero no estropearme las uñas mientras lo hago.

—Vaya una mierda —dijo Em con un gracioso mohín en los labios—. Me hubiera gustado ir de compras todas juntas antes de que los hombres terminaran esa Reunión Mega Secreta de Asuntos del Club.

—¿Qué te parece si vamos mañana? —pregunté. Me halagaba que también quisieran contar conmigo para las compras.

Em suspiró.

—Tendremos que dejarlo para otra ocasión —repuso—. Creo que esta tarde regresamos a casa. He estado teniendo algunas molestias; nada grave, pero Hunter está muy preocupado. Le aterroriza que me vaya a romper o algo por el estilo.

Puso los ojos en blanco y todas nos echamos a reír. Después me despedí de ellas y me dirigí hacia la furgoneta.

El primer indicio de que algo no iba bien fue que la ventana del conductor estuviera bajada. Nunca dejaba la furgoneta abierta. No porque pudieran robarme nada de valor, sino porque en la parte trasera solía llevar mis utensilios de limpieza junto con productos químicos y me preocupaba que algún niño pudiera acceder a ellos y resultar herido. Tres años atrás, mi agente de seguros pasó cuarenta y cinco minutos explicándome lo importante que era que asumiera mi responsabilidad como empresaria. Desde entonces todos esos asuntos me ponían sumamente nerviosa. Aquel hombre era un sádico. Si hubiera sido orientador en un instituto, seguro que los alumnos no hubieran tenido relaciones sexuales después de una de sus charlas.

La segunda alerta llegó con el sobre americano color crema que había sobre el asiento. Llevaba pegada una etiqueta blanca por delante, pero en vez de una dirección, habían escrito una sola palabra en letras grandes y negras.

«ABRIR.»

En las películas, aquel era el momento de llamar a las brigadas de explosivos. Pero no me pareció lo suficientemente grande como para contener una bomba. Además, estábamos en Coeur d'Alene, en Idaho.

Con la explosión de mi casa habíamos cubierto con creces la cuota de sucesos de todo un año. Me incliné y me hice con él con dedos temblorosos. Dentro había un *smartphone* negro.

En cuanto lo saqué vi una solicitud de videoconferencia de Skype.

Me quedé parada durante un minuto hasta que conseguí dar al botón de aceptar. En la pantalla apareció el rostro de Jessica. Tenía los ojos hinchados de llorar y un feo moretón en la mejilla.

«Mierda. Mierda. Mierda...»

—¿Loni? —preguntó con voz tensa.

Me apoyé pesadamente en la furgoneta. Mis piernas eran dos temblorosos flanes.

—Jessie, ¿qué pasa?

—Estoy metida en un lío —susurró—. Tengo aquí al lado a unos amigos de mamá. Quieren hablar contigo. Por favor, escúchales con atención. Creo que me harán más daño si no lo haces.

Entonces alguien le quitó de un tirón el teléfono de la mano. La imagen se movió y pude atisbar hormigón y a unos hombres con máscaras oscuras. Cuando volvió a enfocarse apareció en primer plano el brazo de Jess sostenido por la mano enguantada de un hombre que la obligaba a separar los dedos en lo que me pareció una tabla de carnicero. De pronto apareció un cuchillo enorme... No, aquella cosa era más que un cuchillo, un machete tal vez. La hoja destelló hacia abajo y lo siguiente que pude oír fueron los alaridos de Jessica emergiendo de los diminutos altavoces del teléfono.

Sentí como si un puño me oprimiera el pecho, privándome de oxígeno. Se me detuvo el corazón al instante.

Le habían cortado el dedo meñique.

Podía verlo sobre la tabla, suelto, ¡separado de su cuerpo!

La sangre salía a borbotones y Jess seguía gritando. De fondo, oí a un hombre reír, pero lo único que veían mis ojos era ese pequeño trozo rosado de carne con una brillante uña que parecía recién pintada. Tuve una repentina visión de Jess y Amber haciéndose juntas la manicura. Riendo. Tal vez tomando algo antes de volver a casa y que Amber entregara a su preciosa hija a ese despreciable psicópata. No me cabía la menor duda de que aquello era cosa de Amber.

¿Qué clase de animal le cortaba el dedo a una muchacha?

La imagen desapareció de repente, quedando solo el audio. Me llevé el teléfono a la oreja, preguntándome si todo aquello había sido producto de mi imaginación. Estaba temblando, tenía la sensación de haber salido de mi cuerpo. Seguramente estaba sufriendo un choque emocional. Necesitaba respirar. Me las arreglé para subirme al asiento de la camioneta y meter la cabeza entra las rodillas.

En ese momento oí la voz de un hombre.

—La próxima vez será la mano —dijo con tono amenazante y marcado acento—. Después quizá le corte ese bonito tubo que tiene en la cabeza para ver qué aspecto tiene. Siempre me he preguntado cómo consiguen cablear a los retrasados para que parezcan normales. Es una chica muy guapa, así que lo más probable es que también me la folle antes de matarla.

—¿Qué es lo que quiere? —susurré—. Por favor, es solo una niña. Suéltela. No se lo diremos a nadie.

—Si quieres que siga con vida harás exactamente lo que te diga, porque ahora soy tu puto amo. —Su voz grave irradiaba tanta maldad que me entraron ganas de llorar. No. Ya estaba llorando—. Quiero que vayas a casa de Picnic Hayes y busques todo tipo de documentación para mí. Cualquier cosa que creas que puede estar relacionada con sus negocios. Listas de nombres. Horarios. Haz fotos con este teléfono y tendré acceso a ellas. Luego harás lo mismo en la casa de empeños y en The Line. Tienes hasta el martes para conseguirlo, pero antes quiero ver progresos. Si no me pasas algo todos los días, le cortaré la mano. Podemos ir despedazándola poco a poco antes de que muera. Todo depende de ti.

Tragué saliva, deseando poder hacerme la sorda, hacer algo que me hiciera ganar tiempo, que cambiara las cosas, porque esto no podía estar sucediendo.

—Es más susceptible a las infecciones que el resto de las personas —dije desesperada—. Esa derivación es lo que la mantiene con vida y si se obstruye o se infecta se pondría muy grave. Podría matarla. Por favor, si empieza a tener fiebre, llévela a un médico. Si la cosa se complica tendrían incluso que operarla. Antes le he visto un moretón en la mejilla, lo que significa que la han pegado. Jessica no puede un sufrir un trauma como ese. No es una chica normal, podría morir.

—Lo único que debería preocuparte es que sea yo el que la mate. Pero si sigues mis instrucciones y haces un buen trabajo no le haremos ningún daño. Empieza por la casa. Envíame un mensaje si encuentras algo y pásamelo. Ten cuidado, porque si te pilla te matará y Jessica también morirá.

—¿Dónde está Amber? —pregunté en voz baja. No estaba segura de querer conocer la respuesta—. ¿Sabe lo que le está pasando a su hija?

El hombre soltó un bufido de desprecio.

—Esa zorra está muerta. Sufrió un desgraciado accidente y no pudimos ayudarla. Esperemos no volver a tener ningún otro, ¿no te parece?

—Sí —susurré.

Cuando colgó cerré los ojos.

Dios, mío.... Oh, Dios mío... ¿Qué había pasado?

Amber. Todo conducía siempre a Amber. Me entraron unas ganas locas de estrangularla... pero entonces me sentí culpable porque ya estaba muerta. Aunque durante años la había odiado con todas mis fuerzas, también la quería y solo pensar en su cadáver ensangrentado, tirado en alguna cuneta, me produjo una tristeza tremenda.

«Céntrate. CÉNTRATE. Puedes hacerlo. Tienes que hacerlo. Da igual lo mucho que te guste Reese; no deja de ser un hombre y tu niña te necesita. La vida consiste en elegir.»

Y sabía cuál sería mi elección; la misma que hacía seis años.

Jess era mi sangre, mi familia, mi niña.

Salvarla era mi prioridad.

***

Las cosas se pusieron un poco raras después de aquello.

Toma eufemismo.

Contemplé la idea de llamar a Nate. De contárselo a Reese. De conducir hasta California con una pistola y disparar a la gente hasta que me devolvieran a mi niña.

Al final decidí hacer lo que ese hombre me dijo, porque la vida de Jessica estaba en juego. Fin de la historia. No había nada en este mundo que no hiciera por salvarla. Rogaría, suplicaría, robaría, mataría... Haría a cada uno de esos hombres la mejor mamada de sus vidas, si creyera que eso me serviría de algo.

Pero no me querían a mí, querían información sobre Reese y yo se la proporcionaría aunque me costara la vida.

Y lo haría porque era la madre de Jessica. La única madre que de verdad había tenido. «Que te den, Amber. Que te den mientras vas de camino al infierno.» Me convertí en la madre de Jessie a base de golpes, sosteniendo su diminuto cuerpo en la UCI de neonatos, apoyándola cuando lloró y lloró después de que la dejara su primer novio.

Sacándola de la sede de los Reapers en mitad de la noche.

Jessica era como un grano en el culo que se metía en un lío detrás de otro, ¿pero esto? Esto era culpa de Amber. Después de ese primer estallido de dolor involuntario, me negué a lamentar más su pérdida. Esa perra tenía suerte de estar muerta... y punto.

Y como la vida es tan surrealista, tenía que seguir trabajando o habrían sospechado de mí. No obstante, aquello me vino bien. Nada te aclara mejor la mente que el trabajo duro, el esfuerzo físico. Un encargado de uno de los equipos de limpieza tenía el día libre, así que tuve que limpiar el despacho de un abogado de la localidad. Por desgracia no era el letrado con pinta de asesino que trabajaba para el club. Me jugaba el cuello a que en el bufete de aquel tipo habría un montón de documentación interesante que habría beneficiado a Jessica.

También me tocó limpiar la casa de empeños esa noche.

Bolt solía quedarse en la trastienda; por lo que sabía, incluso dormía allí la mitad de las noches. Siempre había pensado que lo hacía por comodidad a la hora de gestionar el negocio, pero después de la charla en el centro comercial, me di cuenta de que era porque Maggs le había echado de casa.

Esa noche, sin embargo, no estaba en la tienda, aunque decidí que sería una estrategia muy torpe por mi parte colarme en su oficina y ponerme a buscar documentación. Seguro que había cámaras de vigilancia por todo el edificio; era una casa de empeños, por el amor de Dios, allí se guardaban cosas de mucho valor y fácilmente transportables. La verdadera cuestión no era si había cámaras, sino si funcionaban si se producía un corte de luz.

Tenía que planearlo con tranquilidad, porque si fallaba le cortarían otra parte del cuerpo a Jessica.

Reese me pidió que regresara al arsenal cuando terminara de trabajar, pero me las apañé para no acabar antes de las diez, por lo que técnicamente no le mentí cuando le dije que estaba demasiado agotada para ir a ninguna parte. Conduje hasta su casa toqueteando de vez en cuando el teléfono mientras pensaba. Con un poco de suerte, tendría toda la noche para buscar. No creía que Reese fuera a llegar muy pronto, lo más probable era que durmiera en el arsenal (ojalá). No sabía muy bien cómo podría mirarle a la cara sin revelar nada.

La noche anterior habíamos dormido en el sofá, el mismo sofá donde...

Mierda. Si dormía en el arsenal, ¿con quién se acostaría? ¿Podía confiar en que no me engañaría con la cantidad de mujeres disponibles que

se pegaban a él como lapas? Los celos se apoderaron de mí pero me deshice de ellos al instante porque era una locura. Ahí estaba yo, pensando en la mejor manera de traicionarle, no solo a él sino a las personas que más quería, para pasarle todo tipo de información a un extraño al que le gustaba cortar dedos a chicas jóvenes.

Eso superaba con creces lo de la novia celosa.

Dios, lo iba a echar de menos.

Si superábamos esto, tendría suerte de que no me matara. Y no era una preocupación banal, no. Había oído rumores, sabía hasta dónde podían llegar los Reapers. Pero también había oído que no mataban a nadie que no se lo mereciera.

Por desgracia para mí, desde su punto de vista seguro que me lo merecía. Tampoco estarían del todo equivocados en ese aspecto.

Qué asco ser yo.

La casa de Reese estaba completamente iluminada cuando aparqué en el camino de entrada. Me fijé en que también había un par de motos. Una me resultaba familiar, la otra no la había visto nunca. Ninguna era de Reese.

Me arrastré hasta la puerta principal y me encontré a Melanie sentada al lado de Painter en el sofá, que tenía apoyado el brazo en la parte trasera del mueble, dejando que la mano cayera indolente sobre los hombros de ella. Mel estaba tapada con una manta hasta los ojos. Ambos tenían la vista clavada en la pantalla del televisor donde un hombre con una motosierra estaba a punto de cortarle la mano a una mujer.

Tuve que apoyarme en el marco de la puerta para no perder el equilibrio y tragarme las náuseas que aquello me produjo.

Me di cuenta de que había otro hombre joven recostado en el sillón y con los pies apoyados en el otro extremo de la mesa de café. Tenía el pelo corto, oscuro, una espesa barba de tres días y una mirada tan helada y letal que muy bien podía haber sido el que sostenía la motosierra de la película. Los tatuajes le cubrían ambos brazos al completo, aunque no podía asegurarlo a ciencia cierta pues la iluminación era un poco tenue. Era guapo y desconcertante... y también muy peligroso.

Painter puso en pausa la película y se puso de pie despacio. Los miré a ambos, a él y a Melanie, y negué con la cabeza. No entendía cómo podía haberme creído sus bobadas; por lo visto aquel era el día Internacional de Jodamos Todos a London Armstrong.

—London —dijo en voz baja.

—Painter —repuse, preguntándome si estábamos en una especie de confrontación. Supuse que sí, pues me había prometido que se mantendría alejado de ella y sin embargo ahí estaba. Aunque para ser honestos, mi perspectiva sobre ese asunto en concreto había cambiado en las últimas doce horas, después de ver cómo le cortaban el dedo a Jessica. En comparación con eso, la virtud de Melanie no me parecía ahora tan importante.

—Vamos a hablar a la cocina —me dijo. A continuación hizo un gesto con la barbilla hacia el tipo siniestro del sillón—. Este es Puck. Es un aspirante de los Silver Bastards. Pic le ha pedido que se quede aquí esta noche. Dice que, teniendo en cuenta la cantidad de personas que han venido a la localidad, no estaría de más un poco de seguridad extra.

El pánico me cerró la garganta. ¿Seguridad extra? No tenía sentido... Seguro que sabían algo. Ahora Painter me llevaría a la cocina y me mataría por haber traicionado al club.

«¡Cállate! —me gritó mi cerebro—. Haz el favor de calmarte. Es imposible que se hayan enterado tan rápido.»

Punto a su favor.

Tomé una profunda bocanada de aire e intenté sonreír al joven aspirante. Él se quedó mirándome, con los musculosos brazos cruzados. Era muy atractivo. Pelo y ojos negros, moreno, espesas pestañas... de no ser por una cicatriz que le atravesaba una mejilla y ascendía por la nariz hasta la frente hubiera rozado la perfección.

Parecía como si alguien le hubiera intentado cortar la cara.

De todos modos aquella marca no le afeaba en absoluto. En todo caso, hacía que no fuera demasiado guapo. La piel morena hablaba de mestizaje. ¿Tal vez alguna de las tribus locales? O quizá latino. Resultaba difícil de dilucidar aunque tampoco era de mi incumbencia.

—Encantada de conocerte —dije. Después volví a mirar a Painter—. Me imagino que se quedará en la planta de arriba.

—No te preocupes, ya nos hemos encargado de eso —replicó Painter—. Vamos a la cocina.

Hice un gesto de asentimiento y me detuve un momento para dar a Mel un rápido apretón en el hombro. La chica parecía estar poniendo a prueba la teoría de que ningún asesino o monstruo podía llevársela siempre que permaneciera debajo de la manta y no estaba dispuesta a correr el riesgo de abandonar su seguridad por darme un abrazo. Sonreí con tristeza porque acababa de aprender por las malas que no había nada que pudiera protegernos de los monstruos de verdad.

—¿Qué pasa? —pregunté a Painter cuando llegamos a la cocina. Me miró con expresión decidida.

—No te mentí sobre Melanie —empezó—. No voy a hacer nada que le haga daño. Está asustada por la película. Puck y yo no teníamos ni idea de que se asustaría tanto y tampoco nos comentó nada antes de ponerla. De lo contrario habríamos visto otra cosa. Pic no quería que se quedara sola en casa y yo sabía que te enfadarías si la llevaba al arsenal.

Si no hubiera estado tan centrada en mantener a Jessica con vida, aquello me habría supuesto un tremendo alivio.

—Es bueno saberlo.

—La he cagado antes—continuó—. Soy un imbécil y un gilipollas. Pero te lo prometo, no voy a meter la pata con ella. ¿De acuerdo?

—De acuerdo.

Painter asintió como si acabara de tomar una decisión de suma importancia. No era capaz de comprender qué pasaba por su cabeza, pero daba igual. Lo único importante era Jessica.

—¿Quieres quedarte a ver con nosotros el resto de la película?

«Tengo mi propia película de terror repitiéndose una y otra vez en mi mente. Pero gracias por preguntar.»

—No, creo que me iré a la cama —le dije con una débil sonrisa—. Me ha gustado conocer a tu... ¿amigo? ¿Hermano? No sé cómo llamarle.

—Llámale Puck —señaló con una sonrisa encantadora—. También deberías acostumbrarte a su presencia. Creo que Pic lo quiere pegado a tu trasero durante la próxima semana. Por seguridad.

Bueno. Eso sí que era un inconveniente. Ya me detendría a pensarlo al día siguiente porque las pocas fuerzas que me quedaban se esfumaron en cuanto entré en aquella casa y vi el salón lleno de jóvenes moteros que creía iban a matarme en un abrir y cerrar de ojos.

Painter —que al parecer no se había percatado de lo tensa que estaba—, se acercó al frigorífico y sacó una cerveza.

—¿Quieres una?

—No —contesté negando con la cabeza—, me voy a la cama. Tengo unas ganas tremendas de que este día se acabe.

***

Nada. Estaba tumbada en el centro de la cama de Reese, mirando el techo de su dormitorio e intentando no ponerme a llorar. Eran las cuatro de la mañana. Me había mandado un mensaje de texto diciendo que no le esperara levantada, así que aproveché la oportunidad y busqué en cada cajón, mueble, recoveco... en cada centímetro de su habitación, tratando de encontrar algo que les sirviera a los sádicos de California.

No hallé absolutamente nada.

Eso sí, ahora sabía un poco más de Reese. Por ejemplo, me había enterado de que Heather le escribió una preciosa carta de despedida antes de morir. En ella le decía que fuera feliz. Que cuando sus hijas se casaran quería que les diera de su parte un colgante de diamante con una cadena de plata. Que sería el «algo nuevo» que llevarían en su gran día.

También le decía que no quería que envejeciera solo.

Según Em, yo era la primera mujer con la que había salido de verdad después de Heather. Teniendo en cuenta que tenía planeado traicionarle, «culpable» no era una palabra lo suficientemente apropiada para definir cómo me sentía en ese momento. Por lo menos no tendría que preocuparme porque se enterara de que había estado hurgando en su dormitorio, pues había tenido mucho cuidado en volver a dejarlo todo como estaba. Era consciente de que ya no podía hacer nada más, pero tampoco podía conciliar el sueño.

Me di la vuelta y apagué la luz, deseando rezar mejor de lo que sabía. Aquel sería el momento ideal para hacerlo...

Un par de manos enormes se deslizaron bajo mi camiseta.

Di un respingo y me moví confundida. Reese atrapó mis pechos y los apretó levemente. Sentí sus labios sobre mi estómago y me retorcí mientras un intenso calor se instalaba en mis piernas.

—Anoche te eché de menos —dijo en voz baja.

Abrí los ojos, pero la habitación todavía seguía a oscuras. Debía de ser muy temprano; seguro que todavía no había amanecido.

Los recuerdos acudieron en tropel a mi mente. Joder. Oh, joder. Jess estaba en peligro, Amber había muerto y yo tenía que traicionar al primer hombre por el que sentía algo de verdad en años. Quizás el único por el que había sentido algo.

—Estaba agotada —murmuré. Lo que era cierto. Y también me dio la excusa perfecta para salir de aquella conversación, porque no tenía ni idea de cuál era el protocolo a seguir cuando ibas a destrozar la vida de un hombre.

Sus dedos se movieron entre mis *jeans* y me los desabrocharon. Vaya. Me había ido a la cama sin quitarme la ropa.

Ni siquiera recordaba en qué momento me quedé dormida.

Reese empezó a bajarme los *jeans* y me susurró que alzara las caderas. Le obedecí sin pensar. Terminó de quitármelos junto con las bragas y los tiró al suelo.

Volví a sentir sus labios sobre mi estómago.

En vez de gastarme cualquier tipo de broma, se movió hacia abajo. Sus manos capturaron la cara interna de mis muslos y me abrió las piernas a la vez que estiraba mi abertura. Su lengua era como una llama sobre mi piel. Me moví inquieta. Un dedo acarició mis labios vaginales, recogiendo parte de la humedad que brotaba de mi interior. Ascendió hasta mi clítoris, que comenzó a hincharse, y lo frotó en círculos. Me retorcí jadeante debajo de él.

—¿Te he dicho ya que te echaba de menos? —repitió en un susurro—. Había cientos de zorras pululando por allí, más de la mitad de ellas dispuestas a todo, pero en lo único que podía pensar era en venir a casa y hacerte esto para empezar.

—¿Es necesario que las llames zorras? —pregunté, intentando centrarme—. Es bastante grosero.

—Solo es una forma de hablar, no significa nada —respondió él. Entonces noté que sacudía la cabeza y se echaba a reír—. No, supongo que me has pillado. Las llamamos zorras porque no son importantes.

—Pues Sharon sí que parecía importante —murmuré. ¿Acaso estaba perdiendo la cabeza? ¿Por qué una mujer interrumpiría a un hombre que estaba a punto de practicarle sexo oral —o eso asumí por la dirección que había tomado su boca— para discutir sobre cómo llamaba o dejaba de llamar a otras personas?

—¿Quieres hablar de semántica o prefieres que te coma el clítoris? Mmm....

—Lo segundo —dije.

Reese abrió la boca sobre mi estómago y me hizo una sonora pedorreta. Grité porque me hizo mucha gracia. Entonces empezó a hacerme cosquillas con las manos hasta que no pude parar de reír.

—¡Ya basta! ¡Por favor!

Se detuvo. Se deslizó hacia arriba, cubriéndome con su cuerpo, y me agarró las manos, colocándomelas encima de la cabeza.

—Ahora dame un beso en condiciones y muéstrame lo feliz que estás de verme —dijo—. ¿Quieres que hablemos de otras mujeres? Perfecto, mañana lo haremos. Ahora solo somos tú y yo.

Alcé la cabeza y encontré sus labios. A pesar de las cosquillas de hacía unos segundos, aquel no fue un beso travieso. Fue un beso intenso y posesivo que me dejó sin aliento por el deseo.

¿O por la falta de aire?

Se separó de mí. Ambos estábamos jadeantes.

—Ahora, dime. ¿Qué te gustaría que te hiciera?

—Mmm... podrías... —Me interrumpí incómoda. No se me daba tan bien como a él hablar de forma tan explícita. ¿Por qué me sentía tan cohibida? No tenía ni idea. Siempre asumí que a mis más de treinta lo sabría todo. Qué equivocada estaba.

—¿Qué has dicho? No te he entendido.

En la oscuridad no pude verle sonreír, pero supe que eso era lo que estaba haciendo en ese preciso instante.

—Podrías lamerme ahí abajo —dije, terminando la frase en un tono demasiado agudo—. Creo que necesito practicar más mi vocabulario sexual. Me siento muy rara.

—Sí, ya me he dado cuenta —me murmuró al oído. Su aliento me acarició la oreja—. Me pones muy caliente cuando te avergüenzas de algo.

—No me avergüenzo —señalé—. Lo que pasa es que no soy una deslenguada.

Se quedó inmóvil.

—¿De verdad has usado la palabra «deslenguada»?

Me reí.

—Creo que sí.

—Está bien. Intentémoslo de nuevo. Dime qué es lo que quieres que te haga.

—¿Podrías lamerme el clítoris, Reese?

—Por supuesto, London. Estaré encantado de comerte el coño.

—Qué elegante —musité.

Se deslizó hacia abajo. Sus dedos volvieron a encontrar mis pliegues y antes de que me diera cuenta tenía su boca sobre mí, caliente y húmeda, devorando mi zona más sensible de una forma absolutamente fascinante.

En cuestión de minutos me tuvo gimiendo y retorciéndome bajo su cuerpo. Cuando introdujo dos dedos en mi interior y empezó a penetrarme con ellos a un ritmo constante, perdí la capacidad de hablar. Gracias a Dios aquello no me supuso ningún problema, porque cuando exploté en mil pedazos no necesité ninguna palabra para gritar.

Tampoco necesité palabra alguna para expresar mi aprobación cuando instantes después me penetró con ímpetu con su miembro. En lugar de eso, envolví mis piernas y brazos alrededor de su cuerpo y me perdí en la maravillosa sensación de tenerlo dentro de mí.

Era un hombre hermoso.

Y estaba muy equivocado al referirse al sexo de una forma tan sucia, porque lo que estábamos haciendo no era para nada sucio. No, no estábamos follando.

Estábamos haciendo el amor.

Aunque en esas circunstancias hubiera preferido follar. Lo único peor de destruir a un hombre que te importaba, era destruirlo después de que te hiciera el amor de una forma tan pasional y desgarradora.

Pero tenía que hacerlo.

No me quedaba otra opción.

Capítulo 13

—**N**o es suficiente —susurró aquel hombre en mi oído—. Cuando te dije que me consiguieras algo o le cortaría otro trozo, ¿pensabas que estaba bromeando?

No. Ni se me pasó por la cabeza que se tratara de una broma.

No supe qué aferré con más fuerza, si el teléfono que sujetaba con una mano o el volante con la otra. Por suerte estaba conduciendo cuando llamó, porque desde el sábado no había conseguido estar ni un minuto a solas hasta ese momento. Era lunes y el acólito de Reese, Puck, me seguía a todas partes con la excusa de la «seguridad extra». Gracias a Dios, cuando le comenté a Reese muy educadamente que llevaba la furgoneta llena, el aspirante se apresuró a ofrecerse a ir en moto.

Estuve a punto de llorar de alivio.

Puck me ponía los pelos de punta. Sabía que era joven —unos diecinueve o veinte años—, pero tenía los ojos de un asesino y la cicatriz en su rostro no era precisamente reconfortante. Por primera vez me alegré de tener a Painter alrededor, porque Puck también era muy atractivo y estaba convencida de que Melanie se habría enamorado de él al instante de no ser porque ya estaba colada por el motero rubio, como demostraban los suspiros que soltaba cada vez que le veía.

¡Santo cielo!, ¿desde cuándo Painter se había convertido en la opción menos mala?

—No hay nada más —le dije al hombre que tenía al otro lado del teléfono, suplicando que me creyera—. He mirado en todos los sitios donde he podido. Pero siempre tengo cerca o a un aspirante o al propio Reese, incluso cuando estoy trabajando.

—¿Por qué? —preguntó él—. ¿Es que te has delatado? Como se hayan dado cuenta dejarás de serme útil... al igual que la cría. Puede que la mate ahora mismo.

«Oh, Dios mío. Dios mío...»

—No, por favor —murmuré—. Ya se me ocurrirá algo. Tiene que haber alguna forma de lograrlo.

—Un día más. Después, se acabó. ¿Quieres volver a hablar con ella? Si no consigues algo que me sirva será la última vez que lo hagas.

—Por favor...

—Deja de quejarte. A nadie le gusta una puta quejica como tú.

Oí una especie de crujido, como si hubiera puesto las manos sobre el micrófono. Entonces Jessica se puso al teléfono.

—¿Loni? —preguntó con un susurro. Su voz sonaba débil.

—Jess, ¿cómo estás?

—Me duele, Loni —dijo—. Me duele todo el tiempo. Tengo la mano fatal... y tengo sueños... quiero volver a casa...

—Conseguiré que vuelvas a casa —prometí, aunque no tenía la más mínima idea de cómo lograrlo. Podía disparar a Bolt y registrar su despacho. ¿Y qué si me mataban? Lo único que necesitaba era que soltaran a Jess. Lo que sucediera después me daba igual.

—Necesito que vengas a por mí —murmuró—. Estoy muy asustada, Loni. Me están haciendo mucho daño. Anoche me...

No continuó, aunque mi mente terminó la frase ella sola.

—Suficiente —ordenó el hombre, cuya voz me llegó amortiguada desde el fondo.

Y colgaron. Tenía los ojos tan llenos de lágrimas que estuve a punto de meterme en la cuneta. No veía una mierda.

Seguí conduciendo, dando un rodeo enorme para llegar a casa. Me pregunté cómo se lo explicaría a Puck, pero llegué a la conclusión de que me daba igual lo que pensara. Simplemente le diría que me distraje y que no me di cuenta de que tomaba la dirección equivocada o algo parecido.

Sin embargo no me hizo ninguna pregunta.

Cuando llegamos a casa se limitó a aparcar la moto, se bajó de ella y me siguió hasta la entrada. Reese estaba sentado en la mesa del comedor, hojeando una revista de motos y bebiendo una cerveza.

—Hola, cariño. —Me miró e hizo un gesto hacia su regazo—. Anda, ven a sentarte aquí.

—¿Vas a necesitarme esta noche? —preguntó Puck. Aunque por el tono de voz parecía aburrido sus ojos no se perdían ni un solo detalle. Eso era lo que más nerviosa me ponía de él, que si cometías el más mínimo error, se daría cuenta.

—No, tómatela libre —dijo Reese.

Me acerqué a él. Me agarró por la cintura y me alzó sin ningún esfuerzo para colocarme a horcajadas sobre él. Después me enmarcó el rostro con las manos y clavó sus brillantes ojos azules en mí, como si quiera desnudar mi alma.

¿Qué estaría viendo?

—Sabes que puedes hablar conmigo, ¿verdad? —susurró. El corazón se me detuvo en el pecho. Lo sabía. Tenía que saberlo. ¿Por qué si no había dicho algo así?—. Si algo va mal, sea lo que sea, cuéntamelo, nena. Es la única forma en la que podré ayudarte.

Pensé que mi cara se resquebrajaría, pero conseguí sonreír.

—¿A qué viene esto?

—Una de las chicas de The Line —explicó—. Se metió en problemas hace un par de días y en vez de hablar con nosotros, decidió vendernos.

Cerré los ojos e intenté tranquilizarme. ¿Percibirían sus dedos lo rápido que me iba el pulso?

—¿Y qué habéis hecho con ella?

Se le oscureció la mirada, pero no contestó. Su mano subió hasta mi cabello y me lo despeinó ligeramente con los dedos. Pero al segundo siguiente me agarró con fuerza del pelo y lo envolvió alrededor de su muñeca hasta el punto de llegar a dolerme. A continuación tiró de mi cabeza hacia atrás, exponiendo mi garganta. Su otra mano envolvió con suavidad mi cuello y me acarició la garganta.

—Mejor que no lo sepas —susurró. Volvió a tirarme del pelo, ladeándome la cabeza. Después pegó sus labios a los míos y me besó con dureza. No debería haberme excitado. Estaba muerta de miedo. Tenía miedo de Reese. De los hombres de San Diego. De todo.

Pero sentí cómo su pene se ponía duro entre mis piernas y lo quise con tanta desesperación que me dolió. Cuando me liberó la boca y ahuecó mi trasero con las manos para alzarme en volandas y llevarme al dormitorio, ni se me pasó por la imaginación protestar.

Lo deseaba.

Deseaba todo de él.

Su olor, su fuerza, la forma en que se abalanzó sobre mí para protegerme cuando mi casa explotó. El amor que despedían sus ojos cuando miraba a su hija y el hecho de que había encontrado dos increíbles colgantes de diamante en sendas cajas azules de Tiffany al lado de la carta que le escribió su mujer, a la derecha del primer cajón de la cómoda.

Nada de aquello sería mío... Pero por una noche, esa noche, tomaría lo que pudiera y fingiría que mi mundo no se estaba desmoronando.

***

—¿Qué me has traído hoy?

Esa voz. Me perseguía en sueños. Me hubiera resultado más fácil si me gritara o si hubiera dejado entrever que disfrutaba haciéndole daño a Jessica. Pero no, podría haber estado hablando perfectamente del tiempo o de lo que habíamos comido ese día. Aquel hombre era como un exterminador y me di cuenta de que sería capaz de disparar a Jessica y luego irse a su casa como si nada y apoyar los pies sobre la mesa mientras veía la televisión.

Para él, ni Jessie ni yo éramos personas.

Conduje despacio. Puck me seguía de cerca con la moto y me pregunté si debía salir de la carretera y seguir por el puente para después desviarme hacia un lado. De pronto, oí la sirena de la policía, me fijé en el retrovisor y vi el destello de las luces azules. Al principio no supe si iban detrás de mí o de Puck, pero segundos después observé que ambos se detenían.

Gracias a Dios. No habría podido atender la llamada y a la policía al mismo tiempo. Me di cuenta de que lo más probable era que Puck acabara de salvar la vida de Jessica al distraer a los agentes por mí. ¿Era posible que la vida de mi sobrina pendiera de un hilo tan fino? Sí, seguramente sí. Empezó a sudarme la frente.

—London, estoy esperando.

Apoyé el teléfono entre la cabeza y los hombros y me limpié la humedad con el dorso de la mano.

—No tengo nada —admití—. Reese no quería que limpiara hoy, así que ni siquiera he podido entrar. Dice que han cerrado por un asunto de seguridad. La misma excusa que me dio cuando puso a un hombre a seguirme a todas partes. Creo que está pasando algo...

—¿Quién te está siguiendo? —preguntó con una nota de curiosidad en la voz.

—Un aspirante llamado Puck —dije—. Es de los Silver Bastards. Aunque ahora mismo no viene detrás de mí. La policía acaba de pararle y yo sigo conduciendo.

—Qué interesante. ¿Y por qué no un aspirante de los Reapers?

—¿Cómo voy a saberlo? Quizás están vigilando a sus damas y otras novias. Ahora mismo el ambiente está muy tenso. Hablé con Marie esta mañana y dijo que incluso Maggs tiene a alguien con ella, y eso que ya no forma parte del club.

—¿Y por qué crees que saben lo tuyo? —inquirió—. A todas las mujeres les han puesto vigilancia. Las cosas están tensas y ni siquiera sabes por qué. A menos que Hayes haya hablado contigo, ¿lo ha hecho?

Negué con la cabeza, pero me percaté de que no podía verme.

—No, no me ha dicho nada importante. Ni del club, ni de sus negocios, ni de nada. Sí que mencionó que una chica de The Line les había vendido, pero no me dio más detalles.

Ahora fue su turno de quedarse callado.

—¿Te dijo cómo se llamaba la chica?

—No —susurré.

—Así que ahora estás sola.

—Sí.

—Bien, tengo un nuevo encargo para ti. ¿Tienes un arma?

—¿Por qué demonios iba a tener un arma?

—Esta tarde vas a comprar una —indicó lentamente—. Y esta noche vas a matar a Reese Hayes. Si haces eso por mí, dejaré que Jessica se marche.

Giré bruscamente. Pisé los frenos con todas mis fuerzas y me detuve derrapando en la cuneta, preguntándome si realmente había dicho lo que creía haber escuchado.

No.

Imposible.

—No puedo ma... matarle. No puedo matar a nadie —balbuceé—. Ni siquiera sé dónde conseguir un arma ni cómo usarla.

—Tendrás una esta misma tarde —repuso él con tono tranquilo—. Voy a darte una dirección. Irás a tu banco y sacarás seiscientos dólares. Después meterás esa dirección en tu GPS e irás hasta allí. Alguien se reunirá contigo y le comprarás el arma que te ofrezca. No hablarás con él y él no te dirá nada. Si intentas algo se marchará sin venderte la pistola y Jessica morirá. ¿Ha quedado claro?

Se me secó la lengua. No podía matar a Reese. Yo no mataba gente. A las personas normales no nos pasaban este tipo de cosas.

«Es imposible que me esté sucediendo esto a mí.»

—London, ¿me estás escuchando?

—Sí —susurré.

—No creo que te lo estés tomando muy en serio. Tal vez necesites un incentivo.

El teléfono emitió un pitido y volvió a llegarme una solicitud de videoconferencia. Me quedé mirándola durante un segundo, cerré los ojos, respiré hondo y acepté.

Los gritos llenaban el aire.

Jessica me miró desde el otro lado de la pantalla. Una mano enorme y corpulenta la sostenía del pelo, lo que me produjo una desagradable sensación de *déjà vu* ya que Reese me había tirado del pelo casi de la misma forma la noche anterior. Jess, sin embargo, no estaba en el regazo de nadie.

Una segunda mano apareció a toda prisa de la nada, golpeándola con tanta furia que Jessica salió disparada de su captor y se estrelló contra el suelo en un escalofriante golpe seco. Su cabeza rebotó e impactó de nuevo contra el hormigón. Alguien empezó a reírse. El hombre que la había sostenido hacía escasos segundos abrió los dedos y observé horrorizada que caían al suelo algunos mechones de pelo que le habían arrancado. Me agarré un costado, mi visión se tornó borrosa y durante un instante creí que perdería la conciencia.

—¿Jess? —conseguí susurrar al fin.

No respondió. Un hombre le dio una patada en el estómago y al fondo oí mascullar algo en español. El cuerpo de Jessie se sacudió durante unos diez segundos antes de volver a quedarse quieta.

Convulsiones. De niña solía sufrirlas, pero no había tenido una en años.

—Tenéis que llevarla al hospital. Un golpe así en la cabeza puede dañar la derivación y morirá. ¡No podéis dejarla morir!

La imagen desapareció y volvimos solo al audio. Me llevé el teléfono a la oreja despacio; la mano me temblaba tanto que casi se me cayó al suelo.

—En cuanto mates a Hayes la dejaremos tirada en la puerta de un hospital. Pero necesito pruebas. Un informe en el que se constate el homicidio me sirve. Llama tú misma al 911 si quieres que la cosa vaya

rápido. Tengo a gente monitoreando las emisoras policiales de la zona. Me avisarán en cuanto suceda.

Tragué saliva. No podía imaginarme matando a nadie, mucho a menos a Reese.

Pero Jessica se estaba muriendo; un traumatismo como ese en la cabeza sería malo para cualquiera. Con la derivación, el riesgo se multiplicaba por mil. Un mínimo desgarro u obstrucción y el líquido se acumularía en su cráneo hasta arrancarle la vida.

Dadas las convulsiones que acababa de ver, podría estar sucediendo en ese mismo instante.

Lo haría. Mataría a Reese y después llamaría a la policía. Puede que los esperara... o tal vez intentara huir primero. Si a Jessica tenían que volver a operarla necesitaría a alguien que la cuidara.

Tiré del borde de mi camiseta y me enjugué las lágrimas que caían por mis mejillas. Bajé el retrovisor para ver qué aspecto tenía. Los ojos completamente rojos. Bueno, no había nada que pudiera hacer al respecto. Además, llorar tampoco era un crimen. Di marcha atrás con la furgoneta e hice una maniobra de cambio de sentido. Tenía que sacar los casi cuatro mil dólares que tenía en el banco. Necesitaría hasta el último centavo porque, si se producía un milagro y lograba sobrevivir a esa noche, había algo que tenía claro.

Si los Reapers me atrapaban, era mujer muerta.

Cuando pasé por el punto donde los policías habían parado a Puck, lo tenían tendido bocabajo en la carretera con las manos detrás de la espalda mientras una segunda patrulla aparcaba al lado. Perfecto, aquello me daría el tiempo suficiente para hacer lo que tenía que hacer.

***

Dos horas más tarde tenía un arma.

El hombre que me la vendió no era ningún traficante; solo un tipo normal en un vehículo con una pistola. Me encontré con él en un campo, a mitad de camino a Bayview, que hallé gracias al GPS del *smartphone* que tan «amablemente» me habían proporcionado. Le di el dinero y me entregó el arma, una caja de municiones y lo que parecía ser un cargador extra. Me quedé mirándolo todo fijamente, preguntándome cómo narices iba a cargar la pistola y mucho menos a dispararla.

Mi confusión debió de ser obvia, porque el hombre extendió la mano para que le diera el arma e hizo una demostración de cómo sacar el cargador, ponerle balas y volver a meterlo.

Después me enseñó a disparar. Todo lo que tenía que hacer era quitar el seguro, apretar el gatillo y BOOM. El casquillo salía disparado y el arma estaba lista para volver a ser usada. Tras disparar tres veces la mano me dolía un poco, pero el arma no tenía mucho retroceso o nada parecido. Entonces me di cuenta de que había comprado un arma y aprendido usarla sin intercambiar ni una sola palabra con el hombre que me la había vendido. Qué surrealista. Si no fuera porque el bolso me pesaba más, casi podía fingir que lo había soñado todo.

Bien, ahora tenía un arma. Solo tenía que parar y hacer la compra antes de matar a Reese. Ah, y tal vez echar gasolina.

«Tú puedes hacerlo —me dije a mí misma—. Solo tienes que ir paso a paso.»

**

A mitad de camino fui consciente de lo que realmente estaba a punto de hacer. ¿Es que había perdido la cabeza?

Matar a Reese Hayes no era una opción.

Permitir que Jessica muriera, tampoco. Tenía que haber una solución...

Nate... Sí, llamaría a Nate. Si los secuestradores querían un informe policial, Nate podría ayudarme. Seguramente terminaría en la cárcel, pero en ese momento aquella era la menor de mis preocupaciones. La cárcel no me suponía ningún problema. Sería el paraíso comparado con lo que estaba ocurriendo.

Agarré mi teléfono y marqué su número.

—¿Ya te has cansado de ese puto motero?

¿Tenía que mostrarse siempre tan desagradable? ¿Cómo podía haberme sentido atraída por tamaño imbécil?

—Nate, necesito hablar contigo. En serio. —Intenté mantener mi voz lo más calmada posible—. Es una emergencia.

Silencio. Cuando empezaba a pensar que había colgado, volvió a hablar.

—¿De qué se trata?

—Tenemos que hablar en persona. Es... complicado.

—¿Dónde estás?

—Llegando a Hayden —le dije.

—No estoy muy lejos. Nos vemos en la cafetería que hay frente a la zona pavimentada, bajando por Government Way.

—Gracias, Nate.

—No me lo agradezcas todavía. No sé si voy a ayudarte. Ahora mismo lo que más me apetece es mandarte a la mierda.

Me tragué mi orgullo.

—Gracias por escucharme. Eres la única persona que conozco que sé que puede solucionar el lío en el que me he metido.

Dios, cómo odiaba tener que adularle.

—Te escucharé —afirmó después de una pausa—. Pero no prometo nada.

—El mero hecho de que me escuches ya significa un mundo para mí.

Terminé la llamada, me asomé por la ventana y vomité.

«Recuerda que le necesitas —me recordó mi cerebro—. Sé amable.»

***

Gracias a Dios, la cafetería no estaba muy llena. Cuando llegué, Nate me estaba esperando sentado en un reservado en el rincón del fondo. Mientras me acercaba esbocé una débil sonrisa. Mi bolso pesaba más de lo normal gracias a esa odiosa arma que iba a poner mi mundo patas arriba.

Qué mal.

—Estás hecha una mierda —dijo a modo de saludo al tiempo que me sentaba—. Tienes los ojos rojos e hinchados, como si hubieras estado llorando. ¿Qué pasa? ¿Tu nuevo novio motero no es tan maravilloso como creías?

Cerré los ojos; ahora no era el momento de pelearme con él o tratar de defenderme. Si Nate me ayudaba a salir de esta, podía decir lo que le diera la gana.

—Tengo un problema muy gordo —repliqué despacio, preguntándome cómo se suponía que debía explicárselo.

—¿Café? —preguntó la camarera, sonriendo a Nate. Él esbozó una sonrisa seductora que me recordó tanto a la noche en que lo conocí que me hubiera sentido dolida... de no ser porque era incapaz de experimentar más dolor. Qué suerte la mía, ya había cubierto mi cuota de sufrimiento por ese día.

—Sí, descafeinado —respondió él—. ¿London?

221

—Solo agua, por favor.

La camarera asintió, aunque percibí en su mirada que no le hizo mucha gracia que ocupara un sitio en el local si no iba a consumir nada.

Vaya por Dios, qué desgracia más grande.

—No sé cómo empezar a contártelo, así que lo voy a soltar de sopetón —declaré—. Unos tipos muy peligrosos de California tienen a Jessica y la matarán si no asesino a alguien para ellos.

Esperaba que se mostrara consternado, incluso que creyera que me había vuelto loca. En vez de eso, se limitó a reír.

—Ya lo sé.

Sentí como si me golpearan con un bate de béisbol en pleno estómago. Por lo visto sí que podía sentir más dolor.

—¿Qué? —susurré.

—Que lo sé todo —replicó como si nada. La camarera llegó en ese momento y le sirvió el café.

—¿Quiere algo de comer para acompañarlo? —preguntó.

—Un trozo de tarta de nueces sería ideal —respondió, guiñándole un ojo—. Si es posible, con un poco de helado.

—Claro —contempló la mujer. Volvió a mirarme—. ¿Se encuentra bien? No tiene muy buen aspecto.

Me las arreglé para sacudir la cabeza.

—Sí —dije con voz ronca y débil—. Estoy bien. Solo... Necesito hablar con el ayudante del *sheriff*, ¿de acuerdo? ¿Puedes dejarnos solos un momento?

Soltó una especie de resoplido a modo de respuesta y se alejó pavoneándose. Cuando llegó al mostrador dejó sobre él su libreta de comandas.

—Ahora la has cabreado —espetó Nate—. Como me escupa en la tarta la pagas tú. De hecho, creo que voy a dejar que te encargues de la cuenta. Bueno, ¿eso es todo?

—¿Todo qué?

—¿Que si eso es todo lo que tenías que contarme? Si es así lo mejor que puedes hacer es ponerte manos a la obra. Me parece que tienes una dura tarea por delante. Que tengas suerte.

—Eres un oficial de policía —dije, todavía aturdida—. ¿Qué te pasa?

—Nada —replicó. Bebió un sorbo de café—. Bueno, ahora mismo sí que estoy un poco aburrido, pero adoro las tartas. Debería comérmela. Por lo visto me espera una noche dura. Ya sabes, procesar una escena del crimen y todo eso...

—No me lo puedo creer, ¿qué está pasando? ¿Es alguna especie de broma de mal gusto?

Nate sonrió. Sus ojos reflejaron tanto odio que me asusté. ¿Alguna vez llegué a conocerle de verdad?

—No, Loni, no es ninguna broma. Tienes un trabajo que hacer y si quieres que esa putita de Jessica sobreviva, será mejor que dejes de hacer el imbécil y empieces a moverte. Oh, ahora no me mires así. No quiero que la maten, en serio. Esa cría es magnífica en la cama. No me importaría echarle otro polvo.

Me tambaleé. Mi cerebro pareció colapsarse, incapaz de procesar nada más.

—¿Te has acostado con Jessica?

Puso los ojos en blanco.

—Dios, eres tonta del culo —masculló—. Alguien tenía que darle dinero para que viajara a California después de que os pelearais, ¿no? Me costó mucho que todo saliera conforme a lo planeado, pero he de reconocer que follarme ese culito tan estrecho fue la mejor parte. Joder, ¿no me digas que creías que quería estar contigo? Eres demasiado vieja... estás demasiado usada... Venga, ahora ve a hacer lo que te han ordenado. Y no te molestes en llamar a la policía. Nadie va a ayudarte.

En algún momento de todo aquel discurso, desconecté. Todavía podía ver y escucharlo todo... pero lo sentía distante, como si no fuera real.

—Eres una mala persona —murmuré.

—Soy un hombre con un objetivo —indicó él, serio. Sus ojos eran duros; nada que ver con la persona a la que creía conocer. Se inclinó hacia delante. Sus palabras fueron contundentes—. Sé lo que quiero y estoy dispuesto a hacer lo que sea para conseguirlo. Me follé a tu sobrina y la convencí para que se fuera a San Diego, Loni. Me encargué de que tu casa explotara para que Reese te llevara a la suya. Ahora estás donde quería que estuvieras y vas a mover ese puto trasero que tienes porque yo te digo que lo hagas. Fin de la discusión.

—Aquí tiene su tarta —anunció la camarera mientras se acercaba a nosotros.

—Gracias, guapa —dijo Nate con una sonrisa. La mujer se inclinó hacia él lo suficiente como para dejarle entrever que podía ofrecerle algo más que una tarta.

Estaban tan absortos el uno con el otro que no me hicieron caso cuando me levanté como pude del asiento y me marché, intentando no tropezarme con nada. Entré en la furgoneta y permanecí quieta en el asiento del conductor unos cuantos minutos, tratando de asimilar qué demonios había pasado. Pero había cosas que, las miraras por donde las miraras, no tenían sentido, así que decidí arrancar el motor y salir del aparcamiento. Todavía tenía que ir al supermercado. Había una lista de la compra esperándome y me estaba quedando sin tiempo para preparar la cena.

¿Por qué tenía tanto interés en preparar la cena? No lo sabía.

Lo que sí supe fue que, en el momento de pagar la comida, me dolía el costado donde el bolso me golpeaba al caminar; supuse que debido al arma. Hice caso omiso de aquel dolor y conduje a casa para cocinar para Reese. No porque el hecho de matar a un hombre fuera menos atroz si le dabas de comer primero, sino porque ¿qué otra cosa iba a hacer el resto de la tarde?

Maldito Nate Evans y maldita yo por caer en su trampa. Y también malditos los hombres que tenían a Jessica. Si quedaba algo de justicia en este mundo, en ese momento Amber debería estar ardiendo en un pozo inmundo rodeada de demonios. Los odiaba a todos ellos.

Pero sobre todo a mí misma.

***

Reese

—¿Por qué tomarse tantas molestias? Esa mujer tiene un arma y va a dispararte con ella. No hay muchas probabilidades de cambiar ese hecho y conseguir un final feliz —señaló Puck, mirándome fijamente—. He pasado casi dos horas puteado en una cuneta mientras ella planeaba tu muerte. ¿Qué más pruebas necesitas?

El chico tenía pelotas para hablarme de ese modo. Pero también era cierto que se había tragado un buen marrón y a pesar de ello había hecho muy bien su trabajo. A nadie le apetecía una mierda tener que decirle al presidente de un club de moteros que su mujer planeaba matarlo. El aspirante de los Silver Bastards me había mostrado respeto sin hacer el imbécil.

Sin embargo, todavía le odiaba por lo que había descubierto.

—Detesto decirlo porque me cae bien London, pero estoy con Puck —dijo Gage. Estaba sentado en una vieja silla de oficina que había traído

224

de la tienda hacía unos pocos años. En ese momento yo estaba frente a una mesa muy, muy larga, con dos monitores encima. Cada uno se dividía en cuatro pantallas que mostraban diversas escenas de mi casa. Ruger tenía un don para la tecnología, no me cabía duda.

Tenía que asegurarme de que no se le olvidara dejar ninguna cámara cuando termináramos. Lo último que necesitaba eran ojos y oídos de todo lo que allí sucedía las veinticuatro horas del día. Esa semana me había costado horrores actuar como si nada sabiendo que tenía a mis hermanos observando todo lo que hacía.

Mejor dicho, «casi» todo lo que hacía, porque me negué a que pusieran ninguna cámara en el dormitorio.

Nos habíamos pasado la mayor parte de la tarde allí abajo. Gage, Ruger, Horse, Painter, Bam Bam, Duck y yo. Bolt se había ido a casa de Maggs. No sabía qué narices pasaba entre ellos, ni tampoco quería enterarme. No podía ocuparme de mi propia mujer, como para estar pendiente de las de los demás.

—Cristo —dije mientras miraba a través del monitor a una bulliciosa London en la cocina. Solté un suspiro. Me di cuenta de que me había enamorado de ella. No solo quería follarla, quería estar con ella. Llegar a casa y encontrármela, o que viniera conmigo a la fiesta había sido... No me había sentido así desde que Heather murió.

Nunca había detestado tanto al cartel como en ese momento.

Puede que no conociéramos la historia al completo, pero no había que ser un genio para ver que estaban usando a Jessica para manipularla. Pero ¿era eso una excusa? No. London tendría que haber acudido a mí y dejar que el club lo solucionara.

—No tiene ni puta idea del lío en el que se ha metido —masculle. Bam Bam gruñó.

—Ese es su *modus operandi*. Nadie quiere que un jodido cartel lo controle y lo use. Son como los parásitos, se meten en tu vida de tal modo que no puedes sacarlos sin matar al huésped. En este momento, London es una causa pérdida. Ha tomado una decisión y no te ha escogido a ti. Lo que he sacado de su bolso no eran balas de fogueo. Ella sigue pensando que el arma está cargada y es obvio que va a usarla contra ti.

Volví a suspirar, dividido entre el deseo de que no se mostrara tan contundente y el alivio de que mis hermanos no tuvieran miedo de hablarme a las claras.

—¿Entonces a qué esperamos? —preguntó Gage—. Deberíamos entrar y enterarnos de qué es lo que está pasando, London no aguantará nuestra presión mucho tiempo. Después de eso ya decidiremos qué hacer con ella.

—Porque está esperando que cambie de idea —farfulló Duck. Estaba sentado en un taburete, mirándonos a todos con cinismo—. Aquí el calzonazos cree que al final triunfará el amor verdadero y que ella se subirá en su moto y juntos cabalgarán hacia al cielo sobre un arco iris mientras todos nosotros les tiramos pétalos de rosa.

Puck soltó un resoplido que rápidamente se transformó en una tos.

—Solo porque seas viejo no significa que puedas hablarme de ese modo —dije con voz helada.

Duck se encogió de hombros.

—Digo lo que veo —repuso él—. Hagas lo que hagas, que sea pronto. Si quieres llegar hasta el final, me parece estupendo. Pero muévete porque tengo hambre. Intente matarte o no, esa comida que está cocinando seguirá estando buena.

—Jesús, Duck —masculló Painter. Después me miró—. Si de verdad vamos a seguir con esto, debería llevarme a Melanie. Está en la planta de arriba y no sé lo que London planea hacer con ella si se entera de lo que está pasando. No necesitamos que contemple toda esta mierda. Mejor no sufrir más daños colaterales de los necesarios, ¿verdad, jefe?

—Ve por ella —dije—. Llévatela a cenar o al cine o lo que sea. Tened una cita. Si algo sucede tendréis una buena coartada. Te mantendré informado; si la cosa termina mal puedes dejarla con alguna de las chicas, ¿te parece bien?

—Sí —respondió Painter—. La sacaré de aquí y la mantendré a salvo hasta que se aclare todo. Buena suerte, Pic. Espero que todo salga bien.

Se inclinó y me dio un rudo abrazo. Yo le devolví el gesto dándole una palmada en la espalda y todos nos quedamos observando cómo sacaba su moto desde la parte trasera de la cuesta y se metía en el camino de entrada como si acabara de llegar de la ciudad.

—¿Encontraste alguna otra cosa de interés en su bolso además del arma? —pregunté a Bam.

—Bueno, está el teléfono que usaban para comunicarse con ella, pero todavía no tenemos nada nuevo.

—Estoy hasta los huevos de eso —espetó Ruger—. No debería ser tan difícil acceder a ese puto teléfono, pero todavía no lo he conseguido. Deben de ser *ninjas* o algo parecido.

A pesar de las circunstancias, no pude evitar reírme. Ruger no estaba acostumbrado a que la tecnología le fastidiara de ese modo.

—Al fin has encontrado la horma de tu zapato —gruñó Duck con tono satisfecho—. Estoy harto de decirte que no podemos confiar solamente en esos cacharros electrónicos para cubrirnos. No hay nada más efectivo que la inteligencia humana combinada con una buena potencia de fuego. Le da mil vueltas a cualquiera de esas cámaras tuyas.

—Sin mis errores, no tendríamos ni idea de a lo que nos estamos enfrentando —dijo Ruger.

Duck puso los ojos en blanco.

—Y sigues sin tener ni idea —masculló—. Sabemos que esa mujer consiguió un arma, que seguramente va a disparar a Pic con ella y que tiene algo que ver con su sobrina. No sabemos más porque todavía no hemos oído a la otra parte implicada, pero tampoco importa. Lo importante es que no hemos conseguido nada nuevo sobre el cartel... o que por los menos nos sea de utilidad. Y me juego el cuello a que ella tampoco nos lo dirá. Esto es una mera distracción, el auténtico espectáculo se va a vivir en California, no aquí.

—Sabemos que quieren a Pic muerto —dijo Ruger.

—Vaya una sorpresa —bromeó Horse—. Y yo que pensaba que estaban enamorados de él.

—Capullo.

—Gilipollas.

—Dios, sois como críos de dos años —siseé, mirando a ambos—. ¿Queréis que os mande al rincón de pensar?

—Painter está dentro —informó Gage en voz baja.

Contemplamos cómo subía las escaleras y hablaba con Melanie, que por lo visto necesitaba un poco de tiempo para arreglarse, lo que no me sorprendió en absoluto, teniendo en cuenta que había criado a dos hijas. Painter bajó a la planta principal y se quedó hablando con London mientras la muchacha se preparaba. Después la acompañó hasta su moto como un perfecto caballero.

—Creo que Painter está un poco encoñado con esa chica —comentó Horse—. Qué bonito, ¿verdad? Deberíamos felicitarle, demostrarle que le apoyamos. Seguro que le encanta.

Puck volvió a resoplar.

—Aspirante, cierra el puto pico —ordenó Duck—. Qué falta de respeto.

—A ver si seguimos el ejemplo —dije, frotándome la nuca—. ¿Horse? Tú, Puck y Bam Bam venís conmigo. Ruger, te quiero vigilándolo todo hasta que terminemos con ella. Después mete tu culo en la casa y déjala como estaba. Esta misma noche. Que no quede ni una puta cámara. Y quiero a todo el mundo listo para ir a Portland a media noche, ¿estamos? No tiene sentido ponérselo más fácil a esos cabrones si nos están espiando.

—Entendido —convino Ruger—. Cuanto antes terminemos con esto mejor. Tenemos que movernos antes de que alguno de los Devil's Jacks decida que no quiere seguir siendo «amable» con nosotros.

—No creo. Están jodidos —comenté—. Igual que nosotros, ahora que lo pienso. Bueno, llegó la hora, hermanos. O damos un buen golpe a esos hijos de puta del cartel o nos preparamos para empezar a obedecer sus órdenes. Aquí no hay un punto intermedio.

Por una vez, ni Ruger ni Horse bromearon sobre el asunto.

***

—¿Una cerveza? —preguntó London con voz alegre cuando me abrió la puerta. Me quedé observando su cara en busca de algún indicio: culpa, evasión... incluso odio, joder.

Nada. Parecía una preciosa muñeca hinchable actuando de forma mecánica. Completamente ausente.

—Gracias, cariño —dije. Extendí el brazo, le agarré de la nuca y tiré de ella para darle un beso. Un beso al que no me respondió, aunque dadas las circunstancias tampoco me extrañó.

—Estoy haciendo chile de pollo con pan de maíz —me dijo cuando la solté—. ¿Por qué no te quedas en el salón y te pones cómodo? La comida estará lista enseguida. Luego te la llevo.

A medida que me acercaba a la mesa supe que no había habido un asesino más incompetente en toda la historia. Nunca creí que trabajara para el cartel, pero ahora tenía la prueba fehaciente. Nadie que supiera mínimamente lo que estaba haciendo habría cometido tamaña estupidez.

Había dejado una revista frente a la silla que había en la cabecera de la mesa, justo de espaldas a la cocina. Qué conveniente, ¿verdad? Así podría acercarse y dispararme directamente a la cabeza.

—Voy a ver cómo va el pan —dijo sin mirarme a los ojos.

Contemplé cómo se alejaba. Joder. Supongo que era demasiado bonito para ser verdad.

«Lo siento, cariño», susurró Heather.

Sí. Daba igual.

Tomé la revista y me puse al otro lado de la mesa. Conociendo mi suerte, quizá le daba por cambiar de idea a última hora y en vez de usar la pistola escogía atizarme con un rodillo de cocina. Si algo me había enseñado Heather era que nunca debía dar la espalda a una mujer con un arma. Ahora que lo pensaba, mi mujer había intentado matarme por lo menos tres veces desde que nos casamos... Por supuesto solo una de ellas fue en serio.

Diez minutos después, London volvió a entrar en el salón. Llevaba algo pesado debajo del suéter. Dios, no tenía ni idea. Me hubiera echado a reír de no ser porque a uno no le hacía ni puta gracia que la mujer que amaba intentara matarlo.

¿Amor?

Bueno, tal vez había exagerado un poco. Pero lo que sentía por ella iba más allá de la mera lujuria. Una putada, porque tenía un arma en el bolsillo y, por el gesto determinado en su rostro, estaba decidida a usarla en mi contra. Decidí hacer un último intento a la desesperada.

—¿Hay algo de lo quieras hablar? —pregunté. Se mordió el labio. La había pillado por sorpresa al encontrarme en un lugar diferente a aquel en que me había dejado. Claro, porque yo siempre se lo ponía fácil a la gente que quería matarme. Era muy generoso en ese aspecto.

«Última oportunidad, London.»

—No —dijo en voz baja. La mano le temblaba debajo del bolsillo donde llevaba el arma. Se dio cuenta de que la estaba mirando y se puso completamente lívida.

—Pareces agotada, nena —comenté, buscando alguna forma de llegar a ella. No sabía cómo me sentía al respecto... Duck tenía razón. En el fondo quería que las cosas terminaran bien, que ella se lanzara a mis brazos y me dejara solucionarlo todo. Pero también estaba muy cabreado porque no podía seguir negando que esa mujer quería matarme. Resultaba difícil no tomárselo como algo personal—. ¿No te has planteado ir a un *spa* y que te den unos masajes?

—Es demasiado caro —repuso automáticamente. Fruncí el ceño. ¿Cómo una persona tan inteligente podía ser tan tonta? «Hablar conmigo antes no te va a servir de nada.»

—No he dicho que tuvieras que pagarlo tú.

—No quiero tu dinero...

—Sí, ya lo sé, eres totalmente independiente y quieres que siga siendo así, blablablá... Solo me apetece hacer algo por ti una vez. Por el amor de Dios.

Parecía estar a punto de vomitar. Entonces se le enrojecieron los ojos. Lágrimas. London sabía que lo que iba a hacer no estaba bien y no quería hacerlo... pero ni con esas se le ocurrió pedir ayuda. Entendía que tenía que proteger a Jessica; yo hubiera hecho lo mismo por Em o Kit. También comprendía que estuviera confusa y asustada. Pero lo que de veras me ponía enfermo era que no confiara en mí para salvarla.

¿Lo nuestro había sido algo más que sexo para ella?

No. Había llegado el momento de enfrentarme a la realidad. Solo había sido un polvo. Sí, otra prueba más de que el karma era un auténtico desgraciado. Igual que London.

«Que te den.»

—Todavía faltan diez minutos para que esté lista la cena. Pareces un poco tenso. ¿Quieres que te dé un masaje en el cuello?

Empezó a rodear la mesa en mi dirección con la clara intención de volarme la tapa de los sesos. En ese instante una intensa furia me invadió. ¿Cómo se atrevía esa zorra a usarme para acostarse conmigo y después tratar de dispararme en mi propia casa? Me hubiera gustado hacer cualquier cosa para ayudarla, pero no se molestó en pedirlo.

—Creo que deberías quedarte donde estás.

«De lo contrario puede que termine estrangulándote.»

—¿Qué quieres decir?

—Bueno, detestaría ponértelo demasiado fácil, preciosa.

Esbozó una débil sonrisa. Cómo me hubiera gustado borrársela de un plumazo.

—No te entiendo.

«Sí, claro que me entiendes. Y ahora también vas a saber lo que es el miedo.»

—Creo que estás planeando dispararme en la nuca —dije, intentando mantener la calma—. Mala idea. Si me disparas tan cerca te vas a poner perdida de sangre, lo que significa que, o te arriesgas a salir de aquí siendo una prueba andante, o pierdes el tiempo limpiándolo todo. Cualquiera de las dos opciones te complica mucho las cosas.

«¿Te ha quedado claro, puta?»

Sacó el arma despacio y la alzó con cuidado para apuntarme a la cabeza. Pequeña idiota. Una pistola como esa no era precisamente el arma de un francotirador. Incluso a esa distancia tan corta, debería haber ido a por el objetivo más grande a su alcance: mi pecho.

—Adelante, hazlo. —Sonreí. Quería asustarla. Hacerle daño. Castigarla por no haber confiado en mí—. Muéstrame de lo que estás hecha.

—Lo siento —susurró. Todas esas lágrimas que se habían agolpado en sus ojos se derramaron, cayendo por sus mejillas. Detrás de ella vi a Horse de pie, quieto, esperando. Puck y Bam Bam debían de estar en la cocina y supe que harían lo que les pidiera, incluso servirme el cadáver de London en bandeja de plata—. No te imaginas lo mucho que desearía que esto no estuviera pasando.

—Entonces no dejes que pase. —Le sostuve la mirada porque era un imbécil. Si en ese momento abría la boca y me contaba lo que estaba pasando la perdonaría con los ojos cerrados. «Confía en mí»—. Sea lo que sea podemos solucionarlo. Te ayudaré.

—No puedes.

Suspiré. No había nada que hacer. Todo había terminado. Qué pérdida de tiempo más grande, intentar conectar con una mujer... Heather había sido una entre un millón... y yo ya había disfrutado mi momento.

Punto.

Hice un gesto a Horse con la barbilla, haciéndole saber, sin necesidad de palabras, que estaba harto de toda esa mierda. London pagaría por lo que había hecho; algo demasiado grave para pasarlo por alto. Eso era lo que uno obtenía cuando intentaba matar a la persona con la que se acostaba.

—Se ha terminado, nena —dijo Horse.

Observé cómo se le demudaba el semblante, pero no me quedó más remedio que admitir que la zorra tenía pelotas. Porque a pesar de todo, apretó el puto gatillo.

Volví a suspirar mientras Horse llegaba hasta la mujer de la que me había enamorado y la asía de la muñeca con fuerza antes de tirarla de cara sobre la mesa. London dejó caer el arma sin disimular el llanto. Me puse de pie y fui hacia ella, me agaché y me quedé observándola. Sus ojos se cruzaron con los míos, su expresión era de dolor y la más absoluta de las desesperaciones.

Muy apropiada, porque estaba bien jodida.

—No te vendría mal acudir a una de las clases que dan en la armería sobre pistolas —ironicé en voz baja—. Se aprenden muchas cosas. Por

ejemplo, te enseñarían a comprobar que nadie ha manipulado tu arma cuando no la tienes a la vista. Y también te enseñarían a asegurarte de que está cargada antes de disparar.

London cerró los ojos y se mordió el labio.

Debo de ser un puto enfermo, porque la imagen de ella, expuesta sobre aquella mesa y llorando me excitó. Incluso en ese momento quería follarla.

—¿Vas a matarme? —preguntó en un áspero susurro.

Horse me miró curioso y yo me detuve a pensar en su pregunta.

—Todavía no lo sé —reconocí al cabo de un instante—. Primero vamos a obtener toda la información que podamos de ti. Te sugiero que cooperes, porque si no vamos a tener que convencerte y que hayas estado en mi cama no te va ayudar a salir de esta.

Volvió a cerrar los ojos y asintió. Se la veía derrotada, como si ya no tuviera ganas de vivir. Pero justo cuando empecé a preguntarme si iba a rendirse y a entregarse a los brazos de la muerte, volvió a abrirlos y luchó por recomponerse.

—Hay algo que tienes que saber —murmuró.

—¿Sí?

¿Iba a empezar ahora a decirme que me quería o cualquier estupidez semejante para intentar salvar su trasero?

—Tienen a Jessica.

—Sí, ya nos lo imaginábamos —repuse en tono seco—. Perdóname si me importa una mierda. No suele preocuparme por qué una persona intenta matarme. Lo que me interesa es el desenlace.

—Jessica morirá si nadie la ayuda —declaró, obviando mi sarcasmo—. Y con ayuda me refiero a las próximas veinticuatro horas. Tiene hecha una derivación, Reese. Nació con hidrocefalia.

—¿Qué cojones...? —empezó a preguntar Horse. Me miró, frunciendo el ceño.

—Acumulación de líquido en el cerebro —explicó London—. Su líquido cefalorraquídeo no drena con normalidad, lo que significa que tuvieron que ponerle un pequeño catéter que baja desde el cráneo a través del cuello para redireccionar dicho líquido y que este se absorba. Si ese catéter se infecta o se obstruye, está muerta. Los traumas en la cabeza son especialmente peligrosos para este tipo de personas. Vi con mis propios ojos cómo la golpeaban y la tiraban sobre un suelo de cemento. Se golpeó la cabeza y después sufrió una convulsión. Sé que he

metido la pata y que intentar dispararte ha sido un tremendo error, Reese. Pero por favor, si tienes un poco de misericordia, te suplico que intentes ayudarla. Sé que yo ya no tengo solución, y lo acepto, pero tienes hijas. Harías lo que fuera por mantenerlas con vida, ¿verdad? Por favor...

Volvió a adoptar esa expresión de derrota.

Miré a Horse.

—¿Lo sabías? —preguntó.

—Sabía que la chica tenía problemas de salud, pero no conocía los detalles —repliqué despacio—. Cuando la investigamos, salieron a la luz las facturas médicas que pagaba, pero de ese asunto de la derivación es la primera noticia que tengo. Joder, London, ¿por qué coño no me contaste que tenía un catéter en la cabeza?

—Porque a Jessica no le gusta que la gente lo sepa —susurró abatida—. Dice que le hace parecer una friki, así que no solemos contarlo.

—Todo esto da igual —intervino Puck, entrando en el salón.

—¿Por qué piensas eso?

—Porque tu novia está acabada. Todos entendemos que lo de la chica es una lástima, pero no hay nada que podamos hacer por ella. No puedes permitir que te afecte.

—Eres un hijo de puta duro, ¿verdad? —espetó Horse.

Puck se limitó a encogerse de hombros.

—Soy práctico. No podéis dejar que la mujer que ha intentado matar al presidente de los Reapers salga indemne.

Horse y yo intercambiamos una mirada. London permaneció en silencio.

—Saquémosla de aquí —dijo por fin Horse—. Ya pensaremos qué hacer con ella en el arsenal. Todavía no sabemos si puede sernos de alguna utilidad. No adelantemos acontecimientos, hermano.

Capítulo 14

London

Alivio.

Eso fue lo que sentí, más que nada.

Se suponía que tenía que estar asustada, incluso llorar y suplicar piedad. Pero si quería llorar era más de alivio que por otra cosa; por fin había terminado todo. Jessica viviría o moriría, pero yo ya no podía hacer nada más.

En el mismo instante en que apreté el gatillo supe que había cometido el mayor error de mi vida. Dicen que Dios es misericordioso con los tontos y los borrachos. Y es cierto, porque a pesar de mi resolución, el arma no se disparó. No sabía muy bien por qué, ni tampoco me importaba. Si me mataban, que así fuera.

En ese momento me di cuenta de algo extraño. Reese y yo no llevábamos juntos ni una semana. No sabía qué tipo de hombre era, pero sí que estaba rodeado de gente que le quería. Que había estado loco por su mujer, que había criado él solo a dos adolescentes... Y que me había protegido con su vida.

No tenía excusa alguna para disparar a Reese Hayes, sin importar lo mucho que estuviera en juego. Punto.

Durante el corto trayecto hasta el arsenal, dejé que mi mente vagará sin rumbo, pensando en todo y en nada a la vez. Me habían metido a

empujones en mi furgoneta —supuse que la harían desaparecer junto con mi cadáver—. Me pregunté cómo explicarían mi ausencia a mis empleados, pero luego me percaté de que daba igual. Ninguno de ellos sabía nada que pudiera meterles en problemas. Lo único malo era que tendrían que encontrar nuevos empleos.

Bueno, buscar trabajo tampoco era el fin del mundo.

Horse y Bam Bam fueron los encargados de llevarme a la sede de los Reapers, junto con Gage, que vino conmigo en el asiento trasero. Me esposaron las manos por delante; algo bastante considerado por su parte dadas las circunstancias. En realidad me había esperado algo así como una bolsa de arpillera en la cabeza y que me metieran en el maletero. De modo que aquello me resultó todo un lujo.

Después de lo que me parecieron horas, y a la vez un abrir y cerrar de ojos, llegamos al arsenal. Abrieron la puerta del patio trasero. La tenue luz mostró una imagen bien distinta a la que me encontré la última vez que estuve allí. Las mesas habían desaparecido y en lugar de gente riendo solo me esperaba un círculo de hombres de aspecto siniestro con los colores de los Reapers.

Reese no se encontraba entre ellos.

Decidí no mirarles a los ojos cuando Gage me abrió la puerta y me agarró del brazo para sacarme a rastras del asiento. A continuación, me empujó sin ningún miramiento por la zona pavimentada en dirección a una escalera que había al fondo del edificio y que bajaba a lo que parecía un sótano oscuro.

La primera vez que entré en el arsenal había estado muy nerviosa. Era un lugar intimidante lleno de hombres rudos que aterrorizarían al más valiente. Ahora, sin embargo, esperé a que se desvaneciera el entumecimiento en el que me había sumido y diera paso al miedo.

Nada.

Continuaron empujándome a lo largo de un pasillo tenuemente iluminado con paredes de hormigón y unas puertas que parecían las celdas de una prisión. Una de ellas estaba abierta y pude ver que albergaba un catre con un colchón bastante sucio. Sí, definitivamente se trataba de una celda. Me pregunté qué le habría pasado a la última persona que estuvo allí, aunque luego me di cuenta de que en realidad no quería saberlo.

Había intentado que la muerte de Reese fuera rápida y lo menos dolorosa posible. Recé para que él hiciera lo mismo por mí.

Gage me metió en una puerta situada un poco más allá del pasillo. En el techo había solo dos bombillas suspendidas de un par de ganchos oxidados. No, un segundo, había algo más. Una cuerda que colgaba de una argolla de metal anclada a una enorme viga. Gage me dio un codazo para que avanzara y ató la cuerda alrededor de la cadena que unía las esposas.

Bam Bam agarró el otro extremo de la cuerda y tiró de él de forma que mis brazos quedaron por encima de mi cabeza. Mierda, ¿es que iban a colgarme del techo? Para mi tranquilidad, se detuvo cuando llegué al límite de la comodidad. Durante todo ese tiempo, Horse no dejó de observarme, como si estuviera esperando que dijera algo. ¿Querrían que les suplicara por mi vida?

Pues ya podían esperar sentados.

Aquello me hizo sonreír. Gage decidió romper el silencio.

—¿Qué estás tramando?

Le miré sorprendida.

—¿A qué te refieres?

—Se te ve demasiado tranquila —dijo despacio—. ¿Has tomado algo? Si es así, será mejor que me lo digas. No creo que te apetezca morir ahogada en tu propio vómito.

Negué con la cabeza.

—Me siento tremendamente aliviada, eso es todo.

La cara del motero reflejó la primera emoción que jamás le había visto. Sorpresa. Me resultó tan divertido que me puse a reír. Pero no a reír sin más, de forma tranquila. No, aquello fueron unas auténticas carcajadas. Iguales que como cuando estás bebiendo y se te mete sin querer un poco de líquido por la nariz y tus amigos se dan cuenta y todos empiezan a reírse como locos. Está claro a lo que me refiero, ¿no?

Pero aquellos hombres no eran mis amigos y no se estaban riendo conmigo. En realidad me miraban como si acabara de perder la cabeza. Tal vez fuera eso lo que me estaba sucediendo.

—Señor, se está desmoronando —masculló alguien.

Aquello fue todavía más divertido. Mis carcajadas aumentaron de volumen hasta el punto de que estuve a punto de ahogarme. Me reí tanto que me dolía la garganta mientras regueros de lágrimas caían por mis mejillas.

De pronto, un muro de agua helada me impactó en la cara. Me quedé callada al instante.

Sacudí la cabeza y parpadeé un par de veces. Reese estaba frente a mí, de pie, con un cubo vacío en las manos. Me miró con ojos fríos; su cuerpo estaba tan tenso que podía palparse en el ambiente, como la electricidad que descargan las nubes en el aire durante una tormenta.

El cubo cayó al suelo con gran estrépito y le dio una patada para apartarlo de su camino.

—Cierra la puta boca.

Con los ojos como platos, hice lo que me pedía porque era Reese. Pero no el Reese con el que estaba acostumbrada a tratar. Aquel no podía ser el mismo hombre con el que me reía, con el que hacía el amor...

No, en el rostro de ese hombre no pude encontrar a mi Reese.

La primera noche que entré en el arsenal, me aterrorizó. Después me enamoré de él y aunque mi cerebro recordaba que tenía un lado oscuro en su interior, mi cuerpo se convenció de que no podía ser cierto. En ese momento me di cuenta de que nunca había conocido al auténtico Reese; solo había visto pequeñas pinceladas de su verdadera capacidad.

Dios bendito.

Aquel era el Reese Hayes real. Y era mucho más sombrío de lo que nunca imaginé.

Estaba absolutamente aterrada.

Reese se acercó hacía mí impasible. Se agachó y envolvió lentamente los dedos alrededor de la empuñadura del cuchillo de caza que llevaba atado a la pierna. Esa cosa era enorme. La primera vez que lo vi me puso los pelos de punta, pero luego me acostumbré a su presencia como si formara parte de él.

Por lo visto, debía de ser la parte que solía usar para asesinar gente.

Cuando se llevó el filo al pulgar para probar si estaba lo suficientemente afilado, la hoja emitió un siniestro fulgor.

—Vas a matarme —susurré mientras sentía cómo la muerte me envolvía como una sofocante manta.

No respondió. Simplemente me rodeó y se puso detrás de mí. Miré a los otros hombres, preguntándome si dirían algo o intentarían detenerle, pero sus miradas eran inexpresivas y lo único que pude ver fue mi propio final reflejado en sus ojos. Uno de esos Reapers enterraría mi cadáver esa noche. Nadie se enteraría nunca de lo que había sucedido conmigo. Y yo tampoco sabría cómo terminaría Jess.

—¿Esperarás por lo menos a que sepamos si está viva? —pregunté vacilante.

—No es el momento más conveniente para pedir favores, cariño —respondió con énfasis.

De pronto me agarró del pelo y tiró de mi cabeza hacia atrás con fuerza. El cuchillo destelló delante de mi vista y sentí la hoja clavándose en mi garganta. Una línea abrasadora me recorrió el cuello. Así era como iba a acabar todo. Reese Hayes estaba a punto de cortarme la garganta.

Esperé a que llegara la muerte, con el sonido de su áspera respiración en mi oído. Entonces se rio.

—No va a ser tan fácil zorra.

Ahí me di cuenta de que no me había seccionado la tráquea... La hoja todavía presionada contra mi garganta y sentí un tenue hilo de sangre descender por mi cuello. Me había cortado, nada grave. Solo lo suficiente para desgarrar un poco la piel.

—Ahora cuéntamelo todo —susurró—. No te dejes ni un detalle. Da igual si crees que es importante o no. ¿Entendido?

Empecé a asentir con la cabeza pero él volvió a tirar de mi pelo hacia atrás con violencia.

—Es una mala idea hacer eso cuando tienes un cuchillo en la garganta —comentó Horse como si tal cosa desde el otro lado de la celda—. En este momento deberías calcular un poco más tus movimientos, London. Solo te lo digo como una sugerencia.

—Sí —repuse con voz tan ronca que pareció un graznido. Me aclaré la garganta e intenté volver a hablar—. Mmm... ya sabes que Jess se enfadó conmigo y se fue a vivir con su madre, Amber, ¿verdad? Pues bien, el hombre con el que Amber vivía tiene a Jess. También sabes que a Jess la acorralaron dos hombres en casa de su madre y que aquello la asustó mucho y me dijo que quería volver a casa. Eso fue el miércoles por la mañana. El miércoles por la noche mi casa explotó y tú me ofreciste que me fuera a la tuya.

Los dedos de Reese apretaron mi pelo con tal fuerza que pensé que me lo arrancaría de un momento a otro. El cuchillo se deslizó dolorosamente por mi piel.

«Oh, Dios mío. Oh, Dios mío. Oh, Dios mío.»

—Todo eso ya lo sabes —continué. Menos mal que estaba colgada de las esposas. Si no, no creo que hubiera aguantado de pie mucho más tiempo—. A la mañana siguiente llamé a Jess y me dijo que había cambiado de opinión. Estábamos en tu habitación, ¿te acuerdas? Ahora que lo pienso, seguro que ya la tenían. No parecía ella, estaba demasiado rara. Esa noche vine aquí a la fiesta... —Un gruñido grave y profundo salió de la garganta de Reese. Todavía con el cuchillo en la garganta, me apretó contra su cuerpo de forma que pude sentir su polla endureciéndose contra mi trasero. Debía de estar recordando nuestro interludio en el patio.

Una oleada de deseo se arremolinó entre mis piernas, lo que me llevó a preguntarme cómo de retorcida podía ser la lujuria que sentía por aquel hombre. Reese había hecho que me sintiera libre, aventurera... Mucho más aventura de lo que pensaba si podía excitarme con un cuchillo en la garganta.

Si salía con vida de esa —lo que dudaba seriamente—, tendría que hacer con urgencia algún tipo de terapia. Aquello me resultó tan divertido que volví a soltar otra carcajada. Nadie se rio; no debieron de apreciar lo cómico de la situación.

—Que sueñes despierta solo me hace gracia los días en que no intentas matarme —me recordó Reese en la oreja—. Sigue hablando o te rajo el cuello.

Tragué saliva y me obligué a centrarme.

—A la mañana siguiente las chicas me invitaron a ir con ellas para hacernos la pedicura. Era sábado. Lo pasamos muy bien y tomamos algo cuando terminamos. Luego me fui porque tenía que ir a trabajar. Cuando llegué a la furgoneta vi que la ventanilla estaba abierta. En el asiento había un sobre. Lo abrí. Contenía un teléfono, el mismo que seguramente ya habéis encontrado en mi bolso. Uno negro.

—¿No se te ocurrió pensar que abrir un sobre del que no sabías nada no era muy buena idea? —inquirió Bam Bam con voz tranquila—. ¿Tu casa vuela por los aires, luego alguien entra en tu furgoneta y abres el sobre? No es muy inteligente por tu parte, London.

—Sí, en eso te doy la razón —repuse, reprimiendo las ganas de soltar otra carcajada. Dios, ¿qué me pasaba? Ah, sí... estaba a punto de morir...—. No fui muy lista, no, pero lo hice. En la pantalla del teléfono había una solicitud de videoconferencia y la acepté. Allí estaba Jess, hablé con ella... y de pronto le cortaron un dedo mientras yo miraba.

Reese siseó en mi oreja. Por primera vez me percaté de que la expresión impasible de Horse se desquebrajó levemente. Se le veía... ¿indignado?

—Bueno, le cortaron el dedo y me dijeron que tenía que sacar fotos de toda la documentación que encontrara en casa de Reese —expliqué despacio—. Que la matarían si no lo hacía y yo les creí. Puede que ya lo

hayan hecho. No les importa hacerle daño y no saben lo que tienen entre manos. Jess no es una chica normal, al menos no desde el punto de vista médico. No con esa derivación en la cabeza. Hay otras cosas en las que tampoco es normal. Por ejemplo su cerebro no procesa muy bien el asunto de la causa efecto. Todo ello a consecuencia de la cantidad de drogas que su madre tomó mientras estaba embarazada. Jess pasó un montón de tiempo en la unidad de neonatos del Sagrado Corazón. Nunca sabremos si la hidrocefalia está directamente relacionada con eso...

—Tendrías que habérmelo contado —dijo Reese entre dientes—. Haberme informado de los problemas de salud de Jessica, de que algo iba mal... Te di muchas oportunidades.

—Joder, London —suspiró Gage, sacudiendo la cabeza—. ¿Por qué cojones no acudiste a nosotros?

—Casi no os conocía —respondí. Por primera vez sentí algo que no fuera entumecimiento o miedo. Ira—. ¿Que por qué cojones no acudí a vosotros? Unos maníacos tienen a mi sobrina y quieren matarla y lo único que sé de vosotros es que os gustan las fiestas y que todo el mundo dice que sois unos delincuentes.

—Es bueno saber que el tiempo que pasamos juntos significó tanto para ti —susurró Reese. Nunca la voz de un hombre destiló tanta amenaza como la suya. Pero su polla enhiesta seguía presionando mi trasero. Mis pezones se endurecieron en respuesta.

Sí, tenía que acudir a terapia cuanto antes.

Sería lo primero que pondría en mi lista de cosas que hacer... justo después de no morir en aquel sótano.

—Intenta verlo desde mi perspectiva —dije, tratando que mi voz sonara lo más calmada posible—. Apenas te conozco. Su vida estaba en peligro. ¿Hubieras arriesgado la vida de Em por una relación que no llevabas teniendo ni una semana?

El silenció inundó la celda, tan pesado y terrible que fui capaz de oír mis propios latidos.

—Nena, en este momento no me arriesgaría ni a que tiraras de la cadena.

—Nos estamos apartando del tema —masculló Horse—. Pic, tranquilo. Primero tenemos que averiguar qué ha pasado. Luego podrás lidiar con ella, hermano. ¿Me has oído?

—Sí, te he oído —contestó Reese. De pronto me soltó el pelo, lo que me asustó muchísimo porque aquello hizo que mi garganta se hundiera

más sobre el cuchillo. Entonces el cuchillo también desapareció y fue sustituido por su mano. Sus enormes dedos me envolvieron la garganta, justo debajo de la mandíbula y me obligaron a apoyar la cabeza contra su hombro.

Encerrada de ese modo en sus brazos sentí toda la fuerza de su cuerpo. ¿Cómo podía tratarse del mismo hombre que me había sostenido antes? Me había sentido tan segura con él. Ahora lo único que sentía era terror.

Terror y una lujuria de mil demonios.

—Bueno, ¿y en qué afecta todo lo que nos has contado con que tengan retenida a Jessica? —preguntó Bam Bam con voz tensa—. ¿Necesita algún medicamento especial o alguna otra cosa?

—No —susurré—. Pero es muy vulnerable a una infección o a un trauma en la cabeza. Si al catéter le sucede algo malo moriría enseguida. A Jessica no se la puede tratar con violencia, es demasiado peligroso. Hice lo que me dijeron. Busqué todo lo que pude en tu casa, pero no encontré nada.

—Lo sabemos —dijo Reese, apretándome contra sí con tanta intensidad que apenas podía respirar—. Te estuvimos vigilando.

Cerré los ojos con fuerza. Dios, qué estúpida había sido.

—¿Lo sabíais?

—No conocíamos todos los detalles —señaló Gage en voz baja—, pero sí que estabas trabajando para ellos. Por eso te pusimos a Puck.

—Supongo que no me sorprende —admití—. Todo era tan extraño... pensé que lo sabíais. Da igual. No encontré nada para ellos y hoy volvieron a llamarme. Hablé con Jessica y vi cómo la pegaban y caía sobre un suelo de cemento y se golpeaba en la cabeza. Entonces empezó a tener convulsiones. Aquel hombre me dijo que tenía que matar a Reese o Jessica moriría. Si lo mataba, la dejarían a las puertas de un hospital. Por eso intenté matarle.

—¿Llegaste a verles las caras? —preguntó Reese. Su voz era como un témpano de hielo.

—No, solo me dejaban ver a Jess.

—¿Dónde conseguiste el arma?

—Me dieron una dirección y conduje hasta allí usando el GPS del teléfono. Al norte de Hayden. En medio del campo. Un hombre se encontró allí conmigo y me enseñó a disparar. No me dijo su nombre, en realidad no me dijo nada.

—¿Y despúes qué?

—Después fui a ver a Nate.

El ambiente en la celda cambió de repente. El cuerpo de Reese se tensó, exudando peligro por cada poro de su piel. Me apretó con tanta fuerza la garganta que me fue imposible respirar y empecé a ver puntos negros.

—Suéltala —se apresuró a decir Horse—. Le vas a hacer mucho daño, Pic.

Me retorcí desesperada en busca de aire.

—Joder —dijo Bam Bam con tono apremiante—. Suéltala de una puta vez, Pic. No quieres hacerlo. Hazme caso, hermano.

Reese hizo lo que decían y se alejó de mí mientras me desplomaba. Lo único que sostenía mi cuerpo eran las esposas. Jadeé en busca de oxígeno. Aún veía borroso pero pude percibir cómo Reese me rodeaba, pasándose el cuchillo de una mano a otra. Sin embargo, no estaba mirándome. No, tenía los ojos clavados en sus hermanos como si fuera un vendaval a punto de estallar.

—Cerrad la puta boca. —Pronunció aquellas palabras con un tono calmo que me aterrorizó más que cualquier otra cosa en la vida—. De lo contrario, os mataré.

—Joder, hermano... —empezó a decir Gage.

Reese negó despacio con la cabeza.

—No estoy bromeando. Salid de aquí ahora mismo. Esta es mi mujer y seré yo el que se encargue de ella.

Horse ladeó la cabeza y se quedó observando a Reese. Después hizo un brusco asentimiento y salió de la celda. Bam Bam le siguió, dando un puñetazo a la pared cuando salió por la puerta. Gage, se quedó.

—No la mates. Al final te arrepentirás. Sal de aquí un rato y cálmate.

—Última oportunidad —dijo Reese, con tono helado. Gage suspiró y terminó asintiendo.

Después salió de allí dejándome sola con un maníaco.

Reese se volvió y nuestros ojos se encontraron. Estudié su mirada, intentando descifrar lo que allí había. ¿Odio? ¿Furia? ¿Traición?

Ninguna de esas palabras era lo suficientemente intensa para describir la fría amenaza que se cernió entre nosotros. Amenaza, pero también algo más. Tenía que tener un problema importante con mi libido porque no era normal que aquello me estuviera excitando. Ni siquiera un poco, como era el caso. Empezó a acercarse a mí, alzó el cuchillo y me tocó la mejilla con el filo.

—Fuiste a ver a Nate.

Cerré los ojos y tragué saliva.

—No quería matarte —murmuré—. Aquello era demasiado. Una cosa es buscar papeles... ¿pero matar a un hombre?

—Aun así me apuntaste con una pistola y apretaste el gatillo.

—Por culpa de Nate —repliqué.

Bajó el cuchillo y levantó la otra mano, acariciándome la mejilla con un dedo. A continuación empezó a enroscar mi pelo en su mano con total tranquilidad, hasta que tiró de él de forma que no pude mover la cabeza. Se inclinó un poco y frotó su nariz contra mi mejilla antes de susúrrame al oído:

—¿Te lo follaste?

La calidez de su aliento despertó en mí una emoción que me estremeció; era una mezcla de lujuria, miedo, adrenalina... y un placer enfermizo y primitivo porque él quisiera conocer esa respuesta, porque no había nada jodido en ello, ¿verdad?

—No —respondí con voz ronca—. Nos vimos en una cafetería. Le conté lo que estaba pasando y lo que querían que hiciera. Me dijo que lo sabía todo y que fue él el que se había encargado de que mi casa volara por los aires.

—Te avisé de que no era buena gente —murmuró Reese. Me lamió el lóbulo de la oreja. Gemí y él me ladeó la cabeza, forzándome a que lo mirara. Su boca descendió hacia la mía y me mordisqueó el labio. Jadeé, esperando su beso, pero en vez de eso me hizo otra pregunta—: A ver si adivino, ¿te dijo que está compinchado con el tipo que tiene a tu sobrina y que te tendieron una trampa?

—Sí —susurré—. Dijo que... que se acostó con Jessica. Que le dio dinero. Melanie me contó que tenía un novio mayor que ella que le compraba cosas. Tiene que ser él. Me dijo que te matara y que la policía no haría nada para ayudarme.

—Así que viniste a casa e intentaste pegarme un tiro.

—Sí.

—Eso fue una completa estupidez. —Su tono cada vez era más duro. Se apartó de mí—. Y ahora me las vas a pagar. Pero ¿sabes?, eres una chica con suerte.

—¿Por qué? —musité.

Esbozó una sonrisa feroz.

—Porque todavía quiero follarte.

Me vi invadida por la misma lujuria enfermiza de antes pero multiplicada por mil y mezclada con un miedo atroz al ver que levantaba el cuchillo. Me agarró por el cuello de la camiseta y desgarró despacio la tela, dejando mi pecho y sujetador expuestos a su mirada. Después tiró del sujetador hacia abajo liberando mis senos.

Pude ver el pulso palpitando en su cuello y percibí un atisbo de su sudor almizclado. Si, era horrible y estaba mal, muy mal, pero lo quería dentro de mí. Desesperadamente. Esa es la única explicación que veo posible para lo que hice después.

Me lamí los labios y le susurré con tono provocador:

—¿Quieres hablar o follar? Porque yo sí sé lo que prefiero.

Sus mejillas se enrojecieron intensamente. Alzó el cuchillo y cortó la cuerda que sostenía mis esposas. Me desplomé al instante, pero él me agarró antes de que cayera al suelo y me colocó sobre su hombro con rudeza. Atisbé vagamente el suelo de hormigón, unas luces blancas y el rostro sombrío de Gage mientras me llevaba a la celda con el catre. Después cerró de un portazo con el pie.

Me tiró sin miramientos sobre la cama, dejándome sin aliento. Oí el sonido de algo deslizándose seguido de una especie de chasquido y me di cuenta de que Reese estaba usando su cinturón para atarme las manos al cabecero. Instantes después me bajó los pantalones hasta los tobillos. Sus manos agarraron mis caderas, sosteniéndolas en alto. Lo siguiente que sentí fue su polla rozando mi entrada.

Nuestras miradas se encontraron y Reese gruñó.

Grité cuando me penetró hasta el fondo, porque me dolió... porque estaba aterrorizada... porque me sentí increíblemente bien teniéndole dentro... y porque mi cerebro era incapaz de seguir funcionando. En circunstancias normales, Reese no era un amante precisamente tierno, pero aquella estocada fue brutalidad en estado puro. Se quedó quieto unos segundos, sujetándose con sus fuertes brazos y sonriendo.

No era una sonrisa amistosa o cariñosa.

No, esa sonrisa solo tenía como objetivo: mostrarme sus dientes. En sus ojos vi rabia; pura y simple rabia. Rabia y odio y una especie de deseo profano y retorcido que nos compelía a ambos a saciarlo, sin importar lo enfermizo que fuera todo aquello. Sin dejar de mirarme, se impulsó hacia atrás y volvió a embestir; esta vez con más fuerza. Me quemó por dentro y volví a gritar, pero no se detuvo. Yo tampoco quería que lo hiciera. Quería más, ansiaba que me taladrara, que me llenara con su semen, sin importarme si estaba bien o no.

Necesitaba que esa terrible tensión que había crecido entre nosotros explotara de una vez por todas. Lo necesitaba a él.

—¿Eso es lo mejor que sabes hacer? —demandé, riéndome prácticamente como una histérica. Reese volvió a gruñir y mi risa se transformó en otro nuevo grito cuando me demostró que no, que no era lo mejor que podía hacer. Que solo acababa de empezar. Continuó embistiendo contra mí con tanta fuerza que apenas podía soportarlo. Tenía las piernas abiertas y mis caderas presionaban con dureza contra el fino colchón. Grité de nuevo. Nunca, en toda mi vida, había experimentado una sensación tan increíble como aquella mientras su cuerpo desgarraba el mío.

Eso no era sexo, era venganza en su máxima expresión... y era perfecta.

Siguió empujando contra mí sin piedad. No dejamos de mirarnos ni un momento, gruñendo de placer. No hubo besos tiernos, ni risas de complicidad. Solo el deseo salvaje de dos personas cuyas vidas habían colisionado de la peor manera posible. El orgasmo no me llegó poco a poco, como gotas de lluvia bañándome lentamente. No, fue como una cascada cayendo con furia, desgarrando mi existencia, hasta que chillé mientras las lágrimas inundaban mi rostro.

Reese ni siquiera fue consciente de lo que estaba pasando.

Simplemente siguió hundiéndose en mí, una y otra vez, conduciendo mi cuerpo hacia otra explosión de éxtasis. Supe que mis células nerviosas no estaban funcionando correctamente, porque estaba claro que con tanto salvajismo terminaría magullada. Pero no me importó. Quería recibir todo su odio, dolor e ira porque me lo merecía, pero en vez de sufrir, me estaba sintiendo maravillosamente bien.

Y antes de darme cuenta volví a alcanzar el clímax. Me rompí por dentro y mi frágil mente se hizo añicos ante tanta intensidad.

En esta ocasión él también se corrió, gruñendo mientras su cálida simiente inundaba mi interior. Cayó sobre mí con brazos temblorosos. Estaba exhausta. El torrente de adrenalina hizo que la lujuria ganara la batalla al miedo. Ni siquiera me había detenido a pensar en la pobre Jessica. Mi cerebro había tenido suficiente y mi cuerpo estuvo de acuerdo. Reese se separó de mí sin pronunciar una sola palabra. Me di cuenta de que no habíamos usado preservativo. Vaya.

Tampoco creía que me quedara mucho de tiempo de vida como para preocuparme por posibles enfermedades de transmisión sexual.

Le oí abrocharse la cremallera. A continuación sus manos cayeron sobre mí y me quitó el cinturón de las muñecas, pero no las esposas. Luego salió de la celda, golpeando la pared mientras se iba. La puerta se cerró de un portazo y pasó el cerrojo con un golpe seco.

Parpadeé en la oscuridad, intentando entender qué era lo que acababa de suceder.

Oh, Dios mío.

Mi mente no tenía espacio suficiente para asimilar algo así. No quería pensar en lo que habíamos hecho, ni en lo mucho que me había gustado, ni tampoco si significaba algo o no. Si me paraba a pensarlo solo llegaría a la conclusión de que era aterrador y ahora no podía permitirme el lujo de estar asustada. No si quería sobrevivir y salvar a Jessica.

El pragmatismo inherente en mí tomó el control de la situación. Estaba viva, no sabía por cuánto tiempo, pero tenía que sacarle el máximo partido a ese hecho. Cerré los ojos y tomé profundas bocanadas de aire, contando hasta diez entre cada inhalación y exhalación. Aquella técnica de relajación me había sido de gran ayuda durante años y tampoco me falló en esa ocasión.

Después de un rato di la bienvenida al sueño; un sueño que me trajo una liberación muy distinta a la que acababa de proporcionarme Reese.

***

Una intensa sensación de frío me despertó.

Intenté alcanzar la manta para cubrir mi helado cuerpo, pero me di cuenta de que no tenía ninguna porque estaba tumbada en un catre en una celda del sótano del arsenal. Mi camiseta y sujetador estaban destrozados, tenía las manos esposadas y mis *jeans*, todavía húmedos por el cubo de agua, seguían alrededor de mis tobillos.

Aparte de ese pequeño detalle, todo iba de maravilla.

Rodé sobre mi espalda, desconcertada. No había esperado llegar tan lejos. En todo momento supuse que lo contaría todo y que me pegarían un tiro. Fin de la historia.

Que siguiera con vida me había dejado perpleja.

 247

Traté de pensar, imaginarme qué era lo siguiente que tenía que hacer, pero no se me ocurrió nada. Toda aquella situación escapaba tanto a mi comprensión que mi cerebro era incapaz de funcionar.

Aunque aquello tampoco cambió el hecho de que seguía helada. ¿No debería hacer algo para solucionarlo?

Me llevó un par de intentos incorporarme, porque tenía las piernas entumecidas. También se me había dormido un pie, aunque no resultó ser tan malo en cuanto recuperé el equilibrio. El doloroso hormigueo y calambres de mis extremidades me ayudaron a despertarme y agudizar mi mente. Subirme los pantalones fue toda una odisea, porque al seguir húmedos, se adhirieron a mi piel de esa forma que a veces hace tan incómodos a los *jeans*.

El sujetador era una causa perdida, pero conseguí estirar la tela de la camiseta lo suficiente para cubrirme el pecho. No era que estuviera de maravilla pero sí mejor que seguir tumbada desnuda y vulnerable. Caminé por la celda e intenté abrir la puerta con las manos esposadas. No lo conseguí. Tampoco me llevé una sorpresa, la verdad.

A esas alturas estaba totalmente helada. Me senté en la cama y me di cuenta de que lo que había supuesto era un colchón no era más que una fina manta de lana doblada encima del soporte metálico de la cama; una de esas mantas estándar que se usan en el ejército.

Meterme debajo de ella no fue fácil, pero pensé que la lana me mantendría caliente. En teoría la lana mantiene el calor aunque esté mojada. Pero claro, estar arropada con una manta mojada en un frío sótano con humedades era una auténtica putada. Y como mujer a la que no le gusta decir palabrotas, estoy intentando mostrarme lo más fina posible. Mientras pensaba todas mis opciones empezaron a castañetearme los dientes.

Todavía no tenía claro qué hacer con lo que acababa de pasar con Reese. Sentía dolor entre las piernas y el alma sucia, pero no podía negar que había sido el mejor sexo de toda mi vida. Por lo visto las situaciones de vida o muerte me excitaban.

Por lo menos si Reese estaba de por medio.

Quién lo hubiera imaginado.

Quizá pudiera usar aquello para mantenerme con vida, manipularlo de alguna forma... Había superado el entumecimiento de «me da igual vivir o morir» de la noche anterior. Cuando todo mi mundo se desmoronó y vi a Reese con ese cuchillo enorme en la mano, quise vivir a toda costa.

Bien, entonces ese asunto estaba resuelto. No iba a tumbarme a morir sin más.

Era bueno saberlo.

¿Pero qué estaba dispuesta a hacer para seguir con vida? El día anterior había decidido matar a un hombre inocente para salvar la vida de Jessica; lo que no había terminado muy bien para mí. No me quedaba más remedio que admitir la verdad, era una asesina pésima. Aquello limitaba mis opciones.

¿Qué me quedaba entonces?

La respuesta parecía clara. Haría todo lo que estuviera en mi mano para ayudar a los Reapers a acabar con sus enemigos porque, a pesar de mi pequeño episodio con Reese, sabía quiénes eran los malos de la película. Nate y sus amigos traficantes del sur. Ellos habían matado a Amber, querían matar a Jessica —si no lo habían hecho ya— y casi consiguen que matase a Reese.

Un cuchillo en el cuello y sexo salvaje en un sótano era una nimiedad en comparación.

Había intentado matar a Reese y él a cambio me había dado dos orgasmos brutales. Me imagino que eso contaba como una victoria, ¿no?

Puede que los Reapers lograran mantener a Jessica a salvo. Que estuvieran motivados para hacerlo era otra cuestión. En ese momento, yo ya no podía hacer nada más por ella y tampoco podía acudir a la policía. «Gilipollas», pensé cuando me vino una imagen de Nate a la cabeza. Con un poco de suerte —con mucha, mucha suerte— Jessica viviría. Y si ayudar a los Reapers aumentaba las probabilidades, haría de aquello mi nueva meta en la vida.

¿Y si Jessica moría?

Bueno, entonces pasaría el tiempo que me quedara de vida cazando a los cabrones que nos habían hecho aquello. Puede que fuera una asesina de mierda, pero se me daba bien aprender y tenía la impresión de que Reese sería un maestro excelente.

¿Que parecía una locura?

Probablemente sí. ¿Pero qué otras opciones tenía? Los únicos que no me habían mentido o usado habían sido Reese y sus hermanos y todos teníamos un enemigo en común. Muchas guerras se habían ganado con mucho menos, así que quizá pudiéramos salir airosos de aquello.

Siempre que los Reapers no me mataran primero.

Capítulo 15

Reese

—**N**ate Evans. Un placer... como siempre.

Sonreí al agente de la ley que más detestaba de este mundo, porque una parte retorcida de mí se alegraba de que por fin hubiera metido la pata lo suficiente como para que pudiéramos quitarlo de en medio. El futuro príncipe del departamento del *sheriff* del condado de Kootenai estaba sentado, atado a una silla de metal en el centro de nuestra sala de interrogatorios/tortura, con la cara llena de magulladuras.

No le quedaban nada mal.

Bolt le quitó la venda que tenía en la boca a modo de mordaza y aprovechó para darle un golpe en la cabeza. El gilipollas del ayudante había puesto a Maggs una multa por exceso de velocidad y mi hermano no le tenía mucho aprecio.

—¿Es que habéis perdido la puta cabeza? —escupió Nate—. Soy policía. Ahora mismo me estarán buscando. Y no pararán hasta encontrarme. Ni siquiera vosotros podéis secuestrar a un agente de la ley e iros de rositas.

—Tengo la sensación de que Bud encontrará pruebas que demuestran que has estado malversando fondos y que huiste del estado para que no te pillaran —dije lentamente—. Suena a uno de esos casos que se quedan sin resolver, ¿no crees?

—No podéis hacer esto. —Negó enérgicamente con la cabeza para dar mayor énfasis a sus palabras—. Mi familia os destruirá. Las cosas no funcionan así.

—Puedo decir sin riesgo a equivocarme que en este caso sí que van a funcionar así —repliqué, esbozando una siniestra sonrisa—. Estás bien jodido, pero tengo buenas noticias. Todavía tienes una oportunidad para salir de aquí con vida.

Volvió a hacer un gesto de negación y escupió.

—Nunca me soltaréis —dijo—. Sabéis que la habéis cagado al retenerme de este modo.

—Pero si antes nos has dicho que tu familia nos destruirá si no te soltamos —repliqué con tono muy suave—. Deberías trabajar un poco más tus amenazas. Ese tipo de contradicciones resultan muy confusas y ahora no puedes permitirte el lujo de que nos sintamos frustrados, ¿verdad?

Horse sonrió de oreja a oreja.

—Creo que debería ser yo el que me encargase de él —me dijo—. No tengo nada en contra de este tipo. Por lo menos no desde el punto de vista personal. Tú tienes demasiadas razones para que sufra antes de morir. Lo más misericordioso sería dejármelo a mí y que le dé una muerte rápida.

Me encogí de hombros.

—Sí, tienes razón. Ya sabes lo descuidado que me vuelvo cuando estoy cabreado y luego los pobres aspirantes se pegan una buena paliza limpiando todo el desastre que dejo.

Horse se quitó el chaleco, lo dobló con cuidado y se lo pasó a Bam Bam. A continuación agarró un martillo y se acercó a Evans, silbando una alegre canción que me resultó vagamente familiar...

—Cinco lobitos...

Pero qué mierda era esa... Claro que aquella era una de las cosas que más nos gustaban de Horse.

Segundos después clavaba con fuerza el martillo sobre la mano derecha del ayudante que se puso a gritar y a llorar como un bebé.

—Y aquí es cuando te digo que he cambiado de idea sobre lo de hacerlo rápido —dijo Horse amable—. ¿Sabes? Es más divertido así. Ahora voy a romperte todos los huesos de los pies para que no puedas volver a andar nunca más...

Nate balbuceó, chillando algo ininteligible mientras lloraba a moco tendido.

—Oh, por favor —masculló Bam Bam asqueado y disgustado a la vez—. Te follaste a esa cría y la enviaste a morir al sur. Volaste la casa de London. Después la chantajeaste para que disparara a Pic. ¿Ahora te vas a poner a gimotear por una mano rota? Pensé que eras un tipo duro, pero me estoy dando cuenta que solo eres una princesita con una placa de policía.

Nate empezó a mover la mandíbula y todos esperamos pacientemente hasta que recuperó la capacidad de construir palabras coherentes.

—Haré lo que me pidáis —jadeó—. Pero no volváis a golpearme. No me matéis. No quiero morir.

—A ver qué te parece esto —expliqué—. Llamas a tus amigos del sur y les dices que London y yo hemos muerto. Que se suicidó después de matarme o algo parecido. Si dejan que la chica viva, no te mataremos.

—¿Cómo sé que mantendrás tu palabra? Llegados a este punto sabes que no puedes permitirte que siga con vida.

Suspiré sonoramente y me froté las sienes.

—¿Sabes? Casi prefiero que no llame —dije a Horse—. Jessica es como un grano en el culo y si vuelve a casa tampoco es que vaya a beneficiarme. Si la salvamos tampoco cambia mucho la guerra que mantenemos con el cartel. Vamos, disfruta un rato con él y cuando te aburras le disparas.

—Está bien —comentó Horse con un gesto de indiferencia.

—¡Espera! —gritó Evans.

Le miré y enarqué una ceja.

—Creía que no podía dejarte con vida. Eso es lo que acabas de decirme, ¿no? ¿Qué quieres ahora?

—Mientras hay vida hay esperanza —intervino Bam Bam con una sonrisa—. Aquí el señor va a hacer exactamente lo que le dices porque cada minuto que siga respirando significa que todavía puede salir con vida de esta. ¿Estoy en lo cierto, Nate?

—Dame mi teléfono —dijo Evans. El sudor perlaba su frente—. Haré esa llamada.

—Ya marcamos nosotros los números por ti —se ofreció Horse—. La gente no se cree que en el fondo tenemos nuestro corazoncito y que nos encanta ayudar.

—Eres la puta Madre Teresa del universo motero, Horse —espetó Ruger—. Has hecho que se me caiga una lágrima y todo.

Gage resopló y me lanzó el teléfono del ayudante.

—¿A quién llamo? —pregunté—. Recuerda esto: si nos la juegas, mueres. Y si Jessica muere, tú también. Tienes mucho más que perder que yo, porque esa chica me importa una mierda. Para mí sería más fácil si no sale con vida. Debes tenerlo muy en cuenta.

—Julia Strauss —dijo él—. A ese número.

Me desplacé entre los contactos hasta que encontré el nombre. Pulsé sobre él y activé el manos libres. Alguien respondió, pero no habló.

—Soy yo —anunció Nate mirándonos a todos. ¿Diría algo que les pusiera sobre aviso? Seguramente no. Era demasiado cobarde para inmolarse por ninguna causa. Por una vez estuve de acuerdo con él. El cartel no se merecía ningún sacrificio, además tampoco se lo agradecerían—. Está hecho.

Hubo una pausa. A continuación, un hombre con voz profunda y marcado acento latino replicó:

—¿Estás seguro? No hemos detectado nada en la radio.

—La policía no se ha enterado —dijo Nate—. London me llamó después de matarle. Fui allí y ahora también está muerta. He hecho que pareciera un suicidio. Los he dejado allí hasta que alguien encuentre los cadáveres. Ya podéis soltar a la chica.

El hombre soltó una áspera carcajada.

—Ahora mismo te haremos la transferencia a tu número de cuenta —informó antes de colgar.

A Nate se le demudó el rostro. De sus ojos desapareció toda esperanza.

—Van a matarla —informó—. Siempre supe que lo harían. Es una buena chica...

Le di un puñetazo en la cara con tanta fuerza que la silla cayó hacia atrás y su cabeza golpeó el suelo con un ruido seco. De nuevo se puso a berrear. Me acerqué a él. Allí, de pie, chasqueé los nudillos para que mis palabras tuvieran el mayor efecto posible.

—Mientras la chica siga viva, tú también lo estarás. Así que si tienes alguna idea de dónde encontrar a esos cabrones, este es un buen momento para desembuchar. Si la encontramos gracias a la información que nos des, el acuerdo seguirá en pie.

—¿Pero no te daba igual si vivía o moría? —preguntó, parpadeando por la luz del techo que le daba directamente en los ojos—. Vas a matarme, ambos lo sabemos. ¿Por qué debería ayudarte?

Painter se acercó y le dio un ligero empujón con la bota en el hombro. Acababa de llegar al arsenal, después de dejar a Melanie en casa.

Justo a tiempo. El muchacho tenía sus propias cuentas que saldar con Evans.

—Vamos a motivarte un poco más —dijo con ferocidad contenida—. ¿Qué te parece si nos ayudas a encontrar a Jessica para que no me cargue a tus padres?

Le miré impresionado porque había dado en el clavo. Painter todavía era joven, pero el año anterior había cambiado. Nate se había quedado con la boca abierta. Painter se rio, le agarró de la solapa del uniforme y lo levantó, silla incluida, para dejarlo en posición vertical. Después se inclinó y se colocó justo delante de las narices de Evans.

—No suelo tirarme a viejas, pero haré una excepción con tu madre —susurró—. Te juro que me follaré todos y cada uno de sus agujeros antes de rebanarle el pescuezo. Y me aseguraré de que antes de morir sepa que todo esto es por tu culpa.

—Puedo daros una dirección —gimoteó Evans. Le temblaba todo el cuerpo—. No sé a ciencia cierta si la chica está allí, pero él tiene un almacén. Lo vi una vez. Es el sitio perfecto para retenerla.... Es todo lo que sé.

—Muy bien, ¿has visto lo razonable que has sido? —comentó Horse con una sonrisa en los labios—. Sabía que resolveríamos nuestras diferencias. Ahora vamos a ocuparnos de otros asuntos. Creo que tienes que llamar al trabajo para decir que hoy no vas a ir porque no te encuentras bien. Puedes decir que estás en uno de esos «días del mes» o te inventas cualquier otra excusa. No queremos que se preocupen, ¿verdad?

—Tan atento como siempre —dijo Bam Bam.

—Eso intento —respondió Horse con modestia.

Reprimí una carcajada y le hice un gesto a Painter para que saliera conmigo fuera.

—Has superado nuestros mejores niveles de retorcimiento, hermanito —señalé mientras caminábamos hacia la celda donde estaba London—. No es que no aprecie el gesto, ¿pero a qué ha venido?

Painter se encogió de hombros.

—Si le pasa algo a Jessica, Melanie se disgustará.

Me quedé observándole. ¿De verdad quería profundizar en el asunto? Ni de broma.

—Me parece perfecto. Ve a decir a los demás que nos vamos a Portland. Deke ha pedido un favor y desde allí iremos a California en un avión de mercancías.

—Ya era hora de que entráramos en guerra con ellos —replicó Painter con un brillo salvaje en los ojos.

—No te emociones tanto. Habrá un montón de cadáveres antes de que esto termine.

—Bueno, uno no puede vivir eternamente. ¿Has decidido ya lo que vas a hacer con London?

Me detuve frente a su puerta y fruncí el ceño pensativo.

—No tengo ni puta idea. Se viene con nosotros a Portland y allí veremos qué hacemos. Puede que nos sea de utilidad con los del sur y no me gusta la idea de dejarla aquí sola. Tendría que quedarse alguien para vigilarla.

—Me parece bien, presidente —dijo antes de marcharse hacia las escaleras.

Descorrí el cerrojo y agarré el pomo para abrir la puerta, preguntándome por enésima vez qué coño iba a hacer con London.

«Heather, si de verdad estás ahí, en este momento me vendría de muerte alguno de tus consejos.»

No respondió. Lo que tampoco me sorprendió ya que su voz era producto de mi imaginación. Sin embargo, bien que corría a soltarme una de sus perlitas cuando no las necesitaba. Seguramente que ahora estaría sentada en el cielo, bebiéndose una cerveza y muriéndose de risa con todo esto.

Putas mujeres.

London

Cuando Reese volvió, estaba temblando tanto que me dolían los músculos y las articulaciones. Tenía los dedos de las manos y los pies entumecidos y aunque no corría serio peligro de morir por congelación este principio de hipotermia se llevaba el premio gordo.

Oí pasos fuera y el murmullo de voces. El cerrojo se deslizó con un ruido sordo y abrieron la puerta. La luz del pasillo me cegó un poco al principio, así que parpadeé rápido tratando de enfocar la vista en el contorno de quien tenía que ser Reese.

Se suponía que debía de estar aterrada, pero tenía demasiado frío como para sentir otra cosa.

—H... Hola —dije con voz inestable—. ¿S... se sa... sabe al... go de Jess?

—¿Qué te pasa? —preguntó.

Empecé a reírme porque la pregunta me pareció absolutamente ridícula.

—¿Por... Por qué no me pre... guntas mejor qué no me pasa? —inquirí demasiado cansada y helada como para pensar con claridad.

Reese cerró la puerta, se acercó a mí y se sentó en la cama a mi lado.

—Joder, estás helada —masculló, tirando de la manta—. Mierda.

En cuestión de segundos me tenía envuelta de nuevo en la manta y me sacaba de la celda. Gritó a Painter para que le diera unas llaves o algo parecido y salimos de aquel corredor. Subimos tres tramos de escaleras antes de pasar por el mismo pasillo que vi cuando vine a buscar a Jessica.

Painter iba delante de nosotros, abrió una de las habitaciones y Reese me metió en ella y me puso de pie. Tardó un minuto en buscar las llaves y quitarme las esposas y después me quitó toda la ropa mojada con eficiencia. Me condujo hasta un pequeño cuarto de baño, abrió la ducha y esperó hasta que el vapor comenzó a ascender para meterme bajo el chorro de agua caliente.

Qué placer.

El cálido líquido cayó sobre mí desentumeciéndome. Minutos después dejé de temblar. Reese seguía allí, observándome pensativo. Cuando el agua empezó a enfriarse, cerré el grifo y pregunté:

—¿Tienes una toalla? —Me sentía un poco cohibida. Sí, me había visto desnuda... pero «antes» de que todo se fuera al carajo. Salió del baño y regresó unos segundos después con una toalla que me pasó sin pronunciar una palabra. Me sequé lo más rápido que pude y me envolví el cuerpo con ella.

—Estás llena de magulladuras.

Me encogí de hombros.

—Cosas que pasan.

—Ven a la cama. Vamos a hablar.

—¿Va a ser una «charla» como la de antes? —Mi voz sonó áspera, seguramente por todo lo que había gritado—. Sé que tú eres el que manda, pero estoy un poco dolorida ahí abajo y no creo que pueda soportar otra «charla» tan pronto.

Hizo un gesto de negación y me miró con ojos serios. Me acerqué a él mientras veía cómo se sentaba sobre la cama y apoyaba la espalda en la pared. Me agarró de la mano y tiró de mí hasta situarme sobre sus piernas, con la espalda pegada a su estómago. Después me abrazó y yo me permití el lujo de relajarme bajo la fuerza y calor corporal que desprendía. Cómo me hubiera gustado que todo fuera diferente.

—¿Hay algo que pueda hacer para ayudar? —dije por fin. Odiaba romper la extraña sensación de paz que se había instalado entre nosotros—. Sé que no tienes ninguna razón para creerme, pero siento mucho lo que hice, Reese. En serio. Y no solo porque me saliera mal. Cometí un error, fui una imbécil y no volverás a confiar en mí... pero si existe alguna forma de que pueda echaros una mano en la lucha que tenéis por delante, quiero hacerlo.

—¿Lucha? ¿A qué te refieres?

—No soy tonta. Esa gente... esos traficantes... quieren hacerte daño... a ti y a muchas otras personas seguramente.

—Son un cartel. El más grande fuera de México. Controlan todo el tráfico de la Costa Oeste, a través del norte de California. Y ahora se están expandiendo por Oregón y el sur de Idaho.

—Quiero detenerles. Quiero hacerlo cueste lo que cueste —murmuré, acurrucándome más contra él. Todavía me dolía el cuello por el ligero corte que me había hecho, aunque teniendo en cuenta que había querido matarlo, no había salido tan mal parada. Al menos hasta este preciso momento. No tenía ni idea de qué harían conmigo, pero preferí no pensar en el futuro.

Y aunque os parezca una locura, incluso ahora, me sentía a salvo con él.

—¿Y qué me dices de Jess? —preguntó él.

—No creo que tengan pensado soltarla —susurré—. Morirá salvo que alguien los detenga y los mate. Son perversos.

—Me hubiera gustado no tener que darte la razón —replicó. Apoyó la barbilla en mi coronilla—. Esos cabrones del cartel creen que estoy muerto. Que me disparaste y luego te suicidaste. Pero no la van a liberar, a pesar de que creen que hiciste lo que querían.

Lo que había sospechado. Aun así, que Reese expresara mis peores temores en voz alta fue como si me dieran un puñetazo en el estómago. Tragué saliva.

—¿Y por qué creen que estás muerto? ¿Cómo lo has hecho?

—El gilipollas del ayudante se lo dijo.

—¿Por qué iba a mentirles? Sería muy peligroso para él, ¿no?

—Porque fuimos muy amables y se lo pedimos de forma muy educada.

Supe que Reese no estaba usando los términos «amable» y «educada» en el sentido acostumbrado. Aquello no sonaba muy prometedor para las perspectivas de futuro de Nate. Me detuve a pensar un poco en

el asunto. ¿De verdad me importaba que los Reapers le hubieran hecho algo horrible para que mintiera a los del cartel?

En absoluto. ¿Me convertía aquello en una mala persona?

Me daba igual.

—Usó a Jess, después la envió con esa gente sabiendo lo que le harían. Y trató de convertirme en una asesina. No sé si, dadas las circunstancias, me dejarás, pero me gustaría verle antes de que lo matéis. Hablar con él. Tengo unas cuantas cosas que decirle y estoy deseando ver qué cara pone cuando sepa que no ha ganado.

—Suponiendo que lo tengamos, y no estoy diciendo que así sea, ¿por qué dejaría que fueras testigo de algo que luego podrías usar en nuestra contra?

—Porque quiero ser vuestra cómplice. —Las palabras salieron de mi garganta con una intensidad inusitada—. Quiero que Nate pague por lo que me ha hecho. Y también quiero disparar a esos hijos de puta. Sé que estáis planeando algo gordo. Lo presiento. ¿Todas esas reuniones? ¿Gente viniendo de otros estados? ¿La seguridad extra? Algo está pasando y me han colocado a la fuerza en medio. He arruinado lo nuestro y sé que no puedes confiar en mí... Pero haré lo que sea para ayudar. Cualquier cosa. Supongo que hay muchas probabilidades de que no salga con vida de esta y lo acepto, pero no te imaginas las ganas que tengo de hacer que Nate me las pague antes de irme de este mundo, Reese. Quiero mirarle a la cara y contemplar cómo sufre. De hecho quiero ser yo la que le dispare.

Aquello me hizo gracia. ¿Cómo había pasado de ser una señora de la limpieza a una mujer vengativa sedienta de sangre? De acuerdo, no era una asesina muy competente, pero el sentimiento estaba ahí.

—Joder —masculló, apretándome más contra su cuerpo—. ¿Desde cuándo te has vuelto tan dura?

—Desde que me he dado cuenta de que probablemente mi niña está muriéndose... si es que no está ya muerta. —Casi me ahogué de pena al pronunciar aquellas palabras, pero me obligué a reponerme—. Y de que todo es por culpa de Nate Evans. Llevaba una buena vida antes de conocerlo. No era perfecta, pero tenía un hogar... una familia. Y ese desgraciado me lo ha arrebatado todo. Que se joda, Reese. Tiene que pagar por lo que me ha hecho.

Los labios de Reese rozaron la parte superior de mi cabeza mientras yo intentaba tragarme las lágrimas con todas mis fuerzas. No quería llorar. No quería parecer débil ni suplicar piedad. Me había hecho la cama yo solita y ahora tenía que afrontar las consecuencias.

—Lo siento —susurré de nuevo—. Siento muchísimo haber intentado matarte... y no haber confiado en ti. No te merecías nada de esto.

—Un poco tarde para eso.

—Lo sé.

Volvimos a quedarnos en silencio.

—Nos vamos a Portland en un par de horas —murmuró Reese—. Después iremos a California para dar un golpe de efecto a la plana mayor del cartel. Ya tenemos escogidos los objetivos, llevamos planeando esto desde hace tiempo. Una vez que estemos allí, intentaré encontrar a Jessica.

Sentí un repentino hilo de esperanza, pero lo corté de raíz. Ahora no podía permitirme el lujo de esperar nada bueno.

—¿Cómo puedo ayudaros?

—No puedes, a menos que recuerdes algo que no nos hayas contado todavía.

Negué con la cabeza, esforzándome por recordar.

—Os lo he contado todo —dije—. Desearía saber más. ¿Me dejarás ver a Nate?

Durante un minuto, no me respondió, pero al final suspiró.

—Sí, pero no puedes dispararle. Todavía podríamos necesitarle.

—¿Qué vais a hacer con él?

—Ya se verá. Algo que deberías aprender del club es que no nos gusta que nos hagan demasiadas preguntas y que dejamos que la gente se entere de nuestros asuntos solo cuando es imprescindible. Por ahora, lo único que tienes que saber es que nos vamos dentro de poco y que te vienes con nosotros. Marie viene de camino con algo de ropa para ti.

Me quedé sin aliento.

—¿Sabe lo que he hecho?

—No. Ni lo sabrá. No necesitamos que las chicas se preocupen por ti. Así que, si por algún casual te encuentras con alguna, mantén la boca cerrada.

—Gracias —dije en voz baja.

—¿Por qué?

—Por confiar en mí otra vez.

—No te confundas, no confío en ti una mierda.

—Bueno, confías lo suficiente para llevarme a Portland contigo. No puedo cambiar lo que hice, pero te juro que no volveré a cagarla, Reese.

—¿De verdad esperas que me crea eso?

Ahora fui yo la que suspiré, tenía tal lío en mi cabeza que apenas podía pensar con claridad.

—Solo prométeme una cosa —dije tras unos segundos.

—¿Qué?

—Que si existe algún modo de que pueda ayudar a detener al cartel, me dejarás intentarlo. Da igual lo peligroso que sea. Incluso puedes usarme como anzuelo si crees que puede funcionar. Solo quiero luchar, por Jessica y por mí misma.

Exhaló con fuerza.

—Ya veremos.

***

Media hora después iba vestida con ropa de motera un poco ajustada para mis generosas curvas. Marie y yo teníamos la misma talla, pero mi pecho era un poco más... voluminoso. Al menos estaba seca y caliente. Incluso me consiguieron una cazadora de cuero; algo importante porque por lo visto iba a ir a Portland en la moto de Reese. Aquello me sorprendió bastante; pensaba que no querría tenerme tan cerca, o que sus hermanos no querrían ni mirarme a la cara.

Al parecer, el protocolo de «actuación en caso de traición» de los moteros era un poco más complicado de lo que creía.

Los hombres estaban preparándose para el viaje cuando Reese me llevó escaleras abajo al sótano del arsenal por segunda vez en esa noche. Le seguí por el pasillo hasta que llegamos a la horrible estancia donde me habían colgado del techo hacía unas horas.

Las cosas estaban sucediendo tan deprisa que apenas me daba tiempo a asimilarlas.

Reese abrió la puerta de un empujón. Nada más entrar, me encontré a Nate sentado en una silla de metal, atado de manos y piernas. Le habían metido en la boca una venda sucia a modo de mordaza. Su cara y cabello estaban cubiertos de sangre seca y parecía que le habían roto una mano con una maza.

Ya no se le veía tan feliz.

La rabia que sentía se desvaneció un poco; una cosa era imaginarme a Nate sufriendo y otra muy distinta verlo. Tampoco era que sintiera lástima por él. Solo me quedé un poco impresionada. Aun así, estaba decidida. Quería castigarle con mis propias manos y aquella era la oportunidad perfecta.

—¿Quieres hablar con él? —preguntó Bolt. Me di cuenta de que nos había estado esperando en la celda. Asentí con la cabeza no muy convencida.

—Nate, ¿estás despierto? —pregunté. Los ojos de mi ex novio se abrieron y me enfocaron.

—¿Quieres que le quite la mordaza? —inquirió Reese con la mano apoyada en la parte baja de mi espalda. No tenía ni idea de lo que los Reapers pensaban hacer conmigo en las próximas veinticuatro horas, pero por lo menos no me habían dado una paliza como a Nate. Mejor. Tenía mucho trabajo que hacer antes de que me mataran. Necesitaba salvar a Jessica y también quería vengarme. ¿Y después? Bueno, después lo más seguro era que estuviera muerta así que no tendría que preocuparme.

—No, no quiero oír nada de lo que tenga que decirme —respondí. Tomé una profunda bocanada de aire para intentar que aquello no me afectara y empecé—: Nate, he venido aquí porque quiero que sepas exactamente quién y qué eres. Eres un patético proyecto de hombre con el alma muy negra. Deseo de todo corazón que te maten. De hecho he pedido a Reese ser yo la que lo haga, pero me ha dicho que no puedo. Lo que me ha decepcionado bastante.

Nate abrió los ojos aterrorizado y yo sonreí. Por primera vez en mi vida comprendí cómo una persona podía disfrutar con el sufrimiento de otra, porque, muy a mi pesar, en ese momento me sentí bien.

Me sentí poderosa.

Me acerqué un poco más a él y me agaché para examinarle la mano.

—Eso nunca se curará del todo —comenté con suavidad. Después le miré a la cara. Tenía un ojo tan hinchado que prácticamente estaba cerrado. Me costó un esfuerzo enorme no clavarle el dedo, por el solo placer de verle sufrir—. He estado pensando cómo podría hacerte pagar por todo lo que me has hecho. Podría golpearte, pegarte... o simplemente agarrar esos dedos que ahora tienes rotos y retorcértelos para divertirme un rato. Hasta podría cortártelos. Al fin y al cabo eso es lo que tus amigos le han hecho a Jessica.

Empezó a gruñir desesperado. Le escupí en la cara, lo que me produjo cierta satisfacción, aunque no la suficiente. Me puse de pie y miré alrededor de la estancia. En un rincón encontré un montón de trozos de

madera, incluyendo un palo bastante grueso del tamaño de un bate de béisbol. Perfecto. Me hice con él y lo sopesé un rato. Me sentía de fábula con él en la mano.

Gage soltó un silbido grave a modo de advertencia.

—Lo necesitamos con vida —dijo—. Y que pueda hablar.

Asentí con la cabeza pensativa. Entonces volví a acercarme a Nate y estudié su cuerpo. Eché hacia atrás el palo, lo balanceé y lo dejé caer con todas mis fuerzas sobre su rodilla derecha. Oí un crujido seguido de un angustioso grito amortiguado por la mordaza. Se me revolvió un poco el estómago, pero me las arreglé para hablar.

—Esto por usar a Jessica y enviarla a California.

Respiré hondo y volví a golpearle con saña en la otra rodilla. Nate gritó de nuevo y empezó a gimotear de dolor.

—Esto por arruinar lo mío con Reese.

Me detuve un instante, para pensar con claridad. Quería seguir golpeándole. Había planeado darle un golpe por cada cosa que me había quitado, lo que significaba que todavía me debía una por haber hecho volar por los aires mi casa. Sin embargo, decidí parar ahí. Por mucho que se mereciera sufrir, una parte de mí se dio cuenta de que si continuaba con aquello me estaría rebajando a su mismo nivel.

Me di la vuelta y miré a Reese.

—He terminado. Gracias —dije.

Enarcó una ceja.

—¿Seguro? Puede que no vuelvas a tener una oportunidad como esta.

Me encogí de hombros.

—Nate es como un perro agresivo —repliqué en voz baja. Me di cuenta de que era verdad—. No tiene sentido torturar a un perro, ni siquiera a uno tan sanguinario. Lo mejor que se puede hacer con él es meterle un tiro en la cabeza y enterrar su cadáver.

Nate hizo otro sonido desgarrador y pude escuchar el chirrido de la silla al deslizarse por el suelo de cemento. Hice caso omiso de él y me centré en Reese, deleitándome en aquellos ojos azules que podían leerte la mente y en aquellas pequeñas arrugas que aparecieron en las esquinas cuando esbozó esa inquietante sonrisa suya. Al fondo, apenas fui consciente de la curiosidad con la que Gage nos miró. En realidad me daba igual. Ya nada podía importarme.

—¿Lista para irnos? —preguntó Reese en voz baja. Asentí. Fuera lo que fuese lo que me deparaba el futuro, no le había mentido ni estaba

jugando a ningún juego. Había tomado una decisión y me mantendría firme.

Por fin, sentí una extraña sensación de paz.

Capítulo 16

Para cuando llegamos a Portland estaba agotada, aunque todavía decidida a hacer lo que fuera para ayudar al club. No solo porque era la mejor opción que me quedaba para salvar a Jessica, sino también porque era la única forma que tenía de vengarme por lo que esos cabrones nos habían hecho.

Eso sí, antes tenía que dormir. Y mucho.

Los cortos paseos que hasta ese momento había dado con Reese no podían haberme preparado para algo así. El trasero empezó a dolerme al poco de empezar y fue empeorando hasta que finalmente se entumeció. Incluso sin tener tanto sueño, aquel viaje hubiera terminado conmigo igualmente. Y encima, para hacer de aquel trayecto algo memorable, ninguno de los quince hombres que viajaban con nosotros me dirigieron la palabra ni una sola vez; ni siquiera me miraron.

Sí, no lo olvidaría jamás.

Cuando por fin nos detuvimos en un angosto callejón de un barrio residencial apenas pude percatarme de que el «paseo» había terminado. Paramos frente a una enorme cochera con grandes puertas correderas en la parte trasera. Los hombres las abrieron despacio y metieron sus motos dentro, dejando el espacio suficiente para que también cupiera la abollada camioneta gris que nos había seguido desde Coeur d'Alene. La conducía un aspirante, pero no tenía ni idea de qué había en el interior.

Ni tampoco quería saberlo.

Había aprendido muy bien la lección sobre las preguntas en el club.

Las pesadas puertas se cerraron a nuestra espalda, bloqueando la luz y el sonido. Vaya, aquel lugar debía de tener unos muros a prueba de explosiones. A medida que mis ojos se fueron acostumbrando a la nueva iluminación, atisbé a Hunter, el novio de Em, observando todo lo que allí sucedía con aspecto de dirigir el cotarro.

Me vio de pie junto a Reese y se acercó a nosotros.

—¿Qué está pasando, Pic? —preguntó en voz baja, sin hacerme caso—. Este no es un viaje para una mujer.

Reese sacudió la cabeza con expresión sombría.

—Ayer tuvimos un desafortunado incidente —explicó Reese—. Ya te lo contaré todo después, pero te hago un adelanto. Intentó matarme y el cartel estaba detrás.

El rostro de Hunter se endureció.

—Lo siento —dijo—. A todos nos hubiera gustado que fuera de otra manera.

—Cosas que pasan —comentó Pic—. Los cabrones tienen a su sobrina. Lo hizo para salvar la vida de la cría.

—Parece una historia de lo más interesante. —Hunter apretó la mandíbula—. Entonces está aquí en calidad de prisionera.

Reese asintió con gesto adusto.

—Todavía no sé qué voy a hacer con ella, pero supuse que los aspirantes de Portland podían vigilarla igual de bien que los de Coeur d'Alene. No quería dejarla atrás. No nos ha dado tiempo a tomar ninguna decisión, ya sabes cómo van estas cosas.

—Tengo una habitación bastante segura en la que podemos encerrarla —comentó el novio de Em.

—Esa la necesitaremos para otra persona.

Aquello captó mi atención. Eché un vistazo a la camioneta. ¿Habrían traído también a Nate?

—¿Qué me dices del almacén que hay arriba? —preguntó Hunter—. No es tan seguro, pero tiene una ventana lo suficientemente alta como para que no pueda saltar. Y si intentara escaparse tendría que pasar por delante de la capilla para abandonar el edificio. Yo creo que nos servirá para esta tarde.

—Me parece bien —repuso Reese. Después me dio un codazo y seguí obedientemente a Hunter escaleras arriba. Una vez allí atravesamos

una sala muy amplia con una gran mesa de madera y continuamos por un pasillo hasta llegar al almacén.

—No toques nada —dijo con voz lúgubre—. No creo que quieras saber lo que te pasaría si rompieras algo. Y si encuentras alguna cosa que puedas usar como arma, ni se te ocurra acercarte a ella. Aquí mando yo y me importa una mierda lo mucho que le gustes a Pic. Como armes cualquier lío te mataré.

Asentí con la cabeza. En cuanto se marchó y cerró la puerta tras de sí, estudié la habitación. Había pilas de cajas polvorientas en tres de las cuatro paredes. En la otra había un sofá viejo justo debajo de una ventana de vidrio plomado. Me subí al mueble y miré a través de los cristales. Detrás del garaje divisé un jardín vallado. Pertenecía a una casa de dos plantas con un porche bastante grande en la parte trasera. Parecía haber sido construida hacía cien años; estaba claro que se trataba de una de esas edificaciones que se alejaban del estilo victoriano del que tanto se enorgullecían los barrios antiguos de Portland.

Seguro que era la casa de Hunter y Em y vivían allí mientras el club de él usaba el garaje como base de operaciones. No era una mala ubicación, la verdad.

En el centro del prado, había una barbacoa con varias sillas plegables alrededor. Tampoco tenían mucho espacio; el jardín era más bien una selva con una masa de arbustos considerablemente altos y árboles centenarios que ofrecían total privacidad. A pesar de que estaba convencida de que tenía que haber más casas alrededor, no podía ver nada más; al igual que tampoco nadie vería la ventana del almacén donde estaba.

Menos mal que no estaba tratando de llamar la atención de nadie o escapar.

Me pregunté cuánto tiempo me quedaría allí encerrada. Teniendo en cuenta que no había dormido casi nada en las últimas veinticuatro horas, no me pareció mala idea que me dejaran allí el tiempo suficiente para echarme una siesta. Me dejé caer sobre el sofá y cerré los ojos.

Qué gusto por Dios.

No sé cuánto tiempo estuve dormida. Me desperté con el rugido de un motor. Tardé un minuto en orientarme, me froté los ojos y limpié lo que sospeché era un ligero rastro de baba.

Qué sensual.

La luz era distinta, ahora se colaba por la ventana mucho más brillante. Me puse de rodillas y miré a través del cristal de la ventana. Vi a

Em tomando el sol sobre una manta blanca en el centro del césped. Llevaba un biquini de un intenso rojo que dejaba ver la ligera protuberancia de su vientre y tenía un brazo sobre los ojos.

Se notaba que estaba profundamente dormida... y en los primeros meses de embarazo. Nunca había estado embarazada pero muchas de mis amigas habían vivido esa experiencia y sabía que, a veces, las siestas eran necesarias. Em era una muchacha muy guapa.

Deseé con todas mis fuerzas que la niña de mis ojos regresara sana y salva.

Reese era un hombre con suerte. Aunque todavía no conocía a su otra hija, Em era un auténtico tesoro. Había hecho un trabajo estupendo con ellas a pesar de las trágicas circunstancias en las que perdió a su esposa. Mientras observaba, Em se movió inquieta y rodó hacia un lado. Después se llevó la mano al vientre e hizo un gesto de dolor, pero no pareció despertarse.

Oh, mierda.

Algo estaba pasando... y no precisamente bueno.

Me fijé que la manta blanca sobre la que estaba tumbada estaba cubierta de sangre; sangre que parecía provenir de la entrepierna de Em. No estaba durmiendo, debía de haber perdido la consciencia. Tenía los muslos ensangrentados... La adrenalina me puso en marcha al instante. Corrí hacia la puerta e intenté abrirla desesperada. Nada. Golpeé la puerta y grité con la esperanza de que alguien viniera a por mí.

Nadie respondió.

Las paredes eran viejas y gruesas, construidas para durar muchos años.

«Mierda, mierda, mierda...»

Em se estaba muriendo ahí fuera y nadie se había dado cuenta excepto yo. Tenía que hacer algo.

Regresé a la ventana, me subí al sofá y volví a mirar a través del cristal, intentando encontrar la forma de llegar a ella. No hubo nada que llamara mi atención. Tal vez, si rompía el cristal, podría ver algo que me ayudara. Encontré un viejo taburete roto apoyado contra una pila de cajas. Lo levanté y golpeé el vidrio con las patas. Se rompió con relativa facilidad y después del tercer golpe fui capaz de abrir el marco hacia el exterior.

Me quité la cazadora de cuero y la coloqué sobre la ventana para protegerme las manos de los afilados trozos de cristal que quedaran. Me impulsé hacia arriba y me asomé para echar un buen vistazo al exterior. En una película, aquel era el momento en el que me encontraba con la

rama de un árbol estratégicamente situada o algún tipo de enrejado que me facilitara el descenso.

Nada.

Lo único que encontré fue un gran arbusto justo debajo de la ventana. Si me dejaba caer sin más desde allí tal vez amortiguara el golpe, ¿no? Un rápida mirada a Em constató que el charco de sangre a su alrededor se propagaba a ritmo lento pero constante.

Tocaba arbusto sí o sí.

Salí por la ventana, me colgué del alféizar con las manos y... Ahí fue cuando el plan empezó a torcerse, porque en vez de dejarme caer con cuidado, caí de golpe. Lo que tampoco salió como esperaba fue el arbusto en sí. Desde arriba me había parecido exuberante y mullido.

Pues no.

Caí sobre un lecho de ramas puntiagudas que me cortaron como miles de estacas afiladas. Noté una agónica punzada de dolor en el brazo derecho. Bajé la mirada y vi como una rama de aproximadamente medio centímetro de grosor me atravesaba la parte carnosa del antebrazo. Se me nubló la visión y tuve que respirar hondo un par de veces para no desmayarme ahí mismo.

Em me necesitaba.

Me saqué la rama del brazo —me dolió horrores— e hice caso omiso del reguero de sangre que dejé en el arbusto mientras salía de allí. Tenía el cuerpo lleno de cortes y arañazos y notaba cómo algo cálido y húmedo me caía por la cara. Bueno, por lo menos no parecía que tuviera nada roto.

Corrí hacia el jardín donde yacía la hija de Reese. Me arrodillé a su lado y le tomé el pulso. Débil, pero ahí estaba. Mierda. Divisé un teléfono sobre el césped, al lado de una botella de agua. Un teléfono de verdad, de esos que estaban conectados a una línea fija. Gracias a Dios porque no tenía ni idea de la dirección exacta en la que nos encontrábamos.

No perdí el tiempo y marqué con desesperación el 911.

Reese

—Burke se reunirá con nosotros en California —dijo Hunter—. De hecho ahora mismo están viajando hacia el sur para vigilar los objetivos. Shade y sus hombres llegarán en avión al caer la tarde y los Silver Bastards también se han puesto en marcha. Entre todos y los clubes de apoyo de la zona, seremos unos trescientos hombres.

—Lo que debería bastar para que se cagaran de miedo si no fuera porque no creo que seamos suficientes para hacerles frente —gruñó Horse.

—Sus soldados son una panda de mercenarios —dije yo—. Los nuestros no. Sabemos lo que estamos haciendo y confiamos los unos en los otros. Si a eso le sumas que no vamos a darles la oportunidad de un enfrentamiento cara a cara, creo que sí que somos suficientes.

—Entonces despegamos a las diez de esta noche —señaló Hunter—. Vamos en un avión de carga. Ya hemos llegado a un acuerdo con la compañía. El piloto es amigo mío y es de fiar. Cuando aterricemos, habrá hermanos esperándonos y llevaremos nuestro propio armamento. ¿Todo claro?

La estancia se llenó de gruñidos y gestos de aprobación.

—Gracias por ocuparte de todo —dije.

—No hay de qué —replicó Hunter. Miró al hombre que tenía sentado a su lado y que en ese momento estaba poniendo los ojos en blanco—. Casi todo el trabajo lo ha hecho Skid. Bueno, supongo que ha llegado la hora de hablar de tu mujer, ¿no?

—Es complicado —admití—. No sé muy bien qué hacer. Es una larga historia pero todo se resume en que ha sido manipulada por el cartel. No sé si Nate Evans planeó o no tenderle una trampa, pero está claro que en cuanto se le presentó la oportunidad, perdió el culo por aprovecharla. Se folló a la sobrina, la que vivía con ella, y seguramente le llenó la cabeza con todo tipo de mierdas. Luego le dio dinero para que se fuera al sur y ya conocéis el resto de la historia, que la madre de la cría estaba liada con Gerardo Medina.

Hunter silbó por lo bajo.

—Joder, la perra apunta alto.

—Pues sí —acordé—. Ahora el tipo se está corriendo la juerga padre mientras tiene a su esposa escondida en México. En fin, todo eso da igual. El caso es que Medina retuvo a la chica y la usó para manipular a London. Para asustarla todavía más, le cortaron un dedo a la muchacha mientras su tía lo veía. Gracias a lo que nos contaste en la reunión anterior, supimos que debía de estar sucediendo algo, así que pusimos un hombre a seguirla y alguna que otra cámara de vigilancia en mi casa. Después todo fue de mal en peor y Puck encontró un arma cargada en su bolso. Le quitó las balas y volvió a dejarla descargada. Decidimos esperar a ver qué hacía, quería saber hasta dónde llegaría.

Todos estaban en silencio.

—¿Alguna razón en particular para que todavía siga viva? —preguntó después de un rato Hunter.

—Que no quería hacerlo —intervino Gage con tono pensativo—. London odia a Evans mucho más que nosotros, lo que ya es decir. Le ha dado un buen par de golpes y dice que quiere ayudarnos a terminar con el cartel. Motivación no le falta desde luego. Ahora mismo, somos su única baza para salvar a su sobrina.

Hunter me miró sonriendo y fui plenamente consciente de lo mucho que le divertía todo aquello. Sabía que me había enamorado de ella —yo también lo sabía— y ahora tenía que matarla o parecer una «nenaza» delante de los Devil's Jacks.

Joder.

El sonido de varias sirenas llenó al ambiente. Ladeé la cabeza. Las paredes eran muy sólidas lo que significaba que tenían que estar muy cerca. ¿Sería la policía? Mierda. Teníamos a dos personas retenidas en el garaje y cientos de armas de todo tipo.

Aquello no pintaba nada bien.

Puck irrumpió en la sala y por primera vez desde que lo conocí no le vi con la calma y tranquilidad a las que nos tenía acostumbrados.

—Tenéis que venir ahora mismo —dijo—. Pic, tu hija está en el jardín y creo que está sangrando. London está con ella, supongo que fue la que llamó a la ambulancia. Hay técnicos sanitarios y bomberos por todas partes.

Hunter salió a tal velocidad que casi me tiró al suelo. Yo le seguí de cerca, bajando las escaleras en tiempo récord y corriendo hacia el jardín.

«Dios mío —murmuró Heather en mi cabeza—. Nuestra pequeña...»

Lo que vi estuvo a punto de matarme.

Me imagino que no os sorprenderá si os digo que he matado a más de una persona en mi vida. Sé de buena tinta el aspecto que tiene alguien cuando ha perdido demasiada sangre como para seguir viviendo. Pues toda esa sangre y mucha más cubría la parte inferior del cuerpo de Em y la manta en la que estaba tumbada.

Hunter estaba junto a ella —literalmente aterrorizado— mientras dos técnicos sanitarios trabajaban frenéticamente para salvar a mi pequeña.

London también estaba cerca, con los ojos llenos de desesperación. Una parte de mí se dio cuenta de que también estaba llena de sangre. Le

caía por la cabeza y el rostro. Y también en los brazos. Parecía como si le hubieran... ¿destrozado?... la ropa.

Y a mi niña la había pillado en medio.

Durante un instante casi agradecí a Dios que Heather estuviera muerta, porque si siguiera con vida me hubiera desollado por permitir que aquello pasara. Lo que cojones fuera que hubiera pasado. Parecía que la sangre de Em venía de su entrepierna, lo que no presagiaba nada bueno para mi nieto.

«Lo siento tanto, Heather.»

Hunter se volvió hacia London, la agarró de los brazos y la sacudió con violencia.

—¿Qué coño le has hecho? ¡Te mataré por esto, zorra!

Skid, Gage y Horse, se pusieron en acción de inmediato y lo separaron de ella, llevándoselo a unos metros del prado antes de que al policía le diera tiempo a parpadear.

—¿Qué está pasando? —pregunté con un nudo en el estómago a uno de los técnicos de emergencias que estaba atendiéndola. Nunca imaginé que London supusiera una amenaza para mi hija. ¿Tenía ella la culpa de que Em estuviera en esas condiciones? Mierda. ¿Qué cojones había hecho al traerla aquí?

—Todo apunta a un aborto espontáneo —respondió el hombre—. ¿Es usted familia?

—Soy su padre.

—Tiene que seguirnos al hospital —informó—. Se trata de algo bastante grave, y ya ha perdido mucha sangre. No sé qué demonios está pasando aquí pero será mejor que se deje de dramas porque su hija le necesita. ¿Entendido?

—Sí, por supuesto.

Dios, odiaba sentirme tan impotente. Les llevó una eternidad meterla en la ambulancia, Em parecía estar muriéndose y yo no podía hacer absolutamente nada. Por el rabillo del ojo vi a uno de los bomberos acercarse a London. Tampoco tenía muy buen aspecto. Alcé la vista hacia el garaje y vi los restos de la ventana de la segunda planta. Era evidente que había saltado, cayendo de pleno en el arbusto. Había ramas rotas por todas partes.

Mierda.

—Esa mujer ha salvado la vida de su hija —anunció el policía mientras se acercaba a mi lado. Obviamente reconoció mis colores, pero no parecieron intimidarle—. Saltó por la ventana y llamó al 911. ¿Querría

hacer el favor de explicarme por qué alguien tiene que tirarse desde una segunda planta en vez de usar las escaleras?

—No tengo ni idea —repuse. Estaban subiendo a Em a la ambulancia. Mierda. Tenía que irme con ellos.

—Cuide de su hija —dijo el policía—. No se preocupe por la otra víctima. Me aseguraré de que se la lleven al hospital y la mantengan «a salvo».

La forma cómo recalcó aquellas palabras llamó mi atención. Le miré; por primera vez le miré de verdad. Se había dado cuenta de lo que estaba pasando. Sabía que teníamos a London retenida e iba a llevársela. Por supuesto que tenía a treinta hermanos conmigo que no dudarían en hacer lo que fuera para impedírselo si yo se lo pedía... pero era una batalla perdida. Puede que ese tipo fuera el único agente de la ley que se había personado, pero había por lo menos seis bomberos. Si intentábamos algo, tendríamos a la puta ciudad entera detrás de nosotros. El policía sonrió porque también sabía que había ganado. Pasé de él y fui hacia el garaje, haciéndole un gesto con la barbilla a Skid para que me acompañara.

—Se llevan a London al hospital —dije en voz baja—. El poli sabe que algo no va bien y va a hablar con ella. Necesito que los hermanos limpien cualquier prueba que les de pistas de lo que ha pasado. Solo por si acaso.

—Entendido. —Entrecerró los ojos—. Joder. Tenías que haberte ocupado de ella antes de salir de casa... haberle cerrado la puta boca antes de que pudiera hablar.

—Si hubiera hecho eso, ahora mismo Em podría estar muerta —repliqué con tono helado, dejándole claro que no admitía reprimendas—. No te olvides de quién llamo al 911. London ha prometido que quiere ayudarnos y tiene razones de peso para mantener su palabra. Esos policías no pueden salvar a su sobrina. Somos su única esperanza, así que vamos a esperar a ver qué pasa.

London

—Reese me pidió que buscara una caja —dije al policía pronunciando aquellas palabras de forma deliberadamente lenta—. Es mi novio. Anoche vinimos desde Coeur d'Alene para ver a su hija. Subí al almacén y empecé a buscar. Sin darme cuenta cerré la puerta y se quedó bloqueada.

Ahí es cuando vi a Em en el jardín, me puse a gritar pero como nadie me oyó, rompí la ventana y salté.

—¿Qué había en la caja?

—Piezas de moto. Nunca la encontré.

—Si es su novio, ¿por qué no está aquí con usted para ver cómo se encuentra?

Suspiré; ahora se estaba comportando como un imbécil a propósito.

—¿Porque su hija estaba desangrándose la última vez que la vi y yo apenas tengo unos rasguños? Creo que en este momento ella tiene prioridad sobre mí, ¿no le parece?

El policía me miró sin decir nada. Habíamos mantenido esa misma conversación tres veces. En cada ocasión me dejó muy claro que no se creía nada de lo que le estaba diciendo. Y en cada ocasión yo también le dejé claro que me daba igual lo que creyera.

En el fondo apreciaba lo que estaba intentando hacer; demasiados policías hacían la vista gorda ante el maltrato, que obviamente era lo que él creía que en mi caso estaba pasando. Estaba intentando salvarme y si mi prioridad hubiera sido seguir con vida se lo hubiera agradecido eternamente.

Pero en ese momento mi prioridad era rescatar a Jessica, seguida de matar a los hombres que la tenían. Sobrevivir había pasado a un tercer puesto.

—No piensa cambiar la historia, ¿verdad? —preguntó con tono cansado.

—No es ninguna historia —repliqué en voz baja—, es la verdad.

—Aquí tiene mi tarjeta —dijo—. He escrito mi número privado al dorso. Si decide hablar o necesita ayuda no dude en llamarme. Ambos sabemos que aquí pasa algo raro y tarde o temprano terminará explotándole en la cara. No tenga miedo de pedir ayuda, ¿de acuerdo?

—Gracias por su preocupación, pero le prometo que estoy bien.

El hombre negó con la cabeza y se marchó, dejándome sola en la pequeña sala que el hospital nos había proporcionado para poder hablar. Me fijé en que había varias cajas de pañuelos desechables colocadas de forma estratégica; me dio la sensación de que era uno de esos sitios en los que dejaban a las familias antes de comunicarles la muerte de algún ser querido. Deseé de corazón que Reese no estuviera sentado en otra habitación similar, lamentando la pérdida de su hija. Tenía que encontrarle, o por lo menos dar con alguien que me dijera qué había pasado con Em.

Ponerme de pie me dolió, a pesar de que ninguna de mis heridas revestía especial importancia. Me habían dado un par de puntos en la frente y desinfectado todas las magulladuras. Se suponía que tenía que estar pendiente de la herida del brazo, acudir al médico lo antes posible si mostraba cualquier síntoma de infección y blablablá.

Me hice con la bolsa donde habían guardado lo que quedaba de la ropa que llevaba puesta y la apreté contra mi pecho. (No tenía muy claro por qué se habían molestado en devolvérmela, porque estaba en tal mal estado que era imposible que volviera a ponérmela. Por lo menos, el pijama de hospital que me habían dejado resultaba bastante cómodo). Como me habían dado de alta en urgencias, en teoría podía salir de allí e ir directamente a la sala de espera. Y eso fue lo que hice. No vi a Reese, pero sí a Painter con expresión sombría.

Me acerqué a él, temerosa de las noticias que habían causado ese gesto en su rostro.

—¿Cómo está? —pregunté sin molestarme en saludar.

—No muy bien —repuso él. Se puso de pie y me miró—. El bebé no venía como era debido. Han dicho que se trataba de un embarazo «octópico» o algo parecido.

—¿Ectópico?

—Sí, eso. El bebé no estaba colocado en el lugar adecuado. En lugar de crecer en su útero, estaba en una de las trompas de Falopio y esta se ha roto. De ahí tanta sangre. Ahora mismo la están operando, pero ha perdido un montón de sangre, London. Tal vez muera en el quirófano. El bebé nunca tuvo la mínima oportunidad.

Me tambaleé, pero él me sostuvo a tiempo. Sin dejar de mirarme continuó:

—Reese y Gage me dejaron aquí para echarte un ojo —explicó—. Gage me dijo que estabas hablando con la policía.

Negué con la cabeza e intenté recuperar el aliento.

—No tienes que preocuparte por eso —indiqué con calma—. No les he dicho nada. No estoy intentando huir del club, Painter. Quiero ir a California y salvar a Jessica y solo puedo conseguirlo si sigo con vosotros. Pero ahora necesito encontrar a Reese. Debe de estar aterrado.

Painter hizo un gesto de asentimiento.

—Seguro que lo está, aunque nunca lo exteriorizará. Puedo llevarte allí... Pero primero tengo que decirte algo.

—¿Qué?

—Porque hayas salvado a Em y no nos hayas delatado no significa que estés a salvo con nosotros... y Pic no tiene por qué ser el que tome esa decisión. Tienes que tener claro esto, London. Si subes esas escaleras y encuentras a Pic, hay una posibilidad de que el club no te perdone. Y aunque lo haga, el viaje a California puede ser solo de ida... Esto no es ningún juego. Solo tienes que pedirlo y me iré al baño en el momento más oportuno, dejando que salgas por esa puerta sin más. Tengo doscientos dólares en el bolsillo. Son tuyos. Es lo único que puedo ofrecerte.

Alcé los brazos y enmarqué su rostro entre mis manos. Después esbocé una triste sonrisa.

—Este es uno de los gestos más bonitos que alguien ha tenido conmigo en toda mi vida —dije con dulzura—. Pero tengo que encontrar a Reese y necesito ir a California a salvar a mi niña. Pase lo que pase, lo aceptaré. Ahora, ¿puedes llevarme con Hayes, por favor?

—Te diré cómo ir, pero no te acompañaré.

—¿Por qué no?

—En este momento, lo que menos necesita Hunter es verme. Entre Em y yo pasó algo... Llegamos a un acuerdo, pero no somos precisamente amigos. No quiero estresarle más de lo que ya debe de estar.

Todas las piezas del puzle se unieron en mi cabeza. Ahora lo entendía todo. Le di una palmadita en el brazo, sorprendida por lo diferente que parecía al hombre que había conocido hacía unas semanas. A Painter se le daba muy bien ocultar sus sentimientos.

Aunque pensándolo bien, lo mismo le sucedía a Reese.

***

Painter me escoltó hasta el pasillo que había fuera de la sala de espera de la zona de quirófanos. Al entrar lo primero que vi fue a Reese y a Hunter. Con ellos estaban Horse, Ruger y Bam Bam y también un hombre joven que no reconocí y que llevaba los colores de los Devil's Jacks. Estaba cubierto de tatuajes y tenía un aspecto muy hipster con esos jeans ajustados.

Madre mía, si los de Portland habían conseguido eso con un motero, podían convertir en *hipster* a cualquiera.

Me fijé en que entre y él y Hunter había sentada una muchacha con el rostro surcado de lágrimas y restos de máscara para pestañas. Parecía recién salida de una película de terror, pero al menos mostraba

algo de emoción. Hunter tenía un gesto completamente inexpresivo. Igual que Reese. Me dirigí hacia ellos pero me detuve al instante. En la sala estaba el mismo oficial que acababa de hablar conmigo. Pues sí que era persistente.

Estaba observando atentamente al grupo, con ojos curiosos.

Mierda.

Eso era lo que menos necesitábamos en ese momento. Quizás un pequeño espectáculo podría quitárnoslo de encima. Volví a acercarme a Reese, esperando que captara lo que estaba intentando hacer. Cuando estuve lo suficientemente cerca de él, le hice un gesto con los ojos en dirección al policía, me senté en su regazo y me abracé con fuerza a su cuello.

—Este agente está intentando salvarme —susurré—. Le he dicho que eres mi novio y que subí al almacén para buscar una caja que necesitabas, así que si me tratas como si no quisieras estrangularme puede que salgamos de esta.

Sus brazos me rodearon y me atrajo hacia sí. Durante un segundo fingí que lo que acababa de decir era real. Que seguía siendo mío y que de verdad se sentía aliviado al comprobar que no me había pasado nada grave.

—Gracias —murmuró—. Una cosa menos de la que preocuparse.

—No confías en mí —susurré—. Y lo entiendo. Pero estoy de tu lado, Reese. Metí la pata y estoy intentando arreglarlo. No espero que me perdones o que las cosas entre nosotros vuelvan a ser como antes, pero no volveré a traicionarte nunca.

Asintió y me soltó. Por lo visto no fui la única consciente de la pequeña audiencia policial que teníamos, porque ninguno de los presentes mostró la menor reacción a nuestra pequeña reunión. Hunter se puso de pie cuando vio que Reese me dejaba ir y se acercó a nosotros.

—Lo siento —dijo con voz tensa—. Me han dicho que, de no ser por ti, ahora estaría muerta. No tenía que haberme abalanzado sobre ti de ese modo, London. Supongo que perdí la cabeza.

Dios, se le veía tan joven y asustado.

Puse la mano en su brazo y le di un ligero apretón. Una se olvidaba con facilidad de que, a pesar de lo duros que eran, muchos de ellos apenas eran unos críos. Este chico estaba aterrado porque había perdido a su bebé y su novia podía estar muriéndose dentro del quirófano.

—No te preocupes. Entiendo que actuaras así y no me lo voy a tomar como algo personal.

La muchacha que estaba sentada a su lado se unió a nosotros.

—Soy Kelsey —se presentó. Se la veía muy preocupada y con el cuerpo tenso—. Soy la hermana de este gilipollas, lo que también convierte a Em en mi hermana. Gracias por lo que hiciste. Le echaste muchas pelotas.

Me encogí de hombros.

—Ojalá puedan ayudarla.

Como si le hubiera convocado con mi voz, en ese momento entró un médico en la sala de espera. Todos nos quedamos mirándole, intentando leer su expresión.

—¿Son ustedes familia?

—Sí —dijo Reese, poniéndose de pie—. ¿Cómo está mi niña?

—Acabamos de operarla y, dentro de lo que cabe, todo ha ido bien. Ya saben que ha perdido mucha sangre. Le hicimos una transfusión en urgencias y otra en el quirófano y conseguimos detener la hemorragia. Por desgracia era imposible que el feto sobreviviera a un embarazo ectópico como este. Da igual cuándo lo hubiéramos detectado y tampoco la madre podría haber hecho nada para evitarlo. A veces, estas cosas vienen así y no se puede hacer nada.

—¿Vieron si era un niño o una niña? —preguntó Hunter con voz angustiada.

—Una niña —replicó el médico—. Tenía unas catorce semanas. Siento muchísimo su pérdida. Hemos tenido mucha suerte de salvar a la madre, ha estado a punto de morir, unos minutos más hubieran sido fatídicos. Las siguientes horas son críticas, pero estoy convencido de que se recuperará por completo.

Horse tiró de mí y me abrazó con fuerza.

—Gracias por salvar a nuestra Emmy —dijo en voz baja.

Ruger me miró asintiendo y yo no supe qué hacer o decir. Reese parecía estar perdido en su mundo y Hunter tenía los ojos sospechosamente rojos.

—¿Cuándo podremos verla? —quiso saber Kelsey.

—Ahora mismo está en la sala de recuperación. Pasará un buen rato antes de que puedan visitarla y me gustaría que descansara todo lo posible. Así que solo pueden entrar los familiares más cercanos. El resto podrán verla mañana o pasado.

—Me quedaré esta noche —dijo Hunter—. A menos que sea un problema.

El médico esbozó una sonrisa, aunque esta no llegó a sus ojos.

—La sala de espera es toda suya —señaló—. Le mantendremos informado.

Dicho eso se dio la vuelta y desapareció, con la mente puesta en el siguiente paciente.

—¿Y ahora qué? —preguntó Ruger—. Esto es una putada, pero tenemos a trescientos hermanos de camino a California para lanzar una ofensiva conjunta. No podemos dejarlos colgados.

—Yo estoy fuera —declaró Hunter sin rodeos. Después hizo un gesto hacia su amigo—. Skid puede sustituirme y encargarse de todo. Ya le he contado a Burke lo que ha pasado.

Miré a Reese, preguntándome si haría lo mismo. Nadie le culparía si decidía no ir a California, pero sabía que no tendría la más mínima oportunidad de salvar a Jessica sin él allí. Clavó la vista en mí y suspiró antes de frotarse la nuca.

—Yo sí que voy —dijo. Miró a Hunter—. Tú cuida de mi pequeña por mí y yo me aseguraré de traer a tu club de vuelta.

Hunter parecía sorprendido y Ruger y Horse intercambiaron una mirada que no supe descifrar.

—Gracias —dijo Hunter. Se volvió hacia Skid—. ¿Necesitas algo más de mí?

—No, lo tengo todo controlado, no te preocupes.

—Me voy para tu casa —indicó Reese con calma, aunque me di cuenta de que dejar a Em en esas condiciones le estaba matando—. Llámame cuando se despierte, ¿de acuerdo? Vendré a verla antes de despegar.

—Me parece perfecto —repuso Hunter—. Y oye, Pic...

—¿Sí?

—Cuidaré de ella. Te lo prometo.

—Te tomo la palabra.

Capítulo 17

El avión aterrizó a las once de la noche.

Me había quedado dormida encima de Reese. Entre sus brazos me sentía de maravilla y muy cómoda; más de lo que me merecía, pero quería aprovechar todo el tiempo que me quedara con él. Además, me dio la impresión de que él también quería aquello, lo que hizo nacer un pequeño rayo de esperanza en mi interior. ¿Sería posible que no hubiera arruinado por completo lo nuestro al apretar aquel gatillo?

Deseché la idea de inmediato, en ese momento no podía permitirme el lujo de dejar que una esperanza vana me distrajera de mi principal objetivo.

No obstante, cuando salimos de aquel hospital sí que percibí un notable cambio de actitud hacia mi persona. Nadie parecía haber pisado la casa de Em y Hunter (por lo visto lo habían limpiado todo previendo un registro policial).

Un registro que esperaban por mi culpa.

Mi silencio, combinado con el hecho de que había salvado a Em, había mejorado considerablemente mi relación con el club, de modo que cuando Reese anunció que iría con ellos, nadie se quejó. Aquello significaba un mundo para mí, porque si encontraban a Jessica, yo quería estar allí por ella. Si no lo hacían... Bueno, entonces me quedaría otra dolorosa tarea por delante.

Ahora era la una de la madrugada y estaba sentada en la oscuridad, esperando. Habíamos ido a un almacén en mitad de la nada a las afueras de San Diego, que por lo visto era muy similar al centro de la ciudad, pero con más tiroteos y pandillas. Me había costado mucho convencer a Reese para que me dejara acompañarles; creo que tenía pensado dejarme con las mujeres de alguno de los clubes o algo similar.

Y una mierda.

Llegamos a un acuerdo cuando le juré que me quedaría fuera en uno de los vehículos —una camioneta de aspecto normal y corriente que empezaba a sospechar era el transporte estándar del club— hasta que me dijera que entrara. Puck se quedó conmigo. Durante todo el tiempo que estuvimos allí no me dijo nada. Ni una palabra. Así que ahí estaba yo, agazapada en una camioneta en medio de la oscuridad, rezando para que pasara algo. Cualquier cosa.

Todavía no tenía muy claro cuáles eran nuestros objetivos ni dónde había ido el resto de los hombres. Nuestro grupo lo componían una treintena de moteros que eran una mezcla de Reapers, Silver Bastards y algún que otro miembro de clubes de la zona que por lo visto eran sus aliados. Ninguno de ellos llevaba sus colores distintivos y actuaban de forma extremadamente secreta. Todos habían hecho caso omiso de mi presencia, salvo Puck, claramente resentido porque le habían endosado la tarea de hacer de niñera.

Perfecto, porque a mí también estaba empezando a molestarme su silencio.

Por fin, después de lo que me parecieron horas, el teléfono de Puck vibró. Contestó, gruñó unas cuantas veces y colgó. A continuación me miró frunciendo el ceño de tal forma que pareció mucho menos atractivo de lo que era.

—Me necesitan dentro —dijo—. Vas a tener que venir conmigo. No puedo dejarte aquí sola. Mantén la calma y no digas, hagas, ni toques nada. ¿Estamos?

Tuve la tentación de decirle que era lo suficientemente joven como para ser mi hijo y que no era tonta.

—Sí —dije, en lugar de replicarle.

Otro gruñido. Ese muchacho necesitaba ampliar su vocabulario con urgencia.

Salimos de la camioneta y empezamos a rodear el edificio por un lateral del mismo. Nada más pasar la primera esquina, llegamos a una

puerta custodiada por un hombre a quien no reconocí. Nos la abrió en silencio y me miró con recelo mientras yo seguía al aspirante dentro.

El interior de aquel almacén me dejó sorprendida.

No sé qué había esperado encontrar... Tal vez un gran espacio abierto con pasarelas, focos y un tipo perverso riendo como un maníaco al fondo.

¿También un par de gatos pelones?

Sin embargo, la tenue iluminación de seguridad mostró un interior que se parecía más al almacén de un hipermercado que a la fortaleza de un señor del crimen. Había un montón de contenedores, palés y filas de cajas, algunas apiladas hasta el techo. Cerca de la puerta, había aparcado un toro. Y nada más, ni siquiera una simple ametralladora apuntándonos desde el techo.

Puck sacó su arma y comenzó a bajar por el segundo pasillo de palés, que a mi desbordada imaginación le resultó similar a los estrechos cercos que le ponen al ganado cuando quieren llevarlo a la zona de sacrificio de un matadero.

No era una idea muy alegre, la verdad.

Puck se internó en la oscuridad y yo le seguí como la buena chica que era. Entonces me tropecé con el cordón de mi zapato y, sin saber muy bien cómo, me las apañé para hacer una especie de compleja danza que evitó que hiciera ruido y nos delatara.

Cuando recuperé el equilibrio, me agaché para atarme bien el cordón. Puck continuó moviéndose, ajeno a mi pequeño percance y me di cuenta de que si quería ponerme a su altura no sería nada sigilosa. ¿Pero qué era peor? ¿Hacer ruido o separarme de él?

Con el ruido era más probable que nos mataran.

Vaya una forma de meter la pata nada más empezar. Estar de rodillas me dio una nueva perspectiva de la situación; en concreto la perspectiva de ver a través de un hueco que había en los palés de unos cincuenta centímetros de alto y veinte de ancho. Al otro lado se veía una zona en la que... Oh, mierda. Había un cuerpo tendido en el suelo. Por la ropa que llevaba, no se trataba de ningún motero.

A su alrededor había un charco oscuro.

¿Sangre?

Sí. Tenía que tratarse de sangre y mucha más de la que había visto en Em. Sin lugar a duda, aquel hombre estaba muerto y bien muerto. Madre mía. Aquello estaba pasando de verdad. London Armstrong de

Coeur d'Alene, Idaho, estaba en medio de una guerra de bandas en la que la gente estaba muriendo... Aparté la vista del hueco y miré hacia delante. Vi que Puck casi había llegado al final del pasillo y que todavía no se había percatado de que nos habíamos separado. Perfecto, ¿verdad? Me dispuse a ponerme de pie cuando oí el ruido.

Era una especie de gemido, de lloriqueo agudo, como el que emitiría un niño o una chica joven. Mi radar de madre cobró vida al instante; acababa de reconocer ese llanto.

Jessica.

Mi pequeña se encontraba en algún lugar al otro lado de los palés, lo que implicaba dos cosas, que o corría hasta el final del pasillo y lo rodeaba para ir al otro lado o intentaba colarme por el estrecho hueco. Correr conllevaba más tiempo y, lo más seguro, levantaría más ruido. Y no solo eso, si llegaba a la altura de Puck, puede que no me dejara buscar a Jess; no cuando tenía su propia misión que cumplir.

Tendría que arrastrarme y meterme por el hueco.

El único inconveniente era don Cadáver, que tenía que admitir era el mayor escollo para mi plan. Entonces volví a oír a Jessica lloriquear; en esta ocasión de forma más débil. Hora de ponerse en marcha. Me tumbé y me deslicé por el hueco. No fue una experiencia especialmente divertida o cómoda, pero eso era lo que tenían las incursiones contra peligrosos carteles, que rara vez lo eran.

Lo primero que descubrí nada más llegar al otro lado era que la sangre de don Cadáver todavía estaba caliente; algo de lo que me di cuenta al colocar la mano encima por accidente. También pude olerla. Ese peculiar hedor a metal, con un toque dulzón. Me limpié la mano en la camiseta, hasta que me detuve a pensar en lo que estaba haciendo y paré. Qué asco. ¿Me castigaría Dios por profanar a los muertos? Decidí cambiar de táctica y la limpié en la camisa de don Cadáver.

Mis dedos rozaron un bulto duro.

Me quedé inmóvil. Debajo de su camisa había algo sólido; algo que había caído hacia su costado izquierdo. Eché un rápido vistazo al nuevo pasillo de palés en que me encontraba y no vi a nadie, así que le abrí la camisa para ver de qué se trataba.

Un arma.

Volví a oír el gemido, miré a mi alrededor en busca de la fuente. A lo largo de la pared había una hilera de puertas. Todas estaban cerradas, como si se tratara de oficinas que se cerraban por la noche. A excepción

de una con un distintivo que indicaba que se trataba de un cuarto de baño. Aquella puerta era la única que estaba abierta. ¿Se habría escondido allí?

Comprobé el arma antes de moverme; no pensaba cometer el mismo error de ir sin balas. Con mucho cuidado, presioné el diminuto botón y dejé que el cargador se deslizara hacia abajo. Sí, tenía munición. Estupendo. Volví a meterlo y envolví despacio el arma con la parte inferior de mi camiseta para amortiguar el ruido cuando amartillé el disparador.

Ya estaba armada y preparada para rescatar a mi sobrina como una auténtica Lara Croft. Solo necesitaba el cuerpo de Angelina Jolie para completar el atuendo. Claro, que tampoco me vendría mal el dinero de Angelina Jolie, así podría pagar a alguien para que salvara a Jessica y... Ah, también me tiraría a Brad Pitt. Sentí cómo del fondo de mi garganta emergía una carcajada poco oportuna que retuve con todas mis fuerzas. Tanta tensión me estaba volviendo loca.

«Deja de pensar en estupideces y ve a rescatar a Jessica.»

Muy bien entonces. Tomé una profunda bocanada de aire y fui hacia la puerta del baño. El eco de otros disparos llegó de repente a mis oídos, poniéndome los pelos de punta. Oí voces de hombres seguidas de más disparos. Me tiré al suelo y me arrastré a toda prisa hacia el baño. Me metí dentro, completamente a oscuras y cerré la puerta detrás de mí; no es que fuera una barrera muy consistente, pero mucho mejor que quedarme a descubierto junto a un cadáver. Tanteando con la mano, me fui abriendo paso en el baño hasta llegar a un rincón.

En el exterior, los disparos se detuvieron.

Ahora que no se oía ningún ruido, percibí la respiración de otra persona en el baño. ¿Sería Jessica? ¿Un matón del cartel? ¿Cómo narices iba a saberlo si estábamos completamente a oscuras?

—Ayúdame, por favor —susurró una voz.

Estuve a punto de ponerme a llorar porque, sí, mi instinto materno estaba en lo cierto. Había encontrado a mi niña y seguía con vida.

—¿Jess?

Silencio, seguido de un sollozo.

—¿Loni? ¿Eres tú de verdad?

—Sí, cariño, soy yo. He venido para sacarte de aquí. Te alegrará saber que esta vez no me he traído la furgoneta.

Más silencio.

—¿Estoy soñando?

—No, Jess. Soy real, pero el almacén está lleno de cadáveres. Acabo de tocar uno, así que creo que deberíamos largarnos de aquí ahora mismo.

—Me tienen esposada a una tubería —susurró—. Estoy en el cubículo del inodoro así que no creo que pueda escapar tan fácilmente.

Dios bendito. Deseé que don Cadáver siguiera vivo para poder matarle yo misma. Teniendo en cuenta la posición en la que se encontraba, debía de haber estado vigilándola. Supuse también que los moteros lo habían liquidado, ¿pero quién sabía? Fuera quien fuese no había encontrado a Jess, que era lo único que importaba. Ahora tenía que quitarle esas esposas y sacarla de allí sin que nos mataran.

Fácil, ¿verdad?

—¿Loni?

—Sigo aquí —dije a toda prisa.

Se produjo otra ronda de disparos. Había llegado la hora de soltarla y salir por esa puerta antes de que alguien entrara y empezara a dispararnos.

Hablando del rey de Roma...

Unos pasos resonaron en el exterior, como si alguien viniera corriendo por el pasillo creado entre los palés y la pared. La puerta se abrió de golpe y la luz inundó el baño, cegándome. Jessica gritó mientras otra tanda de disparos, esta vez más cerca, pareció que iba a tirar el edificio abajo. Me escabullí hacia atrás frenéticamente, en un intento por alejarme de esa nueva amenaza. Los gritos inundaron el ambiente, no solo los de Jessica sino los de todos los hombres que estaban peleando allí fuera. Hombres heridos... o moribundos.

Dios, todo aquello era real.

Mi espalda tocó la pared. Parpadeé rápidamente para que mis ojos se acostumbraran a la luz y me di cuenta de dos cosas. Estaba debajo de un lavabo y a metro y medio de distancia había un hombre bajo y gordo, moreno, vestido con un traje que parecía bastante caro mirando hacia el cubículo donde estaba el inodoro con un arma en la mano. Tenía la respiración entrecortada y mascullaba algo ininteligible mientras buscaba algo en sus bolsillos.

Unas llaves.

Abrió el cubículo y por primera vez pude ver a Jessica. Fue solo un instante, pero el tiempo suficiente como para atisbar que tenía el rostro lleno de sangre seca y la mandíbula hinchada. Cuando el hombre se

acercó a ella empezó a chillar. A continuación les oí forcejear; el hombre estaba intentando abrir las esposas, pero Jess le dio una patada y las llaves cayeron al suelo, desplazándose hasta el rincón opuesto del baño.

—¡Déjame en paz! —gritó mi sobrina.

—¡Cállate, puta! —exclamó el hombre mientras la abofeteaba con saña.

Jess se calló.

En el exterior dejaron de oírse los disparos, pero un nuevo sonido cobró vida. Un chirrido estridente. Solo podía tratarse de una cosa: la alarma de incendios.

«Mierda.» Tenía que acabar con aquello de una vez por todas o moriríamos como ratas.

El cabrón que acababa de pegar a Jessica cayó pesadamente sobre sus rodillas, maldiciendo por lo bajo mientras se ponía a buscar la llave. Sus movimientos eran desesperados; me di cuenta de que no era la única que estaba aterrorizada. Me consoló saber que los malos también se asustaban. Tal vez pudiera usarlo en su contra.

Los ojos de Jessica se encontraron con los míos. Tenía el rostro completamente magullado y había perdido algo de peso. Más de lo que su salud podía soportar. Para empeorar aún más las cosas, tenía las manos esposadas a la espalda y la habían dejado sobre el inodoro con los jeans bajados, alrededor de los tobillos.

Desde el exterior llegaron más gritos junto con un golpe seco. Como si hubieran estrellado un cuerpo contra la pared.

El hombre continuó maldiciendo y sus movimientos se volvieron cada vez más desesperados. No entendía por qué no se marchaba corriendo. ¿Le habrían acorralado? De ser así necesitaría a Jess con vida. Un rehén era la mejor baza que tendría para salir de esa; que luego el club le dejara escapar para salvar a Jess era otra cuestión.

Vio la llave debajo de uno de los urinarios y salió del cubículo, arrastrándose por el suelo como si de una cucaracha enorme se tratara.

Olí a humo. Más gritos.

En el suelo, el hombre hizo caso omiso de ellos, centrándose únicamente en encontrar la llave para liberar a Jessica. No sabía quién era ni tampoco me importaba. Lo único relevante era que tenía la llave y por lo tanto era el responsable de que Jessica estuviera allí. Eso me bastaba.

Había llegado el momento de poner fin a esta pesadilla y salir de allí antes de que terminásemos muertas.

En silencio, me puse de rodillas y apunté con el arma tal y como el tipo mudo del campo me enseñó. Inspiré profundamente y apreté el gatillo. El disparo sonó tan fuerte en aquel diminuto baño que me zumbaron los oídos. Jess volvió a gritar mientras la bala alcanzaba al hombre en el costado y se tambaleada hacia atrás, golpeándose contra la pared. Sus ojos se encontraron con los míos y los abrió sorprendido. Me fijé en que su mano buscaba a tientas algo que se había caído con un golpe sordo a su lado.

¿Su arma?

Ni loca esperaría a ver qué era.

Le disparé de nuevo, esta vez en el pecho. Y otra vez más, dándole en el brazo. Aún de rodillas, avancé por el suelo dispuesta a encontrar la llave y liberar a Jessica.

Oh, Dios mío. Aquel hombre seguía con vida. Parpadeó lentamente y alzó la mano, como si pudiera detenerme usando solamente su fuerza de voluntad. Su boca empezó a moverse pero con el estruendo de la alarma no entendí ni una sola palabra. El humo empezó a penetrar en el baño, ocupando el aire que había por encima de mí como si de una nube se tratara. Teníamos que salir de allí ya mismo.

Pero antes debía terminar con aquel gilipollas.

Sujeté el arma con ambas manos y le disparé entre ceja y ceja. Sangre y trozos de cerebro salpicaron todo el baño, yo incluida. Me tragué las arcadas que aquello me produjo, decidida a no vomitar. Continúe moviéndome. No podía permitirme el lujo de parar con el humo inundando el baño, la mitad de los hombres armados que allí había dispuestos a matarnos y Jessica esposaba a un puto inodoro con los *jeans* en el suelo.

Hora de encontrar la llave. Lástima que estuviera debajo del ahora cadáver entrado en carnes.

Aquel cuerpo pesaba mucho, pero me las arreglé para moverlo lo suficiente como para buscar entre la sangre derramada y encontrar la pequeña llave que le había costado la vida. Me puse de pie para liberar a Jessica y oí cómo la puerta volvía a abrirse de golpe.

Alcé el arma, dispuesta a disparar a quienquiera que fuese y...

Era Reese.

Cuando se percató de todo lo que había sucedido (mi cara llena de sangre, Jessica allí esposada, los sesos del gordo al que había abatido esparcidos por ahí...) abrió los ojos sorprendido.

—La hostia —masculló.

Vaya. Por lo visto mis oídos funcionaban de nuevo. Sí, definitivamente sí, porque volví a oír los disparos y la alarma que, ahora con la puerta abierta, sonaba a todo volumen.

—Hola, Reese. —Esbocé una deslumbrante sonrisa, quizá demasiado deslumbrante—. He encontrado a Jessica.

Ruger entró detrás de él, seguido de Horse y un hombre con barba al que no reconocí. De pronto el baño estaba atestado de gente.

—Ese de ahí es Gerardo Medina —indicó el de la barba—. Está muerto.... ¡joder! ¿Quién le ha disparado?

—Yo —espeté, mientras ondeaba el arma para dar mayor énfasis a mi confesión. Todos se quedaron petrificados y me di cuenta de que agitar un arma cubierta de sangre y sesos pegados no era muy buena idea. Aquello me hizo mucha gracia pero logré no echarme a reír.

Tal vez estaba perdiendo un poco la cabeza.

—Uf... lo siento.

Reese exhaló lentamente.

—Está bien, dame el arma, nena —dijo alargando la mano. Vacilé un segundo. ¿Y si tenía que volver a defender a Jessica? Mi mente estaba funcionando a tal velocidad que era incapaz de pensar con claridad. Reese me miró con cuidado—. Me has dejado impresionado, London. Acabas de matar al número dos del cartel Santiago de los Estados Unidos. Bien hecho. Pero a pesar del profundo respeto que me inspiran tus instintos asesinos, creo que todos estaremos mucho más seguros si bajas ese arma.

—Prefiero quedármela —señalé. Entrecerré los ojos y le miré a la cara. Maldición. ¿Por qué se movía todo a mi alrededor?

—Dime ahora mismo cuántas balas te quedan.

—¿Por qué?

—Porque si no sabes cuál es la respuesta no tiene sentido que sigas con esa cosa en la mano.

Tenía razón.

Le pasé el arma con el cañón apuntado hacia abajo, asombrada de lo mucho que me costaba mantener el equilibrio. Entonces Reese me alzó en brazos y me echó sobre sus hombros. Después salió del baño a toda prisa. Fuera, el humo era mucho más denso, al igual que el sonido de los disparos. Algo me golpeó en el hombro y noté cómo se me entumecía el brazo.

—¡Loni! —chilló Jess detrás de mí. Alcé la cabeza y vi que Horse la llevaba en brazos, con los *jeans* todavía por los tobillos.

Después oí a alguien gritar «¡Joder!» seguido de un «¡Esto es un puto infierno!».

Había tantas llamas que el lugar parecía estar a punto de derrumbarse sobre nosotros. Reese empezó a correr. El humo me cegó por completo; no entendía cómo Hayes podía seguir respirando, porque yo no podía. Avanzamos por el pasillo de palés como una manada de potros salvajes hasta que vi a Puck esperándonos en la puerta que habíamos usado para acceder al interior, haciéndonos gestos con las manos ansioso. Atravesamos la puerta y salimos al aire nocturno.

Reese me lanzó a la parte trasera de una camioneta y saltó encima de mí, golpeándome en el costado derecho. Jessica y Horse le siguieron. La camioneta arrancó a toda prisa con las puertas abiertas. Desde mi precaria posición vi una columna de llamas ascendiendo desde el tejado del almacén, hasta que Horse se agarró a un lateral del interior de la camioneta y se asomó para cerrar las puertas.

De pronto oímos un intenso silbido, seguido de una enorme explosión. El vehículo se tambaleó con violencia.

—La gente debería dejar de volar edificios en mi presencia —mascullé, intentando no reírme. Algo iba mal... ¿Por qué no conseguía despejarme y que mi cabeza funcionara con normalidad? Tenía la sensación de estar viéndolo todo a través de una película. Intenté quitarme de encima a Reese, pero no pude mover el brazo.

—Me aseguraré de que no vuelva a pasar —murmuró Reese.

—Sí, por favor.

Me atrajo hacía sí y me abrazó. Sé que debería haber sentido su calor, sentirme a salvo, pero no sentí absolutamente nada. También sabía que tenía que echarle un vistazo a Jessica, ver si tenía alguna herida de consideración... Sin embargo estaba agotada y muy débil y...

Todo se volvió oscuro.

***

Lo siguiente que recuerdo es que me despertó la voz de alguien que parecía estar hablando debajo del agua.

Teniendo en cuenta que me sentía como si estuviera flotando, aquello tenía sentido. De lo que no estaba segura era de «cómo» estaba flotando —o «por qué»— pero definitivamente no estaba sobre tierra firme.

«Mmm...»

—¿London?

Intenté responder con un «déjame en paz» pero más bien sonó como «amenpaz».

Vaya.

—¿London, puedes oírme? Intenta despertarte, cariño.

Negué con la cabeza y sentí un intenso dolor que cortó de cuajo mi placentera sensación de una forma que no me gustó. Abrí los ojos y traté de encontrar a quien quiera que me había provocado aquel dolor de cabeza. Quizá si le daba un buen mordisco se callaría, ¿no? Pero la identificación del culpable no me resultó tan fácil como esperaba porque por lo visto me habían llenado los párpados de arena. ¿Por qué los tenía tan secos y pesados?

—Tengo noticias de Jess —dijo la voz.

Aquello sí que captó mi atención. «Jessica.» Empecé a acordarme de todo. Oh, Jesús. Habíamos ido a California y había matado a un hombre. Pero también había encontrado a Jess y estaba viva; eso era lo más importante. Luego había explotado otro edificio y... Parpadeé, intentando enfocar la cara que tenía sobre mí.

Reese.

—Hola —conseguí graznar—. ¿Qué ha pasado?

—Recibiste un disparo en el brazo y perdiste la consciencia.

Fruncí el ceño. No recordaba que me hubieran disparado. ¿No debería haberlo notado?

—¿Cómo?

—Pues me imagino que con una bala —dijo con voz seca.

Pensé en golpearle, pero aquello hubiera implicado levantar la mano y en ese momento no parecía una opción muy viable.

—¿Por qué me siento tan rara?

—Porque el médico te ha inyectado una buena dosis de analgésicos. Seguramente un poco más potentes de lo necesario, pero no quería que te doliera.

Aquello explicaba la sensación de estar flotando. Parpadeé un poco más, intentando despejarme.

—¿Y Jess? —conseguí preguntar.

—Se está portando muy bien —dijo Reese—. Le han hecho un escáner y la derivación está perfectamente. Aparte de lo del dedo, lo único malo que tiene es un poco de deshidratación y varias contusiones.

Quieren que un cirujano plástico le vea la mano, pero por lo demás está todo bien. Tampoco hay señal alguna de convulsiones. De hecho está mucho mejor que tú; esa muchacha es mucho más fuerte de lo que creías.

Aquello me produjo un alivio inmenso. Sentí cómo se deshacía el nudo de tensión que atenazaba mi pecho, lo que me resultó curioso, Hasta ese momento no había sentido mi pecho en absoluto. Lo más seguro por los analgésicos que me habían dado porque... ¿me habían disparado? Oh, sí. Ahora que sabía que Jess estaba bien, tal vez debería preguntar a Reese sobre aquello.

—¿Cuándo me dispararon?

—En el almacén. ¿Te acuerdas del hombre en el baño?

Me estremecí. Ojalá pudiera olvidarle, pero tenía la sensación de que aquella mirada me iba a provocar pesadillas de por vida.

—Sí. Pues quizá te disparó sin que te dieras cuenta, o tal vez te alcanzó una bala perdida cuando salimos corriendo del edificio. Te ha hecho un buen surco en el brazo pero has tenido mucha suerte. No penetró mucho más allá de la parte externa del músculo y no ha dañado ningún nervio. Tenías tanta sangre encima que no nos dimos cuenta hasta que te desmayaste en la camioneta. Igual que con Em. Creí que me daba un infarto.

Fruncí el ceño.

—¿Y cómo es que no me di cuenta?

—Por la adrenalina. Sucede más a menudo de lo que te imaginas.

Volví a parpadear, por fin pude enfocar el mundo a mi alrededor. Reese parecía cansado, tenía unas ojeras profundas. Lo más probable era que yo tampoco estuviera en mi mejor momento. Empezó a palpitarme la cabeza. Miré a mi alrededor, tratando de moverme lo menos posible. Estábamos en una habitación. ¿La habitación de una niña? Había un póster de un gatito en la pared y el dosel de la cama era de color rosa.

—¿Dónde diablos estamos?

—En casa de un amigo. —Acercó más la silla—. Su club y los Reapers somos aliados, así que cuando vimos que necesitábamos un lugar para que te recuperaras, nos ofreció su hogar. Mientras estabas inconsciente ha venido un médico a verte y te ha cosido la herida. Ha dicho que estabas bien y te ha inyectado los analgésicos antes de irse. También es amigo del club, así que no dirá nada. La situación de Jessica es un poco más complicada, porque van a tener que hacerle más pruebas. La

hemos llevado a una clínica privada. Mantendrán la boca cerrada si les pagamos lo suficiente.

Cerré los ojos, demasiado cansada como para seguir hablando. Noté cómo la cama se hundía y al instante siguiente tenía a Reese tumbado a mi lado. Me dolió al moverme, pero me acurruqué en sus brazos de todos modos. Con él me sentía protegida y segura.

—Hay una cosa más que tengo que decirte —comentó.

—¿Qué?

—Parece ser que a Jessica la violaron. Varias veces. Van a tener que hacerle una prueba para descartar cualquier enfermedad de transmisión sexual y un test de embarazo.

Cerré los ojos de nuevo. En ese momento no me veía con fuerzas para lidiar con aquello.

—Va a necesitar mucho más que eso.

No dijo nada, lo que agradecí enormemente. En su lugar, empezó a frotarme la espalda para tranquilizarme. ¿Por qué hacía eso? Ni idea; no después de lo que le había hecho.

Me quedé dormida y volví a despertarme cuando alguien abrió la puerta y preguntó algo a Reese.

—No —respondió él en voz baja, aunque no entendí la pregunta.

«Tienes que centrarte y averiguar qué es lo que va a pasar a continuación.»

—¿Algo más que deba saber? —conseguí susurrar. Todavía me sentía aletargada por los analgésicos.

Reese soltó una risa carente de humor.

—Bueno, por lo visto anoche alguien se cargó cinco almacenes narcos y ocho casas francas del cartel. Todavía no se ha hecho un recuento del número de muertos, pero según la policía casi todos pertenecían a la cúpula de la organización criminal. Están intentando averiguar quién está detrás de todo esto.

—¿Están todos los nuestros bien?

—Hemos perdido a tres —dijo con voz más apagada—. Un Reaper y dos Devil's Jacks. Nadie que conozcas. Y aquí viene la mala noticia para ti, la poli paró a Puck y a Painter por exceso de velocidad. Además encontraron algunas armas en su vehículo y los han arrestado por tráfico de armas.

—Mierda. ¿Por pérdida te refieres a...?

—Muerte.

—¿Quiénes eran —pregunté en un susurro.

—Mis hermanos —contestó Reese con voz áspera—. Incluso los Jacks; se lo han ganado con su sangre. Aunque ahora no es el momento de llorarles. Primero tenemos que conseguir que todos lleguen sanos y salvos a casa. Ya les recordaremos después.

—¿Y qué pasará con Puck y Painter?

—Nuestro abogado ya está en ello —replicó—. Aunque no tiene muy buena pinta para ninguno de los dos. Ambos tienen antecedentes. Por cierto, le debes una a Puck. Descubrió dónde estabais. De no ser por él quizá no os hubiéramos encontrado a tiempo.

Fruncí el ceño.

—Me sorprende que se molestara tanto. No parezco gustarle demasiado.

—Da igual lo que sienta por ti. Estaba protegiendo una propiedad del club. Ese es su trabajo.

No tenía ni idea de cómo reaccionar a ese comentario, así que fingí no haberlo oído.

—En términos generales, hemos obtenido una victoria aplastante. Les llevará años recuperarse —prosiguió—. El líder de México ya se ha puesto en contacto con nosotros para pedir una tregua. Han acordado quedarse en San Francisco, al menos por ahora, y dejar en paz a los clubes. A cambio, les ofrecimos un pequeño obsequio como muestra de nuestra buena fe.

—¿Qué obsequio?

—A Evans.

Me puse tensa.

—Creía que le habías dicho que si Jess salía de esta le soltarías.

—No, lo que le dije fue que mientras ella siguiera con vida, él también viviría. Y cuando se lo entregué a los Santiagos estaba vivito y coleando. Pero solo un idiota creería que puede traicionar al cártel y seguir respirando por mucho tiempo. Es hombre muerto, aunque todavía no lo sepa.

Daba mucho miedo, pero no me quedó más remedio que estar de acuerdo. Nate se lo había buscado y no sentí mucha lástima por él. Bostecé. Entre los analgésicos y el drama que había vivido estaba exhausta.

Reese también debía de estarlo, pero todavía tenía que hacerle una pregunta. Una muy importante.

—¿Qué pasa conmigo? —musité.

—No te sigo.

—¿Ha decidido ya el club lo que haréis conmigo? —pregunté arrastrando las palabras—. Ahora que todo ha terminado... Lo siento mucho. Sé que no paro de repetirlo y que eso no cambia nada, pero es la verdad. Lo que hice estuvo mal. Tú siempre has tratado de ayudarme y aunque te apuñalé por la espalda, hiciste todo lo posible por salvar a Jessica. Sé que no confías en mí y que no me crees, pero haría cualquier cosa por ti, Reese. Y también por el club. Nunca podré agradecerte lo suficiente que hayas rescatado a mi pequeña...

—Nena, creo que puedo aventurar sin riesgo a equivocarme que has saldado tu cuenta con el club —replicó. Percibí una pizca de humor en su voz—. Salvaste la vida de Em, mentiste a la poli para protegernos, mataste a Gerardo Medina... Y todo en veinticuatro horas. Es impresionante, cariño. ¿Sabes cuánta gente ha intentado cargárselo y no lo ha conseguido? Y no solo eso, ¿sabes lo cerca que estuvimos de cornernos del gusto cuando le jodiste al gilipollas del ayudante las rodillas? No te preocupes, ¿de acuerdo? Hasta mi esposa Heather intentó matarme por lo menos tres veces. Lo superaremos.

—Creo que no entiendo a los moteros.

—Tranquila, cariño. Ya lo irás haciendo.

Capítulo 18

Jess se acurrucó contra mí como un bebé durante todo el tiempo que duró el vuelo de vuelta a Portland. Cuando Reese me dijo que mi sobrina estaba bien, no me lo había creído del todo, pero era cierto. Por lo menos físicamente. Sí, había perdido un dedo y recuperarse de algo así no sería fácil, pero la derivación no se había movido ni tampoco presentaba signos de infección. Incluso la conmoción que sufrió al golpearse la cabeza contra el suelo se estaba curando como debía.

No teníamos ni idea del porqué de las convulsiones. Claro que tampoco lo supimos cuando le dieron de niña, ni por qué dejó de padecerlas. Si algo había aprendido de los años que pasamos en distintos hospitales y consultas médicas era que la medicina era un arte, no solo una ciencia.

Y que los médicos no saben tanto como les gustaría que creyeras.

La recuperación desde el punto de vista psicológico, sin embargo, sería mucho más difícil. No quería hablar ni de las violaciones ni de lo que le había pasado a su madre, pero se estremecía cada vez que tenía a un hombre cerca. Y esa respuesta me bastaba. Tal vez decidiera abrirse cuando pasara un poco más de tiempo; un avión de mercancías atestado de moteros cubiertos de sangre y llenos de magulladuras no era el lugar idóneo para ello.

Además, no quería presionarla.

Por la mañana temprano por fin llegamos a la casa de Em y Hunter en Portland, menos de cuarenta y ocho horas después de habernos ido.

Una locura, ¿verdad? Reese nos indicó que nos quedáramos en una habitación para invitados antes de marcharse, alegando que tenía que ir a ver a Em. Habían hablado por teléfono, pero no era suficiente. Quería ver a su hija con sus propios ojos y asegurarse de que estaba bien.

Me pasó lo mismo con Jessica. La arropé como si fuera una niña y me tumbé a su lado, contando las respiraciones del mismo modo que lo hice cuando estuvo en la unidad de neonatos. Debería haber bajado, asegurarme de que todos estaban bien... pero estaba tan cansada que me quedé dormida, preguntándome qué pasaría después de aquello.

El zumbido del teléfono avisándome de que tenía un nuevo mensaje me despertó. Me resultó un poco extraño, teniendo en cuenta que no había visto mi teléfono —ni el bolso— desde que intenté matar a Reese. Me di la vuelta y parpadeé rápidamente, intentando averiguar dónde podía estar.

—Apágalo —farfulló Jess, rodando sobre un costado—. No me apetece ir a clase...

Supuse que algunas cosas no cambiarían nunca.

Eché un vistazo alrededor de la habitación y me di cuenta de que el bolso estaba encima de una cómoda de madera, junto con dos pilas de ropa doblada.

«¿Quién puede estar mandándome un mensaje?»

Ponerme de pie me resultó, cuanto menos, doloroso. Todo mi cuerpo era una agonía, desde la cabeza hasta las uñas de los pies. Me habían zarandeado, esposado, colgado, cortado... e incluso disparado. Para mi sorpresa, nada de aquello había sido letal ni me había causado heridas considerables. Crucé la habitación y abrí la cremallera de mi bolso de cuero, buscando mi teléfono. Tenía poca batería, pero me indicó que tenía una llamada perdida y un mensaje de mi vecina.

Danica: *¿Cómo vas? Todavía no me creo lo que te ha pasado. Solo quería que supieras que el padre de Hugh leyó lo de la explosión de tu casa en el periódico. ¿Recuerdas la cabaña que tienen en la carretera de Kidd Island Bay? Pues este año no van a usarla. La alquilaron pero el arrendatario se echó para atrás a última hora. Me ha dicho que puedes irte a vivir allí cuando quieras. No es nada del otro mundo, pero no está mal. Tiene dos habitaciones, un cuarto de baño y te lo va a dejar a muy buen precio. Conoce tu situación y quiere echarte una mano.*

Me quedé mirando el mensaje, meditando la oferta. Había estado allí hacía un par de veranos, con Danica y su hermana durante un fin de semana «de chicas». Tenía razón, no era nada del otro mundo, pero nos daba a Jess, a Melanie y a mí un techo bajo el que vivir. Las cosas con Reese todavía estaban en el aire, aunque empezaba a creer que había dicho la verdad con eso de que estaba a salvo. Los chicos, además, se habían mostrado muy amables en el avión. Bueno, tan amables como puede ser un grupo de hombres exhaustos que acaba de perder a tres de sus hermanos en una contienda contra un cartel de la droga.

Aunque eso no cambiaba el hecho de que Jess se estremeciera cada vez que alguno de esos hombres enormes y con aspecto intimidante la mirara o que yo no tuviera ni idea de qué tipo de relación tenía con Reese.

Sí, que él nos hubiera ofrecido vivir en su casa decía algo... pero aquello fue «antes» de que intentara matarle. Y no solo eso, por muy felices que fuéramos estando juntos, si Reese asustaba a Jessie, su casa no era un buen lugar para ella.

Muy bien entonces. La cabaña era la mejor opción.

Yo: *Me interesa. ¿Puedo llamarte esta noche?*
Danica: *Sí, claro. Se lo diré. Dice que podéis mudaros cuando queráis, le consta que eres una persona formal a la hora de pagar. Tengo las llaves y está amueblado.*

Problema resuelto. Teníamos una casa donde vivir.

Alguien se había encargado de proporcionarnos algo de ropa limpia, incluyendo unos *jeans* que me quedaban un poco largos y ajustados y una camiseta de los Reapers. Un sencillo sujetador deportivo y un tanga con demasiados adornos completaban el atuendo; estaba claro que habían tenido que rebuscar en el fondo de algún armario. El de Em, lo más seguro.

Salí en silencio de la habitación y encontré un baño en el pasillo. Entré y me lavé un poco, cepillándome los dientes con el dedo y un poco de pasta que encontré en la encimera. Tenía un aspecto horrible. Aunque tampoco era de extrañar; muy pocas mujeres saldrían frescas como una rosa de un tiroteo... y eso sin contar con mi «zambullida» en el arbusto.

Cuando terminé, decidí bajar a la planta principal para que me informaran sobre el estado de Em.

Me encontré con Reese, Horse, Bam Bam y Skid sentados en la mesa de la cocina tomando un café. El reloj encima del horno marcaba las ocho de la mañana. Todos estaban demacrados, con los ojos rojos y sin afeitar y sus semblantes no eran precisamente alegres.

—Hola —saludé con suavidad. Reese me miró y sus ojos adquirieron un brillo especial. Se retiró un poco con la silla y me hizo un gesto, dándose una palmada en la rodilla. Me senté sobre él y me apoyé en la mole que era su torso.

—¿Cómo está Em?

—Bien —respondió—. Luego iremos al hospital. Antes me echaron, creo que porque tenían que hacerle unas pruebas o algo parecido. Quiere verte.

No supe muy bien qué decir.

—¿Estás de acuerdo en que la vea?

—Sí, preciosa. Teniendo en cuenta que fuiste tú la que le salvaste la vida, probablemente está más a salvo contigo que conmigo. Ninguno de nosotros se dio cuenta de que algo iba mal. Aunque tengo que advertirte que su hermana ha venido a verla. Kit es de armas tomar y no deja de hacer preguntas sobre ti.

Fantástico. Tenía que conocer a la otra hija justo cuando parecía que un gato acabara de vomitarme encima.

—¿Cómo está Hunter?

—Mejor —señaló Skid—. Aunque, por desgracia para él, ha tenido que oír lo de nuestras pérdidas.

—Em lo necesitaba —dijo Reese con firmeza—. Y si a alguien le supone algún problema que venga y hable conmigo.

—A nadie le supone ningún problema, Pic —replicó Skid. Por su tono supuse que no era la primera vez que hablaban del asunto.

Todo bien, entonces.

—¿Os apetece algo de desayunar? —pregunté con tono alegre—. ¿Tenemos tiempo?

—Hunter dijo que llamaría —indicó Pic. Se notaba que no le hacía gracia esperar a que le dieran «permiso» para ver a su hija.

—Pues me pongo con el desayuno.

Me puse de pie y fui hacia el frigorífico. Lo abrí y estudié su contenido. No tenía muchas opciones, la verdad... Aunque sí que había huevos y pan. Miré en la despensa y encontré un poco de sirope. Veinte minutos más tarde tenía varias tostadas francesas haciéndose en una sartén

eléctrica. Unas tostadas de las que los presentes supieron dar buena cuenta. Cuando terminaron, todos menos Reese abandonaron la cocina. Lo que, según cómo se mirase, era lo mejor o lo peor.

—¿Qué tal Jessica? —preguntó cuando empecé a fregar los platos. Para mi sorpresa se puso a mi lado, se hizo con un paño y me ayudó a secarlos. Algo que no encajaba con el rol de machote de los últimos días, aunque supongo que, si le das de comer primero, hasta el más viril de los hombres termina echándote una mano.

—Sigue durmiendo —dije—. No sé cuánto tardará en sincerarse y contarnos lo que ha pasado. ¿Te diste cuenta de lo nerviosa que estaba?

—Sí —repuso—. No fue una imagen muy agradable de ver.

No iba a tener mejor oportunidad que aquella, así que fui directa al grano.

—No hemos hablado de lo que va a pasar a partir de ahora —dije un poco vacilante—. Sé que parece de locos, ¿pero te has dado cuenta de que apenas ha transcurrido una semana desde que nos acostamos por primera vez?

—Parece que hubiera sido más. —Me quitó un plato de la mano—. Demasiada mierda en muy poco tiempo.

—Es difícil de asimilar... —convine despacio. Me volví hacia él y ladeé la cabeza—. Necesito saberlo... ¿Hemos... hemos superado lo que te hice? Porque no entiendo cómo puedes dejar pasar algo así. Ya te he dicho cuánto lo siento, pero no puedo cambiar lo que sucedió. Si no puedes perdonarme, lo comprenderé...

—No le des más vueltas, nena.

—Pero...

—No me gusta lo que hiciste, pero entiendo por qué actuaste de ese modo y no creo que vuelvas a hacerlo. Así que déjalo estar.

Parpadeé a toda prisa. Los ojos se me llenaron de lágrimas.

—Gracias.

Gruñó y continuamos fregando platos en silencio durante unos minutos. Sin embargo, no podía relajarme del todo porque había otro asunto que tenía que comentarle... y su reacción dejaría entrever un montón de cosas.

—He... he encontrado una casa de alquiler esta mañana. De hecho podemos mudarnos allí en cuanto regresemos. Mi vecina Danica tiene las llaves listas y está amueblada y todo. Así podrás perdernos de vista a las chicas y a mí.

Reese dejó el plato con mucho cuidado y se volvió hacía mí antes de cruzarse de brazos. Yo continué fregando, lo que me resultó mucho más difícil de lo que se pueda imaginar, con él allí de pie y su expresión impertérrita.

—¿Me estás dando la patada? —preguntó en voz baja y con tono helado.

Tiré el estropajo en el fregadero y le miré a los ojos mientras me secaba nerviosa las manos en los muslos.

—No lo sé —admití—. No creo, pero tampoco sé en qué punto está lo nuestro. Quedamos en que tendríamos una relación exclusiva, después intenté matarte, luego tú amenazaste con cortarme la garganta y terminamos metidos de lleno en una matanza. No estoy acostumbrada a cosas así, Reese. Además, el «no le des más vueltas» y «déjalo estar», ¿qué significa? ¿Que todavía somos una pareja o que ya no tengo que preocuparme porque no tienes intención de matarme y ocultar mi cadáver en el bosque? Ahora mismo no lo tengo muy claro.

Su expresión se suavizó.

—Significa que tengo la esperanza de que podamos pasar juntos un poco más de tiempo en plan tranquilo. Ir al cine, salir por ahí, hacer una barbacoa en mi casa... Lo nuestro ha empezado de forma un poco violenta, pero hemos cubierto mucho terreno muy rápido. ¿Sabes? Heather y yo no participamos juntos en una matanza hasta que no llevábamos cinco años por lo menos. ¿Creías que Jess era difícil? Pues imagínate tener que pelear contra un cartel con dos niñas de preescolar a nuestro cargo.

Dios bendito.

Esbozó una sonrisa y extendió la mano para cerrarme la boca con suavidad.

—London, es una broma. Esta mierda no es normal. Pero no estoy bromeando sobre lo nuestro. Tenemos muchas preguntas que responder, pero me gustaría que me dieras una oportunidad y yo haría lo mismo por ti. ¿Qué te parece? No tienes por qué mudarte, cariño. Me gusta tenerte cerca. Me gusta mucho.

Estudié su rostro, intentando no sucumbir a esos increíbles ojos suyos. Siempre perdería la batalla contra ellos, ningún hombre debería ser tan atractivo. Pero no solo se trataba de mí.

—Jess necesita un lugar en el que poder recuperarse —reconocí en voz baja—. Los miembros del club entran y salen de tu casa todo el rato

y ahora mismo le dan pavor los hombres. Yo también necesito mi espacio. Las cosas han ido demasiado rápido y quiero estar segura de que vamos a estar juntos por los motivos correctos. A veces, para avanzar, primero hay que dar un paso atrás.

—Pareces el imán de un frigorífico —espetó con voz tensa—. No voy a huir de lo nuestro, London. Lo que estamos construyendo juntos es muy real. Quiero seguir contigo y tú también lo quieres.

—Alquilar mi propia casa no es huir de lo nuestro —repliqué—. Pero si apenas hemos tenido tiempo para que haya un «nosotros». Nos acostamos por primera vez el miércoles, el sábado te estaba espiando, me dijeron que te matara el martes... Lo único que quiero es un poco de espacio mientras averiguamos hacia dónde va lo nuestro. Podemos comenzar desde ahí, ¿no crees?

—No me gusta.

Le miré entrecerrando los ojos.

—¿Acaso Heather hacía siempre lo que tú querías?

Volvió a ponerse tenso. Tal vez sacar su mujer a colación no había sido muy buena idea. Pero él había empezado...

—Heather casi nunca hacía lo que yo quería —admitió—. ¿De cara al club? Seguro. Pero también le encantaba dormir con un cuchillo al lado de la cama. Decía que podía follarme a quien quisiera siempre que entendiera que la noche que llegara oliendo a otra mujer me mataría mientras dormía.

Contuve una sonrisa.

—Debía de ser de armas tomar.

—Lo era. Pero está muerta. Y tú también eres de armas tomar, London. Vuelve a casa conmigo.

—Iré a verte a menudo —dije, sosteniéndole la mirada—. Pasaré muchas noches en tu casa, ¿qué te parece? Podemos conocernos poco a poco y hacer esto de forma correcta. No hemos podido empezar peor, pero si lo que tenemos es real, que viva en mi casa no hará que desaparezca. Cuando estemos preparados, podemos hablar de vivir juntos.

Siguió de brazos cruzados pero asintió.

—Te doy todo el verano —declaró—. Después de eso la suerte está echada.

Sonreí, le rodeé el cuello con los brazos y tiré de él hacia abajo para darle un beso. Reese se dejó hacer, pero no participó de forma activa. Me separé un poco.

—¿En serio, Reese? ¿Te has enfurruñado?

Frunció el ceño.

—Lo dices de ese modo y parece que me estoy comportando como un crío.

No respondí.

—Joder —masculló. Me abrazó, apretándome con fuerza contra él y sus labios capturaron los míos. La necesidad y el deseo cobraron vida al instante; quería sentir algo más que su lengua en mi interior. Menos mal que habíamos hablado antes de ponernos cariñosos; de lo contrario hubiera hecho cualquier cosa que me pidiera, porque daba gusto besar a Reese.

Cuando Horse entró en la cocina y se aclaró la garganta, Reese ya me tenía contra la pared con las piernas envueltas en su cintura.

—Ha llamado tu hija —anunció el motero—. Dice que ya puedes ir a verla y que no te olvides de London. ¿La llamo y le digo que estáis demasiado ocupados follando en la cocina?

Reese se detuvo al instante mientras yo me echaba a reír. A continuación apoyó su frente contra la mía y cerró los ojos.

—Niños —masculló—. Siempre eligiendo de entre todos el momento más oportuno.

Me bajó y me alisé la ropa. Horse no miró hacia otro lado ni se marchó para darnos algo de privacidad. No. Simplemente se quedó de pie sonriendo de oreja a oreja como un imbécil.

—¿Te gusta mirar? —pregunté.

—Oh, sí, me encanta. ¿No le gusta a todo el mundo?

Reese le fulminó con la mirada, pero lo único que consiguió fue que se riera todavía más.

—Bueno, vamos a ver a Em —dije, tirando de su mano—. Solo porque sea una niña grande no significa que no necesite a su papá.

Reese puso los ojos en blanco y esbozó una extraña sonrisa, se podría decir que tímida.

—Gracias.

***

—Hola, papá —saludó Em con suavidad cuando entramos en la habitación del hospital. Estaba pálida y se la veía un poco débil, pero sus ojos brillaban e incluso consiguió sonreír a Reese.

Hunter estaba a su lado, pendiente de ella y con semblante preocupado. Seguía siendo el motero duro que conocí por primera vez en Coeur d'Alene, pero eso no significaba que no adorara a su chica. Se notaba que haría cualquier cosa por la hija de Reese, lo llevaba escrito en la cara.

Decidí que me caía bien, a pesar de que me hubiera encerrado en un almacén.

—Hola, pequeña —dijo Reese. Me soltó de la mano y nos acercamos a la cama, que estaba junto a la ventana. No había ningún otro paciente en la habitación; no supe si por simple suerte o porque Hunter había amenazado a las enfermeras para que les dejaran solos.

Mejor no preguntar.

Reese se inclinó sobre su hija y le dio un beso en la frente antes de sentarse en la cama junto a ella. Yo me quedé de pie a su lado. Debería haberme sentido incómoda, pero no fue así.

Me alegraba muchísimo de ver a Em con vida y en perfecto estado.

—He oído que me salvaste el trasero —me dijo Em con los ojos llenos de gratitud. No atisbé ni una pizca de culpa o recelo en su mirada; estaba claro que no tenía ni idea de que cuando la vi sangrando me tenían encerrada en aquel almacén. Me imagino que aquello era parte de la regla de «solo saber lo imprescindible» del club, algo que en ese momento encontré muy reconfortante. Prefería que tampoco se enterara de que había intentado matar a su padre ya que tenía la sensación de que era de las que no perdonaban fácilmente.

—Hice lo que pude —repuse en voz baja—. Me asustaste muchísimo, creímos que te perdíamos. ¿Cómo te encuentras?

—Débil —replicó—. Y triste. Me dijeron que era una niña. Es curioso, cuando vi que el test de embarazo daba positivo me aterroricé, pero la quería. La quería mucho. No me puedo creer que ya no esté en mi interior.

—Lo siento mucho.

Em asintió, tenía los ojos un poco rojos. Miré a Hunter y su expresión sombría. Se notaba que ambos deseaban ese bebé. Ojalá tuvieran otra oportunidad... Los embarazos ectópicos a veces causaban estragos en el cuerpo de la mujer.

—¿Estás cansada, cariño? —preguntó Reese, agarrando la mano de su hija—. ¿Quieres descansar un poco? Podemos salir fuera.

—No —dijo ella, apretando los dedos de su padre—. Me alegro de que estés aquí.

—Hola, Reese —saludó una nueva voz. Alcé la mirada y me encontré con una muchacha en el umbral de la puerta. Tenía que tratarse de Kit, su otra hija. La reconocí por las fotos, aunque todas ellas eran anteriores a su nueva imagen. Parecía una chica *pin-up* a lo Betty Page, con todas esas ropas estilo *vintage*, el pelo negro recogido, labios rojos y actitud de mujer fatal.

Al igual que Em, era impresionante, pero de una forma completamente distinta.

Reese se puso de pie y se acercó a ella. Su hija se lanzó a sus brazos y se apretó contra él mientras él la levantaba y le daba un abrazo de oso. Me había dicho que a su hija le encantaba pelearse con él y me dio la impresión de que llamarle por su nombre de pila formaba parte de esa dinámica... Pero estaba claro que cuando las cosas se complicaban la familia Hayes formaba una piña. Después de un buen rato, Reese la dejó en el suelo y ella se separó de él y le sonrió. Ahí me di cuenta del ligero toque de vulnerabilidad con el que miró a su padre.

Entonces nuestras miradas se encontraron y entrecerró los ojos.

—¿Es ella? —preguntó con tono seco.

Em soltó un sonoro suspiro y Hunter puso los ojos en blanco. Hora de presentarme.

—Soy London Armstrong —dije con voz jovial mientras me acercaba y le daba la mano—. Tú debes de ser Kit. He visto muchas fotos tuyas, pero ninguna reciente. Me encanta tu *look*, muy clásico.

Se limitó a sorber por la nariz, clara señal de que necesitaría algo más que halagos para ganármela. Muy bien. Probaría con otra táctica.

—Reese, ¿quieres que vaya un momento fuera y os traiga un café a todos? —pregunté—. Así podréis estar un rato en familia.

Reese enarcó una ceja y Kit adoptó una expresión triunfal. Seguro que creía que había conseguido asustarme. No era el caso, pero tampoco quería ponerme de uñas con ella. Em era su hermana y Reese su padre; no se trataba de mí, sino de ellos. Había calado a esa chica. Bajo toda esa capa de belicosidad, había mucho miedo e inseguridad. Kit necesitaba saber que no iba a quitarle a su padre y la mejor manera de demostrárselo era dejándolos solos.

Podían tener su momento sin mí.

—Te echaré una mano —se ofreció Hunter de pronto.

Asentí, sorprendida. En ese momento hubiera apostado cien dólares a que no se iría de aquella habitación por nada del mundo.

Interesante.

Me siguió al pasillo.

—La cafetería está por allí.

Empezamos a caminar y nos sumimos en un plácido silencio. No tenía ni idea de por qué había querido acompañarme, pero ya diría algo si quería. Sentí que mi papel allí era más para apoyar que para preguntar.

—Necesitan estar solos —dijo por fin—. Están muy unidos, pero a Kit y a Reese les encanta pelearse. Son como dos gatos callejeros. Si tú y yo nos quedamos allí les daremos más excusas para enzarzarse y ahora eso es lo último que necesita Em.

Me reí y sacudí la cabeza cuando lo entendí todo.

—No son una familia fácil de llevar, ¿verdad?

—Ni te lo imaginas.

Compramos el café y lo llevamos de vuelta a la habitación sin darnos mucha prisa. A pesar de nuestros esfuerzos solo tardamos veinticinco minutos. Llamé a la puerta y la abrí con cuidado. Em estaba recostada en la cama, Kit acurrucada a su lado encima de las sábanas y Reese sentado entre ellas y la ventana, apoyado en la silla cómodamente. Tenía un tobillo sobre la rodilla y miraba a sus hijas mientras ellas hablaban entre sí en susurros.

Entonces me miró y sonrió; sus ojos azules, con esas patas de gallo que le salían, irradiaban calidez y en su cara se podía leer la palabra orgullo con letras mayúsculas.

—Ven aquí —señaló.

Miré a Kit, pero no me hizo ni caso. Em me guiñó un ojo y dio una palmadita a un lado de la cama. Me acerqué a ellas y me senté torpemente en el pequeño espacio que quedaba, preguntándome qué me depararía el futuro con aquella familia.

Solo había una forma de averiguarlo.

—¿Quién quiere café?

Capítulo 19

Un mes después

London

Me incliné sobre el espejo del baño y me apliqué con mucho cuidado la máscara de pestañas. Fuera, pude oír a Mellie y Jessica discutiendo. La cabaña tenía solo noventa metros cuadrados y estaba muy, muy contenta de que Melanie se mudara a la residencia de estudiantes en unas semanas.

No sabía cuántas peleas más podría soportar.

La música retumbó por toda la casa mientras me cepillaba el pelo y cambió bruscamente a un rap cuando me pinté los labios. Esa era Jessica tomando el control del equipo de música.

De pronto volvió a cambiar y me di cuenta que, en el exterior del diminuto cuarto de baño, se estaba disputando una batalla musical en toda regla. Me miré de nuevo en el espejo —no estaba perfecta pero sí mona— y salí preparada para ponerme a gritar. Pero antes de empezar a desgañitarme, la música se detuvo por completo. Fui al salón y me encontré a ambas mirándose como si estuvieran perdonándose la vida. Durante las últimas semanas Melanie había empezado a plantarle cara a Jess, algo que siempre deseé que hiciera, pero de lo que ahora me arrepentía enormemente pues la cabaña parecía una zona de combate.

—Eres tonta del culo —gruño Jessica.

Tomé una profunda bocanada de aire, dispuesta a decirle algo, pero Melanie se me adelantó.

—No me hables de ese modo.

—Lo hago porque es verdad. He visto esa carta. No es más que otro gilipollas sediento de coños y que le escribas estando en la cárcel es patético y propio de desesperadas. Eres mucho más lista que yo, ¿por qué no dejas de hacer el imbécil?

Mellie abrió la boca sorprendida; igual que yo.

El timbre de la puerta sonó. Melanie se marchó furibunda hacia la habitación que compartía con mi sobrina, dejando a Jessica en el centro del salón con los ojos brillando de rabia. El timbre volvió a sonar y decidí que ya eran mayores para resolver aquello ellas solas. Agarré mi mochila, fui hacia la puerta y abrí.

Entonces sonreí porque todo volvía a ser perfecto.

Reese estaba allí.

Reese

Dios, estaba magnífica.

Tomé la mano de London y la arrastré hacia el porche para darle mi beso de bienvenida porque no me apetecía lidiar con cualquier drama de chicas que se estuviera gestando en el interior de la cabaña. Y sí, sin duda alguna se avecinaba un drama; tras criar a Em y a Kit podía oler esa mierda en el aire.

Por suerte los suaves y dulces labios de London compensaron todos los malos recuerdos de las adolescentes y sus peleas. Bajé las manos hasta su trasero y la alcé para apretarla contra mi cuerpo. Como siempre, mi polla estaba tan feliz de verla como el resto de mí.

Un estallido de música rap emergió por la ventana llegando hasta el porche. Pero tan rápido como vino se fue.

Entonces empezaron los gritos.

—Tenemos que salir de aquí —gruñí, mientras tiraba de London hacia la moto cargada de equipaje. Como era una mujer muy inteligente, no discutió. Que las chicas se mataran entre sí; aquel era nuestro fin de semana y no nos lo iban a arruinar.

Cinco minutos más tarde salíamos por la carretera y tomábamos la autopista en dirección norte, hacia la frontera con Canadá. Durante el

último mes a London se la veía cada vez más cómoda montando conmigo, lo que me alegraba mucho... en su mayor parte, porque echaba de menos la forma en la que solía aferrarse a mí como si su vida dependiera de ello. Ahora se sentía lo suficientemente segura como para alzar las manos y ondearlas contra el aire mientras volábamos por la carretera.

Las cosas se pusieron un poco tensas cuando volvimos a casa. Algunas entre ella y yo, pero la mayoría por asuntos del club. Painter y Puck iban a pasar una temporada en prisión y de los tres hermanos fallecidos, uno era de los nuestros, en concreto de la sección de Moscow, a unos ciento cincuenta kilómetros de Coeur d'Alene. Era un buen hombre; lo conocía desde hacía más de una década. London vino conmigo al funeral. Puede que nuestra relación fuera muy reciente, pero se había ganado el respeto del club al matar al cabrón de Medina en aquel almacén.

Y en el funeral en sí se desenvolvió muy bien. Después de aquello más de un hermano me preguntó por qué todavía no era mi dama.

Una pregunta difícil de responder.

Pero ese fin de semana no iba sobre respuestas. Ni tampoco sobre el club, las muchachas o cualquier cosa que tuviera que ver con el cártel. No, ese fin de semana nos íbamos de acampada para pasar un par de días juntos. Con un poco de suerte conseguiría emborrachar a mi chica y aprovecharme de ella.

Estupendo.

***

Todavía era pronto cuando llegamos a mi zona favorita para acampar en Pack River. Llamarlo río era un poco exagerado, sobre todo en esa época del año. El Pack debía sus aguas al deshielo y al final de verano no encontrabas más de treinta centímetros de profundidad en cualquier punto. El río serpenteaba a través de un valle boscoso y el cauce principal fluía sobre un amplio lecho de rocas redondeadas, pequeños bancos de arena y cascadas de no más de un metro de altura.

La zona donde habíamos acampado no era especial; estaba metida en un camino de tierra, cerca del río, en un pequeño claro entre los árboles con una hoguera. Llevaba yendo allí desde que era un crío.

Tenía que ser uno de los lugares más increíbles de todo el planeta. Estaba deseando pasar unos días allí con London.

Preparé la hoguera mientras ella extendía los sacos de dormir. Todavía era demasiado pronto para encenderla, lo que me vino de maravilla porque había otras cosas que quería hacer. Y no, no me refiero a follar, aunque eso también entraba dentro de mis planes.

—¿Preparada para divertirte un rato? —pregunté.

London me sonrió.

—¿Qué tienes en mente?

—¿Cuándo fue la última vez que hiciste una guerra de agua?

Me miró sin comprender.

—Pistolas de agua, cariño. Las llenas de agua y disparas un chorro.

—Sé lo que son, Reese.

—Excelente. No he podido traer las grandes en la moto, pero las pequeñas también están muy bien. Te daré ventaja porque sé que eres una novata.

Saqué la pistola que había traído para ella con un florido gesto. Era de color naranja y verde fosforito y tenía capacidad como para medio litro de agua. Más que suficiente para una buena pelea; además estábamos cerca del río y podíamos recargarla fácilmente.

Me miró con la boca abierta.

—¿De verdad me has traído aquí para una guerra de agua? Creía que iba a ser un fin de semana romántico.

Enarqué una ceja.

—Cariño, míralo desde mi punto de vista. Te disparo un chorro de agua, tu camiseta se empapa y después rodamos juntos sobre el agua. No me digas que no es romántico.

London resopló pero atisbé un brillo juguetón en sus ojos. Sí, había picado. Le lancé el arma y me alejé.

—Voy a contar hasta cien —anuncié en voz alta—. Será mejor que te quites los zapatos, las piedras no son afiladas pero sí resbalan, y hay un montón de sitios en los que solo se puede caminar sobre el agua. Ahora corre, a menos que quieras que el juego termine antes de empezar. Río arriba hay una piscina natural en la que después podremos nadar. Si llegas antes de que te pille, ganas. Si me alcanzas con tu arma, tengo que parar y volver a contar hasta diez. Si te alcanzo yo, me das un beso. Uno. Dos. Tres. Cuatro...

Como soy un capullo paré cuando llegué a cincuenta. No tenía por qué ponérselo tan fácil.

Me di la vuelta y miré río arriba. No la vi, aunque tampoco me sorprendió mucho. La piscina estaba a unos ochocientos metros de allí, pero se tardaba un poco más de lo esperado por las piedras y por la forma

en que el río serpenteaba. Me agaché, llené la pistola de agua y la bombeé, preparado para la acción.

Cinco minutos después seguía sin verla. Había un montón de formas de jugar; si había subido directamente a la piscina, ya me habría ganado, pero aquello no habría sido tan divertido y conocía a London perfectamente.

No se resistiría a tenderme una emboscada.

El primer chorro de agua llegó de la nada. Acababa de tomar una curva del cauce cuando el agua helada me golpeó a un lado de la cabeza. Oí una risa histérica, pero cerré los ojos y empecé a contar. Rápido. Ahora sabía que estaba cerca y escuché con atención el sonido de las salpicaduras. Cuando abrí los ojos, todavía estaba a mi alcance, así que alcé la pistola y le disparé en la espalda.

Se volvió hacia mí chillando.

—Eres un tramposo. No has contado hasta d...

Le di en la cara antes de que terminara la frase. A continuación corrí a toda prisa hacia ella por el agua. Caminar a través de piedras planas era un poco incómodo, pero como tengo las piernas largas no me llevó mucho tiempo alcanzarla.

—Sí que he contado, pero rápido —dije con aire de suficiencia—. Me debes dos besos.

Me taladró con la mirada, pero cuando la agarré de la nuca y tiré de ella para cobrarme el premio, no protestó. Después de un buen rato nos separamos jadeantes. Su camiseta, ahora mojada se pegaba a su pecho, mostrando sus magníficas tetas.

Madre de Dios.

Entonces se acercó a mí y volvió a besarme. Cerré los ojos, saboreando el delicado roce de sus labios y...

—¡Joder!

La muy bruja me había disparado un chorro de agua directo a la polla.

London se echó a reír y siguió subiendo por el río.

—¡Ahora cuenta de verdad, capullo! —gritó—. Si no, tendré que quitarte el arma.

Cuando llegamos a la piscina, ambos estábamos empapados, así que no tenía ningún sentido seguir con la ropa puesta. Tampoco pudimos nadar porque había una profundidad de un metro y unos tres metros de ancho. En lugar de eso jugamos a salpicarnos, forcejeamos un poco y lo siguiente que supe es que estaba sentado bajo una cascada con London cabalgando sobre mi polla.

Sí, aquella había sido la mejor guerra de agua de mi vida.

***

Más tarde, esa misma noche, estaba echado de espaldas, mirando las estrellas con London acurrucada bajo mi brazo con una mano en mi pecho.

—Cómo me gustaría que nos quedásemos aquí para siempre —musitó—. Donde nadie puede dar con nosotros y donde tampoco tenemos ninguna obligación. Dios, las muchachas me están volviendo loca.

—Mellie se irá pronto —le recordé. En el cielo cruzó una estrella fugaz y después otra—. Heather y yo solíamos venir todos los años por estas fechas para ver la lluvia de las Perseidas. ¿Has visto esa? Van a estar cayendo toda la noche.

—Sí, la he visto —susurró—. ¿Piensas mucho en ella?

Me detuve a meditar un rato aquella pregunta e intenté encontrar las palabras adecuadas.

—A veces. Aunque creo que pienso más en ti. Tras su muerte me juré que nunca tendría otra dama. No me hacía a la idea... hasta ahora. Pero contigo es distinto. Tú también lo sientes, ¿verdad?

Se quedó callada un segundo.

—Sí, lo siento —admitió.

—Entonces, ¿estás lista para hacerlo oficial? —pregunté.

London negó con la cabeza lo que hizo que su pelo se frotara contra mí. Olía de maravilla.

—Todavía no. Seguro que te parece una tontería, pero me apetece seguir así un poco más. Será nuestro pequeño secreto; un secreto que no tenemos que compartir con nadie. Todo el mundo acude a nosotros constantemente y eso es algo que no va a cambiar... pero, por ahora, mantengamos esto solo entre tú y yo.

Vacilé un instante. Quería que lo nuestro se hiciera público, que todos supieran que London era mi mujer. Estaba muy orgulloso de ella. Pero también la entendía.

—Muy bien, ¿entonces hasta el final del verano? Solo quedan dos semanas, cariño.

—Me parece perfecto.

—¿Hasta cuándo vas a seguir en esa cabaña diminuta cuando tengo toda una casa esperándote?

Soltó un resoplido de frustración.

—El día que Mellie se mude, hago las maletas. Allí voy a terminar perdiendo la cabeza.

—¿Y Jessica?

—Por increíble que parezca, tiene planes de futuro. Unos planes que me parten el corazón porque la quiero a mi lado... aunque también sé que no sería feliz en tu casa. Todavía no está lista para volver a ese tipo de vida. Sin embargo, estoy muy orgullosa de que quiera seguir adelante, de que esté tomando sus propias decisiones.

—¿En serio? ¿Y qué es lo que quiere hacer?

—Se va a ir a vivir con Maggs Dwyer.

—¿Con la dama de Bolt?

—No. Con la ex dama de Bolt —sentenció—. A ella le gusta poner mucho énfasis en ese detalle. Dirige un programa en el centro social para niños con necesidades especiales. Jess lleva siendo voluntaria desde hace un par de años y ha decidido matricularse en la universidad y estudiar Educación Infantil. Maggs le ha ofrecido un empleo a tiempo parcial y le va a alquilar una habitación en su casa. Es lo mejor que le podía pasar, lo mires por donde lo mires.

—A Bolt no le va a hacer mucha gracia —apunté—. Está intentando volver con Maggs y tener a Jess no le va a facilitar las cosas.

—Bueno, esa no es una decisión que tenga que tomar Bolt.

No me quedaba más remedio que darle la razón.

—Así que solo faltan dos semanas para que por fin seas completamente mía.

Asintió y bostezó.

—Suponiendo que todavía me sigas queriendo.

—Joder, pues claro que te quiero.

Emitió un pequeño bufido de felicidad y volvió a quedarse callada. Otra estrella fugaz surcó el aire. La respiración de London se ralentizó y se quedó transpuesta.

«Hola, cariño —susurró Heather—. ¿Te acuerdas cuando veníamos aquí? ¿Con dos pequeñas acurrucadas a nuestro lado mientras contemplábamos las estrellas fugaces toda la noche? Les decías que eran personas que iban al cielo en cohetes.»

«Sí que me acuerdo.»

Me acordaba de todo; aunque muchas veces hubiera deseado borrar aquellos recuerdos porque me dolían demasiado. Esta noche, sin embargo, me parecían preciosos.

«Ella te hace muy feliz. Esto es justo lo que quería. Algún día, cuando Em y Kit tengan niños, los traerás aquí por mí, ¿de acuerdo? Les dirás que la abuela Heather siempre los estará cuidando... Y luego también les dirás que la abuela London les quiere mucho, porque son unos niños tan especiales que se merecen el doble de amor.»

Tragué saliva. London se estiró a mi lado e inspiré su aroma. Olía a fresco, a limpio. Todavía tenía el pelo un poco húmedo por el baño en el río.

«Siempre te echaré de menos —dije a Heather—. Pero ahora tengo que dejarte marchar.»

No respondió.

Otra estrella fugaz cruzó el cielo. London alzó la cabeza.

—¿Estás bien, Reese?

—Te amo.

Silencio.

—Nunca me habías dicho eso antes.

—No estaba preparado. Ahora sí lo estoy.

—Yo también te amo.

Se apretó más contra mi cuerpo. Me sentí increíblemente bien, como casi había olvidado que podía sentirme. La oscuridad se cernía sobre nosotros, solo interrumpida por la lluvia de meteoritos. Esperé a que Heather dijera algo. Nada.

Ahora solo éramos London y yo.

Como tenía que ser.

Epílogo

Trece meses después
Al sur de California

Puck

—**E**stoy un poco indeciso. ¿Me emborracho primero y luego follo, o mejor al revés?

—Cierra la puta boca —masculló Puck con la vista clavada en el
techo. Estaba tumbado en la litera de arriba, intentando ignorar al capullo con el que Painter y él compartían celda. Por lo menos «tenían»
una celda. Teniendo en cuenta lo atestada que estaba aquella prisión, la
mitad de los reclusos no contaban con su propio espacio.

—Sí, empezaré con el sexo —prosiguió Fester, ajeno a la amenaza
en el tono de Puck. Aquel tipo era un imbécil de campeonato, aunque
completamente inofensivo. Durante el último año Painter y él se habían
peleado con los chicos del cartel por lo menos una vez al mes. Un compañero de celda molesto era mucho mejor que uno que te acuchillara
mientras dormías—. Está la pava esa que vi cuando...

—Como no te calles ahora mismo te corto la polla —farfulló Puck.
Fester se rio; habían tenido esa misma conversación al menos una vez
al día durante los últimos seis meses. Pero hoy estaban confinados en la
celda, lo que significaba que Puck no podía alejarse de toda esa mierda.

 **317**

Painter resopló divertido; sabía exactamente lo mucho que ese tipo le ponía de los nervios.

—¿Y qué se cuenta esa novia tuya? —preguntó Fester a Painter en un abrupto cambio de tema—. ¿Te ha dicho algo interesante? Siempre que pienso en ella me la imagino con ese vestidito azul de tirantes que llevaba en esa foto. ¿Sabes cuál te digo? ¿Ese con el que se le marcan tanto las tetas? Juraría que hasta se le notaban los pezones. ¿A qué saben? Seguro que saben de puta madre.

Puck cerró los ojos y negó con la cabeza. Fester no tenía instinto de supervivencia alguno. A Painter no le gustaba que le preguntaran nada relacionado con su chica. Todo el mundo lo sabía.

—Una palabra más y te mato en el acto —replicó Painter con voz dura—. No es mi novia y vas a olvidarte de cualquier cosa que hayas creído ver. No eres lo suficientemente bueno para mirarla en ninguna foto, gilipollas.

—Lo siento, Painter —se apresuró a decir Fester—. Lo siento, no quería molestarte. Sigue leyendo tu carta y yo me iré a hacer algo un rato. Tal vez pintar un poco u otra cosa.

—Sí, mejor —dijo Painter.

Puck oyó a Fester moverse a lo largo de la celda, seguido del sonido de unos lápices de colores cayendo sobre la mesa escritorio. El tipo tenía la mente de un crío de ocho años, en serio. Se preguntó cómo se las apañaría para salir adelante cuando dejaran la cárcel en un par de semanas, pero tampoco se devanó mucho la cabeza. Fester era como una cucaracha, ya encontraría la forma.

—¿Alguna noticia de casa? —preguntó. Aunque «casa» no era el término adecuado.

A Painter le había llegado un paquete de fotos y cartas de Coeur d'Alene, todas recopiladas por una de las damas de los Reapers que se las había enviado de una sola vez.

—No mucho —respondió él—. Por lo visto Bolt y Maggs se han reconciliado.

Puck gruñó, intentando acordarse de quién era Maggs. A Bolt sí que le recordaba, aunque no habían hablado mucho. Solo había estado unos días en Coeur d'Alene antes de que todo se fuera al garete. Después de los cuatro primeros meses en prisión, Painter le sugirió la idea de que se hiciera aspirante de los Reapers cuando salieran, pero aquello no sucedería. Su padre había sido un Silver Bastard y solo quería montar bajo esos colores.

Suponiendo que volviera a montar, claro estaba.

—A Mellie le han dado una beca —agregó Painter minutos después—. Dice que está emocionada porque así no tendrá que trabajar en su primer año de universidad.

Puck sonrió de oreja a oreja pero no dijo nada. Painter estaba colado por esa muchacha, a pesar de que no había tenido nada con ella. A él nunca le pasaría eso. La vida ya era bastante dura como para encima tener a una fulana quejándose todo el tiempo.

Y no solo eso, ¿por qué tirarse solo a una?

En ese momento sonó el timbre que avisaba de que se apagarían las luces. Oyó a Fester revolviendo algo; seguramente estaba recogiendo sus pinturas. Por extraño que pareciera, el tipo era un artista a la hora de dibujar. Era capaz de hacer un dibujo de cualquier cosa, con sus sombras y luces y toda esa mierda. Nunca se hubiera imaginado que pudieran hacerse tantas cosas con unos simples colores. Aunque, ¿qué sabía él?

Las luces se apagaron y Puck cerró los ojos, haciendo caso omiso de los gritos y gemidos de los presos de su mismo bloque. Aquel era su momento favorito del día. Puede que estuviera encerrado en una caja de hormigón con Painter y el otro capullo, pero cuando la oscuridad se apoderaba de la prisión, podía imaginarse que estaba en cualquier otro lugar. Libre.

¿Emborracharse primero o follar?

Tenía que admitir que era una buena pregunta. Dios, cómo echaba de menos a las mujeres. Sobre todo, acostarse con ellas... Aunque no solo eso, también echaba en falta su suavidad y la forma en que, si les sonreía cómo él sabía hacerlo, sus ojos brillaban y hacían lo que les pidiera, sin importar lo descabellado que fuera.

De acuerdo entonces, follar primero.

Intentó imaginarse a una chica en concreto. ¿Rubia? ¿Morena? Joder, le daba igual. Empezaría con una mamada. Después descendería a su coño y tal vez se lo comiera un poco. Sí, aquello estaría bien. Su polla palpitó ante la idea. Alzó la cadera y se bajó los pantalones. En la litera de abajo Fester gruñó, rompiendo el hechizo, aunque la interrupción no duró mucho tiempo. Puck hizo caso omiso y se agarró la polla, apretando con fuerza.

Sí, así es como ella lo haría.

Aunque su boca sería cálida y húmeda y su coño tan dulce que le dolerían los dientes de tanto apretarlos. Porque sí, para esa primera noche fuera de la cárcel, se agenciaría un coño bien dulce y joven. Nada de zorras expertas. No. Solo lo mejor. Esa era su fantasía y sabía perfectamente lo que quería.

Su polla se hinchó cuando se imaginó penetrándola lentamente por detrás. Era su postura favorita, mientras veía sus traseros con forma de corazón. Mientras empezaba a mover la mano lentamente, intentó pensar en qué era lo que quería. ¿De piel pálida o morena? ¿Con pecas o sin ellas? Joder, se iría con una de cada y encontraría nuevas candidatas con las que pasárselo bien todas las noches.

Hablando de traseros, también la follaría por ahí. Sí. Boca, coño, trasero. Después se emborracharía y volvería a empezar.

Madre mía estaba buenísima. Lástima que solo fuera producto de su imaginación. Aunque aquello le frustró enormemente, continuó masturbándose con intensidad. La lujuria de la chica de sus sueños chocó con la cruda realidad de que la mano de un hombre no bastaba. No después de trece meses encerrado.

Pero no le quedaba más opción que la mano.

De su glande manaron unas cuantas gotas de líquido seminal que atrapó mientras seguía los movimientos ascendentes y descendentes. Se le aceleró el corazón, igualando el constante ritmo que mantenía sobre su polla. Dulce, apretada y ardiente. Joven. Bonita. Quizá con el pelo largo para poder sujetarla de él mientras se la follaba, porque le gustaba el sexo duro.

Oh, sí...

Le gustaba la idea de tirarle del pelo. Tal vez alguna que otra cachetada en las nalgas. Se lo imaginó de forma tan vívida que prácticamente oyó el golpe de la palma de su mano contra la carne de ella y sintió cómo se tensaba contra su polla cuando se la daba. Joder, sí. La presión en su interior se hizo cada vez más fuerte. Estaba cerca, muy cerca, de correrse.

Ahora se la imaginó de otra forma, de rodillas frente a él, mirando hacia arriba con sus grandes y profundos ojos marrones mientras sus rosados labios se envolvían alrededor de su polla. Joder sí, aquello sería perfecto. Empezó a dolerle el brazo, pero no aminoró el ritmo. Seguramente estaba haciendo el ruido suficiente para que le oyeran los otros, pero le importó una mierda. Painter era su hermano; puede que no estuvieran en el mismo club, pero seguían siendo hermanos. Estaban cumpliendo condena juntos y habían forjado un vínculo irrompible. Una tontería como esa no significaba nada.

En cuanto a Fester...

Él no contaba.

La chica de su imaginación liberó su polla de la boca y le miró de forma juguetona. Después sacó la punta de la lengua y le lamió toda su longitud.

Puck explotó.

Jesús.

Sí, señor. De puta madre.

Durante unos segundos yació allí tumbado en la oscuridad, sintiéndose libre. Qué ironía.

Lástima que aquella chica no fuera real. Porque allí estaba él, solo en la oscuridad con dos hombres más. Uno de ellos medio enamorado de una zorrita a la que probablemente jamás tocaría. No. Painter no haría ningún movimiento, ni siquiera cuando salieran de allí. La pequeña Melanie era demasiado preciosa y perfecta como para bajar de su pedestal y ensuciarse con gentuza como ellos, pensó Puck.

¿Y Fester? Bueno, a él le gustaba comerse sus propios colores.

Patéticos. Los dos. Puck necesitaba salir de allí cuanto antes. A veces pensaba que se volvería loco si continuaba allí un minuto más.

Dos semanas.

Catorce días.

Se limpió la mano y se subió los pantalones. Después de esa noche, solo quedarían trece días.

—Sí, eso que se veía a través del vestido eran sus pezones —susurró Fester.

—¡Me cago en la puta!

Antes de que le diera tiempo a parpadear, Painter estaba fuera de su cama arrastrando a aquel imbécil fuera de la suya con tanta fuerza que su litera se sacudió.

—No lo hagas —masculló—. Si te lo cargas podrías jodernos la condicional.

Painter se tensó.

—No vuelvas a hablar de ella —dijo por fin el motero rubio, dejando caer al suelo al otro hombre.

Fester se limitó a soltar una risilla nerviosa.

Dos semanas.

Catorce días.

Boca. Coño. Trasero.

Nota de la autora

Muchos lectores me han pedido que escriba algo para contarles cómo les va a los Reapers y a sus damas después de sus respectivas novelas. En este epílogo extra tenéis un pequeño adelanto del futuro del club sin revelar nada importante de las novelas que están por venir. Dicho sea de paso, también termina con un ligero avance de una historia que todavía no está cerrada y que no se resuelve en el siguiente libro. Hice una votación entre los lectores de mi página de autora, para ver si querían que la compartiera o no con vosotros y ganó el «sí» por una mayoría aplastante. Si lo lees es bajo tu propia responsabilidad.

Epílogo extra

Nueve años después.

Jessica

—**J**essica Amber Armstrong.

Tomé una profunda bocanada de aire y me puse de pie. Mi tutora estaba a mi lado, con su brillante y colorida toga revoloteando cual bandera por la suave brisa. Subí al escenario que habían instalado al aire libre y pude ver a London, Reese, Mellie y todos los demás mirándome con expresiones de orgullo en el rostro. Cuando los Reapers al completo hicieron acto de presencia, exhibiendo sus colores sin ningún pudor, todo el mundo se apartó de su camino. Aquello les vino de maravilla ya que ahora tenían las dos primeras filas para ellos solos.

Reese me miró y me guiñó un ojo. Yo le devolví la sonrisa y me volví hacia mi tutora, inclinándome un poco para que pudiera ponerme el birrete en la cabeza. Hasta ese momento lo había hecho todo de fábula; un paso más hacia mi máster en Educación Especial... Pero entonces ella me alisó la tela de la toga a la altura de los hombros y me susurró:

—Estamos muy orgullosos de ti, Jessica. Nunca hemos tenido a una estudiante que se haya esforzado tanto como tú.

Ahí fue cuando perdí el control.

 325

Me volví hacia la audiencia, con el semblante cubierto de lágrimas. La mayoría de ellos nunca sabrían lo que había tenido que luchar para llegar hasta allí; lo que tenía que seguir luchando cada día de mi vida. La disciplina que me impuse a base de fuerza de voluntad para no tomar decisiones impulsivas. Las cirugías por las que pasé para mantener en buen estado mi derivación. El que cada vez que bajaba la vista y miraba mi mano con cuatro dedos era un recordatorio constante de que el mal existía de verdad y podíamos toparnos con él a la vuelta de cada esquina.

Me prometí que todo aquello lo utilizaría para ayudar a mis alumnos. Cada sufrimiento, cada decisión estúpida que tomé, cada hora de dolor físico, cada ocasión en la que se rieron de mí por ser «retrasada». Por fin lo había entendido; no era retrasada, era diferente y esa diferencia era precisamente la que me convertiría en una de las mejores profesoras en educación especial del estado.

Nadie se reía de mí ahora.

Cuando el decano me dio la mano, London, Reese y los demás empezaron a aplaudir y vitorearme. Algo que les hizo ganarse unas cuantas miradas de reprobación, pero me dio exactamente igual. Ellos eran mi familia y habían estado allí cuando les había necesitado.

Ahora era el momento de hacer que se sintieran orgullosos.

***

Nos saltamos la recepción de la Universidad de Idaho por una fiesta en Spring Valley. No todo el club pudo llegar a tiempo, pero sí los suficientes y la sección de Moscow vino a recibirnos. Uno de los hermanos de la zona trajo una barbacoa que en ese momento estaba repleta de chuletas. London estaba en su salsa, dando órdenes a todas las damas para que no faltara ningún detalle en la comida. Ni una sola servilleta de papel estaba fuera de lugar.

Mellie se marchó nada más terminar la ceremonia de graduación; una lástima. Esa tarde le tocaba trabajar, pero el hecho de que hubiera conducido todos esos kilómetros lo significaba todo para mí. Su vida tampoco había sido un lecho de rosas pero ambas lo habíamos conseguido y nuestra amistad se mantenía intacta.

—Tía Jess, ¿me haces una trenza? —preguntó Kylie, la hija menor de Em. En poco menos de dos semanas cumpliría cuatro años, pero en su mente ya era toda una adulta—. Mamá me ha dicho que tenía que ayudar a papá con algo en la tienda y que se supone que no tengo que molestarla.

Me reí. Sí, seguro que necesitaba «ayuda» con algo.

—Claro, vamos a la mesa.

Nos sentamos y empecé a peinarla mientras observaba la playa. Marie, Sophie y Jina estaban pendientes de una tropa de niños a la vez que tomaban el sol. La mayoría de los hermanos estaban tomando una cerveza mientras vigilaban la carne. Todos a excepción de Horse, que estaba dejando que los más pequeños —liderados por su hijo mayor, que era incluso más arrogante que él— le enterraran en la arena. Seguramente estaba esperando el momento adecuado para salir corriendo y perseguirlos hasta el agua.

Cuando terminé de peinar a Kylie salió disparada hacia la playa, con las dos trenzas golpeando alegremente su espalda. Kit —la otra hija de Reese— se sentó a mi lado y me pasó una cerveza.

—¿Sabes? Nunca pensé que me dejaría atrapar de nuevo por toda esta mierda —masculló. La miré con curiosidad—. Me refiero al club. Pensé que estaba fuera.

—¿Crees de verdad que alguien consigue estar fuera del todo? —pregunté—. Da igual la vida que escojas seguir, tu familia siempre formará parte de ti. Alégrate de que la tuya sea de las buenas.

Kit asintió.

—Sí. La mayoría de las veces. Felicidades por el título.

—Gracias —repuse feliz.

—Aquí estás —dijo London. Se sentó a mi otro lado y me dio un ligero golpe con la cadera. Me moví y empujé a Kit que se desplazó hasta el borde del banco. London me pasó un brazo por los hombros y me dio un buen apretón.

—¿Entonces estás lista para sentar la cabeza, señorita Graduada? ¿Y para darme más nietos?

—No todas las mujeres tienen como meta tener hijos, Loni —respondí con tono seco—. Si mal no recuerdo tú estuviste centrada en tu negocio durante muchos años.

—Estuve centrada en criarte a ti —replicó, sonriendo de oreja a oreja—. Anda que no me lo pusiste difícil. Lo justo sería que ahora tú también sudaras la gota gorda.

Puse los ojos en blanco.

—Creo que esperaré un poco más. Sé de buena tinta que criar a un niño tú sola da un montón de trabajo. ¿Quién me lo dijo...? Ah, sí. Fuiste «tú», Loni. ¿Te acuerdas?

—Ahora que sacas a colación el asunto de convertirte en una solterona sin vida y con una vagina llena de telarañas, hay alguien que quiero que conozcas —intervino Kit, con una sonrisa maliciosa en los labios—. Debería de llegar de un momento a otro. Creo que te gustará mucho.

—Dios, solo un día... —farfullé, negando con la cabeza—. ¿Es que no va a haber un solo día en el que no intentes liarme con nadie? ¿Acaso es mucho pedir?

—Este es diferente —dijo Kit con tono indignado—. Es...

Oí el rugido de una moto y alcé la vista para ver quién estaba aparcando en el camping.

Mierda. ¿Pero qué...?

—¡Aquí está! Estoy deseando que lo conozcas. —Kit me asió del codo y me puso de pie. La seguí, todavía aturdida.

«¡Imposible!»

—Te dije que era diferente —insistió, sonriendo.

«Sí, por supuesto que lo es.» Cuando nos detuvimos él se quitó el casco esbozando esa lenta y seductora sonrisa suya que adoraba y detestaba a la vez. Me quedé allí parada, mirándole como una boba hasta que Kit me empujó desde detrás. El gesto me pilló completamente desprevenida y caí literalmente en sus brazos.

¿En serio?

—Hola, Jess —dijo, arrastrando las palabras con tono ardiente—. Nunca creí que volvería a verte. Felicidades por la graduación.

Madre de Dios.

—¿De modo que ya os conocéis? —inquirió Kit—. ¿Por qué no me lo has dicho antes, Jess?

—Porque quería olvidar —masculle.

—Hay cosas de las que no puedes olvidarte —terció él. Lo que me fastidió sobremanera, porque en el fondo tenía razón.

—Me largo de aquí —dije, intentando alejarme. Pero él no me lo permitió. No, sus manos se cerraron en torno a mis brazos al tiempo que se inclinaba para susurrarme.

—¿De verdad? ¿Otra vez huyendo? No te puedes ir de tu propia fiesta, Jess. Sería muy maleducado por tu parte.

Cerré los ojos, inhalando su aroma. Oh, Dios. Había olvidado lo bien que olía, lo alto que era. Lo que sentía cuando...

—Parece que alguien tiene asuntos pendientes —ironizó Kit, disfrutando como una posesa—. Quiero todos los detalles. Ahora.

Ni de broma.

Mi cerebro empezó a trabajar a toda máquina. Conseguí zafarme de él y batirme en retirada. Le oí reírse detrás de mí, pero no me importó porque estaba perfectamente bien. Lo había superado.

Lo nuestro había acabado.

Terminado.

Finito.

¿Verdad?

Agradecimientos

Esta es mi cuarta novela de la serie Reapers MC y cada vez se me hace más difícil escribir los agradecimientos. La lista de personas que me han apoyado se va haciendo más y más larga y temo que terminaré olvidándome de alguien. No os imagináis lo mucho que os valoro a todos.

Gracias a todo el equipo de Berkley que hace esto posible, sobre todo a Cindy Hwang. Tengo un equipo increíble detrás de mí y aprecio todo el esfuerzo que le echan. Cabe destacar que he sido bendecida en repetidas ocasiones por los dioses de las portadas del departamento de diseño de Berkley; sois increíbles, casi todos los días leo comentarios de los lectores alabando vuestro trabajo.

También quiero dar las gracias a mi agente, Amy Tannenbaum, Betty, mis amigos del mundo motero, mis lectores beta, mi grupo de escritura, todos los blogueros que me apoyan y todo el mundo de mi página Junkies. Un agradecimiento especial para Chas y Jessica porque por muy bueno que sea un libro no importará si nadie se entera de ello. A Kylie, Hang, Lori y Cara; sabéis muy bien lo mucho que me habéis ayudado y no lo olvido. Gracias por todo vuestro tiempo.

Para terminar, gracias a mi familia, cuya paciencia infinita y apoyo hacen que pueda seguir escribiendo. Os adoro.

PROPIEDAD PRIVADA

Lo último que necesita Marie es una complicación como Horse, acaba de dejar al gilipollas de su ex marido, un maltratador, y no está para pensar en hombres... Pero este motero enorme, tatuado e irresistible que aparece una tarde en la caravana de su hermano se lo pone muy difícil.

Horse es miembro del Reapers Moto Club, un hombre acostumbrado a conseguir lo que quiere. Y quiere a Marie, en su moto y en su cama. Ya.

Marie no está dispuesta a convertirse en la «propiedad» de nadie. Sin embargo, cuando su hermano roba al club se verá forzada a ofrecerse como garantía para salvarle la vida.

Ya en tu librería

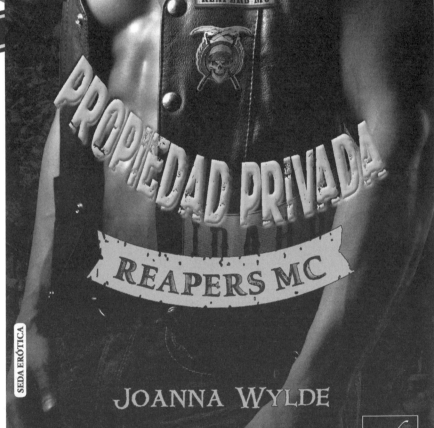

PROPIEDAD PRIVADA

REAPERS MC

JOANNA WYLDE

SEDA ERÓTICA

Libros de seda

REAPERS MC

LEGADO OCULTO

Hace ocho años, Sophie entregó su corazón y su virginidad a Zach Barret en una noche que no podría haber resultado menos romántica o más vergonzosa. El medio hermano de Zach, un motero tatuado y con brazos de acero que se hace llamar Ruger, les pilló in fraganti, llevándose consigo una imagen de Sophie que nunca olvidará.

Tal vez ella perdiera la dignidad aquella fatídica noche, pero Sophie ganó algo precioso para sí: su hijo Noah. Por desgracia, Zach acabó siendo un padre holgazán, lo que dejó a Ruger como único referente masculino para el niño. Cuando este descubre a Sophie y su sobrino viviendo casi en la indigencia, decide tomar las riendas del asunto con la ayuda de los Reapers para darles a ambos una vida mejor.

Pero vivir en un club de moteros no era precisamente lo que Sophie había pensado para su hijo. Sin embargo, Ruger no le da otra opción. Seguirá estando ahí por Noah, lo quiera ella o no. Y ella le quiere. Siempre le ha querido. Lo que descubrirá con el tiempo es que llevarse a un motero a la cama puede acabar convirtiéndola... en una mujer ardiente de deseo.

Ya en tu librería

LEGADO OCULTO

REAPERS MC

JOANNA WYLDE

SEDA ERÓTICA

Libros de seda

REAPERS MC

JUEGO DIABÓLICO

Liam «Hunter» Blake odia a los Reapers. Ha nacido y se ha criado entre los Devil's Jacks y sabe cuál es su misión. Defenderá a su club de sus viejos enemigos utilizando los medios que haga falta. Pero ¿para qué emplear la fuerza cuando el presidente de los Reapers tiene una hija que está sola y a su alcance? Hunter la ha deseado desde la primera vez que la vio. Ahora tiene la excusa perfecta para llevársela.

Em siempre ha vivido a la sombra de los Reapers. Su padre, Picnic, el presidente del club, la sobreprotege. La última vez que se presentó en el club con un novio, Picnic le pegó un tiro y los demás hombres que hay en su vida están más interesados en hacer que su padre esté contento que en que ella pase un buen rato. Pero entonces conoce a un atractivo desconocido que no tiene miedo de tratarla como a una mujer de verdad. Alguien que no teme a su padre. Se llama Liam y es el hombre de su vida. O eso cree ella...

Ya en tu librería

JUEGO DIABÓLICO

REAPERS MC

JOANNA WYLDE

SEDA ERÓTICA

Libros de
seda

REAPERS MC

CAÍDA MORTAL

Nunca quiso hacerle daño.

Levi «Painter» Brooks no era nada antes de entrar en los Reapers. El día que consiguió su parche, se convirtieron en sus hermanos y en su vida. Todo lo que le pedían a cambio era un brazo fuerte y su lealtad incondicional. Y esa lealtad se pone a prueba cuando le atrapan y le condenan a pena de cárcel por un crimen cometido en nombre del club.

La vida de Melanie ha empezado siendo muy dura y, con el tiempo, ha aprendido que debe luchar por su futuro. Por suerte, ha escapado del infierno y ahora puede empezar de nuevo. Sin embargo, es incapaz de dejar de soñar con las caricias de un motero al que no puede olvidar. Todo empieza de una manera tan inocente: un tipo solitario en la cárcel, unas cuentas cartas... Amables. Inofensivas. Inocentes.

Pero cuando Painter salga de la cárcel... Melanie tendrá que hacerse a la idea de que, entre los Reapers, no hay nada de inocente.

Muy pronto en tu librería

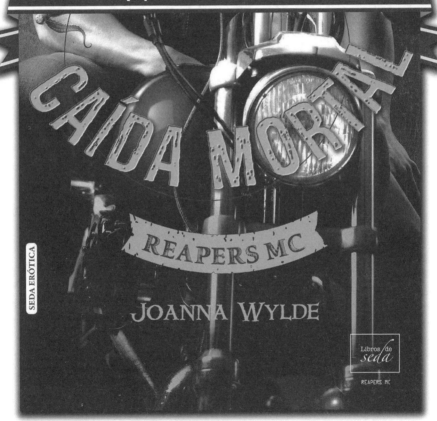

CAÍDA MORTAL

REAPERS MC

JOANNA WYLDE

SEDA ERÓTICA

Libros de seda

REAPERS MC

MALDITO SILVER

Catorce meses. Durante catorce meses, Puck Redhouse se ha estado pudriendo en una celda, con la boca cerrada, para proteger a su club, los Silver Bastards, de sus enemigos. Una vez fuera de ella, espera recibir su premio: ser miembro de pleno derecho del club y celebrarlo con una fiesta como Dios manda. Y es ahí donde conoce a Becca Jones. Y eso lo cambia todo. Antes de que acabe la noche, se la lleva y la aparta de su mundo.

Cinco años. Hace cinco años Puck destrozó y salvó a Becca. Todo, a la vez, en una sola noche. Desde entonces, a ella le da miedo, aunque quienes de verdad la aterran son los monstruos de quienes la protege... Sin embargo, sabe que no puede dejarse llevar por el miedo. Lucha y rehace su vida para seguir adelante hasta que una llamada la hace volver al pasado.... Y aunque no quiera, debe regresar a ese mundo. Y el único en quien puede confiar es el duro motero que un día la rescató. Pero sabe también que, si lo hace, él impondrá sus condiciones: nada de mentiras, nada de lágrimas y nada de negarle lo que de verdad desea...

SILVER BASTARDS

Muy pronto en tu librería

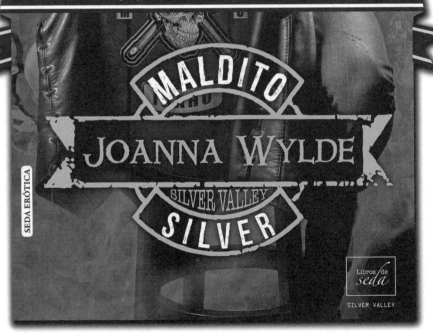

MALDITO

JOANNA WYLDE

SILVER VALLEY

SILVER

SEDA ERÓTICA

Libros de seda

SILVER VALLEY

**Encuentra todos los libros de
Joanna Wylde en nuestro catálogo:**

librosdeseda.com

facebook.com/librosdeseda

twitter.com/librosdeseda

3 1143 00928 9324